Christian Huber

Man vergisst nicht, wie man schwimmt

31. August 1999. Sengende Hitze liegt über Bodenstein, dem Heimatkaff des 15-jährigen Pascal. Es sind die großen Ferien, und eigentlich könnte der Junge den Sommer genießen. Den Skatepark. Die Partys der Oberstufler. Das Freibad mit den besten Pommes des Planeten. Doch seit er nicht mehr schwimmen kann, mag Pascal den Sommer nicht mehr. Warum das so ist, das kann er nicht erzählen. Ebenso wenig, wieso ihn alle Krüger nennen. Und erst recht nicht, warum er sich unter keinen Umständen verlieben darf. Lieber träumt er vor sich hin und schreibt Geschichten. Dann kracht Jacky in seine Welt. Ein geheimnisvolles Mädchen aus dem Zirkus. Mit roten Haaren, wasserblauen Augen und keiner Angst vor nichts. Zusammen verbringen sie einen flirrenden letzten Sommertag, der alles für immer verändert und an dessen Ende unter einem weiten Sternenhimmel eine Freundschaft, eine Liebe und ein Tod stehen.

Christian Huber, geboren in Regensburg, schreibt für Print, Online, Fernsehen und die Bühne. Mit dem Team von Jan Böhmermanns »Neo Magazin Royale« wurde er u. a. für die Goldene Kamera und den Deutschen Comedypreis nominiert. Sein Podcast »Gefühlte Fakten« zählt zu den beliebtesten Deutschlands. Sein Roman »Man vergisst nicht, wie man schwimmt« eroberte sofort die Bestsellerlisten. Der Autor lebt in Köln.

CHRISTIAN HUBER

MAN VERGISST NICHT, WIE MAN SCHWIMMT

ROMAN

dtv

Ungekürzte Ausgabe 2023
13. Auflage 2026
2022 dtv Verlagsgesellschaft mbH & Co. KG
Tumblingerstraße 21, 80337 München
produktsicherheit@dtv.de

Umschlaggestaltung: zero-media.net, München
Umschlagmotiv: stocksy.com / Jovo Jovanovic
Satz: Uhl + Massopust, Aalen
Gesetzt aus der Legacy Serif ITC und Sans
Druck und Bindung: Druckerei C.H.Beck, Nördlingen
Printed in Germany · ISBN 978-3-423-21856-6

Für Isabella

TEIL 1

ICH ERINNERE MICH NOCH, dass mit einem Mal kein Prasseln mehr zu hören gewesen war. Das ist seltsamerweise das Erste, was mir einfällt, wenn ich an diesen Tag zurückdenke. Und wie eigenartig sich der Morgen anfühlte. Die Dämmerung. Verschobene Konturen, als blickte man durch Wasser.

Verzerrt von oben und erst dann klarer zu erkennen, wenn man schließlich untertaucht und unter Wasser die Augen öffnet.

Damals, an diesem 31. August 1999.

Da sind wir.

Jacky. Viktor. Ich.

Eine Freundschaft.

Eine Liebe.

Und ein Tod.

Und das ist die Geschichte.

Plötzlich war ich wach. Ich schaute auf vergilbte Raufasertapete. Dann im Halbdunkel durch den Raum. Ich wusste nicht, was mich geweckt hatte. Ich wusste nur, dass ich nicht wach sein wollte. Vor allem nicht um diese Uhrzeit. Ich hatte geträumt. Und ich wollte zurück in meinen Traum.

Es hatte geregnet. Doch jetzt, im Morgengrauen, schien der Regen endlich aufgehört zu haben, was bedeutete, dass ich mein Dachfenster endlich aufschieben konnte. Ohne meinen Traum loszulassen.

Ein Mädchen. Das Gesicht von Anna. Die Locken von Ayla. Und sie fand *mich* gut.

In meinem Traum sah ich aus wie ich. Fast. Ich war etwas über einsachtzig, blond und hatte die Haare kurz geschoren. Nur war ich in diesem Traum nicht erst fünfzehn. Und ich hatte ein kantiges, männliches Gesicht. Nicht so ein weiches, blasses mit Augenringen. In dieser Parallelwelt war ich durchtrainiert. Und nicht so dürr, dass es mir die Rippenbögen rausdrückte. Und mein Brustkorb war ... normal. Ich dachte: Warum bin ich jetzt hier und nicht mehr dort?

Ein okayer Satz. Musste ich mir merken.

Ich schrieb *Warum bin ich jetzt hier und nicht mehr dort?* in mein zerfleddertes Notizbuch, das immer auf meinem Nachttisch lag, das ich hütete wie einen Schatz und das voll war mit Gedanken, Entwürfen und Geschichten. Und Träume lieferten die besten Geschichten. Mit dem, was andere so erlebten.

Dass ich Geschichten schrieb, das hatte ich noch nie jemandem erzählt. Es gab Dinge, über die ich mit niemandem sprach. Weil mich sonst alle nur für einen noch größeren Loser halten würden. Das mit dem Schreiben, dass ich Autor werden und Romane veröffentlichen wollte, das wusste nicht einmal mein bester Freund Viktor.

Ich kroch aus meinem Bett. Die nächtlichen Schauer waren tatsächlich vorüber, und es nieselte nicht einmal mehr. Träge öffnete ich mein Dachfenster. Die Strahlen der aufgehenden Sonne blitzten in den Tropfen, die in den Bäumen der Nachbarsgärten hingen.

Draußen war niemand.

Ich stützte mich am Fensterrahmen ab und atmete

tief ein wie Apnoetaucher vor einem Rekordversuch. Es roch nach nassem Teer und gemähtem Rasen. Durch die frische Luft merkte ich erst, wie abgestanden die hier drinnen war. Wie warm. *Davon* bin ich aufgewacht, dachte ich. *Das* hatte mich aus meinem Traum gezogen.

Nochmals atmete ich ein. Bis die Lunge stach. Die hereinströmende Brise streifte meine Haut. Wenn ich alleine war, konnte ich immerhin ohne T-Shirt schlafen. Sonst hielt man es in meinem Zimmer im dritten Stock unter der Dachschräge eigentlich nicht aus.

Obwohl der Morgen kühl war, spürte man bereits, dass das Thermometer wieder zu steigen begonnen hatte. Der letzte Tag dieses Augusts 1999 würde noch einmal ein heißer Sommertag. Nochmals tropisch, hatte es im Wetterbericht geheißen. Scheiße! Die Hitze mochte ich einfach nicht. Ich mochte den Sommer nicht mehr, seit ich nicht mehr schwimmen konnte.

Mein Oberkörper spiegelte sich in der Glasscheibe des offen stehenden Fensters. Ich drehte mich schnell weg und zog den Vorhang zu. Staub wirbelte im Licht wie ein Krillschwarm, ich in der Mitte wie ein Wal. Wie in der Naturdoku gestern. Ozeane. Krasse Bilder. Wobei nach einem halben Joint, musste ich zugeben, alles auf meinem Röhrenfernseher krasse Bilder waren.

Ein Auge zugekniffen, das andere einen schmalen Spalt geöffnet, suchte ich den Weg zurück unter meine dünne Decke. Die Schatten des Vorhangstoffs bewegten sich an der Wand. Ein Poster von Oasis hing über meinem Schreibtisch. Auf einem Tischchen von IKEA lagen eine Casio-Uhr und ein Aschenbecher. Krümel von Tabak und Gras waren auf einem Katalog verstreut.

Die zerschlissene Kunstledercouch musste ich mal

wieder abwischen, meine CDs, die gebrannten und die Originale, und die ganzen Tapes in den Ständer sortieren.

In meinem Regal lehnten die Bände von *Der Herr der Ringe*, ein Zinnsoldat mit abgesplittertem Lack stand neben einem Game Boy mit *Tetris* und einer gerahmten Urkunde: Zweiter Platz Schwimmmeisterschaft. Gott, da war ich zehn. Warum hebt man so einen Müll auf?

Der Lattenrost knarzte, als ich mich auf der Matratze einrollte, um weiterzuträumen. Es musste etwa sieben sein. Durch die Pressholztüren unserer Mietwohnung hörte ich, wie sich meine Mutter im Bad fertig machte. Doppelschicht. Im Kühlschrank würde ein Teller mit Broten für mich stehen, zehn Mark lagen auf dem Küchentisch, wie immer, das wusste ich. Dazu meistens ein Notizzettel. Wir unterhielten uns so gut wie nur noch über Notizzettel, seit sie in der Reinigungsfirma die Extraschichten übernommen hatte. Seit mein Vater weg war.

Denk bitte an den Müll, Pascal.

Ja.

Ich übernachte heute auswärts, Pascal!

Ja.

Ich hab dich lieb, Pascal.

Boah ey, Mama, ja ……… Ich dich auch.

Die Wohnungstür fiel ins Schloss. Schnelle Schritte hetzten durch das Treppenhaus. Drei Versuche brauchte der klapprige Fiat Panda, bis er ansprang und mit knallendem Auspuff Richtung Autobahn heizte, dann war es still. Irgendwo zwitscherten Vögel, die Glocken der Kirche läuteten vom entfernten Marktplatz, und ich merkte, wie ich wieder einschlummerte. Schnell einschlummern! Bevor es wieder zu warm wurde. Bevor der Traum weg war. Bevor mir der Kopf wieder zu schwirren begann.

Genieß den Tag, Pascal!, stand manchmal auf den Zetteln. Und mit einem Smiley: *Carpe Diem!* Carpe Diem. Witzig. In Latein war ich dieses Jahr um ein Haar durchgefallen. Und außerdem: Ich *genoss* jeden Tag. Ich carpte alles raus aus dem Diem. Schlafend. Bis Mittag. Wenn es mit der Hitze ging. Was hätte ich in den Sommerferien in meinem Heimatkaff auch anderes machen sollen, außer zu schlafen? Schlafen und träumen waren für mich das Beste. Am liebsten wäre ich gar nicht aufgestanden. Ich wäre gerne liegen geblieben, bis ich endlich erwachsen war.

Das war mein großer Wunsch: Dass die Zeit verging. Die Zeit *konnte* mir gar nicht schnell genug vergehen.

Schlaf, dachte ich.

Dieses Kaff, in dem ich seit meiner Geburt lebte, hieß Bodenstein und war exakt, wie man es sich vorstellt. Bayerische Provinz eine Stunde von der tschechischen Grenze. Keine neuntausend Einwohner. Aufgeplatzte Straßen, kein Einzugsgebiet von irgendwas und hohe Arbeitslosigkeit. Ein baufälliges Freibad, ein Skatepark mit zugetaggter Halfpipe. Das Sportheim gehörte den Nazis, der Stadtpark den Hunnen. Die erfolgreichste Vereinsmannschaft waren die Schützen. Einmal im Jahr gab es die Kirmes, einmal das Starkbierfest. Manchmal tingelte irgendein Zirkus vorbei. Das war's. Das war Bodenstein. Die Stadt, in der nichts passierte. Hier war nicht einmal der Hund verreckt. Wenn hier ein Hund verreckt wäre, wäre das die Titelseite der Lokalzeitung gewesen. *Extrablatt, Extrablatt!*, verteilt von einem Jungen mit Knickerbocker, Schiebermütze und Fingerkuppen voll Druckerschwärze. *Macht sieben Pennies, Sir.*

In der Tat gab es nur eine Handvoll Geschichten, die sich je in Bodenstein zugetragen hatten. Mal hatte ein Waldarbeiter behauptet, ein Krokodil gesehen zu haben. Die Aufdeckung eines Autoschieberrings hatte es in die überregionalen Nachrichten geschafft. Und aus einer Geschichte hatte ich das gemacht:

DIE HUNNEN UND DIE WEED-PLANTAGE

Der Schnee knirscht unter Daves Air Max. Der Teich im Park ist eisbedeckt.

»Hier holst du immer was?«, fragt Horst und stellt den Kragen seines Parkas hoch. Horst ist der neue Freund von Daves Mutter. Der erste coole.

Gestern haben sie *Pulp Fiction* geschaut, und Horst hat erwähnt, dass er gerne mal einen durchzieht. Und ob er mitkann, wenn Dave das nächste Mal was holt.

Ja, komm, warum eigentlich nicht.

Jetzt stehen sie im Bodensteiner Stadtpark bei minus tausend Grad und warten auf die Hunnen. Denn wenn du in Bodenstein was zu rauchen willst, gehst du zu den Hunnen.

Die Hunnen, das sind Russen, Ungarn, Polen, Deutsche und einer aus dem Sudan. Nennen sich: Die Hunnen. Ist wie eine Gang. Anders als bei den Nazis. Die Nazis sind nur Nazis.

»Braucht ihr?« Einer der Hunnen steht vor ihnen. Er ist aus den Büschen gekommen, aus der Ecke mit den Parkbänken mit den eingeritzten Liebesschwüren.

»Für fünfzig«, sagt Dave.

Der Hunne verzieht den Mund. »Gerade schlecht«, sagt er. »Müssen zur Plantage.«
Die Hunnen haben eine versteckte Marihuanaplantage. Unten an der Naab, am Fluss. Das Problem ist, dass der Hunne gerade kein Auto hat. Und dass er gar nicht mehr fahren kann. Die Hunnen ballern gerne selber was, und da ist Gras das Harmloseste.
»Null Problemo«, sagt Horst. »Ich hab den VW. Sag mir, wo die Plantage ist.«
Ein zweiter Hunne tritt aus dem Gebüsch. Kurz beratschlagen sie, dann sind sie einverstanden.
Horst fährt. Dave daneben. Die zwei Hunnen dahinter. Der eine von denen ist komplett verstrahlt. Kratzt sich wie ein Hund mit Ausschlag. Im Radio läuft *Californication*.
Nach einer Viertelstunde sagt Horst: »Ich muss telefonieren«, und hält an einer Tankstelle. Dave steigt mit aus. Dicke Schneeflocken zerfließen auf der warmen Motorhaube.
Als sie wieder am Auto zurück sind, spürt Dave, dass etwas nicht stimmt. Das gibt es ja, dass so eine Energie in der Luft liegt, die von sich aus Flocken zum Schmelzen bringen kann.
Sie fahren weiter.
Die Hunnen reden. Dave kennt die Sprache nicht. Ist auch nicht wichtig, weil »Offizer Zivilo« und »Polizia« sind international eindeutig.
Plötzlich richtet der Verstrahlte eine Pistole auf Horst. »Mit wem hast telefoniert?«
»Was?!« Horst lässt beinahe das Auto in den Graben schlingern.
»Bist ein Scheißzivilbulle?«

»Horst ist kein Bulle!«, ruft Dave.
Horst ist wieder cool. »Bin ich nicht«, sagt er. Kann er beweisen.
Horst lenkt zurück zur Tankstelle und gibt dem weniger verstrahlten der Hunnen dreißig Pfennig. Die Leitung knackt, als er in der Telefonzelle auf Wahlwiederholung drückt.
»Hallo?« Daves Mutter.
»Falsch verbunden.« Alle lachen.
Dann zielt der Verstrahlte mit der Pistole auf Horst und drückt ab.
Klick! Klick! Klick!
Dave erstarrt.
Horst schreit.
Nichts passiert.
Keine Kugeln in der Trommel.
Gelächter von den Hunnen, und niemand ist tot und wird, zerteilt mit einer Knochensäge, in Säcken im Wald verscharrt.
Der Schnee knirscht unter Daves Air Max, als er mit zitternden Knien wieder in den Wagen steigt. Und ihm wird schlecht, als er daran denkt, dass die Hunnen wohl einfach keine Lust hatten, zwei Gräber im gefrorenen Waldboden auszuheben.

Ende

Solche Sachen schrieb ich in mein Notizbuch. Ich hatte keine Ahnung, ob das alles so passiert war. Eigentlich hatte mein bester Freund Viktor nur erzählt, dass Dave im Skatepark erzählt hätte, dass die Hunnen-Gang eine geheime Marihuanaplantage hatte. Aber so fand ich die Geschichte besser.

Schlaf jetzt!

Wieder knarzte der Lattenrost, als ich mich auf die andere Seite rollte. Ich schüttelte mein Kissen auf, drehte es um, die kältere Seite nach oben.

Viktor war gestern Abend irgendwann weg gewesen. Wann genau, hatte ich nicht mitbekommen. Ich musste nach dem halben Joint bei der Ozean-Doku auf der Couch eingedöst sein, nachdem eine Orca-Familie ihr Junges gegen einen Hai verteidigt hatte. Heute wollte ich mit Vik das neue Tony Hawk auf der PlayStation im Müller-Markt ausprobieren. Wir hatten ja noch die zweite Jointhälfte, und vielleicht arbeitete jemand im Café Colorado, der es mit den Schülerausweisen nicht so genau nahm. Wir konnten ein Bier kippen und uns später oben auf die Klippe zur Janus-Statue setzen. Hauptsache Schatten. Vielleicht liefen Anna und Ayla da auch rum. Vor ihrer Party heute Abend. Wobei die beiden jetzt achtzehn waren und einfach zu Penny konnten, wenn sie was zu trinken kaufen wollten.

Eigenartig, dass ich noch nicht wieder eingeschlafen bin, dachte ich, drehte mich abermals und strampelte die Zehen frei.

Irgendwie fühlte sich dieser Morgen seltsam an. Das gab es ja, dass man spürt, dass eine Energie in der Luft liegt.

Eine Ahnung, dass man etwas verpasst, wenn man jetzt nicht aufsteht.

Jetzt schlaf!

Und so lag ich da. Mit schwirrendem Kopf. Wälzte mich von links nach rechts und wieder zurück und wunderte mich, dass ich noch nicht wieder träumte.

Bis …

… lauter als die Vögel draußen vor meinem Fenster, lauter als die Kirche am Marktplatz, lauter als das Knarzen meines Bettes, als zersägte jemand mit einer Flex eine rostige Blechdose …

… die Haustürglocke Sturm läutete.

ICH HATTE DEN HÖRER der Gegensprechanlage abgenommen. Dann hatte ich schnaubend den Summer betätigt und war unter die Dusche gesprungen.

Nun lief Wasser aus der Brause über meine Kopfhaut, wusch Schweiß und Shampoo von meinem Körper, weg in den gurgelnden Abfluss, und damit auch die letzten Fetzen des Traumes, den die Türglocke zu Konfetti zerrissen hatte.

Die Augen geöffnet, stand ich, die Hände nach vorne gestreckt, gegen die Fliesen gelehnt. Wie ein Held aus einem Actionfilm, bevor das große Abenteuer beginnt. Oder bevor die schöne Unbekannte, die er aus den Fängen des Bösen befreit hat, zu ihm unter den dampfenden Strahl steigt. Unwahrscheinlich, dass das hier passierte. Eine Freundin hatte ich noch nie gehabt. Natürlich nicht. Wie auch?

Ich achtete darauf, mich gar nicht erst zu verlieben. Als Mann war man mit zwanzig ausgewachsen. *Dann*, wenn ich erwachsen war, konnte ich mich verlieben.

Natürlich gab es Mädchen, die ich gut fand, auch wenn ich wusste, dass ich keine Chance hatte.

Ayla mit ihrem Meer aus braunen Wuschellocken, in die man hineingreifen und aus denen man Zopfpalmen formen wollte. Anna, *A n n a*, die *von hinten wie von vorne* die Frau aus dem Freundeskreis-Lied war.

Klar *träumte* ich da.

Aber verlieben ... Ein Stromschlag über das Herz bis zu den Fußsohlen. Wenn man nicht weiß, was man redet, wie man überhaupt redet, und nicht, wo man zuerst hin- und von was man zuerst wieder weggucken soll. Verlieben ... würde ich mich nicht. Verlieben *durfte* ich mich nicht. Verlieben wäre eine Katastrophe! Warum das so war, das war auch etwas, worüber ich mit niemandem sprechen konnte. Es gab Dinge, die für mich einfach nicht gingen. Das war einfach so.

Geknutscht hatte ich schon. Beim Flaschendrehen, wenn es keine andere Wahl gegeben hatte. Und einmal hatte mich Sandra aus der Parallelklasse beim Starkbierfest mit ihren Volleyballerinnenpranken gepackt und ihren Mund so fest auf meinen gedrückt, dass ich mir wochenlang eingebildet hatte, den Abdruck ihrer Zahnspange auf meiner Unterlippe zu spüren. Sie war kichernd weggerannt und im Pulk ihrer prustenden Mädels-Clique verschwunden. Sicher hatte sie eine Wette verloren. Wer verliert, muss Krüger knutschen. Also, geknutscht hatte ich schon. Geküsst noch nie. Und auch sonst ... nichts.

Krüger. Das war mein Spitzname. Eigentlich hieß ich Pascal Friedrich. Aber seit dem Vorfall in der fünften Klasse, in der ersten Sportstunde, in der Umkleidekabine, nannten mich alle nur Krüger.

Und gegen einen Spitznamen konnte man nichts machen. Den gab man sich nicht selber, und den suchte man sich nicht aus.

Meiner war: Krüger.

Ich hoffte immer, dass mein Gegenüber nicht wusste oder wissen wollte, woher der Name kam, und dass die, die es gewusst hatten, sich nicht mehr genau erinnerten.

Ich hatte den Namen einfach angenommen. Passte ja auch.

Bist du heute Abend zu der Party eingeladen, Krüger?

Nein.

Machst du beim Schwimmunterricht mit, Krüger?

Nein.

Hast du rote Augen! Hast du 'ne Bindehautentzündung, Krüger?

……… *Ja.*

Ich streckte mich nach dem Handtuch, das ich über die Duschvorhangstange geworfen hatte, wickelte mich ein und genoss meine Gänsehaut.

Bei der Zahnpasta hatten sie etwas an der Zusammensetzung geändert. Es schäumte nicht mehr so, egal, wie sehr ich schrubbte. Noch zwei Schuss Deo. Nicht in den Spiegel gucken.

Ich schlüpfte in meine Boxershorts und in meine kurze Hose, streifte zuerst ein weißes T-Shirt, das eng am Hals abschloss, über und zog darüber ein zweites, weites, das an mir hing wie ein Nachthemd an einem Skelett. Darüber einen XXL-Hoodie. Baggy-Skater-Style. Liebte ich.

Die Tür des fensterlosen Badezimmers ließ ich offen, damit die Feuchtigkeit abziehen konnte und die Tapete an den ungefliesten Stellen nicht noch aufgequollener wurde. Eine Falte, die sich unschön zu wölben begonnen hatte, drückte ich glatt.

Aus meinem Zimmer schallte Musik.

Es geht mir gut, ich mein,
Es könnte weiß Gott schlimmer sein.
Klar, es kommt vor, man schließt sich in sein Zimmer ein …

Die Stereoanlage lief. *Danke, gut!* vom neuen Eins-Zwo-Album wummerte aus den Boxen, der Bass ließ die Membranen vibrieren wie ein mittelschweres Erdbeben.

Auf meiner Couch hing Viktor und grinste mich an.

»Na, Krüger, was geht?« Mit der Fernbedienung regulierte er die Lautstärke runter, und wir schlugen ein. Schnipsinger. Unser Begrüßungshandschlag. Oder wenn jemand was Cooles gesagt oder gemacht hatte. Unsere Hände klatschten flach ein, beim Auseinanderziehen drückten wir Daumen, Zeige- und Mittelfinger gegeneinander, dass es schnippte. Was geht? Schnipsinger. Wie in dem Film *KIDS*. Übelst lässig.

»Nicht viel«, sagte ich und streckte Vik den Teller mit Broten entgegen.

»Alter, Krüger, siehst du verpicht aus. Was ist mit dir denn los?« Verpicht. War seit einiger Zeit Viktors Lieblingswort. Eine Mischung aus verpeilt und dicht. Wahlweise bedeutete es auch einfach: beschissen. Verpicht. Konnte man auch als Verb benutzen. Etwas verpichen. Ich zeigte ihm den Mittelfinger. Er gluckste.

Viktor selbst sah aus wie eine Streberversion von Leonardo DiCaprio aus *Titanic*. Blonde, fluffige Haare wie gerade geföhnt, weiße Zähne, ein Gesicht wie aus einer BRAVO-Fotolovestory. Und eine breitrandige Brille mit flaschenbodendicken Gläsern, ohne die Vik so kurzsichtig war wie ein Grottenolm.

Er trug ein T-Shirt und ein offenes Hawaiihemd, die Dickies-Cargo saß weit unter der Hüfte.

Ich nahm mir ebenfalls ein Brot und sagte kauend: »Erstens: Niemand außer dir benutzt verpicht. Absolut niemand. Und zweitens: Ich sehe aus, wie man aussieht, wenn man mitten in der Nacht aus dem Schlaf gerissen wird, du Pfosten. Was willst du schon hier? Weißt du eigentlich, wie spät es ist?«

»Nein.« Viktor zuckte die Achseln. »Du?«

»Äh, nein.« Ich schaute auf die Casio, die neben dem Aschenbecher lag, und legte sie mir ums Handgelenk. »Acht. Es ist acht!«, stöhnte ich und ließ mich neben meinen Kumpel auf die Couch fallen. »Warum hast du nicht angerufen?«

Viktor guckte mich herausfordernd an. »Wärst du ins Wohnzimmer gelaufen und rangegangen?«

»Hm.«

»Oder hast du im Lotto gewonnen und dir ein Handy geholt?«

»Hm.« Ich winkte ab. Ein paar Sekunden schwiegen wir, mümmelten auf unseren Brotkrusten rum, während die Anzeige meiner Armbanduhr eine Ziffer weiter sprang. »Hat der Sergeant dich rausgescheucht?«, fragte ich dann.

Viktor nickte.

Sommerferien oder nicht, der Sergeant duldete kein, wie er es nannte, »Lotterleben«. Darunter fielen lange draußen bleiben, lange schlafen und falscher Umgang. Das bedeutete: kein Abhängen im Skatepark, sondern buckeln im Ferienjob. Kein PlayStation-Spielen, sondern Boxtraining. Wenn der Sergeant gewusst hätte, dass Viktor kiffte, Alkohol trank und sich nachts rausschlich, säße dieser im nächsten Flugzeug nach Alcatraz. Oder wäre zumindest auf direktem Weg ins Internat.

Der Sergeant war ein Kettenhund. Herr Dornmann. Mein Lateinlehrer und Viktors Vater.

»Zu was hat er dich denn verdonnert?«, fragte ich jetzt, griff nach einem Tetra Pak Eistee, der auf dem Boden stand, und nahm einen tiefen Schluck. Ich hielt Viktor den Karton hin, er lehnte ab.

»Ich muss das Wochenblatt austragen«, sagte er stattdessen, pustete sich eine Fluffsträhne aus der Stirn und betätigte den CD-Wechsler.

»Hast das mit dem Wochenblatt schon *erledigt*?«, grinste ich.

Viktor lachte. »Nein. Ich kann die Zeitungen nicht zu oft einfach nur in ’nen Papierkorb stopfen, statt sie zu verteilen. Jemand von der Stadtreinigung hat mich da letztens hingehängt. Heftig verpicht.«

»Shit«, sagte ich. »Ja, lieber nichts riskieren.«

Wir sprachen wieder ein paar Augenblicke nicht, hörten Jan Delay zu, wie er auf *Füchse* rappte. Er haute ab aus seinem Bau.

Viktor nickte mit dem Kopf zum Beat und wartete ab, bis der Refrain einsetzte. »Zusammen und halbe-halbe?«, schlug er dann vor.

Ja, komm, warum eigentlich nicht, dachte ich.

Schnipsinger.

ICH ZOG MEINEN weinroten Eastpak unter meinem Bett hervor und packte eine Schachtel Lucky Strike, in der noch drei Zigaretten und der halbe Joint von gestern waren, in das vordere Rucksackfach und mein Notizbuch, dessen zum Teil lose Seiten von einem Gummiband zusammengehalten wurden, mit einem Stift in das hintere.

Aus der Schublade meines Nachttischs griff ich mein Sturmfeuerzeug.

Langsam fuhr ich mit den Fingerspitzen über die glatte Oberfläche, bevor ich es in die Hosentasche steckte. Ich mochte dieses Feuerzeug. Ich wusste gar nicht mehr genau, woher ich es eigentlich hatte. Nachdem meine Mutter und ich letztlich alleine in dieser Wohnung gelebt hatten, war es irgendwann in meinem Besitz gewesen. Ich mochte den ebenen edlen Stahl, aus dem es gefertigt war. Und es beruhigte mich, über die Oberfläche zu streichen, immer wenn ich nervös wurde. Außerdem funktionierte es zuverlässig. Der Feuerstein entzündete das herausströmende Gas, selbst wenn er nass geworden war, und die Flamme erlosch nicht, ganz gleich, wie fest der Wind blies.

Ich schob mir noch den Schlüsselbund in die andere Hosentasche und die beiden Fünf-Mark-Stücke vom Küchentisch in den Geldbeutel, dann trug ich mein BMX die drei Stockwerke nach unten und lehnte es an die Hausmauer, wo Viktor mit seinem Rennrad wartete, an dessen Lenker die Stofftaschen mit den Exemplaren des Wochenblatts hingen, die wir in der Bodensteiner Innenstadt in die Briefkästen werfen und in den Läden auslegen mussten. Zwei der Beutel legte ich mir über die Schultern.

Die Sonne schien jetzt schon kräftiger, und die Regenpfützen der Nacht waren beinahe vertrocknet. Ich trat in die Pedale, rollte ein paar Meter in Schlangenlinien und fuhr durch eine Lache, die noch im Rinnstein stand. Auf dem Asphalt hinterließ das Profil meiner Reifen eine blasse Spur. Viktor war bereits ein Stück voraus, sein Hawaiihemd flatterte wie ein Cape.

Das Neubauviertel, in dem ich wohnte, war an den Rand von Bodenstein geklebt. Wir fuhren durch Straßen, die so angeordnet waren, dass es aus der Vogelperspektive aussehen musste wie ein karierter Schreibblock, die einzelnen Parzellen angemalt in mehr oder weniger identischen Tönen von Betongrau und Vorgartengrün.

Je näher wir der Altstadt und dem Stadtkern kamen, desto rußiger wurden die Fassaden, desto spärlicher die Grünflächen. Fachwerk stand hier neben Fünfzigerjahre-Betonklötzen, über Geschäften für Bekleidung, einer Metzgerei und einem Bäcker waren Einliegerwohnungen. Links hatte das kleine Kino die Blockbusterplakate in einem Schaukasten hängen, rechts schob eine Mitarbeiterin vom Schnäppchenparadies Auslegeware vor das Schaufenster. Der Schuhmacher hatte noch nicht geöffnet, ebenso wenig wie die Müller-Filiale mit der Drogerie- und der Medienabteilung oder der halb verfallene Steinmetzbetrieb der uralten Frau Berger.

Es waren kaum Autos unterwegs. Ich radelte gemächlich. Der Straßenbelag wechselte immer wieder zu Kopfsteinpflaster, was mich auf dem Sattel jede Fuge und jede Unebenheit spüren ließ. Als ein gellender Pfiff ertönte, der die Luft zerschnitt, blickte ich auf.

»Komm ran jetzt!«, rief Viktor, an einer Kreuzung an einer Litfaßsäule abgestützt, seinem Pfeifen hinterher und wischte sich die Finger an seiner Hose ab.

Viktor konnte pfeifen wie niemand sonst, den ich kannte. Er hatte sich verschiedene Pfiffarten für verschiedene Botschaften antrainiert. Je nachdem, was Vik wollte, änderte er Intensität und Tonlage. Das hatte er von seinem Vater. Der Sergeant hatte ihm das beigebracht, noch bevor Viktor sprechen konnte. Ein Mann weint nicht, ein Mann versagt nicht, ein Mann muss kämpfen können. Und pfeifen.

Dieser Piff hatte *Komm her!* geheißen, und ich wusste sofort, worauf Viktor abzielte. Wenn wir das Wochenblatt in der Innenstadt austrugen, gab es zwei Routen. Eine schlechtere und eine bessere. Die schlechtere: frei stehende, von Hunden bewachte Wohnhäuser, verstreute Wohnungen und Geschäfte. Eine Ewigkeit pro Wochenblatt-Exemplar und Briefkasten. Die bessere: ein paar Büros und ein Wohnblock. Dutzende Briefkästen auf einmal, an denen man die kostenlosen Zeitungen so schnell in die Schlitze verteilen konnte, dass man aufpassen musste, keine Sehnenscheidenentzündung zu bekommen.

Wer von uns welche Route bekam, entschieden wir immer in einem Wettbewerb, der von uns sogenannten Competition. Und Viktor, das war ihm anzusehen, wollte Competition.

Ich lenkte mein BMX neben meinen besten Freund an die Litfaßsäule, die von oben bis unten mit Plakaten beklebt war. Daumendick waren die Papierschichten übereinandertapeziert, an denen, löste man sie nach und nach ab, man die Veranstaltungshistorie von Bodenstein hätte ablesen können wie die Geschichte eines Gebirges am Sediment.

Ein Poster schien gerade frisch über die anderen gepappt worden zu sein. Kein Foto, sondern eine Zeichnung mit einem leuchtenden Motiv: ein gelb-rotes weitläufiges Zelt, dessen Eingang, die Plane aufgeschwungen, im Inneren eine Manege erahnen ließ.

CIRCUS MONDO INTERO stand in goldener Schrift unter der Zeichnung. Jetzt in Bodenstein am Festplatz. *Kommen Sie vorbei. Hier werden Träume Wirklichkeit!*

Viktor schnippte mit seinen Fingern vor meinem Gesicht. »Nicht dösen«, sagte er und knackte mit den Halswirbeln. »Ich bin dran mit Ansagen.«

»Bist du sicher?«, sagte ich und knackte ebenfalls.

Viktor nahm seine Brille ab und putzte die Gläser an seinem Hemd, wobei er affektiert mit den Schultern zuckte. »Sorry, Krüger. Du hast die Competition letztes Mal angesagt. *Tetris*. Und du hast verloren, du Loser. Heute darf ich bestimmen, was wir machen.«

Viktor hatte recht. Die Competition war jedes Mal ein anderer Wettbewerb. Die Disziplin entschieden wir abwechselnd.

Viktor lächelte mich überlegen an.

Ich ahnte, was er gleich vorschlagen würde, und schüttelte den Kopf.

Vik: »Gleichzeitig…«

Ich: »Du…«

Vik: »… freihändig…«

Ich: »… dämlicher…«

Vik: »... rollen.«

Ich: »... Pfosten!«

Viktor kicherte. »Ich nehme als Disziplin: gleichzeitig freihändig rollen. Blind.«

»Niemals.«

»Du musst, Krüger, du Sissi.«

»Fuck.«

»Tja, verpicht.«

Gleichzeitig freihändig rollen, der Wettbewerb, den Viktor gewählt hatte, bedeutete, wir beide mussten uns auf unsere Räder setzen, abstoßen, die Hände vom Lenker nehmen und nebeneinander den Bürgersteig entlangrollen. Ohne Festhalten und Treten. Wer weiter kam, gewann. Viktors Paradedisziplin. Ich hatte mir dabei vor ein paar Wochen den Ellbogen verstaucht. Und blind hatten wir das bisher überhaupt noch nicht gemacht.

»Blind mach ich nicht«, sagte ich.

»Du *musst*, du Feigling«, wiederholte Viktor. »Du darfst auch innen sein«, fügte er gönnerhaft an und brachte sich in Position, indem er sein Rennrad auf den Bürgersteig hob, nah an den Bordstein.

Ungeschickt stakste ich neben ihn.

»Mit offenen Augen reicht doch«, probierte ich es nochmals, aber Viktor presste bereits die Lider zu. Mir war klar, dass ich durch Widerspruch sein Ego nur noch mehr kitzeln würde, also tat ich es ihm gleich.

Sofort hatte ich das Gefühl, das Gleichgewicht zu verlieren. Körpergefühl und Geschicklichkeit waren einfach nicht mein Ding.

Viktor räusperte sich. »Bist du so weit?«

»Nein.«

»Drei ... zwei ... eins ... los!«

Ich hörte, wie sich seine Sneaker vom Boden abstießen. Das musste ich jetzt auch machen. Jetzt! Doch statt mich abzudrücken, zögerte ich, glaubte umzukippen, verdrehte den Lenker und geriet mit dem Vorderrad in irgendwas. Viktors Speichen.

Scheiße!

Ein Schrei.

Ich riss die Augen auf. Zu spät.

Alles passierte in einzelnen grell aufblitzenden Bildern. Abgehackt, als hätte jemand Stücke aus einer Filmrolle geschnitten. Jedes Bild knallte mit einer Lichtexplosion, wie man sie von alten Fotoaufnahmen kennt, in meinen Tunnelblick.

Bitte alle recht freundlich.

Fump!

Mein Vorderrad in Viktors Speichen.

»Scheiße!«

Quietschender Autoreifengummi.

Stille. Standbild.

Viktor lag, in sein Fahrrad verkeilt, regungslos auf der Fahrbahn, die Stoßstange eines silbernen Mercedes knapp vor seinem Kopf.

Ich ließ das BMX fallen, stürzte zu meinem Freund und berührte ihn am Rücken.

»Vik, alles klar?«

Ein Augenblick, der mir eine Erdumdrehung zu dauern schien. Was sollte ich tun? Einen Krankenwagen rufen?

Endlich zuckte Viktor, richtete sich auf und schlug meine Hand weg.

Kurz funkelte er mich an, als unsere Blicke durch die Windschutzscheibe in das Innere des Mercedes fielen. Von dort fixierten uns zwei stechende Stahlaugen. Wie ein Raubvogel seine Beute, schoss es mir durch den Kopf. Der Fahrer machte keinerlei Anstalten auszusteigen. Es war einer der Hunnen. Und er schien kein bisschen erschrocken zu sein. Seelenruhig nahm der Mann die rechte Hand, an der er einen dicken Siegelring trug, vom Lenkrad und legte Zeige- und Mittelfinger ausgestreckt zusammen. Er formte eine Pistole. Er zielte erst auf mich und deutete einen Schuss an. *Bamm!* Anschließend wiederholte er dasselbe anvisiert auf Viktor. *Bamm!*

Dann setzte er mit Vollgas zurück und umkurvte uns haarscharf, ohne uns eines weiteren Blickes zu würdigen.

»Alter.« Viktor stand wieder, klopfte sich den Dreck von den Klamotten und schob seine Brille, die zum Glück unbeschädigt geblieben war, gerade. Am Schienbein hatte er eine Schürfwunde, sonst schien er unverletzt.

»Tut mir leid«, sagte ich kleinlaut und hob sein Rennrad von der Straße, sodass er es an der Stange zu greifen bekam.

Sekunden herrschte eine Grabesstille zwischen uns. Gott sei Dank war nichts passiert.

»Ich war weiter«, sagte Viktor schließlich und radelte, ein »Wir treffen uns beim Müller« murmelnd, davon.

Ich stellte mein BMX auf, setzte mich auf den Sattel und war einfach nur froh, dass niemand gestorben war.

SOBALD VIKTOR außer Sichtweite gewesen war, hatte ich mein Notizbuch aus meinem Rucksack gezogen und aufgeschlagen.

Aufblitzende Bilder, Lichtexplosionen, Stücke aus einer Filmrolle geschnitten, Tunnelblick, schrieb ich auf eine leere Seite, mit dem Gedanken, dies vielleicht irgendwann für eine Geschichte benutzen zu können.

An den zittrigen Linien, die der Stift hinterlassen hatte, merkte ich, wie sehr mir der Schock in den Knochen steckte. Zur Beruhigung hatte ich in meiner Hosentasche ein paar Augenblicke über die glatte Oberfläche meines Sturmfeuerzeugs gestrichen, bevor ich das Gummiband wieder um das Buch gelegt und dieses zurück in meinen EastPak geschoben hatte.

Meine Route abfahrend, hatte ich dann mechanisch Exemplar um Exemplar des Wochenblatts in die Briefkästen geworfen, war abgebogen in Seitenstraßen und Wege, die in den Ortskern hineinliefen wie ein Flussdelta und mich immer wieder zurück auf die Hauptstraße spülten.

Der Unfall mit Viktor hätte auch anders ausgehen können. Ich hätte nicht gewusst, was ich in diesem Fall gemacht hätte.

Ich hatte bis zu diesem Tag im Sommer 1999 noch nie einen wichtigen Menschen in meinem Leben verloren. Auch aus dem einfachen Grund, dass es damals nicht viele wichtige Menschen in meinem Leben gab. Mein

Vater war weg, ja. Aber das war – und das war mir absolut bewusst gewesen – etwas Gutes.

Um kurz nach zehn war mein Teil der Arbeit beinahe erledigt. Beim Kino klemmte ich ein paar Wochenblatt-Ausgaben unter die Türschwelle, im Schnäppchenparadies legte ich einen Schwung an die Kasse und beim Schuhmacher einen Stapel auf ein Bänkchen, das vor dem Laden stand. Es fehlten noch der Steinmetzbetrieb und der Müller-Markt, in dessen Medienabteilung, direkt an der PlayStation, ich mich wieder mit Viktor treffen würde, um den restlichen Vormittag das heute erschienene *Tony Hawk's Pro Skater* »auszuprobieren«, bis uns der Filialleiter aus dem Geschäft werfen würde.

Die Steinmetzerei war in einem baufälligen Gebäude, dem der Putz von den Wänden platzte. Um hineinzugelangen, musste man über einen Kiesweg durch ein schmiedeeisernes Tor, das immer offen stand. STEINMETZBETRIEB – BILDHAUEREI – GRABMALKUNST – ILSE BERGER war in verwitterten Lettern in den Stahl geprägt.

Ich nahm den vorletzten Stapel der Zeitungen, um diesen, wie jedes Mal, wenn ich Viktor half, in der Werkstatt auszulegen. Frau Berger würde irgendwo auf ihrem parkähnlichen Ausstellungsgelände sein, das hinter dem Gebäude lag und das mit hohen Hecken einem Labyrinth gleich zugestellt war mit angefangenen und zum Verkauf fertigen Statuen und Grabsteinen.

Früher, am Lagerfeuer bei Zeltausflügen, hatten wir uns Gruselgeschichten von der kauzigen erblindenden Steinmetzin Berger erzählt und von ihrer berühmtesten Statue, dem Janus.

Und aus einer dieser Geschichten hatte ich diese gemacht.

DIE STEINMETZIN UND DER JANUS

Den Auftrag schickt der Himmel. Eine kolossale Statue. Ein Wahrzeichen und Wächter für Bodenstein. Oben, auf der Klippe, am höchsten Punkt über der Naab. Gehauen aus einem Felsblock, der bei Tagesanbruch in die Steinmetzerei geliefert worden ist. Bezahlt hat der anonyme Spender bereits. Und Ilse Berger kann ihre erdrückenden Schulden begleichen. Alles, was von der Steinmetzin gefordert wird, ist, den Wächter für die Stadt aus diesem Stein zu schlagen. Der Spender fordert ein Meisterwerk.

Nun sitzt die alte Frau, Hammer und Meißel in der Hand, auf einem Schemel in ihrer Werkstatt, starrt auf den riesigen Steinquader und weiß nicht, wo sie den ersten Hieb ansetzen soll.

Drei Tage und zwei Nächte bleibt sie dort, steht auf, streicht über den Stein, setzt sich wieder, vergisst zu essen, zu trinken, nickt ein, bis es sie schüttelt vor Schlafmangel, Durst und von einem schleichenden Fieber.

Wie beginnt man ein Meisterwerk? Der Gedanke bohrt sich immer weiter in ihren Verstand, droht, sie in den Wahnsinn zu treiben.

In der dritten Nacht, im stärker und stärker werdenden Flimmern, hört sie auf einmal eine Stimme.

»Ich bin der Anfang und das Ende«, dröhnt die Stimme. »Das Licht und der Schatten. Feuer und Wasser. Ich bin der Janus.«

Die Stimme kommt vom Stein. Von der ihr

zugewandten Seite. Mit geschlossenen Augen, um die Eingebung nicht verfliegen zu lassen, lehnt sich Ilse Berger, selbst glühend, an den kühlen Fels.
Und fängt an zu schlagen.
Wie hypnotisiert bricht sie mit dem Meißel Stücke und Splitter aus dem Gestein, formt einen Torso, Arme, Beine, beginnt ein Gesicht, spürt die Wolken von Staub auf ihrer mit einem Schweißfilm überzogenen Haut, als die Stimme abermals ertönt:
»Ich bin das Ende und der Anfang«, donnert es. Diesmal von der Rückseite. Was der Janus von ihr will, ist eindeutig. Die Steinmetzin geht um den Stein herum und beginnt, ein zweites Gesicht zu formen.
Sofort schallt es von der Vorderseite: »Ich bin der Schatten und das Licht.« Wie befohlen arbeitet Ilse Berger an der Vorderseite weiter. »Wasser«, Rückseite, »und Feuer«, Vorderseite. Rückseite. Vorderseite. Rückseite. Hin und her bis zur völligen Erschöpfung. Stücke, Splitter…
»Ich bin der Janus.«
…und Splitter und Staub und Staub und Staub.
»Ich bin der alles sehende Wächter.«
Klirrend gleiten Hammer und Meißel zu Boden. Kein Ton ist mehr zu hören. Nur Ilse Bergers Keuchen.
Wie viele Stunden vergangen sind, weiß sie nicht. Zitternd steht sie in ihrer Halle, fährt, die Augen immer noch zugepresst, mit den Fingern über ihr Meisterwerk und fängt an leise zu weinen. Eine imposante Gestalt hat sie geschaffen, jede Sehne und jeder Muskel sind tastbar. Mit scharfkantigen Zügen: ein Gesicht und da, wo der Hinterkopf sein sollte, ein zweites. Der alles sehende Wächter.

Nun will die Steinmetzin den Koloss betrachten. Doch als sie versucht, ihre Augen zu öffnen, stockt ihr das Blut in den Adern. Der Staub vom Stein, vermischt mit ihrem Schweiß und ihren Tränen, hat ihr die Lider verklebt wie Beton. Verzweifelt versucht sie, die Kruste abzukratzen. Vergebens. Der alles sehende Wächter hat ihr das Augenlicht geraubt.

Nun wacht der Janus über Bodenstein, oben, auf der Klippe, am höchsten Punkt über der Naab, den Fluss und die Stadt gleichermaßen überblickend, während seine Schöpferin in ewiger Dunkelheit wandelt.

Ende

Zugegebenermaßen war es unwahrscheinlich, dass das so passiert war. Ja, die alte Frau Berger war beinahe blind, und bei der Aussichtsplattform auf der Klippe über der Naab gab es eine riesige Statue mit zwei Gesichtern, die die Steinmetzin vor Jahrzehnten gemeißelt hatte. Die Skulptur eines römischen Gottes: der Janus. Der Gott des Gegensatzes. Für Anfang und Ende, Licht und Dunkelheit, Leben und Tod. Dieser Teil meiner Geschichte stimmte. Der Rest klang immerhin spannend.

Die Klippe mit dem Janus war mein Lieblingsort in Bodenstein und Umgebung. Das Plateau mit der Aussichtsplattform erhob sich als Anhöhe steil am Rand des Naabtaler-Forstes. Die kolossale Statue stand direkt am Abgrund, zehn Meter über der Naab. Im Schatten der Skulptur hatte man eine atemberaubende Sicht. Man blickte weit über die dichten Bäume, bis hinunter in die Stadt und über den Fluss, der irgendwann mit dem Dunst des Horizonts verschmolz.

Dort saß ich gerne. Hinter mir der kühle Wald, unter

mir das glitzernde Wasser. Dort oben hing ich Träumen nach und schrieb Geschichten in mein Notizbuch, wenn ich alleine war. Mit Viktor zog ich beim Janus gerne einen durch, wir tranken was oder warfen Steine in den tiefen, ruhig fließenden Strom. Viktor warf immer so weit er konnte. Ich mochte das Geräusch, wenn ich meinen Stein einfach fallen ließ und er platschend durch die Wasseroberfläche schlug.

Ich zog mir die Kapuze meines Hoodies auf und schob die Wochenblatt-Exemplare auf Kante. Die noch auslegen und dann zum Müller, wo Viktor vermutlich schon die PlayStation in Beschlag genommen hatte.

Ich wollte gerade den Kieselweg zum Steinmetzbetrieb betreten, als ich auf der gegenüberliegenden Seite einen Jungen bemerkte. Er stand vor einem großen, im Charakter einer Stadtvilla modern wirkenden Haus, das aus dem tristen Straßenzug herausstach. Der Kleine war höchstens sechs Jahre alt und sah irgendwie verloren aus. Er trug eine zu lange Jeans, die am Bund umgeschlagen war, und einen geringelten Pullover. Auf seiner Stirn klebte ein Pflaster. Und er verhielt sich seltsam. Er drehte sich um die eigene Achse, wobei er mit seinen vibrierenden Lippen Geräusche machte wie ein Rennwagen.

Er schien alleine zu sein. Irgendwo und mit irgendwem hatte ich den Jungen schon mal gesehen. Aber mit wem? Ich kam nicht drauf.

»Ist mit dir alles okay?«, rief ich über die Straße, laut, um seine Motorengeräusche zu übertönen. Keine Antwort. Da der Junge sich unbeirrt weiter im Kreis drehte und ich Sorge hatte, er könnte auf die Fahrbahn stolpern, ging ich zu ihm. »Ist mit dir alles in Ordnung?«

Unvermittelt verstummte der Junge und gaffte mich

an. »Was machst du?«, sagte er auf eine herzerwärmende Art langsam. Von den vielen Drehungen taumelte er wie ein Betrunkener, der sich von seinem Thekenplatz erhebt.

»Na, was machst *du*, ist hier doch eher die Frage«, sagte ich und ging vor ihm in die Hocke.

»Burnout.« Der Junge sah mich mit einem Das-sieht-man-doch-du-Vogel-Blick an. »Wie Schumi«, schob er als Erklärung hinterher. »Und du?«

»Zeitungen austragen«, sagte ich und wedelte mit dem Stapel in meiner Hand. »Und was hast du *da* gemacht?«, deutete ich auf das Pflaster.

»Zu schnell Burnout.«

»Oh.«

»Hat geblutet.«

»Ja, das glaube ich.« Ich musterte ihn. »Du musst vorsichtiger, ähm, fahren.«

»Oder mit Helm«, nickte der Junge nachdenklich.

»Oder mit Helm«, stimmte ich ihm zu.

In dem Bub schien es zu arbeiten. »Darf ich dir helfen?«, fragte er jetzt.

»Beim Austragen?«

»Ja! Kann ich?« Er streckte seine Arme nach vorne, in der Erwartung, dass ich ihm die Zeitungen übergab.

»Erst mal: Wie heißt du?«, fragte ich.

»Heiko. Aber alle sagen Schumi. Weil ich immer Rennen fahre. Und du?«

»Pascal. Aber alle sagen Krüger. Weil ich …« Ich zögerte, strich automatisch über meinen Brustkorb, atmete einmal ein und wieder aus. »Also, willst du mir jetzt helfen?«, fügte ich dann lächelnd hinzu.

»Ja!«

Ich legte dem wild nickenden Schumi die Zeitungen in

die immer noch ausgestreckten Arme. »Die hier«, deutete ich auf die Exemplare, »musst du da drüben in der Werkstatt der Steinmetzin auf einen Tisch legen. Schaffst du das?«

Der Kleine nickte weiter.

»Bei Frau Berger ist es ein bisschen unheimlich. Falls du dich fürchtest, kannst du…« Ohne mich ausreden zu lassen, schaute der Junge, ob sich ein Auto näherte, und düste los. Mit Vollgas-Motorengeräusch rannte er über den Kiesweg, durch das Eisentor in das Gebäude, verschwand und kam ohne die Zeitungen zurückgefetzt. Völlig aus der Puste, die Hände auf die Oberschenkel gestützt, stand er schließlich wieder vor mir.

Ich war beeindruckt. »Nicht schlecht. Danke.«

»Keine Ursache.« Erneut sprach er langsam, als wären seine Worte Kaugummi.

»Hier, schlag ein. Schnipsinger«, sagte ich und hielt ihm meine flache Hand hin.

Ratloser Blick.

»Hau drauf, und beim Auseinanderziehen drücken wir Daumen, Zeige- und Mittelfinger gegeneinander, sodass es schnippt.«

Die Gesichtszüge des Kleinen erhellten sich. Er klatschte auf meine Hand, und beim Auseinanderziehen schnippte es sogar ein wenig. »Cool!« Freudig wiederholte Schumi das Ganze, als sich hinter uns die Haustür der Stadtvilla öffnete.

Der Bub hopste an mir vorbei und umklammerte die Beine einer jungen Frau. Anna, die mich argwöhnisch ansah. Dahinter Ayla, die sich die Locken zu einem Pferdeschwanz band.

Ich stand da wie eine Salzsäule. Deshalb war mir Schumi

bekannt vorgekommen. Ich musste ihn schon einmal mit Anna und Ayla gesehen haben. Sag was Cooles, dachte ich. Oder was Lässiges. Oder was Witziges. Oder irgendwas. Sag irgendwas. Ich öffnete und schloss den Mund wie ein Fisch an Land, ohne einen Ton herauszubekommen, und Anna und Ayla wandten sich ab.

»Na, Großer, bringen wir dich zu Oma?«, sagte Anna zu Schumi.

»Ja!« Schumi griff die beiden an den Händen, sodass er in der Mitte gehen konnte.

»Und wir hatten doch abgemacht, dass du nicht mit fremden Männern reden sollst«, ermahnte ihn Ayla streng, während sie zusammen auf ein am Straßenrand parkendes Cabrio zumarschierten.

»Na ja, das war ja auch kein Mann«, feixte Anna und zog die Beifahrertür auf.

»Stimmt«, kicherte Ayla.

»Das war kein Fremder«, sagte Schumi, der dabei war, auf die Rückbank zu klettern. »Das war Krüger. Der ist cool.«

»Ja?«, hörte ich Ayla noch ungläubig, bevor sie davonfuhren, wobei aus dem voll aufgedrehten Kassettendeck ein Lied von Beck schallte. Und es schien, als sänge er *Loser* ganz für mich alleine.

»DU HAST AUF IHREN komischen Bruder aufgepasst? Vorsicht, nicht da runterspringen.«

»Lass mich, ich muss mich konzentrieren.« Ich hielt den PlayStation-Controller umklammert und schickte Tony Hawk, Trick um Trick meisternd, durch einen Skatepark über den Dächern New Yorks. Fakie frontside-nosegrind. Viel Risiko. Viele Punkte.

Da mir heiß wurde, drückte ich Pause, zog meinen Hoodie aus, darauf bedacht, dass meine Shirts nicht nach oben rutschten, und stopfte den Pullover in meinen EastPak, den ich hinten an der Wand der Elektroabteilung abgestellt hatte. Die Band Goldfinger schepperte als Soundtrack des Spiels aus den Fernsehlautsprechern:

So here I am
Doing everything I can
Holding on to what I am
Pretending I'm a superman.

Den aktuellen Highscore hatte Viktor, der mich noch immer fassungslos anglotzte.

»Du passt auf ihren Bruder auf und kommst nicht auf die Idee, ihre Party heute Abend zu erwähnen und zu fragen, ob du rumkommen kannst? Wie konntest du denn nur dastehen und *gar nichts* machen? Meinst du das gerade ernst, Krüger?«

Ja, meinte ich. Ich fand es wesentlich schlauer, nichts zu machen, bevor man etwas Dummes-Peinliches-Falsches machte. Wer nichts macht, dem passiert auch nichts.

Genervt schnalzte ich mit der Zunge. »Wie hast du dir das denn vorgestellt, Vik? Hätte ich sagen sollen: ›Hey, ich bin jetzt mit einem Sechsjährigen, mit dem ihr zufällig verwandt seid, befreundet. Er und ich wollen später oben beim Janus noch einen kiffen. Oder er zeigt mir seinen Playmobil-Zoo. Findet mich bitte cool!‹ Merkst du selber, dass das Quatsch ist, oder Vik? Anna und Ayla… Die Münch-Zwillinge… das sind Göttinnen. Niemals würden die mich einladen.«

»Du hättest es wenigstens probieren können.«

»Und was hätte ich deiner Meinung nach machen sollen?«

»Na, irgendwas. So eine Gelegenheit kriegen wir nicht wieder.«

»Ja genau. *Wir*.«

»*Ich* will auf diese Party. Unbedingt! Und *du* willst einfach nur wieder gar nichts machen, Krüger. Rumliegen. Dösen. Den Tag verstreichen lassen. Das ist *so* öde. Du bist so ein verpichter Langweiler und Schisser, Alter.«

»Ein Schisser, der gerade deinen Rekord knackt, du Pfosten«, sagte ich und stand den letzten Sprung souverän, was Viktor einen erstaunten Pfiff entlockte. »Hier!« Aggressiver, als ich gewollt hatte, drückte ich ihm den Controller in die Hand, und wir betrachteten den Ladebalken, der stockend zunahm, bis sich das nächste Level aufgebaut hatte.

Wir spielten jetzt seit einer halben Stunde. Die ersten zehn Minuten hatten wir so gut wie kein Wort gewechselt, und der Vorfall mit dem Hunnen in dem Mercedes war nicht noch einmal erwähnt worden. Ich hätte Viktor gerne gefragt, wie es ihm ging und ob er Angst gehabt hatte. Aber über so etwas sprachen Jungs nicht. Stattdessen hatte ich ihm zur Begrüßung gegen seine Schürfwunde getreten, er hatte »Fick dich, du Spaten« gesagt, und wir hatten zu zocken begonnen.

Dann hatte ich erzählt, was vor der Steinmetzerei mit den Münch-Schwestern passiert war.

»Tja, komplett verpicht«, sagte Viktor jetzt. »Und alles wie immer, Krüger. Alles wie immer.«

»Was soll *das* denn heißen?«

Ein schleimiges Räuspern in unseren Rücken ließ uns zusammenfahren. »Kauft ihr beiden Asis auch mal was?« Der fette Filialleiter, der von morgens bis abends wie ein überfressener Wachhund durch die Gänge streifte, hatte uns auf dem Kieker. Mit einem Taschentuch tupfte er sich den kahlen Schädel, wobei der Kragen seines Hemdes verrutschte und am Hals eine tätowierte 18 zu sehen war. »Ob ihr mal was kauft, habe ich gefragt«, raunzte er erneut.

»Deine Mutter kaufen wir«, murmelte Viktor.

»Aber die ist im Erdgeschoss bei den Billigangeboten«, fügte ich an, lachte, und Viktor fiel in mein Lachen ein. Wir wieder. Schnipsinger. Der Filialleiter grunzte irgendwas von »kleine Wichser« und »standrechtlich erschießen«, trollte sich aber zum Warenlager, wo er ausgerufen wurde, um eine Lieferung entgegenzunehmen.

Viktor versank zurück ins Spiel, während die Gebäudelüftung tapfer surrend versuchte, die Temperatur in der Abteilung erträglich zu halten.

»Ich schau mich mal ein bisschen um«, sagte ich, legte

mir einen Gurt meines Rucksacks über die Schulter und begann, das Stockwerk abzuwandern.

Außer uns waren kaum Leute im Müller. Ein Herr ließ sich bei den Videokassetten beraten, eine Angestellte mit Dauerwelle ordnete CDs auf dem Ständer für die Neuerscheinungen 1999.

Rage against the Machine *The Battle of Los Angeles*, Dr. Dre *2001*, Slipknot *Slipknot*, Silverchair *Neon Ballroom*, Foo Fighters *There is nothing left to lose*, Nine Inch Nails *The Fragile*, Britney Spears *Baby One More Time*, Blink-182 *Enema of the State*, The Red Hot Chilli Peppers *Californication*, Freundeskreis *Esperanto*, Absolute Beginner *Bambule* ...

Ein Pappaufsteller warb für die neue Millenniums-Watch mit Jahrtausend-Countdown. Totaler Schrott. Aber alle drehten durch wegen dieser Scheißjahrtausendwende. Dem Millennium. Die einen waren sicher, dass mit Silvester über Nacht die Zukunft beginnen würde. Als gäbe es mit dem Feuerwerk fliegende Autos und Roboter, die uns in der Lobby von himmelhohen Wolkenkratzern mit spiegelnden Fassaden empfingen – unsere Ausweise, unsere Portemonnaies und unsere Telefone als Chip in unsere Handgelenke eingepflanzt.

Die anderen erwarteten das Ende der Welt. Dass uns der Himmel auf den Kopf fallen und Menschen, Autos, Wolkenkratzer unter sich begraben würde in einer Lawine aus Feuer und Chaos. Alle apokalyptischen Prophezeiungen vom Maya-Kalender bis Nostradamus auf einmal. Wie ein verheerender Kometeneinschlag. Wegen des Millennium-Bugs. 1999 springt auf 2000. Nur war den Programmierern aufgefallen, dass sie in den Datumsanzeigen ihrer Software nur zwei Ziffern vorgesehen hatten.

99 springt auf 00. Wir würden zurück in die Steinzeit katapultiert. Flugzeuge, die um Punkt Mitternacht einfach abstürzten, Kernreaktoren, die in astronomischen Atompilzen explodierten, die Kurven der Börsen würden zu toten Linien. Dritter Weltkrieg! Herzstillstand für die Menschheit und den Planeten.

Aber ob Zukunft oder das Ende der Welt, Hauptsache, irgendetwas passierte.

Der Glatzen-Filialleiter war jetzt dabei, Kartons mit dem neuen Nokia 3210 in einen Schaukasten zu stellen. Das Handy, auf das Viktor seit Monaten sparte, wohingegen ich der Überzeugung war, dass ich nie ein Mobiltelefon brauchen würde.

Gedankenverloren schlenderte ich durch die Reihen, nahm eine Super Soaker aus einem Regal, stupste eine Furby-Puppe, streichelte einen Stoff-Orca und inspizierte die Süßigkeiten an der Kasse. Ich hatte mich bisher noch nie getraut, hier etwas mitgehen zu lassen.

Viktor machte das ständig. Fünf-Finger-Discount, wie er es nannte. Ein Verbrechen ohne Opfer. Wenn niemand guckte, ließ er die CDs aus den Hüllen in seine Tasche gleiten, stibitzte Schokoriegel und hatte einmal sogar ein Tamagotchi eingesteckt, das in seiner Sporttasche elendig verhungert war.

Das wollte ich auch schaffen. Aber gerade war ich zu lange stehen geblieben. Misstrauisch äugte die Dauerwellen-Mitarbeiterin zu mir herüber. Hüstelnd griff ich nach dem Gurt meines Rucksacks.

Und in diesem Augenblick geschah es.

Jemand wetzte über das Linoleum.

Der Filialleiter brüllte.

Ich wollte mich umdrehen.

Dann, wie alle apokalyptischen Prophezeiungen vom Maya-Kalender bis Nostradamus auf einmal, wurde meine Welt… wurde *ich*… mit einem Knall durch die Atmosphäre und mit rotem Feuerschweif… von einem Kometen getroffen.

NIE WERDE ICH diesen Moment vergessen. Dieses Aufeinanderprallen, das meine Welt aus der Umlaufbahn schmiss. Es hatte lediglich den Bruchteil einer Sekunde gebraucht. Hätte ich eine Armlänge versetzt gestanden, wäre dies ein Tag wie jeder andere geworden.

Doch: Sie war mit Wucht in mich hineingekracht. Ein Mädchen. Auf der Flucht vor dem Filialleiter, der, die Visage zu einer grotesken Fratze verzerrt, auf uns zuschwabbelte. Neben ihr lag ein Nokia 3210, das sie aus der Vitrine genommen haben musste, daneben mein Rucksack. Ich hielt mir, auf dem Boden hockend, die Rippen.

Das Mädchen war etwa so alt wie ich, fünfzehn, vielleicht schon sechzehn. Feuerrote, schulterlange Haare umrahmten ein zartes Gesicht. Rosa Lippen, eine ebene Stirn, hohe Wangenknochen, die Haut fein und glatt, über und über besprenkelt mit Sommersprossen. Unter den zusammengezogenen Brauen glitzerten wasserblaue wütende Augen.

»Festhalten, die dreckige Diebin! Kleine Dreckschlampe!« Der Filialleiter war beinahe bei uns. Das dumme Nazischwein. Ich richtete mich auf.

Auch das Mädchen sprang hoch, sah gehetzt an mir vorbei und griff das Mobiltelefon. Und meinen Rucksack! Mit meinem Notizbuch darin! Was?!

»Hey!« Ich wollte sie am Handgelenk packen, bekam

den Ärmel ihres Longsleeves zu fassen, doch stärker, als ich es erwartet hatte, riss sie sich frei und sprintete mit ihrer Beute los Richtung Ausgang. Der Filialleiter war ihr auf den Fersen.

Eine Sekunde zögerte ich, dann setzte ich mich in Bewegung.

Sie war schnell. Ihre roten Haare wehten hinter ihr her wie eine Feuerspur. Geschickt schlängelte sie sich durch die Regale der Drogerieabteilung. Der schnaufende Wachhund knapp hinter ihr. Dahinter ich. Komischerweise hoffte ich, dass sie entkommen würde. Ihm und mir.

Sie schlitterte. Der Filialleiter hatte sie fast. Scheppernd warf sie einen Ständer mit Grußkarten um, der den Filialleiter traf und ins Straucheln brachte, dem ich jedoch mit einem Satz ausweichen konnte. Der Filialleiter fluchte: »Verschissene Göre!«

Nun preschte das Mädchen durch die Doppeltür aus dem Markt, das Nokia immer noch in der Faust und meinen Rucksack an den schlanken Körper gepresst. Der Filialleiter schien aufgegeben zu haben. Ich aber war nun ebenfalls draußen. Ich entdeckte sie, wie sie die Hauptstraße hinunterspurtete, und rannte weiter. Doch unser Abstand wurde nicht geringer, und lange würde ich das Tempo nicht halten können.

Kurz drehte sie den Kopf und schlug dann in voller Geschwindigkeit einen Haken.

Knirschend spritzten die Kiesel, als das rothaarige Mädchen über den Schotterweg zum Eingangstor des Steinmetzbetriebs floh.

Ich hinterher.

Doch ich konnte nicht mehr.

Ich musste abbremsen.

Japsend wischte ich mir den schweißnassen Nacken.

Das wenige Licht, das drinnen in das Gemäuer fiel, wurde durch dreckiges Fensterglas bräunlich gefärbt. Auf dem Verkaufstresen stand die Kasse. Werkzeug lag um Quader aus Marmor. An einer Wand war ein Gabelstapler geparkt. Weiter hinten führte ein Rundbogen in den Ausstellungsbereich.

»Hallo?«, sagte ich halblaut und noch immer schnaufend. Nichts.

Die Diebin musste im Garten sein.

Natürlich hatte ich den Ausstellungsgarten in der Vergangenheit schon betreten. Als Mutprobe als Kind. Im Werkunterricht mit der Schule. Ich wusste also, wie es hier aussah, wie es hier roch und klang. Und doch war es immer so, als wäre man zum ersten Mal hier.

Der Garten überforderte zunächst die Sinne. Hier war es heller als in der Halle. Und das Klima war anders. Das war das Erste, was ich spürte, als ich bei der Verfolgung des rothaarigen Mädchens durch den Rundbogen trat. Diese Andersartigkeit des Klimas. Dass die Luft dieses Aroma hatte, als wäre sie gerade neu gemacht. Das lag an den Pflanzen. Hohe, dichte Hecken durchzogen das Ausstellungsareal, das überspannt war von einer antiken Stahlseilkonstruktion. Wohin man schaute, wucherten Barrieren von Wildwuchs, die sich zu schmalen Gängen verzweigten.

Zwischen den Sträuchern, in den Ecken der Staudenreihen, waren Dutzende Statuen aufgestellt. Männer, Frauen, Betende, Engel, Jungfern mit Lorbeerkränzen und sich in Siegerposen werfende Olympioniken. Einige neu, andere mit Ranken bedeckt und moosig. Auch Tiere aus Stein standen auf Mauern und auf Sockeln. Manche Figuren bildeten zusammen eine ganze Szenerie.

Ich wählte einen der Gänge und bog dann ein auf einen zweiten, bevor ich an einem kreisrunden Fleck, einer Art Lichtung, innehielt und lauschte. Insektensummen lag in der Luft. Irgendwo schwang ein Windspiel.

Und da waren Stimmen. Eine alt, die andere jung und samten. Eine alte Frau und eine junge. Die Steinmetzin und das Mädchen, wie ich vermutete. Sie unterhielten sich auf der anderen Seite der Hecken.

Gerade sprach die Alte. Sie klang streng, aber nicht zornig. Die Junge antwortete etwas. Auf Zehenspitzen schlich ich näher, versuchte, keinen Laut zu machen, um mich nicht zu verraten. Die Worte wurden deutlicher.

»Hab ich mir schon gedacht, dass du zu denen gehörst«, hörte ich die Steinmetzin sagen. »Aber was willst du hier?«

Vorsichtig spähte ich durch die Büsche.

Nur ein paar Meter von mir entfernt lehnte Frau Berger, in einem schwarz-weißen wallenden Kleid, auf einen Stock gestützt, an einer Säule. Vor ihr standen zwei männliche Löwen aus Stein, die sich auf das Abbild einer die Arme ausbreitenden Magd zubewegten. Irgendeine Heiligendarstellung.

Neben der Skulptur der Magd stand das Mädchen mit den roten Haaren, meinen EastPak auf den Rücken geschnallt. Sie trug Jeansshorts und ausgelatschte Sneaker, das schwarze Longsleeve, dessen Ärmelbünde sie mit den Fingern umklammert hielt, klebte an ihr. Ihre blauen Augen blitzten. Ihre Wangen glühten von dem Sprint, und die Glut schluckte die Sommersprossen. Sie schien von innen heraus zu leuchten. Ich hatte noch nie etwas so Schönes gesehen.

Die Frage der alten Steinmetzin ignorierend, wies das Mädchen, ohne die Bünde ihrer Ärmel loszulassen, auf die Szenerie. »Das hier is' komplett Mist«, sagte sie trotzig. So rein ihre Stimme klang, so verwaschen sprach sie die Worte aus und verschluckte Silben.

Die Alte schien überrascht. »Was meinst du?«, gab sie zurück.

»Löwen machen so was nicht.«

»Junge Frauen angreifen?«

»Doch, das schon. Aber nicht so. Nicht von vorn. Löwenmännchen sind hinterhältig. Von vorn anzugreifen, das wagen die nicht. Damit die nicht kämpfen müssen. Am liebsten pirschen die sich im hohen Gras an und packen ihr Opfer von hinten. Wenn die überhaupt selber jagen. Meistens schicken die einfach die Weibchen und nehmen denen brutal die Beute weg. Der König der Tiere ist in Wirklichkeit ein faules, feiges Drecksvieh.« Kurz schien ihre Stimme vor Wut zu beben.

Die Steinmetzin wirkte beeindruckt. »Woher weißt du das?«, fragte sie.

»Hab ich erlebt. Ich hasse Löwen«, sagte das Mädchen.

»Wie ungewöhnlich.«

»Ist aber so. Wenn die denken, dass sie gesehen werden, trauen die sich nichts. Die Stämme in der Steppe von Botsuana haben immer bemalte Tonmasken um den Hinterkopf gebunden. ›Zweites Gesicht‹ nennen sie das. Damit sie nicht von hinten von Löwen angefallen werden.«

»Zwei Gesichter, soso. Dann …«

Mist. Ein Geräusch hatte die Steinmetzin mitten im Satz innehalten lassen. Ein Knacken. Ich war auf einen trockenen Zweig getreten, was die beiden sich umdrehen und auf die Stelle der Hecke starren ließ, hinter der ich hockte.

Eine Augenblick verharrten sie regungslos wie die Statuen, die sie umgaben. Dann machte das Mädchen einen Satz aus meinem Sichtfeld.

»Warte!«, rief ich, doch glaubte es mir selbst nicht.

Ich hörte noch, wie sie über einen Zaun kletterte. Dann war sie weg.

Wissend, dass ich sie dort nicht erwischen würde, rannte ich den Weg zurück auf die Straße vor der Werkstatt. Nichts. Ich schaute nach links. Nach rechts. Vergebens.

Unschlüssig hatte ich dort vor dem Tor der Steimmetzerei gestanden. Die Minuten waren verronnen. Ich hatte ein paar Schritte in die eine Richtung getan. Dann zurück in die andere. Mein Kopf hatte geschwirrt. Die Gedanken hatten sich überschlagen. Und ein flaues Gefühl hatte sich in meinen Magen gegraben. Irgendetwas Diffuses, das ich nicht einzuordnen imstande gewesen war. Etwas, das in mir auch heute noch ab und an hochschwappt, wenn ich spüre, dass mein Leben dabei ist, sich zu verändern. Dass etwas Neues passiert.

Und damals? Was hatte dieses Gefühl ausgemacht? Furcht? Vielleicht. Neugierde? Möglich.

Hatte ich dieses Mädchen finden und hatte ich sie wiedersehen wollen?

Noch heute, rückblickend, bin ich nicht sicher, was ich wirklich gewollt hatte. Und auch an diesem Sommermorgen war ich es nicht.

Das Einzige, was ich in diesem Moment vor der Steinmetzerei mit Sicherheit wusste, war:

Wenn ich dieses Mädchen *nicht* fand, sie *nicht* wiedersah, würde ich meinen Rucksack mit meinem Notizbuch nicht wiederbekommen. Alle Gedanken, Entwürfe und Geschichten wären weg. Auch die *eine* Geschichte. Die *einzige*, die ich je über mich geschrieben hatte. Die Geschichte, die – und das war das Wichtigste für mich – niemand jemals lesen durfte. Niemand. Erst recht nicht dieses Mädchen.

Die Geschichte, die alles verband, die erzählte, was mit meinem Brustkorb war, weshalb ich Krüger hieß und wieso ich nicht mehr schwimmen konnte.

In meinem Notizbuch stand die Geschichte mit meinem Geheimnis. Der Grund für alles. Die Geschichte, wieso ich mich nicht verlieben durfte.

»KANNTEST DU DIE?«, fragte Viktor.

Wir saßen auf einer Bank in einer Seitenstraße. Viktor hatte unsere Räder geholt und sich neben mir niedergelassen. Mit einem Zipfel seines Hawaiihemdes putzte er seine Brille und hielt sie dabei immer wieder prüfend gegen die Sonne. Das weiße Licht fiel durch die Gläser und brach sich in einem Farbband aus Rot, Gelb, Grün und Lila. Es liegt Gold am Ende des Regenbogens, dachte ich und schüttelte den Kopf.

»Keine Ahnung, wer das war. Ich hab die hier noch nie gesehen.«

Viktor schob sich seine Brille auf den Nasenrücken und hakte die Bügel hinter die Ohren. »Was war denn in dem Rucksack?«

»So Zeug.« Ich zuckte die Schultern. »Mein Pulli. Eine Schachtel Luckys, in der noch drei Kippen waren. Und unser halber Joint.« Und mein Notizbuch.

»Ah, verpicht.« Viktor deutete in die Richtung, in der die Müller-Filiale lag. »Beim Müller haben sie die Bullen gerufen. Ein 3210 hat die geklaut«, sagte er nicht ganz ohne Bewunderung in der Stimme. »Die ist jetzt sicher zur Fahndung ausgeschrieben. Vielleicht mit Steckbrief. Wanted, dead or alive. Das Mädchen ist jetzt schon das Aufregendste, was in Bodenstein diesen Sommer passiert ist. Schon ein bisschen cool, oder?«

Schon ein bisschen ... cool, dachte ich. Ein kleines bisschen vielleicht. »Wahrscheinlich«, sagte ich, »kommt gleich noch die Presse. Extrablatt, Extrablatt!« Viktor lachte. »Scheiße ist das mit dem Rucksack«, fügte ich an. »Denkst du, ich muss eine Aussage machen? Auf dem Revier. So als Zeuge?«

Viktor schnaubte. »Und falls die Polizei das Mädel schnappt, checken die, wem der Jolly in deinem EastPak gehört, oder was? Dann kriegt mein Vater das mit, und ich sehe nie wieder das Tageslicht wie ein Ketzer im Mittelalter. Ne, ne, ne, Krüger. Ich weiß, was wir machen.«

»Okay?« Schön, dass wenigstens einer von uns wusste, was wir machen würden. Ich wusste es nämlich nicht.

Die Kirchturmuhr am Marktplatz schlug elf. Der behäbige Klang der Bronzeglocken dehnte sich über die Dächer. Viktor schwang sich von der Sitzfläche der Bank auf die Lehne und krempelte seine Hemdsärmel hoch. »Also«, sagte er, die Ellbogen auf die Oberschenkel gestützt. »Wir finden dieses Mädchen. Wir nehmen ihr den Rucksack ab. Du hast deine Sachen wieder. Und ich hab ein neues Handy.«

Ich stieß verächtlich die Luft durch die Nase. »Spitzenidee.«

»Hä, warum?«

Weil das Mädchen, erklärte ich ihm, sicherlich längst über alle Berge sei. Weil wir keinen Schimmer hätten, wo wir mit der Suche anfangen sollten. »Und«, fuhr ich fort, »weil wir, falls wir rausfinden, wo sie ist, nicht einfach das Nokia behalten können, Vik.«

»Blödsinn!« Viktor klatschte mir von oben auf den Rücken. »Das Nokia ist ja schon geklaut. Es befindet sich dann einfach im Besitz von jemand anderem. Nämlich in meinem. Ein Verbrechen ohne ...«

»... ohne Opfer, ich weiß.«

»Exakt.«

»Okay, da hast du einen Punkt. Und meinen Rucksack hätte ich echt gerne wieder.«

»Gut. Außerdem will ich wissen, wer dieses Mädchen ist, das dir so locker davongesprintet ist und das die Eier hat, ein Handy vor der Schnauze von diesem Nazi-Filialleiter zu zocken.« Er sah mir ins Gesicht. »Krüger, du kannst mir nicht erzählen, dass du das nicht auch wissen willst!«

Konnte ich ihm nicht erzählen. Wie ich so vieles nicht erzählen konnte. »Das Mädchen ist mir egal«, sagte ich rasch. Als ob ich mich selbst davon überzeugen müsste.

»Aha.« Viktor hatte sich nach vorne gebeugt. »Wie du meinst. Aber den Rest machen wir so?«

Ja, komm, warum eigentlich nicht.

Schnipsinger.

WIR SUCHTEN ZUERST im Bereich um die Müller-Filiale.

Ein Streifenwagen stand vor dem Gebäude, zwei Reifen auf dem Bürgersteig. Sogar das Blaulicht hatten die Polizisten, die wir mit dem Filialleiter sprechen sahen, angelassen. Von dem Mädchen allerdings schien jede Spur zu fehlen.

Wir beschlossen, die typischen Plätze abzufahren.

Auf dem Marktplatz saßen Leute unter Markisen, schlürften Limonade und leckten Zitroneneis, das ihnen über die Waffeln auf die Finger rann. Am Brunnen spielten Kinder. Aus Kastenwagen heraus verkauften der Fleischer und der Käsehändler Schinken und Gouda. Hier war sie nicht.

Auch nicht in der Einkaufspassage oder am Spielplatz hinter dem Parkhaus, den die Alkis in Beschlag genommen hatten, und auch nicht oben auf dem Parkdeck, wo man unter strahlend blauem Himmel einen perfekten Blick über Bodenstein hatte.

Das Panorama reichte vom Industriegebiet hinter uns über das Freibad bis zum Wald und zur Naab und zur Janus-Statue. Man sah von meinem Wohnviertel zum Festplatz, der auf der anderen Seite, außerhalb der Stadtgrenze lag. Auf dem Festplatz erahnte man ein Zelt, etliche Container und Wohnwagen, was aus der Entfernung aussah wie eine zusammengewürfelte Miniaturwelt. Der Zirkus.

»Lass mal im Skatepark gucken«, schlug Viktor vor und schoss die sechsstöckige Parkhausabfahrt wieder nach unten. Ich trat die Rücktrittbremse meines BMX in jeder Kurve.

Der Skatepark lag zwischen Freibad und Stadtpark und war überraschend modern angelegt. Es gab einen Pool und eine Halfpipe, dazu verschiedene Hindernisse aus Eisen und Beton. Umgeben war das Gelände auf drei Seiten von Mauern, die übersät waren mit Graffitis. Das Geräusch von Gummirollen auf Teer und klackenden Achsen hörten wir, noch bevor wir die Anlage erreichten.

Ein Mädchen und zwei Jungs, alle ein paar Jahre älter als wir, lungerten im Schatten der Rampe, ein dritter mit kurzen Dreadlocks fuhr über den Court, sprang auf eine Reling, wobei Schweißperlen von seinem nackten Oberkörper stoben. Seine drahtige Statur ließ jeden Muskel erkennen, sein Sixpack spannte sich bei jeder Bewegung. Ohne zu schlingern, landete er den Trick. Wie ich bei Tony Hawk, dachte ich.

Die Jungs jubelten, das Mädchen warf ihm einen Luftkuss zu. Das war Dave, der coolste Typ im ganzen Landkreis.

Wir setzten uns unter einer Birke auf einen Rasenstreifen, und Viktor grüßte in Daves Richtung, der mit den Fingern ein Salutieren andeutete, bevor er zu seinen Freunden rollte. Die Jungs klatschten ab, das Mädchen küsste ihn und umfasste ihn dabei an der Hüfte.

Viktor zog eine kleine Flasche Volvic aus seinem Beutel, trank und reichte sie mir, wobei er mit dem Kinn in Richtung der anderen wies. »Dave ist so cool, oder? Die vom High and Mighty wollen den jetzt sponsern.«

»Vom Klamottenladen? Übelst lässig!«

»Der hat ein Leben. Wenn der nicht vögelt, dann skatet er oder kifft.«

»Heftig.«

Viktor lehnte sich gegen den Birkenstamm. »Hier ist die Rothaarige auch nirgends«, sagte er, schlug die Beine übereinander, richtete sich aber sofort wieder auf, als er bemerkte, dass Dave zu uns herüberschlurfte.

Dave hatte mit seinen Eltern eine Zeit lang gegenüber von Viktor gewohnt, und Viktor hatte, das behauptete er zumindest, Dave öfter CDs am Computer seines Vaters gebrannt. Im Gegenzug *kannte* ihn Dave, was absolut krass war.

»Hey«, grüßte der Skater, der sich jetzt ein Shirt über die Schultern gelegt hatte.

»'s geht?«, sagte Viktor. Er und Dave klatschten ein. Schnipsinger. Ziemlich laut.

Dave und ich schlugen ebenfalls ein, nur rutschte ich mit dem Daumen ab, sodass lediglich ein Reiben zu hören war.

Dave wischte sich die Hand ab, wobei er »Alles geht, Vik«, antwortete und mich unschlüssig ansah.

»Das ist Krüger«, erklärte Viktor.

»Hi«, sagte ich. »Wir haben uns letztens auf der Jam unterhalten. Das war witzig, weil du ...«

»Ja, ja, genau. Easy«, unterbrach mich Dave und wandte sich wieder an Viktor. »Vik, was ich fragen wollte: Hast du Feuer?«

Viktor tastete etwas zu hektisch seine Taschen ab. »Leider nicht«, sagte er und verzog die Mundwinkel.

»Schade. Ich hab gutes Weed von meiner Connection.« Dave hatte einen prall gerollten Joint hinter seinem Ohr hervorgezogen, an dem er roch wie an einer kubanischen Zigarre.

Viktor durfte ebenfalls schnuppern und pfiff anerkennend. »Hast du das von den Hunnen?«, wollte er wissen. Dave grinste vielsagend. »Und stimmt das mit der Plantage? Das Versteck unten an der Naab?«

»Pssst, Vik!« Dave legte sich mahnend den Zeigefinger auf den Mund. »Also, ihr habt kein Feuer?«

»Nei...«

»Ich hab Feuer«, sagte ich.

»Ja easy! Gib mal.«

Ich holte mein Sturmfeuerzeug aus der Hosentasche, strich dabei über die Oberfläche und warf es Dave zu. Viel zu kurz. Dieser fingerte es vom Rasen und zündete sich paffend den Joint an, wobei er den Rauch genüsslich in der Lunge hielt und durch die Nase wieder ausstieß.

»Du hast hier nicht zufällig ein rothaariges Mädchen mit einem Rucksack gesehen?«, fragte ich Dave jetzt, der nochmals an dem Joint zog, dass die Glut knisterte.

Kopfschüttelnd gab er mir das Feuerzeug zurück. »Hab ich nicht gesehen, nein. Wer soll das sein?«

»Ach, irgendwer. Nicht wichtig.«

»Aha. Whatever. Easy.« Das verglimmende Papier leuchtete rötlich auf, als Dave auf die Jointspitze blies, bevor er den Joint an Viktor weiterreichte.

Viktor inhalierte tief, und ich bemerkte, dass seine Augen etwas Glasiges bekamen.

»Richtig gutes Zeug«, sagte er. Seine Stimme war auf einen Schlag trocken, als hätte er in Sand gebissen, und als er mich als Nächsten ziehen lassen wollte, winkte ich ab.

»Wenn ich jetzt was kiffe, bin ich den Tag raus«, erklärte ich, und Dave lachte auf.

»Verpicht.« Viktor lächelte, war allerdings bleich geworden. Normalerweise konnte er paffen wie ein Schornstein. Zumindest das Gras, das wir immer hatten.

»Ich bin mal wieder bei den anderen«, sagte Dave jetzt und nahm sich den Joint zurück, den er hielt wie einen Dartpfeil. »Was macht ihr heute noch?«

»Mal gucken. Was macht ihr?«

»Wir wollten später noch schwimmen.«

»Klingt gut«, nickte Viktor, den Rücken nun so fest gegen die Birke gedrückt, dass ich damit rechnete, er würde den Baum entwurzeln. »Kommen wir vielleicht mit.«

»Wobei«, warf ich ein, »Schwimmen eher nicht so unser Ding ist.« Das wusste Viktor doch.

»Bei dem Wetter wollt ihr nicht ins Wasser?« Dave runzelte die Stirn. »Whatever. Easy. Abends ist Party bei den Münch-Zwillingen, Anna und Ayla. Das Haus ist der Hammer. Seid ihr da? Da sind alle.«

»Sind wir nicht eingel…«

»Kann schon gut sein, dass wir da aufkreuzen«, unterbrach mich Viktor, der langsam wieder Farbe bekam.

»Das wird heftig. Whatever.«

»Easy!«

Dave schlenderte zurück zu seinen Freunden. Viktor sah mich durch schmale Lidschlitze an. »Sei einmal cool, Krüger!«, stöhnte er. Dann zog er schmatzend die Kiefer auseinander und schüttelte die leere Wasserflasche. »Ich hab Pappmaul.«

»Spezi und Pommes im Freibad?«, schlug ich vor.

Und ob das Mädchen mit den roten Haaren dort rumlief, konnten wir bei der Gelegenheit auch überprüfen.

WIR SPERRTEN UNSERE RÄDER an den Drahtzaun, der das Freibad umgab. Auf der Rückseite der Anlage standen ein paar Autos, doch außer uns war hier keine Menschenseele.

Dies war unser Einstieg. Hinter dem Liegehügel, genau auf der anderen Seite zum Haupteingang, fiel das Gelände ab. So konnte niemand beobachten, wenn wir uns über die Abgrenzung schwangen.

Viktor kletterte als Erster. Oben hing das Gitter von zahlreichen Einbrüchen schlaff durch, weshalb man aufpassen musste, das Gleichgewicht nicht zu verlieren. Vik sprang hinüber. Ich brauchte etwas länger, krallte mich in die Maschen, landete dann jedoch direkt neben ihm.

Ich fand es legitim, keinen Eintritt zu bezahlen. Schließlich ging ich nicht ins Wasser. Ich sonnte mich noch nicht einmal oder spielte Beachvolleyball. Wenn ich ins Freibad ging, dann ausschließlich für die besten Pommes der Stadt. Und die machten die Kostas vom Bad-Imbiss.

Ich hatte keine Ahnung, ob es an dem Duft von Chlor und Sonnencreme in der Luft lag, der die Pommes der Kostas so unverwechselbar schmecken ließ, oder daran, dass sie nie das Fritteusenfett wechselten. Altes Familienrezept.

Als wir sicher waren, nicht entdeckt worden zu sein,

schritten wir den Hang empor und über die gut besuchte Liegewiese.

Handtücher und Bambusmatten bildeten bunte Atolle auf dem Grün. Familien scharten sich um Kühltruhen voller Melonenstücke und Brötchen. Kindergeschrei vermischte sich mit Plaudern und Gelächter. Ab und an blies der Bademeister in seine Trillerpfeife.

Ich trug meine Socken und Schuhe in der Hand.

Das Gefühl von Rasen unter meinen Sohlen, das weiche Kitzeln der Grashalme, hatte ich schon immer geliebt. Wie sich Schritte auf dem aufgeheizten Beton an den Becken anfühlten, wie es war, sich ein paar keuchende Atemzüge lang unter der eiskalten Dusche abzubrausen und dann in das weiche Wasser zu gleiten, ahnte ich nur noch. Und wie man schwimmt, hatte ich wahrscheinlich längst vergessen.

Kostas' Imbiss lag auf einer Terrasse. Vergilbte Sonnenschirme mit Coca-Cola-Aufdruck spendeten Schatten, Plastikaufsteller von Schöller und laminierte Karten informierten über das Sortiment, das von Bumbum-Eis über Schaumwaffeln bis Mikrowellen-Burger keine Wünsche offenließ.

Wir nahmen immer dasselbe.

»Einmal das Menü 1«, sagte ich.

»Für mich auch«, fügte Viktor an. »Beide mit Spezi. Für mich mit Extra-Majo. Und für ihn mit Extra-Ketchup, bitte.«

Herr Kosta hinter der Theke blinzelte, was so viel bedeutete wie, dass unsere Bestellung aufgenommen worden war. Das Menü 1 waren Pommes groß mit Erfrischungsgetränk und kostete fünf Mark. Ein Menü 2 gab es nicht.

Wir legten jeder die entsprechende Münze in ein Kleingeldschälchen, die Herr Kosta direkt in die bereits offene Kasse fallen ließ, ohne Anstalten zu machen, den Betrag zu verrechnen. Man sah eben zu, wo man blieb.

Mit einer Schüssel kippte der alte Grieche gefrorene Pommes in die blubbernde Fritteuse und bestreute die Kartoffelschnitze, als diese goldbraun im Frittiersieb lagen, mit Salz. Anschließend warf er sich rituell eine Fingerspitze Salzkörnchen über die Schulter. Das machte er immer so.

»Bringta Glück«, sagte er zur Erläuterung und reichte uns zwei voll beladene Pappschalen mit Holzpiekern, eingesteckt wie Gipfelkreuze.

Wir wählten einen der Stehtische. Ich drückte mir meine fast gefrorene Dose in den Nacken. Ein Tropfen Kondenswasser fand den Weg unter meine Shirts und rann mir frisch den Rücken hinunter. Schweigend aßen wir und überschauten das Gelände. Vor uns lagen die glitzernden Schwimmbadbecken wie ein Versprechen. Zwei Jungs mit Mädchen auf den Schultern rangelten. Vom Dreimeterbrett machte ein Blondschopf einen Salto, was ihm von einem halben Dutzend Seniorinnen, die sich in Aquagymnastik versuchten, einige Klatscher Applaus einbrachte. Ein zartes Sommersprossengesicht mit feuerroten Haaren und tiefblauen Augen entdeckte ich nicht.

»Kann ich dir helfen?«

Ich zuckte zusammen. Ich musste zu lange vor mich hin gestarrt haben. Und als mein Blick sich wieder fokussiert hatte, zuckte ich abermals. Ein paar Tische weiter stand Ayla Münch und hatte fragend, eine Sonnenbrille mit pinken Gläsern auf der Nasenspitze, den Kopf schief gelegt. Sie trug ein Wickelkleid, um ihr Handgelenk lag ein enger, edel wirkender Armreif.

»Ich, äh ...«

Sie lachte. Mein Rachen war verklebt, was mein Gestammel klingen ließ, als wäre ich im Stimmbruch. Ich konnte direkt fühlen, wie Viktor sich neben mir an die Tischkante krallte. *Sei einmal cool, Krüger!* Ich räusperte mich, um den Hals freizubekommen.

»Baby, kommst du?« Ayla hatte sich abgewandt, ohne dass ich noch etwas hatte sagen können, und ich bildete mir ein, wie sie mein Rumgehaspel nachäffte.

Am Tresen wartete ein knapp dreißigjähriger Mann mit angehenden Geheimratsecken, der Ayla zu sich gerufen hatte. Mit einer seltsam fahlen Stimme. Ein Spitzbauch zeichnete sich unter dem weißen Leinenhemd ab, das über seine Badeshorts fiel.

Mir stockte der Atem. An der Hand des Mannes funkelte ein Siegelring. Der Hunne! Der, der Viktor fast überfahren hätte. Erschrocken drehten wir uns weg, in der Hoffnung, dass er uns nicht wiedererkannt hatte.

»Alter, was?«, zischte Viktor. »Ist die mit dem Typen zusammen?«

Ich sagte nichts. Der Mann mit dem Siegelring, an dessen Seite Ayla die Terrassentreppe hinunterstolzierte, schien glücklicherweise keinerlei Interesse an uns zu haben.

Auf dem Hemd des Mannes war in Anthrazit ein Motiv aufgestickt, das den ganzen Rücken überspannte. Die Statue eines brüllenden Löwen.

Und mir fiel ein, wer uns sagen konnte, wo wir das rothaarige Mädchen finden würden.

Aufgeregt schob ich mir die letzten Pommes in den

Mund und kratzte ein paar Salzkörner aus der Schale, die ich über meine Schulter warf. Bringta Glück! Und ein bisschen Glück hatte noch niemandem geschadet.

AUF DEM WEG ZURÜCK in die Innenstadt schilderte ich Viktor meine Begegnung mit dem Mädchen noch einmal im Detail. Die Steinmetzin hatte gesagt, dass sie sich schon gedacht hatte, dass die Rothaarige *zu denen* gehörte.

Ich war mir sicher, dass Frau Berger etwas über dieses Mädchen wusste.

»Versuchen können wir es«, hatte Viktor gesagt.

Und kurz darauf hatten wir in der Werkstatt gestanden.

Niemand hatte das Werkzeug weggeräumt. Der Gabelstapler war nicht bewegt worden. Kunden waren ebenfalls keine in der Halle gewesen.

Wir waren durch den Rundbogen in den Ausstellungsgarten getreten, und wieder hatte ich dabei die Andersartigkeit des Klimas gespürt. Doch da war noch mehr gewesen.

Wo am Vormittag meine Sinne zunächst überwältigt gewesen waren, hatte ich nun etwas Neues empfunden: Ich hatte in diesem Moment geahnt, *wieso* man bei jedem Betreten des Gartens das Gefühl hatte, es wäre das erste Mal. Weil dies ein Ort war, an dem sich alles ständig änderte. Die Marmorblöcke, die zu Statuen wurden. Die wild sprießenden Pflanzen. Und vielleicht ein ganzes Leben.

»Hallo? Frau Berger?«, rief Viktor. Die Rankenwände schluckten seine Worte. Niemand antwortete.

Wir streiften durch die Gänge, spähten um Biegungen und Kurven und verliefen uns einmal sogar, jede unserer Bewegungen verfolgt von den stoischen Blicken der aufgestellten Figuren.

Von den Skulpturen fiel mir eine besonders ins Auge. Die Figur einer Kriegerin mit Speer und schneidiger Rüstung. An irgendetwas erinnerte mich diese Figur, dachte ich noch. Die Art, wie sie dastand. Wie sie ihre Waffe hielt. Wie mein Zinnsoldat früher, schoss es mir dann durch den Kopf. Natürlich! Daran erinnerte sie mich. Mein Zinnsoldat hatte immer so dagestanden wie jetzt diese Kriegerin.

Weitere Erinnerungen waren mir den Rücken hochgekrochen.

Als Kind war ich geplagt worden von Albträumen. Flirrende Bilder von verschobenen Gesichtern. Ein Gefühl wie Fieber. Ein Monster schlich nachts in unsere Wohnung, mit Hörnern wie ein Geißbock, spitzen Reißzähnen und eingehüllt in pechfarbene Fetzen. Diese Fantasie suchte mich heim, ließ mich schweißgebadet hochschrecken, bis ich mich weigerte, einzuschlafen. Mit brennenden Augen lag ich wach, Nacht um Nacht, bis im Dämmerzustand Traum und Wirklichkeit verschwammen. Auch dann kam das Monster. Der Moloch, wie ich es getauft hatte. *Der Moloch*!

Meine Mutter erklärte mir, dass das Monster uns nichts tun könne. Ich wollte ihr glauben und konnte es nicht. Dann schenkte sie mir den Zinnsoldaten. Eine Hellebarde tragende Spielzeugfigur, die ich bemalen sollte. Das Gesicht, die Hände, die Hose, die Jacke und die Waffe. Der Soldat sei magisch und werde mich schützen, sagte meine Mutter, wenn sie mich ins Bett brachte. Und jeden Abend erzählte sie mir eine Geschichte von dem Soldaten. Ihre Geschichten wurden das Wichtigste für mich. Und auf diese Weise wohl Geschichten generell.

Wenn die Nacht hereinbrach, stellte sie die Figur auf meinen Nachttisch. Und wenn der Mond dann durch mein Fenster schien, warf er den Schatten des kleinen Soldaten groß und mächtig an meine Zimmerwand. Mein Schild. Und so wurde es besser. Ich schlief. Ich träumte. Und irgendwann war das Monster, war der Moloch auch aus meinen Träumen verschwunden.

Mein pochendes Herz holte mich zurück ins Jetzt.

Ich schüttelte mich.

Viktor hatte sich nach links geschlagen, ich würde die rechte Seite des Labyrinths übernehmen.

Im Gehen ließ ich die Hände an den Blättern der Ranken entlangfahren und berührte hier und da eine Skulptur. Wir riefen weiter nach der Steinmetzin, wobei wir uns immer weiter voneinander entfernten.

An einer Weggabelung hielt ich inne. Vom Hauptpfad ging ein schmaler Seitenstrang ab. Genau an dieser Stelle war eine weitere Statue platziert, die gerade in Bearbeitung zu sein schien. Daneben auf dem Boden lag eine Rolle Schmirgelpapier. Das Abbild eines jungen Mannes war zu erkennen. Das Gesicht war grob herausgearbeitet, ebenso der Torso bis zum Bauch und die Oberarme. Welche Mimik die Figur erhalten würde, erkannte man noch nicht. Ähnlich wie bei einer Schaufensterpuppe, dachte ich. Ein Rohling.

Ich trat näher und glitt mit den Fingern über den Stein. Die Oberfläche der Gesichtspartie war glatt, ebenso die des Schlüsselbeins. Ich strich über den Brustkorb. Hier waren einige Stellen rauer, hakten an den Rillen meiner Fingerkuppen. Mit einem Mal, ohne nachzudenken, bückte ich mich nach dem Sandpapier und begann, die Unebenheiten abzuschleifen. Ich wetzte über den Marmor, kontrollierte und schliff erneut, bis ich keinen Widerstand mehr fühlte.

Ich klopfte mir gerade den Staub von meinen Händen, als ich erschrocken bemerkte, dass sich jemand in dem schmalen Gang genähert hatte und mich beobachtete. Ich fuhr herum.

»Da bist du ja wieder«, sagte die Steinmetzin. »Und du machst das falsch.«

»Wie bitte? Entschuldigen Sie, ich …«

»Man meißelt erst die groben Stellen. Vom Großen ins Kleine. Das Abschleifen kommt zum Schluss. Wenn die Figur ihre Geschichte hat. Ihre Vergangenheit, ihre Gegenwart und ihre Zukunft. Dann kommt der Feinschliff.«

War sie verrückt? Die alte Berger kam näher, ihr Gehstock klackte auf den Wegplatten. Ihr Kleid wogte um ihren knochigen Körper. Die silbernen Haare trug sie zu einem Dutt. Ihre Netzhäute waren von einem Schleier überzogen. Ich wich zurück.

Seit ihre Erblindung rapide fortschritt, hieß es, verließ Ilse Berger ihre Werkstatt und den Garten nicht mehr. Familie hatte sie nicht. Nur die aus Stein, wie im Ort gemunkelt wurde.

Die Steinmetzin stand jetzt an dem Fleck, an dem ich eben noch gestanden hatte, und betastete ihrerseits die Statue.

»Ich sehe nicht mehr gut«, sagte sie dabei. »Wie etwas aussieht, erzählen mir meine Finger. Je unebener, umso schärfer das Bild.« Sie drehte den Kopf und sah nun wie durch mich hindurch. »Wie heißt du?«

Ich schluckte. »Alle nennen mich Krüger.«

»Aber dein Name ist das nicht?«

»Spitzname.« Obwohl ich mich hätte fürchten müssen, war ich ganz ruhig. »Haben Sie alle Statuen und Grabsteine hier selbst gehauen?«

Ilse Berger nickte. »Alle hier, unzählige auf Friedhöfen, in Parks und den Janus oben auf der Klippe. Du bist wegen des Mädchens hier, oder?«

»Ich bin wegen meines Rucksacks hier.«

Ein Schmunzeln huschte um die eingefallenen Mundwinkel der greisen Frau. »Du und dein Freund«, sagte sie und deutete mit ihrem Stock auf Viktor, der den Hauptgang entlang auf uns zukam, »helft mir doch eben bei einer Sache. Dann helfe ich euch.«

DIE ANTIKE SEILKONSTRUKTION, die über den Gängen des Ausstellungsgartens installiert war, war eine Art Flaschenzugsystem. Bahnen von Stahlsträngen waren an Pfählen gespannt. An dem sich überkreuzenden Tragwerk hingen Haken und Schlaufen, die sich über Winden beliebig durch das Labyrinth bewegen ließen. Eine Transportvorrichtung für die Statuen.

Frau Berger hatte uns zu der Heiligendarstellung mit der Magd und den Löwen geführt, zu der Stelle, an der ich sie und das Mädchen mit den roten Haaren belauscht hatte.

»Wir ändern das«, sagte die Steinmetzin und wies auf die Figurengruppe. »Die Kleine hatte recht. Die Geschichte stimmt nicht. Löwen greifen nicht von vorne an.«

Die Kleine. Die Mutige. Die Schöne. Nein. Die Diebin!

Viktor und ich sollten jeder eine Stahlschlaufe um die beiden Löwenfiguren zurren. Frau Berger hielt ein rostiges Gerät, das an die Fernbedienung eines ferngesteuerten Autos erinnerte, und legte einen Hebel um.

Knarrend bewegte sich die Netzkonstruktion, hob die Löwen ein paar Zentimeter, ließ sie nach hinten gleiten und setzte sie schließlich mit den Rücken zu einer Dornenstaude ab. Die Magd versetzte die alte Frau ebenfalls, raus aus der Szenerie.

Wieder richteten sich ihre matten Augen auf mich.

»Such dir eine Figur aus. Wir stellen sie zu den Löwen, so entsteht eine neue Erzählung.«

Viktor warf mir einen vielsagenden Blick zu. »Hat die von dem Jolly gezogen oder ich?«, raunte er.

Ich grinste und zuckte die Schultern. Ein Gefühl von Stolz hatte mich erfüllt, dass ich wählen durfte, welche Konstellation entstehen sollte.

Ich überlegte und ging einige Augenblicke umher. Ich besah die Engel, die Olympioniken und die Betenden. Ich ging die möglichen Geschichten in meinem Kopf durch und wählte schließlich die Kriegerin.

Ilse Berger nickte. Wieder ächzten die Seile, als die schwere Steinfigur an ihren neuen Platz, vor das Angesicht der Löwen, gewuchtet wurde.

Jetzt sah es nicht mehr aus, als würden die Raubtiere ein Opfer reißen. Die Erzählung war eine andere. Eine, die ich gerne in mein Notizbuch geschrieben hätte: Aus der Magd war eine Kriegerin geworden. Eine Heldin, die die Löwen in die Falle gelockt hatte. Im hohen Gras hatten sie sich an ihre vermeintliche Beute herangepirscht und standen nun einer Kämpferin gegenüber. Die Löwen würden ihre Hinterhältigkeit bereuen.

Und ich wusste, wenn der Mond in den Garten schien, würde sein Licht den Schatten der Kriegerin über die Raubkatzen werfen.

Die Steinmetzin war zufrieden.

»Gut«, sagte sie. »Was kann ich für euch tun?«

Ilse Berger hatte sich auf einem Hocker niedergelassen und ihren Stab über den Schoß gelegt. Viktor und ich saßen auf einem Granitquader.

»Wir suchen ein Mädchen mit roten Haaren, das vorhin

bei Ihnen war«, sagte Vik. »Krüger hier hat mitbekommen, dass Sie wissen, wer die ist und wo sie sich aufhalten könnte.«

»Was wollt ihr von ihr?« Die Steinmetzin runzelte die mit Altersflecken übersäte Stirn.

»Sie hat etwas, das uns gehört«, sagte mein Kumpel. Das entsprach zwar nur halb der Wahrheit, aber ich war froh, dass Viktor die Initiative übernahm.

»Ihren Namen kenne ich nicht«, sagte die Steinmetzin und schien uns unsere Enttäuschung anzumerken, denn nach einer langen Pause fuhr sie fort: »Wo ihr sie finden könntet, das weiß ich.« Wir richteten uns auf. Die Steinmetzin sprach weiter: »Sie ist nur noch kurze Zeit in der Stadt. Ihr müsst euch beeilen. Jeder Tag zählt.«

»Wieso das denn?«, fragte ich.

»So ist das beim fahrenden Volk. Immer in Bewegung. Es schlägt sein Zelt auf in der ganzen Welt und baut es wieder ab, wenn die Vorstellung vorüber ist. Dieses Mädchen hat eine ganz eigene Energie.«

Als würde sie von innen heraus leuchten, dachte ich.

»Vor allem hat sie seinen Rucksack und mein Nokia«, sagte Viktor, und ich nickte mit dem ganzen Körper. »Wo müssen wir denn jetzt hin, Frau Berger?« Ich hatte den Eindruck, dass Viktor sich bemühen musste, nicht genervt zu klingen.

»Ist das nicht offensichtlich?« Frau Berger stieß ihren Stab auf den Boden. »Ihr müsst zu den Artisten, zu den Gauklern, zu den Clowns und zu den wilden Tieren.«

In Viks Gesicht stand Ratlosigkeit.

»Wir müssen zum Zirkus«, sagte ich, erhob und bedankte mich und lief voraus aus dem Ausstellungsgarten zurück vor die Werkstatt.

»ALTER, WARUM REDET die wie ein Kreuzworträtsel?« Viktor stieg auf sein Rennrad.

»Ich glaube, Frau Berger ist einfach viel alleine«, sagte ich und schwang mich in meinen Sattel. »Da wird man ein bisschen eigen.«

»Ja genau. Eigen«, hatte Viktor noch gemurmelt, dann waren wir aufgebrochen.

Damals hatte ich mich von der alten Frau seltsam verstanden gefühlt. Ertappt und durchschaut. Und dass ich mir die Erzählung mit den Löwen und der Kriegerin merken musste, da war ich mir nach dieser Begegnung sicher gewesen.

Bis zum Festplatz, wo das Zirkuszelt stand und wo die Zirkusleute ihre Wohnwagen-Siedlung aufgebaut hatten, war es weit. Der Platz lag außerhalb der Stadtgrenzen.

Wir fuhren über den Marktplatz vorbei am Müller, ließen das Freibad und den Skatepark hinter uns und bogen ab auf den Fahrradweg, der parallel zur Landstraße verlief. Meine Casio zeigte 14:00 Uhr, als wir das Ortsschild passierten und Bodenstein verließen. Das Thermometer musste längst die Dreißig-Grad-Marke gesprengt haben. Die Sonne brannte vom endlos strahlenden Himmel.

Während wir radelten, versuchte ich mir ins Gedächtnis zu rufen, wann ich das letzte Mal so richtig weggekommen war aus Bodenstein. Beim Skikurs vor zwei Jahren musste das gewesen sein.

Ganz früher, als mit meinem Vater noch alles in Ordnung gewesen war, waren wir als Familie dauernd weggefahren. Zum Bummeln nach München, auf den Christkindlmarkt nach Nürnberg, zu den Schwimmturnieren nach Regensburg. Sogar an einen Urlaub konnte ich mich erinnern. Italien. Mit dem überhitzten Fiat ohne Schiebedach über den Brenner, und es war das Paradies gewesen. Feiner Sand zwischen den Zehen, der so glühend heiß war, dass man rennen musste, bis man den in den Strand eingelassenen Holzpfad erreichte, der runter ans Meer führte. Dann die schäumende Adria, die rauschenden Wellen, das Salz in der Nase. Tauchen, bis die Augen feuerrot und die Finger schrumplig waren. Spaghetti und Pizza und Gelato, Gelato, Gelato.

Doch als mein Vater dann allabendlich die dritte Flasche Wein entkorkte und meine Mutter erst spaßeshalber und dann vehementer dagegen protestierte, da hatte man schon gemerkt, dass etwas in ihm brodelte.

Ich trat fester in die Pedale. Der Radweg machte nun eine lang gezogene Kurve, die einen Hang hinaufführte. Dahinter lag der Festplatz in einer Senke.

Ich sah das Zirkuszelt zuerst. Es war kleiner, als es vom Dach des Parkhauses aus gewirkt hatte. Wie eine abgeranzte Version der Plakate, die an den Litfaßsäulen in der Innenstadt hingen. Die gelb-roten Streifen der Zeltwände waren vom Wetter ausgebleicht, die Fahnen, die über die Kuppel gespannt waren, waren fransig. MONDO INTERO stand auf den Stoffen. *Hier werden Träume Wirklichkeit!*

Was meine Aufmerksamkeit jedoch mehr erregte als

das Zelt selbst, war das chaotische Treiben, das auf dem Areal herrschte.

Ein Junge scheuchte ein Pony über den Platz. Eine Frau mit Kreolen, groß wie die Ringe des Saturn, trug eine Kiste Äpfel, während ein hünenhafter Glatzkopf mit Schnauzbart an einem qualmenden Generator herummontierte. Ein Kind bretterte auf einer Motocross-Maschine.

Alles und jeder war in Bewegung.

Wir hatten unsere Räder an eine Leitplanke geschlossen, und mit Betreten des Festgeländes realisierten wir, dass wir die einzigen Besucher waren. Es war gerade keine Vorstellung, und von außerhalb war noch niemand willkommen.

Wie Spione beäugten uns die Zirkusleute, ohne von ihrem Tun abzulassen.

Eigentlich hatte ich einen klaren Plan gehabt: das Mädchen finden, ihr meinen Rucksack mit meinem Notizbuch und das Nokia für Viktor abnehmen und abhauen wie der Roadrunner vor dem Kojoten. Doch jetzt überlegte ich, direkt auf dem Absatz kehrtzumachen.

Viktor allerdings setzte einen selbstbewussten Blick auf. Wo wir ein rothaariges Mädchen finden könnten, fragte er den Riesen mit dem Schnauzer, der sein öliges Werkzeug am Unterhemd abwischte, bevor er sich kommentarlos wieder der Maschine widmete. Auch die Frau mit den Äpfeln wollte uns nicht helfen. Sie schüttelte die Ohrringe und tat, als spräche sie unsere Sprache nicht.

Also überquerten wir den Festplatz und gingen zum hinteren Teil des Feldes, zur Siedlung mit den abgestellten Wohnwagen, Containern und Käfigen.

Dort war es ruhiger. Wäscheleinen waren zwischen den Wagen gespannt. Eine Gruppe Kinder spielte Fangen.

»Na, gucken wir mal.« Viktor spitzelte in den ersten Wohnwagen, wobei er sich auf die Zehenspitzen stellte und die Hände an dem fettigen Glas zu einem Sichttunnel formte. »Da drinnen sieht's aus, Alter«, sagte er, »aber das Mädchen oder dein Rucksack sind hier nicht. Nimm du die linke Seite. Ich such rechts.«

Er bog ab, und ich linste in den nächsten Trailer. Ein durchgesessenes Sofa, eine Herdplatte mit umgestülptem Geschirr. Schnapsflaschen und Kippenstummel, die wie Schaben in einem überquellenden Aschenbecher steckten. Kein Mädchen, kein Rucksack. Im Wohnmobil daneben das Gleiche. Dann ein aufgeräumteres. Puppen lagen in einer Kiste, ein aufgeschlagenes Buch auf einem Tisch, eine Zimmerpflanze wartete darauf, gegossen zu werden. Auch hier wurde ich nicht fündig.

Als ich plötzlich ein Klopfen hörte, hielt ich inne. Es klang, als würde jemand mit einem Beil in einen Baumstamm schlagen.

Ich bewegte mich, die Wohnwagen hinter mir lassend, langsamer.

In einem Gehege standen zwei Lamas im Schatten eines aufgespannten Lakens und tranken aus einem Bottich. In einem weiteren schnarchten Schweine, alle viere von sich gestreckt.

Das Holzschlagen, das ich vernahm, war rhythmisch, in schneller Abfolge. Eins, zwei, drei. Kurze Pause. Dann von vorne. Eins, zwei, drei. Pause. Zack, zack, zack. Pause. Was war das? Wo kam das her? Von irgendwo hinter den Tieren? Das Schlagen setzte sich fort. Ich blickte in den nächsten Käfig und fuhr erschrocken zurück. Da saß, direkt an den Gitterstäben, ein Panther. Sein schwarzes Fell schimmerte, seine grünen Augen waren geschliffene Smaragde. Panisch blickte ich auf die Käfigtür, doch diese schien Gott sei Dank verschlossen. Zack, zack, zack im Hintergrund. Einen Panther hatte ich bisher nur in Naturdokus gesehen. Die Pupillen zu Schlitzen verengt, fixierte mich das Tier, starrte direkt auf meine Kehle und fauchte mich dann an, dass all meine Instinkte »Flucht« brüllten. Ein einziger Biss würde mich töten, das wusste ich.

Zack, zack, zack.

Unvermindert schlug es weiter in das Holz. Die gespitzten Ohren der Raubkatze wanderten in die Richtung, aus der das Geräusch kommen musste, und wiesen mir den Weg hinter den großen Lastwagenanhänger.

Zack, zack, zack.

Zögerlich wandte ich mich dem Schlagen zu und passierte den Panther, wobei ich dessen stechende Augen weiter in meinem Nacken spürte.

Das Holzschlagen wurde lauter. Ich ging in die Hocke, um unter dem Anhänger durchzuspähen, und erblickte in einiger Entfernung… zwei schlanke Beine in Jeansshorts. Ein schwarzes Longsleeve. Rote Strähnen wippten in und aus meinem Sichtfeld. Das war sie! Da war das Mädchen mit den roten Haaren!

Wie hypnotisiert kroch ich unter den Hänger. Dass mir die auf dem dreckigen Boden verstreuten Schottersteine spitz in Knie und Ellbogen stachen, spürte ich kaum. Doch was das Schlagen war, erkannte ich jetzt. Es war kein Beil, das in einen Baumstamm gehackt wurde. Es waren Messer. Wurfmesser. In schneller Abfolge schleuderte das rothaarige Mädchen die Klingen in eine Holzplatte, auf der die Silhouette eines Körpers aufgezeichnet war, wie man es von Tatorten aus Filmen kannte.

Zack, zack, zack. Mit fließenden Bewegungen trieb sie die Messer in das Holz. Exakt an die Markierung. Dann zog sie die Klingen heraus, bevor sie die Waffen wieder in das Brett schnellen ließ.

»Krüger?« Viktors gedämpfte Stimme drang zu mir in mein Versteck. Mein Kumpel suchte mich.

»Hier unten«, signalisierte ich und sah Viktor, der mir triumphierend entgegenglotzte.

»Was ist?«, fragte ich leise.

»Ich hab ihn«, platzte es aus ihm heraus. »Komm vor da. Ich hab deinen Rucksack. War in einem der ... Fuck!«

Viktor war zu mir unter den Anhänger gehechtet. Erst hatte ich gedacht, er hätte sich wie ich vor dem Panther erschreckt. Doch dann wurde mir klar, wovor Vik in Deckung gegangen war. Am Eingang der Zirkussiedlung standen die beiden Polizisten, die zu dem Vorfall im Müller gerufen worden waren, und daneben, wie ein aufgeblasener Hilfssheriff, stakste der Nazi-Filialleiter.

Viktor, der mir meinen Rucksack zugeschoben hatte, wies in Richtung der rothaarigen Messerwerferin. »Ist sie das?«, flüsterte er. Ich nickte. »Der Nazi und die Bullen wollen die einkassieren.«

»Ganz stark kombiniert, Sherlock«, flüsterte ich zurück, und Viktor boxte mir im Liegen in die Niere, dass ich mich kurz krümmte.

»Wäre auch nicht so geil, wenn die uns durchsuchen und den Jolly in deinem EastPak finden würden, oder Krüger?«, sagte er. Da hatte er recht. »Und das geklaute

Nokia in der Rucksackvordertasche macht jetzt auch nicht gerade den besten Eindruck.«

»Du hast das Nokia …?«

»Pssst!«

Die Beamten versuchten offenbar, etwas aus den Zirkusleuten herauszubekommen, und hatten dabei ähnlich viel Erfolg wie wir. Gerade ließ der Mechaniker mit dem Schnauzbart eine Rußwolke aus dem Generator in das Gesicht eines der Uniformierten steigen, der schimpfend einen Sprung nach hinten machte, wobei das Pistolenhalfter an seinem Gürtel schwang.

Schließlich stellten die Polizisten den Filialleiter oben an der Straße als Wachposten ab und schritten auf die Wohnwagen-Anlage zu. Direkt auf die Stelle zu, wo das rothaarige Mädchen ihre Messer warf. Mein Kopf raste.

In Gedanken spielte ich blitzschnell durch, was gleich passieren konnte:

Die Polizisten finden das Mädchen. Sie schreien sie an. Nimm gefälligst die Messer runter! Das Mädchen erkennt, dass ihm der Weg abgeschnitten ist. Die Polizisten haben sie, die Pistolen gezogen, im Visier. Lass die Messer fallen, jetzt! Mach keinen Blödsinn, du Drecksgöre! Im Rücken der Polizisten wirft sich der Panther wütend gegen die Gitterstäbe. Einer der Polizisten schreckt zusammen. Ein Schuss löst sich. Die Klingen fallen zu Boden. Der Lauf der Pistole raucht. Fassungslos blickt das Mädchen an sich herab, presst die Hand auf ihren Bauch, auf die Stelle, an der die Kugel das Fleisch durchschlagen hat. Jemand kreischt. Der Polizist ist kreidebleich. Der Nazi-Filialleiter lacht dreckig. Blut suppt durch ihre Kleidung, als das rothaarige Mädchen auf dem Festplatz zusammenbricht.

Das *durfte* nicht passieren. Ich *wollte* nicht, dass das passierte. Aber was sollte ich tun? Ich schaute zu Viktor. Ich musste eine Entscheidung treffen. Eine Millisekunde überlegte ich fieberhaft, wobei ich bemerkte, wie meine Fingerkuppen in meiner Hosentasche nervös über die Oberfläche meines Feuerzeugs glitten. »Pfeif!«, flüsterte ich endlich. Und als Viktor nicht reagierte, nochmals eindringlicher: »Vik. Pfeif! Pfeif die her! *Jetzt*!«

Und Viktor pfiff. Gellend. Sein Pfeifen zerschnitt die Luft. *Achtung!*, hieß der Pfiff. Das Mädchen blickte auf, erfasste die Situation, entdeckte uns und die Polizisten, bevor diese sie entdecken konnten, sprintete hinter einen Truck und rutschte nur ein paar Augenblicke später wie ein Baseballspieler zwischen Viktor und mich unter den Anhänger.

Sie atmete flach. Ich war unfähig, mich zu bewegen. Ihre blauen Augen leuchteten mich zwischen unzähligen Sommersprossen an. Viktor wollte etwas sagen, doch das Mädchen legte sich den Zeigefinger auf die rosa Lippen. Stumm, herausfordernd wies sie auf meinen Rucksack. Ich wollte ihr den Mittelfinger zeigen, doch mein Arm war aus Blei. Hilflos verzog ich die Mundwinkel, was aussehen musste wie eine Gesichtslähmung nach der Zahnarztnarkose. Ich fürchtete, ein Spuckefaden würde mir über das Kinn tropfen. Was war nur los mit mir?

Das Zirkusmädchen blickte nach vorne. Wir machten keinen Mucks, als die beiden Polizisten über den Stellplatz stapften und ein paar Meter von uns entfernt stehen blieben. Das Mädchen griff nach dem Rucksack, den ich an einem der Gurte hielt. Wie bei einem lautlosen Tauziehen zog sie den EastPak zu sich, ich versuchte, so gut ich konnte, dagegenzuhalten, doch sie war stärker. Gerade als mir der Gurt aus den Fingern zu rutschen drohte, ließ sie los. Ich schnellte zurück und konnte nur mit größter Selbstbeherrschung geräuschlos liegen bleiben. Sie zwinkerte mir zu. Und ich guckte wieder wie nach einer Wurzelbehandlung. Dann deutete das Mädchen auf Viktor und mich und hob fragend die Augenbrauen. Wir verstanden. Vik zeigte erst auf sich und formte seinen Namen mit dem Mund: Viktor. Anschließend wies er auf mich und machte dasselbe: Krüger.

Das Mädchen nickte. Tonlos wiederholte sie, wie wir hießen. Viktor. Krüger. Dann nahm sie meine Hand, die ich zur Faust verkrampft hatte.

Ich war so perplex, dass ich es nicht schaffte, mich ihrem Griff zu entziehen. Mühelos drückte sie mir die Finger auseinander. Mit ihrem Zeigefinger, der gerade noch an ihren Lippen gelegen und mit dem sie uns eben noch signalisiert hatte, still zu sein, schrieb sie mir die einzelnen Buchstaben auf die Handfläche. Sie schrieb ihren Namen:

J A C K Y

TEIL 2

J A C K Y. In Druckbuchstaben. Ihre Fingerspitze auf meiner Haut. Von der Berührung hatte sich das Blut in meinen Adern in prickelnde Kohlensäure verwandelt. Die feinen Härchen auf meinen Armen hatten sich aufgestellt, als wäre mir in der sengenden Nachmittagshitze schlagartig kalt.

Hektisch entriss ich ihr meine Hand, als sie locker ließ. Ich wollte nicht, dass sie mich anfasste. Ich wollte überhaupt nichts mit ihr zu tun haben. Ich hatte sie nur vor ihren Verfolgern bewahren und ein schreckliches Unglück verhindern wollen. Das war alles!

Sie war mir viel zu nah. Ich spürte die Wärme, die ihr vom Spurt erhitzter Körper abstrahlte, und rückte ein paar Zentimeter ab. Es war weiß Gott schon warm genug.

Zu dritt lagen wir unter dem Anhänger. Die Polizisten waren an den Pantherkäfig herangetreten, wobei der ältere telefonierte.

»Hier ist die Verdächtige nicht auffindbar. Beziehungsweise redet hier keiner mit uns... Exakt... Und ohne Durchsuchungsbefehl können wir nirgendwo rein. Dieses Pack... Ja genau... Die Personenbeschreibung ist eindeutig... Niemand? Im ganzen Melderegister nicht? Eigenartig. Tust du mir noch einen Gefallen? Überprüf mal, ob die Wildtier-Haltungslizenz vorliegt... Für die Dressur auch?... Schade... Bis später, servus!« Er legte auf und wandte sich an seinen Kollegen. »Die auf dem

Revier sagen, dass bei dem Verein kein Mädchen um die sechzehn gemeldet ist.«

Der jüngere Polizist zuckte die Schultern bis zu den Ohrläppchen und schaute zur Straße, wo der Nazi-Filialleiter Wache schob. »Vielleicht täuscht Ewald sich?«, sagte er.

»Der kennt eigentlich seine Pappenheimer«, entgegnete der ältere. »Eher verheimlichen die uns hier was.«

»Die wird schon auftauchen. Lass uns zurückfahren. Auf der Wache ist es klimatisiert.«

Mit der Spitze seines Stiefels trat er gegen einen der Gitterstäbe des Käfigwagens, was den Panther zusammenfahren und sich dann fauchend gegen die Eisenstangen werfen ließ, dass die ganze Konstruktion bis in die Räder schwang.

Ich sah, wie sich ein kleiner Hügel an der Wange des Mädchens hob, als sie die Backenzähne aufeinanderpresste, bis die Polizeibeamten lachend davongeschlappt waren.

Als wir sicher waren, dass die Luft rein war, krochen wir aus unserem Versteck und klopften uns den Dreck von der Kleidung.

»Danke für's Warnen, Viktor und Krüger. Ich heiße Jacky«, sagte das Zirkusmädchen. Ihre Stimme war rein, und die Worte waren verwaschen wie bei dem Gespräch, das ich zwischen ihr und der Steinmetzin belauscht hatte. Ich schaute auf die Gummikuppen meiner Chucks, als wären diese das Interessanteste auf der ganzen Welt, hob aber schließlich den Kopf.

»Keine Ursache!«, sagte Viktor. Ich sagte nichts.

Vor uns tobte unvermindert der Panther in seinem Käfig. Jacky machte einige Schritte auf das Raubtier zu, dessen Ohren eng nach hinten anlagen. Selbstbewusst näherte sie sich dem Tier. Mit jedem Schritt, den sie machte, wurde der Panther ruhiger. Viktor stupste mich an. Es war unglaublich. Als Jacky an dem Käfig angekommen war, schien es, als würde die Großkatze schnurren. Bedächtig streckte Jacky ihre Faust, mit der sie die Ärmel ihres Longsleeves gegriffen hielt, zwischen das Gitter. »Das sind Freunde«, flüsterte sie. Zärtlich legte der Panther seine Stirn gegen die geschlossene Hand. Er war jetzt völlig entspannt. Fasziniert betrachteten wir die Szene.

Dann drehte sich Jacky wieder zu uns und sah mich provokant an. »Bist du stumm, Krüger?«

»Wieso hast du meinen Rucksack geklaut?«, pampte ich sie an. Und hast du reingeschaut? Vor allem: Hast du meine Geschichte gelesen?

Meine Stimme hatte einen schneidenden Ton gehabt. Es war gut, wenn ihr auffiel, wie angefressen ich war. Jetzt konnte sie sich entschuldigen, und wir konnten verschwinden.

Stattdessen grinste Jacky, wodurch das Rostrot ihrer Sommersprossen zuzunehmen schien, ebenso wie der Himbeerton ihrer Lippen, winkte ab und wies auf meinen Rücken. »Deinen Rucksack hast du doch wieder, oder?«

»Ja, aber ...«

»Nichts aber.«

»Okay, dann nichts aber. Wie du meinst.« Dann sollte sie das mit der Entschuldigung eben bleiben lassen. Wir hatten, was wir wollten, und jetzt konnten wir abhauen. Die Gefahr, dass die Polizisten und der Nazi hier wieder auftauchten, war keinesfalls gebannt. Dieses Mädchen bedeutete Ärger. Und mir bedeutete sie nichts. Ich wollte hier weg. Viktor allerdings nicht.

»Warst du gerade Messerwerfen?«, fragte mein Kumpel, und ich hätte ihn dafür erwürgen können.

»Habt ihr Lust, das zu lernen?«, sagte Jacky.

»Megagerne«, antwortete Viktor, bevor ich für uns beide ablehnen konnte.

Jacky lächelte. Sie lächelte mich direkt an, obwohl ich mich bemühte, möglichst unfreundlich zu gucken. »Na, dann kommt, zeigt mal, was ihr draufhabt«, sagte sie. Mit einer eleganten Bewegung drehte sie sich auf dem Absatz und wirbelte einmal herum, dass mir schon vom Zusehen schwindelig wurde.

Viktor folgte dem davoneilenden Zirkusmädchen zu ihrem Übungsplatz. Ich bemerkte, dass der Panther mich abermals nicht aus den Augen ließ. Schlafwandlerisch trottete ich aus seinem Sichtfeld und hinter Jacky und meinem Freund her zu der mit der Silhouette bemalten Wand.

Dort hebelte das Mädchen bereits die Klingen, die zentimetertief in dem weichen Holz steckten, heraus und ging, die drei Messer in der Linken, mit großen Schritten zurück. Viktor und ich stellten uns ein paar Meter abseits und beobachteten sie.

»Wollten wir nicht direkt wieder abhauen?«, raunte ich Vik zu.

Jacky hatte die Haare mit einem Gummiband nach hinten gebunden. Je ein weiteres Band hatte sie um ihre Ärmel am Handgelenk gespannt, damit ihr der Stoff ihres weiten Longsleeves beim Werfen nicht in die Quere kam.

»Wie alt bist du, Jacky?«, rief Viktor, statt auf meine Frage einzugehen.

»Sechzehn. Nächste Woche«, sagte Jacky. »Ihr?«

»Auch bald.«

»Seid ihr Freunde? Brüder? Mehr? Geht was zwischen euch?« Sie wetzte die Klingen aneinander, als würde sie sie schleifen, und grinste wieder verschmitzt zu uns herüber. »Ihr seid 'n hübsches Pärchen.«

Viktor rollte mit den Augen, dass nur noch das Weiße zu sehen war, gluckste aber.

»Wir sind Kumpels«, antwortete ich. Jetzt war ich offenbar an der Reihe, eine Frage zu stellen, wobei ich doch eigentlich gar nichts über dieses Mädchen wissen wollte. Was interessierte mich diese Diebin, die sicherlich bald weiterziehen würde? Aber peinliches Schweigen fand ich nun mal auch unangenehm, also beschloss ich, dass ich mich ebenso gut in die Unterhaltung einbringen konnte. Small Talk.

»Machst du das öfter? Also Zeug klauen?«, fragte ich.

»Das mit deinem Rucksack tut mir leid«, antwortete Jacky. Na, ging doch mit der Entschuldigung.

Viktor vollführte eine großmütige Geste. »Das ist doch inzwischen geklärt, oder, Krüger?«, tat er die Sache für mich ab.

»Ich meinte auch das Nokia«, sagte ich schnell.

»So was lass ich schon mal mitgehen. Wenn es sich ergibt. Schadet ja keinem.«

»Ein Verbrechen ohne Opfer«, nickte Viktor, und Jacky deutete bestätigend mit einem der Messer auf ihn, wodurch Vik ein Stückchen zu wachsen schien.

Ich fragte: »Und, Jacky, wie lange bist du schon beim Zirkus?« *Jacky*. Ich hatte ihren Namen das erste Mal laut ausgesprochen. Das fühlte sich irgendwie seltsam an. Was war das überhaupt für ein Name? Jacky. So hieß doch niemand. Klang aber, das musste ich zugeben, nicht schlecht. Ging gut über die Lippen. Jacky.

Jacky überlegte. »Wie lange ich schon bei dem Zirkus *hier* bin?«

»Ja.«

»Über ein Jahr jetzt.«

»Und davor?«

»War ich woanders.«

»Aha.«

Breitbeinig stellte sie sich an eine imaginäre Linie, wippte, das Gewicht abwechselnd nach vorne und nach hinten verlagernd, wie eine Tennisspielerin beim Aufschlag. Gut sah das aus. Also elegant. Also sportlich. Nun. Musste es ja. Sie war schließlich beim Zirkus. Es war also gar nichts Besonderes, wie geschmeidig sie sich bewegte.

Unter ihrem Longsleeve zeichnete sich ein gestreckter Rücken ab. Grazil hoben und senkten sich ihre Schulterblätter.

»Reist ihr mit dem Zirkus durch ganz Deutschland?«, fragte ich jetzt.

»Durch ganz Europa. Vor ein paar Tagen waren wir noch in Italien. Und ihr beiden wohnt in dem Kaff hier?«

»Unser ganzes Leben, ja.«

»Gott, wie langweilig. Ich könnte das nicht. In einer Wohnung wohnen. Immer am selben Ort. Ohne vom Fleck zu kommen.«

»Musst du nicht zur Schule?«

Statt etwas zu erwidern, stieß Jacky Luft aus und fuhr mit dem Daumen über die Schneiden, dass das Metall sirrte. Was für ein hübscher Daumen das war. Also. Für einen Daumen hübsch. Und genau genommen war der Daumen auch der hässlichste aller Finger. Jackys Daumen war also, im Vergleich zu anderen Daumen, einfach nur nicht ganz so hässlich.

»Trittst du mit dem Panther auf?«, fragte Viktor. Seine Stimme hatte jetzt beinahe etwas Euphorisches.

»Nein. Er und ich sind einfach Freunde. Familie. Alle hier.«

»Woher kannst du das alles?«, wollte ich wissen. »Messerwerfen. Den Panther zähmen ...«

»Ein paar Dinge lernt man, wenn man überleben muss.«

»Aha. Habt ihr noch andere Raubtiere?«

»Nur noch den Panther.«

»Gehören zu einem Zirkus nicht auch Löwen?«

Jacky hielt inne. Ich hatte offenbar irgendetwas Falsches gesagt, aber ich wusste nicht genau, was.

Dann, in einer einzigen fließenden Abfolge, schleuderte sie die Messer. Zack, zack, zack schlugen die Klingen in das Brett mit der aufgezeichneten Figur. Genau dorthin, wo bei einem Menschen die Stelle zwischen den Augen ist. »Jetzt ihr«, sagte sie. »Wer will?«

Sofort trat Viktor nach vorne. Mit Mühe gelang es ihm, die Klingen, die noch tiefer in dem schartigen Holz zu stecken schienen als vorhin, aus der Wand zu wuchten, wobei er darauf achtete, zu zeigen, dass er sich absolut nicht anzustrengen brauchte.

Jacky wies auf die Position, auf die er sich stellen sollte. »Locker aus dem Handgelenk. Nicht abbremsen«, sagte sie.

»Null Problemo«, sagte Viktor chauvihaft und schmiss.

Klirrend prallte das Messer seitlich auf die Platte und fiel scheppernd zu Boden. Jetzt gluckste Jacky.

»Ach, verpicht!«, knurrte Viktor.

Auch sein zweiter Versuch blieb erfolglos. Weder fand das Messer sein Ziel, noch blieb es stecken.

»Das Messer muss sich komplett drehen«, erklärte Jacky. »Du musst es mit Tempo in einem Schwung nach vorne schleudern. Hast schon mal geangelt?«

»Klar.« Viktor drückte die Fußsohlen in den Boden. »Forellen, Zander, Barsche. Die großen Fische haben wir geangelt. Oder, Krüger? Ist doch so?«

Ich nickte. Natürlich nur, um den sich aufspielenden Viktor nicht in eine unangenehme Situation zu bringen, denn er und ich waren nur ein einziges Mal angeln gewesen. Unten an der Naab lagen häufig Ruderboote, und es interessierte niemanden, wenn man da mit einem der Kähne ein bisschen rauspaddelte. Viktor hatte die Idee gehabt, die Profi-Angelausrüstung seines Vaters zu stibitzen. Ich hatte eine Schnur um einen Stock gebunden und diese in den Fluss gehalten. Als Köder hatte ich einen Wurm an das Schnurende geknotet, der mir dann aber so leid getan hatte, dass ich ihn wieder befreite. Wir hatten dann auch mal getauscht. Viktor mit dem Stock, ich mit der Angel. Gefangen hatten wir nichts, aber wie man richtig rudert, hatte ich immerhin gelernt. Ein schöner Nachmittag war das gewesen, auch wenn Viktor, als Sergeant Dornmann das mit der Ausrüstung bemerkt hatte, erst mal zu zwei Wochen Hausarrest verdonnert worden war.

»Stell dir vor, du wirfst 'ne Angelrute aus«, sagte Jacky jetzt zu Viktor und führte ihm die Bewegung vor, die dieser synchron nachahmte. Erst langsam, dann schnell. Vik ließ das Messer los. Etwas mehr als eineinhalb Umdrehungen machten Klinge und Schaft. Und tatsächlich traf er das mit Kerben gespickte Brett. Schief steckte die Spitze im Holz, ganz außen. Aber sie steckte.

»Yes!« Viktor ballte die Faust, wurde aber sofort wieder

cool. »Wenn man das einmal raushat, ist das echt easy«, sagte er und knackte mit den Halswirbeln.

Jacky schürzte die Himbeerlippen.

»Übelst Glück«, raunte ich mehr zu mir selbst als zu den anderen und sagte dann lauter: »Können wir jetzt gehen?«

»Nichts da. Du bist dran. Komm.« Jacky hob die beiden Messer vom Boden auf, zog das dritte aus der Wand und streckte mir die Griffe der anthrazit gefärbten, aus einem Stück geschmiedeten Waffen entgegen wie einen Fächer.

»Komm schon, Krüger«, sagte auch Viktor.

Aufstöhnend nahm ich die Messer am Knauf und wog sie in der Hand, als wüsste ich, was ich tat. Der Stahl fühlte sich kühl und glatt an. Das gefiel mir. Es erinnerte mich an mein Sturmfeuerzeug.

Ich stellte mich an den Punkt, von dem aus Viktor eben getroffen hatte. Wie er drückte ich meine Fußsohlen in den Boden, versuchte, die Beine gespreizt, möglichst locker vor- und zurückzufedern. Das war einfach nicht mein Ding. Ich merkte sofort, dass ich aussehen musste wie eine Figur der Augsburger Puppenkiste. Und als würde mich jemand in dem Figurentheater spielen, der das noch nie gemacht hatte.

Viktor kicherte. Jacky positionierte sich zu mir wie mein Spiegelbild, wobei sie ein viertes Messer aus ihrer Hosentasche gezogen hatte. Ein Klappmesser mit schwarzem Schaft, das sie an der Spitze fasste.

Sie gab mir zu verstehen, es ihr mit meinen Klingen gleichzutun, und ich kopierte ihre Haltung. Wie dämlich ich dabei wirken musste. Als wäre ich von Kopf bis Fuß eingegipst. In einer Traumversion hätte ich die Wurfmesser jetzt lässig auf die Silhouette geschleudert. Zack, in die Stirn. Zack, ins Herz. Zack, in den Schritt, und mein Publikum hätte losgeprustet. Was für ein Teufelskerl, köstlich. Bewundernde Blicke von Jacky, Schnipsinger mit Viktor, Ghettofaust mit dem Panther. Hier in der echten Welt konnte ich das nicht.

Jacky trat zur Seite. Sie gab mir das Kommando, zu werfen. Ich verrenkte mich beim Vorwärtsschwung wie der Glöckner von Notre-Dame am Glockenseil und ließ das Messer aus den Fingern gleiten. In hohem Bogen segelte es hinter die Übungswand.

Viktor machte ein Geräusch wie bei Skatevideos, wenn jemand heftig gestürzt war. Ich rechnete damit, dass Jacky laut auflachen würde. Seht euch diesen ungeschickten Trottel an. Irgendwie hoffte ich es sogar, dass sie so reagieren würde. Mit jemandem, der mich auslachte, würde ich nicht mehr abhängen wollen. Dann könnte ich mich endlich vom Acker machen. Doch Jacky legte nur nachdenklich den Zeigefinger an ihr Kinn und betrachtete mich.

»Wo bist du denn mit deinen Gedanken?«, fragte sie, schob ihr Klappmesser zurück in die Hosentasche und kam neben mich.

»Na, auf diesem Scheißfestplatz«, antwortete ich gereizt. Sie sollte mich bitte zufrieden lassen. Stattdessen fasste sie mich schon wieder an. Diesmal an der Hüfte. Sie drehte mich ein Stück, und ich zuckte zusammen, als hätte sie mir einen elektrischen Schlag verpasst.

»Junge, Krüger, bist du verspannt«, sagte sie. »Wie so 'n Stock. Guck mal, tut das weh?«

Sie drückte mir mit dem Daumen unter das Schulterblatt, dass ich ächzte und sofort ihre Hand von meiner Schulter schüttelte.

Schmunzelnd ließ sie von mir ab und sagte: »Du musst eine Bewegung machen wie…«

»Wie mit der Angelrute, ich weiß.«

»… wie beim Kraulschwimmen«, führte sie die Wurfbewegung abermals vor. »Weißt du, wie ich meine? Kannst du schwimmen?«

Statt mich weiter zu wehren, und einfach, um die Situation endlich hinter mich zu bringen, imitierte ich erneut, was sie vorgemacht hatte. Diesmal hatte ich den Eindruck, weniger dämlich auszusehen. Jacky schien zufrieden. »Du musst im Hier und Jetzt sein beim Wurf. Ganz bei dir. Probier noch mal.«

Hier und jetzt. Ganz bei mir. Mir gefiel es hier und jetzt ganz bei mir aber nicht. Es war zu warm, Viktor benahm sich wie ein Zampano, dieses Mädchen war zu nah, zu anstrengend, zu viel, zu alles, und ich wollte weg. Trotzdem versuchte ich, mich zusammenzureißen. Ich probierte es aufs Neue. Erst zweimal trocken zum Anvisieren, beim dritten Mal schwang ich das Messer, als würde ich im Wasser kraulen, hoch über meinen Kopf, ließ es mit ausgestrecktem Arm auf Brusthöhe los, und die Klinge schnellte nach vorne.

Erfreut jauchzte Jacky auf. Die Klinge steckte im Brett. Sogar etwas gerader und zentrierter als bei Viktors bestem Versuch.

Dieser schien missmutig. »Verpichtes Glück«, raunzte er laut.

Würde er ja gleich sehen. Direkt schwang ich das dritte Messer. Ich musste aussehen wie ein Ninja. Wenn man das einmal raushat, ist das echt easy, würde ich sagen, wenn die Waffe in das Brett schlagen würde.

Ich verfehlte die Holzwand um einen guten Meter.

Viktor wieherte los. »Sag ich doch!«

»Du warst nicht im Hier und Jetzt«, warf Jacky den Kopf in den Nacken. »Und …«, sie deutete auf meine Hand, »Krüger, du blutest.«

DIE SCHARFE MESSERSPITZE musste mir die Haut am Daumen aufgeschlitzt haben. Nicht so richtig tief ins Fleisch, aber tief genug, dass ein Rinnsal Blut an meiner Hand heruntertropfte.

»Shit!«, zischte ich. Wie konnte man so ungeschickt sein? Das war kein Schnitt, der gleich von selber wieder zu bluten aufhören würde, das wusste ich.

»Schlimm?«, fragte Jacky.

»Gar nicht«, sagte ich und streckte Hand und abgespreizten Daumen von mir, als wollte ich per Anhalter weg von hier, was ich ja auch immer noch wollte. Rote Tropfen sprenkelten auf den staubigen Boden. »Hat von euch vielleicht jemand ein Tempo?«

Viktor klopfte sich mit einer hilflosen Geste die Taschen ab, und mir fiel nichts Besseres ein, als mir den Finger in den Mund zu stecken und mich wegzudrehen. Das wäre nicht passiert, wenn ich diese ganze Messerwurfscheiße gar nicht erst mitgemacht hätte, dachte ich. Mach nichts, dann passiert dir auch nichts.

»Ich glaub, wir haben Verbandszeug bei uns im Wohnwagen«, sagte Jacky und lief los. Wenn ich nicht alles vollbluten oder die nächsten Minuten wie ein Kleinkind, das vom Schnuller entwöhnt wurde, herumstehen wollte, musste ich ihr nach. Also folgten wir dem Zirkusmädchen zum hinteren Rand der improvisierten Siedlung.

Jacky grüßte in offene Trailer, winkte zwei Frauen, die dabei waren, ein rostiges Damenrad zu reparieren, und sprang schließlich die Metallstufen zu einem schiefen Camper hoch, dessen Tür sie mit einem Schulterstoß aufdrückte. In Jackys Rücken deutete mir Viktor an, dass dies der Camper war, in dem er meinen Rucksack wiedergefunden hatte.

In dem Wohnwagen war es kühler als gedacht. Alle Fenster standen offen, was für Durchzug sorgte. Jacky warf mir eine Papierserviette zu und durchwühlte die Schubladen eines Kästchens. Ich presste das Tuch auf die feine, aber ziehende Wunde, wobei sich das Blut in den Stoff sog.

Vik und ich setzten uns auf eine kleine Bank an einen Tisch und sahen uns um. Der Camper war in die Jahre gekommen, aber liebevoll eingerichtet. Ein Fernseher mit Antennen stand auf einem Häkeldeckchen, auf einer verbauten Kommode saß ein Wackeldackel. An der Wand war ein Hochbett befestigt, dessen untere Liegefläche Platz für zwei, die obere, die dazugezimmert war, Raum für eine weitere Person bot. Eine Tür führte in eine Nasszelle mit Toilette. In der Küchennische brummte ein Kühlschrank.

»Nett«, sagte ich.

»Oder?«, sagte Jacky.

»Schließt ihr hier nie ab?«

»Nein. Unter Zirkusleuten vertrauen wir uns. Wir bescheißen uns nicht, wir beklauen uns nicht, wir verpfeifen uns nicht. Ist der Ehrenkodex. Und von außerhalb kommt hier keiner rein.«

»Außer wenn jemand von außerhalb von euch bestohlen wurde und sich sein Eigentum zurückholen will«, sagte Viktor grinsend, woraufhin Jacky, die immer noch kramte, den Mittelfinger nach oben reckte.

Über der Eckbank hingen Fotos. Sie zeigten einen Mann mit Schnauzbart und eine massige Frau mit Kreolen, und ich erkannte die beiden, die sich erst geweigert hatten, mit uns und später mit den Polizisten zu sprechen. Sicher auch Teil des Ehrenkodex' der Zirkusleute, dachte ich und betrachtete die Bilder genauer. Hätte man sie übereinandergelegt und ablaufen lassen wie ein Daumenkino, hätte man gesehen, wie der Mann immer glatzköpfiger, die Frau immer breiter wurde. Falten gruben sich in die älter werdenden Gesichter. Verästelte Lachfalten um die Augen, spaltende Sorgenfalten in der Stirn. Er wechselte die Kostüme vom Clown zum Gewichtheber zum Einradfahrer hin zum Messerwerfer. Sie saß in der Manege an einem Tisch, vor sich Tarot-Karten und blitzende Kristallkugeln, staunende Zuschauer in ihren Bann gezogen. Auf einer der Fotografien, auf denen der Mann und die Frau aussahen, wie ich sie heute gesehen hatte, war Jacky mit abgebildet. Ein zweites Mal entdeckte ich sie auf einem Gruppenbild vor dem Zirkuszelt.

»Sind das deine Eltern?«, fragte ich und wies auf das Bild mit Jacky, dem Mann mit dem Schnauzbart und der Kreolenfrau. Jacky hatte inzwischen gefunden, was sie gesucht hatte, und legte einen Beutel mit Pflaster und eine Schüssel auf den Tisch. Aus dem Eisfach des Kühlschranks zog sie zudem eine unetikettierte, mit Frost überzogene Flasche mit klarer Flüssigkeit.

Sie folgte meinem Blick. »*Das* ist meine Familie«, sagte sie und deutete ihrerseits auf das Gruppenbild. »Alle hier.«

»Und die beiden?«, fragte Viktor.

»Die zwei sind Harry und Claudette. Von Harry kann ich Messer werfen. Von Claudette Kartenlegen, Handlesen und so.«

»So Wahrsagerkram?«, fragte Viktor.

»Glaubst du denn an so was?«, sagte ich.

Statt eine Antwort zu geben, kippte Jacky den Beutel mit dem Verbandszeug auf die Tischplatte und wies mich an, meine Finger über die Schale zu halten. Ich zog das inzwischen durchgeweichte Taschentuch von meiner weiter tropfenden Verletzung, und bevor ich reagieren konnte, ließ Jacky einen Schwall aus der unetikettierten Pulle über meine Wunde schwappen. Scharf sog ich die Luft zwischen die Zähne, als der eisige Schnaps das Blut wegwusch und an der aufgeschlitzten Stelle brannte.

Anschließend tupfte sie die Haut ab und umwickelte den puckernden Schnitt fest mit einem Pflaster.

»Jetzt ist das sauber«, sagte das Zirkusmädchen und warf die Pflasterreste in einen Abfalleimer.

»Danke.«

»Gerne.«

Und für einen Atemzug hatten ihre blauen Augen die meinen gestreift. Ein Gefühl, als spritzte mir frisches Wasser ins Gesicht, hatte mich durchfahren.

Automatisch konzentrierte ich mich auf den pochenden Schmerz meines Fingers.

»Wollt ihr?« Jacky streckte uns die Flasche entgegen, nahm selbst einen Schluck und verzog dabei das Gesicht, dass die Sommersprossen verrutschten.

»Yes!« Viktor wischte den Flaschenhals ab, trank ebenfalls, unterdrückte ein Schütteln und schob mir die Flasche hin.

Das Zeug roch wie ein Cocktail aus Scheibenklar und Benzin. »Was ist das?«, fragte ich.

»Molotov. Destillieren wir hier. Der Verkauf finanziert das Tierfutter, wenn mal nicht so viele Zuschauer kommen.«

Ich wischte über die Flaschenöffnung, setzte sie an meinen Mund und schluckte. Kaltes Feuer rann mir die Kehle hinunter, riss mir die Speiseröhre auf und explodierte in meinem Magen. Mein Versuch, nicht zu husten, war ein einziges Röcheln, das von Jackys und Viktors gackerndem Lachen übertönt wurde. Wobei, dachte ich, eigentlich gackert nur Viktor. Jackys Lachen hatte etwas Eigenes. Das fiel mir jetzt erst so richtig auf. Es war auf eine Art dreckiger als ihre Stimme. Ein Lachen, nach dem man sich umdreht. Ein Ton, nach dem man süchtig wird, der, wäre er eine Tonspur in einem Song, ein Lied zu einem Lieblingslied machen kann.

Ich keuchte noch immer. Viktor klopfte mir auf den Rücken. Um die Flasche hatte sich ein Ring aus Tauwasser gebildet. Mir schossen die Tränen in die Augen, und ich grinste dümmlich.

»Krasses Zeug«, krächzte ich.

»Hab ich aber schon krasseres getrunken«, sagte Viktor.

Jacky schabte mit den Fingernägeln die Eisschicht vom Flaschenglas. Sie schien über irgendetwas nachzudenken.

»Zeig noch mal«, sagte sie dann und griff mein Handgelenk, wie sie es schon unter dem Anhänger getan hatte.

»Ich glaub, das passt mit der Wunde«, sagte ich. Was sollte ich bei der verarzteten Verletzung noch zeigen? Doch sie hielt meinen Arm wie ein Schraubstock.

»Ich will nicht die Wunde sehen, sondern deine Hände. Die Handflächen«, sagte sie.

»Warum?«

»Jetzt mach.«

Zögerlich öffnete ich die Faust.

»Liest du uns aus der Hand?« Viktor streckte seine Handfläche neben meine. »Werd ich reich? Berühmt? Wird Krüger für immer Jungfrau bleiben?«

Ich trat ihm unter dem Tisch gegen sein Schienbein. Zum Glück ignorierte Jacky sein Rumgegockel. Und zum Glück, dachte ich seltsamerweise, beginnen meine Hände nicht, allzu heftig zu schwitzen.

Jacky war jetzt völlig fokussiert. »Jede Hand«, sagte sie, »ist anders. Aber jede Handfläche hat drei besonders ausgeprägte Linien. Die drei Lebenslinien. Eine Linie hier«, sie berührte meinen Handballen mit ihrem Zeigefinger und fuhr einen Halbkreis bis zur Stelle zwischen meinem Zeigefinger und meinem Daumen, »und die beiden daneben.« Ich fühlte die Riefen ihrer Fingerspitzen, als sie mir über die Haut strich. Ein Kitzeln. So etwas wie Berührungsangst schien dieses Mädchen nicht zu kennen. Generell scheint dieses Mädchen so etwas wie Ängste nicht zu kennen, dachte ich und konnte den Gedanken gar nicht mehr loswerden.

»Diese Linien«, sagte Jacky jetzt, »sind die Kopf-, die Seelen- und die Herzlinie. Die Kopflinie steht für Intelligenz, Fantasie, Risikobereitschaft. Die Seelenlinie für Gefühle. Trauer, Freude, Wut und so. Die wichtigste Linie aber ist diese.« Sie hielt einen Moment inne, fuhr zart die tiefste meiner Handrillen ab und sprach weiter: »Das ist die Herzlinie.« Nun blickte sie mit ihren wasserblauen Augen auf, und diesmal verweilten unsere Blicke ineinander. »Die Herzlinie steht für Freundschaft, Liebe und Tod.«

DER SAUERSTOFF in dem Trailer war gegen etwas anderes ausgetauscht worden. Etwas, das sich nicht atmen ließ.

Ein Kribbeln hatte sich von meinem Hinterkopf über meinen Schädel bis in den Nacken ausgebreitet. Ein Gefühl, als hätte Jacky durch einen Trick – durch diese Berührungen – meine Nervenbahnen zum Schwingen gebracht.

Was passierte hier gerade?

Alle Kontraste schienen voller. Alles klang satter. Meine Zeit war einen Herzschlag lang irgendwie entrückt. Mein Puls war aus dem Takt gekommen.

Wenn ich jetzt etwas sagen müsste, käme sicherlich wieder nur ein Krächzen wie nach dem Molotov-Schnaps. Ich konnte mich nicht erinnern, so etwas schon einmal gespürt zu haben.

Ich kniff die Lider zusammen, als wollte ich Reset drücken. Ich konnte über mein Feuerzeug streichen oder mich auf den Schmerz meines verletzten Daumens konzentrieren. Das Volle und Satte blieb. Viktor warf mir einen Blick zu, den ich nicht deuten konnte.

Zum Glück redete Jacky weiter. »Die drei Lebenslinien zusammen«, sagte sie, »sind eine Ahnung, was kommt. Sozusagen Narben, die vorher schon da waren. Je ausgeprägter eine Linie, desto intensiver die Erfahrungen.« Wie makellos ihre Haut ist, dachte ich. Wie selbstsicher ihre Worte. Ich wollte mir auf die Wangen klatschen, wie ein Boxer, der die erste Runde verschlafen hatte. Komm schon! Geht gleich wieder!

Ich sah, dass Viktor sich erst auf meine, dann auf seine Hand konzentrierte. »Ist das normal, dass eine Linie kürzer ist als die anderen?«, fragte er.

»Lass mich raten«, sagte ich, froh, dass mein Sprachzentrum noch funktionierte, »die Linie für Intelligenz ist bei dir extrem kurz.« Ging wieder.

Jetzt trat Viktor unter dem Tisch nach mir.

Jacky kicherte. Schön war das, wie sie kicherte. »Pauschal kann man nicht sagen, was 'ne kürzere Linie bedeutet«, sagte sie. »Es geht auch darum, wie sich die Linien verzweigen und überschneiden und alles.« Dann wurde sie ernst. Versonnen betrachtete sie meine Hand. »Bei dir hier ist eine Furche … die ist, wie soll ich das ausdrücken«, sie überlegte, »irgendwie eingebrannt.«

Ich schluckte. Ich hatte völlig verdrängt gehabt, dass sie immer noch mein Handgelenk festhielt.

Eingebrannt, hatte sie gesagt. Mein Geheimnis! Ein Gedanke knallte mir von innen gegen die Schädeldecke: War Jacky in der Lage, mein Geheimnis aus meiner Hand zu lesen? Ging das? Quatsch! Natürlich ging das nicht.

Dieses Gefühl, das mich mit ihren Berührungen überflutet hatte wie ein Rausch, hatte meinen Wunsch, zu verschwinden, noch verstärkt. Aber eigenartigerweise hatte ein zweiter Wunsch in mir zu wachsen begonnen: der Wunsch, zu bleiben. Nur machte das absolut keinen Sinn.

Schnell sagte ich: »Vik wäre heute beinahe von einem Auto überfahren worden, siehst du das bei ihm?« Endlich entwand ich mich Jackys Griff. Viktor winkte ab. Halb so wild sei das gewesen, meinte er. Nun hatte ich keine

Lust, dass das Gespräch wieder auf mich kam, also nahm ich die Flasche, die inzwischen in einer Taupfütze stand. »Wollen wir noch mal? Anstoßen? Hast du Shotgläser?«, fragte ich.

Jacky musterte mich verwundert, erhob sich aber, um drei Schnapsgläser aus einem Schrank über der Spüle zu holen und uns einzuschenken.

»Bist auf den Geschmack gekommen, was?«, sagte sie.

Ich nickte.

»Na dann.« Wir erhoben unsere Gläser.

»Cheers«, sagte ich, wie ich es in einem Guy-Ritchie-Film aufgeschnappt hatte.

»Auf uns«, sagte Viktor.

»Auf die Freundschaft, auf die Liebe, auf den Tod«, sagte das Zirkusmädchen, und wir stießen an.

Auf die Freundschaft! Ja!

Dieses Mal husteten wir alle, klopften uns gegenseitig auf den Rücken, verzogen die Gesichter zu Grimassen und verrenkten übertrieben angewidert die Kiefer.

»Teufelszeug.«

»Gott, ja, Teufelszeug.«

Unsere Stimmung war gelöst. Den Alkohol merkten wir aber nicht, da waren wir uns einig.

»Hast du Musik hier, Jacky?«, fragte Viktor, nachdem wir uns wieder eingekriegt hatten.

»Nur 'nen Walkman. Der Fernseher kriegt nicht mal MTV.« Jacky schob die Flasche zurück in das sonst leere Eisfach, dessen Klappe beim Schließen schmatzend angesaugt wurde.

»Verpicht«, sagte Viktor.

»Absolut. Ey, das Wort mag ich. Verpicht«, sagte Jacky und setzte sich zurück an den Tisch.

Viktor grinste triumphierend. »Siehst du, Krüger. Das wird ein Movement.«

»Niemand benutzt das. Absolut niemand.«

»Ich benutz das jetzt«, sagte Jacky neckisch und streckte mir ihre Zunge heraus. »Verpicht. Bring ich mit dem Zirkus in die ganze Welt. In die ganze verpichte Welt.«

Es wunderte mich, dass Viktor nicht vor Stolz die Brillengläser beschlugen. »Wo bist du ursprünglich her, Jacky?«, fragte er.

»Geboren bin ich in Hamburg. Eimsbüttel.«

»In Eimsbusch ...«

»Eimsbusch, Baby!«, sagten Viktor und ich gleichzeitig wie der Rapper Samy Deluxe und gickelten einer lauter als der andere. Wir wieder.

»Wie lange bist du, also, seid ihr noch in Bodenstein?«, fragte ich und lehnte mich an das dünne Rückenpolster der Eckbank.

»Nur noch heute«, sagte sie und stützte die Ellbogen auf die Tischplatte. Nur noch heute. Wieder drohte mein Herzschlag aus dem Takt zu geraten, was ich nun einfach zu ignorieren versuchte. Das würde sich gleich wieder einrenken.

»Was macht man denn hier, wenn man nur noch einen Tag hat?«, fragte Jacky jetzt.

»Warten, dass er vorbeigeht«, sagte ich.

»Nein, im Ernst.«

»Ja, im Ernst. Und sich glücklich schätzen, nicht noch einen zu haben.«

»Meine Fresse!«, Jacky schlug so heftig auf den Tisch, dass die Tauwasserpfütze zitterte. »Jetzt sei mal nicht so langweilig, Krüger.«

»Krüger hat es halt gerne langweilig«, sagte Viktor

schulterzuckend. »Einen kiffen, oben beim Janus. Tierdokus. Schlafen und träumen. Playsi zocken.«

»Das magst du auch alles«, sagte ich.

»Ja. Ja klar. Klar mag ich das auch alles.«

Wollte er mich bestätigen? Oder machte er sich über mich lustig? Nicht, dass es am Molotov gelegen hätte, aber ich konnte es beim besten Willen nicht einschätzen. Und warum war mir mit einem Mal wichtig, ob ich vor diesem Mädchen als Langweiler dastand? Es war doch im Grunde genommen gleichgültig, was sie von mir hielt. Weil morgen war sie ja eh wieder weg. Hatte sie ja gerade gesagt.

Jacky fixierte uns und zog dann angriffslustig die Brauen zusammen. »So«, sagte sie. »Ihr sagt mir jetzt jeder das Coolste, was wir heute noch machen können. Das gibt es einfach nicht, dass euch nichts einfällt. Heute ist der 31. August. Der letzte Tag des Sommers. Diesen Tag muss man doch auskosten. Scheiße«, sie schmiss die roten Haare nach hinten, »es ist 1999. Das ist vielleicht der letzte Sommer überhaupt. Wenn an Silvester mit dem Scheißmillennium die Scheißwelt untergeht, dann habt ihr euren letzten Sommertag verschenkt. Also, schießt los!«

Den Ausdruck, den Viktor mit einem Mal im Gesicht hatte, kannte ich. Er fühlte sich herausgefordert. Sein Ego war gekitzelt. Zwar musste weder er noch ich hier irgendjemandem etwas beweisen, doch Vik fing an zu sprechen. Und ich hatte keine Ahnung warum, aber plötzlich redete ich ebenfalls.

Viktor: »Heute ...«

Ich: »Wir ...«

Viktor: »... ist die ...«

Ich: »... suchen die ...«

Viktor: »... Party von Anna und Ayla.«

Ich: »... Marihuanaplantage der Hunnen.«

Eine Sekunde war es still.

»Geht doch«, sagte Jacky zufrieden und ließ mit einem Wisch das Flaschen-Tauwasser von der Tischplatte spritzen.

»WIR SUCHEN DIE PLANTAGE der Hunnen, machen uns die Taschen voll Gras, gehen auf die Party und sind mit unserer Beute die Kings.« Jacky strahlte uns an. »Also, ihr seid die Kings. Ich bin die Queen.«

Wir hatten ihr von Annas und Aylas geplanter Feier und dem Gerücht von dem Dealer-Versteck erzählt, und sie war Feuer und Flamme.

Ich nicht. Ich bereute bereits, dass ich überhaupt meinen Mund aufgemacht hatte. »Das ist der dümmste Plan, den ich jemals gehört habe«, sagte ich.

Viktor wiegte den Kopf hin und her. »Weiß nicht. Könnte schon klappen. Es darf halt niemand mitbekommen, woher wir das Zeug haben. Und wenn wir nur ein paar Gramm nehmen, merkt das kein Schwein. Eigentlich ist die Idee sogar ziemlich genial.«

»Wenn Ayla mit dem Siegelring-Hunnen zusammen ist«, sagte ich, »ist der halt auch auf der Party, Sherlock.«

»Ja, wir rennen da ja nicht hin und reiben ihm sein eigenes Marihuana als Gastgeschenk unter die Nase. Wobei das eine witzige Aktion wäre.«

»Ganz schön riskant.«

»No Risk, no Fun. Müssen wir halt ein bisschen aufpassen. Da sind heute so viele Menschen eingeladen, das fällt dem gar nicht auf. *Ich* will auf diese Party. Unbedingt. Und die Leute da werden uns einfach nur abfeiern, wenn wir unter der Hand ein paar Jollys verteilen.« Viktor beugte sich zu mir. »Sei einmal cool, Krüger.«

Für Jacky war das Vorhaben offenbar beschlossene Sache. Sie hatte eine Landkarte auf dem Tisch ausgebreitet, und Viktor war von seinem Platz neben mir zu ihr auf die Bank hinübergerutscht. Gemeinsam studierten sie die Umgebung auf dem knittrigen Papier, während ich mit dem unverletzten Daumen eine der Ecken glattstrich.

»Wir sind hier«, sagte Viktor, der sich einen Bleistift genommen hatte und den Festplatz einkreiste. »Da ist der Janus, hier fließt die Naab. Ich schätze, die Plantage ist auf der linken, also auf der von uns aus inneren Flussseite. Sonst müssten die Dealer mit dem Auto vom Stadtpark jedes Mal über die verpichte Brücke, wenn die Nachschub holen. Mein Tipp: Die Plantage ist hier im Wald zwischen dem Fuß der Janus-Klippe und dem Café Colorado. Irgendwo, wo man mit dem Wagen gut langfahren und unauffällig parken kann, bevor man sich ins Unterholz schlägt.« Mit der Spitze des Stiftes zeichnete er die von uns abzusuchende Strecke nach, ein schmaler Weg vom Fuß der Klippe, immer in der Nähe des Ufers, durch den Wald bis zurück zur Bodensteiner Ortsgrenze, wo er das Musik-Café Colorado mit einem Kreuz markierte.

Es sei nur ein kurzes Stück, das infrage komme, meinte Vik. Knappe drei Kilometer. Und weit sei es dann vom Colorado zur Party auch nicht. Und da wollten wir ja eh nicht zu früh auftauchen. Die coolsten Gäste, sinnierte mein Kumpel, kämen immer etwas später.

»Was machen wir, wenn wir die Plantage nicht finden? Wir können ja nicht mit leeren Händen bei der Party aufschlagen und behaupten, Dave hätte uns eingeladen«, gab ich zu bedenken.

Viktor bleckte die Schnee-Zähne. »Erstens: Du hast *wir* gesagt. Also: Schön, dass du dabei bist.«

»Fick dich.«

»Und zweitens: Wenn wir das Versteck nicht finden«, sagte Viktor und blies sich die Haare aus der Stirn, »lassen wir uns halt was anderes einfallen. Jesus Christus, Krüger.«

Ich schnaufte resigniert durch. Ich konnte jetzt aufstehen und nach Hause fahren, klar. Ich konnte alleine die übrige Jointhälfte rauchen, eine Doku oder einen Film gucken und irgendwann einpennen. Träumen. Und morgen wäre der Sommer endlich vorbei. Viktor würde mir von der Suche im Wald und von der Party erzählen. Und von Jacky. Und Jacky wäre weg.

Ich blieb.

»Wann sollen wir los?«, sagte ich mit einem weiteren tiefen Schnaufer.

Viktor knuffte mir von gegenüber gegen die Schulter. »Na, du hast ja richtig Bock. Wie spät ist es denn?«

»Kurz nach halb vier.«

»Ich muss vorher auf jeden Fall noch mal nach Hause. Abendessen. Sonst flippt der Sergeant … also mein Vater … flippt sonst aus. Ich erzähl meinen Eltern, dass wir Nachtwanderung vom Boxverein haben. Dann kann ich abhauen.«

»Wir haben gleich noch Abschlussvorstellung.«, sagte Jacky. »Da hab ich zwei Nummern. Wollen wir uns um sieben Uhr am Fuß der Janus-Klippe treffen?«

»Passt«, nickte Viktor. »Wir haben dann noch zwei Stunden Tageslicht. Ich bringe Taschenlampen mit, falls es dunkel wird, bevor wir aus dem Wald raus sind. Das wird ein Spaß, Leute.«

Voller Vorfreude knackte er mit den Fingerknöcheln. Jacky faltete die Karte zusammen. Ich hatte ein ungutes Gefühl.

Viktor schob sich von der Eckbank. »Na dann. Packen wir es, Krüger?«, sagte er.

»Musst du dich auch noch mal daheim sehen lassen?«, fragte mich Jacky.

»Bei mir zu Hause ist niemand, nein.«

»Dann bleib hier. Schau dir die Vorstellung an, und wir essen was an einem der Stände.«

Viktor, der gerade im Begriff gewesen war, den Wohnwagen zu verlassen, blieb wie angewurzelt stehen.

»Du kannst auch bei uns essen«, sagte er.

Das hatte er mir noch nie angeboten. Überhaupt war ich selten bei Viktor zu Hause. Schon gar nicht, wenn sein Vater auch dort war. »Es gibt Gulasch, glaube ich«, schob er hinterher.

Ich runzelte die Stirn. »Du ... also ... das ist nett, aber ich passe. Nicht, dass dein Vater mich noch Vokabeln abfragt«, lachte ich und rechnete damit, dass Viktor so etwas sagen würde wie: »Ja, was heißt Rindergulasch überhaupt auf Latein?«, oder so was. Wir wieder. Aber da kam nichts.

»Wer nicht will, der hat schon, Krüger«, sagte Viktor stattdessen, fasste noch mal unsere Abmachung zusammen und sprang die Stufen des Trailers hinunter.

Jacky und ich blieben alleine in dem Wohnwagen zurück.

»Was war das denn?«, sagte sie und blickte meinem besten Freund, der in Richtung unserer Räder davoneilte, hinterher. »War der jetzt beleidigt?«

»Ich habe keine Ahnung. Hat vermutlich auch keine Lust auf seinen Dad.«

»Ist der so schlimm?«

»Total.«

Ich hatte gar nicht zugesagt, im Camper zu bleiben. Aber jetzt mit dem eingeschnappten Viktor zurückradeln und dann alleine zu Hause die Zeit bis zum Treffen absitzen, wollte ich auch nicht.

»Wann geht die Vorstellung denn los?«, fragte ich.

»In 'ner Dreiviertelstunde. Und jetzt dreh dich um, ich muss mich in Schale werfen.«

Ich hatte Jacky den Rücken zugewandt und versuchte, zu verdrängen, dass ich mich nicht erinnern konnte, wann ich jemals mit einem Mädchen alleine gewesen war. Schon gar nicht, während ein Mädchen sich umgezogen hatte. Einfach cool sein. Lässig sein, sagte ich mir.

Jacky war erst in dem schuhkartongroßen Bad verschwunden und hatte dann irgendetwas aus einem Schrank geholt. Ich hörte, wie sie ihre Klamotten abstreifte.

»Wenn du guckst, bring ich dich um«, sagte sie, und ich wusste, dass sie das ernst meinte. Meine Leiche würde sie dem Panther zum Fraß vorwerfen. Die beiden Dorfpolizisten würden mein Verschwinden niemals aufklären. Ich wäre erst die Titelseite der Zeitungen und irgendwann nur noch eine Randnotiz.

»Ich guck nicht«, sagte ich. »Ehrenkodex unter Zirkusleuten.«

Jacky kicherte hinter mir. Ein Jacky-Kichern. Und offenbar wollte sie das Gespräch am Laufen halten, denn sie sagte: »Ich frag dich jetzt drei Sachen, und du antwortest direkt das Erste, was dir einfällt, okay?«

Ich zögerte.

»Na, das funktioniert ja schon mal super«, lachte Jacky.

Shit. »Sorry. Ja gut. Frag.«

»Lieblingsfilm?«

»Ähm ...«

»Komm. Einfach machen.«

»Okay. Also, Lieblingsfilm: *KIDS*.«

»Lieblingsbuch?«

»*Der Herr der Ringe.*«

»Lieblingsalbum?«

»*What's the Story (Morning Glory)* von Oasis.«

»Geht doch.« Na, ging doch.

»Bei dir?«

»*Bandits*, *Farm der Tiere* und auch *What's the Story (Morning Glory)*«, kam es von ihr wie aus der Pistole geschossen.

»Ha! Lieblingslied auf dem Album? *Champagne Supernova?*«

»Auch. Und *Don't Look Back In Anger*. Das soll mal auf meiner Beerdigung laufen«, sagte Jacky. »Oder *Danke, gut!* von Eins Zwo.«

Jetzt musste ich lachen. »Wie fantastisch die erste Zeile von *Danke, gut!* wäre. *Es geht mir gut, ich mein, es könnte weiß Gott schlimmer sein*. Du bist witzig. Äh, also, ich meine, das ist witzig. Das mit der Zeile. Ist witzig.« Mein Gott.

Kurz vernahm ich kein Geräusch mehr hinter mir. Jacky schien innegehalten zu haben. »Danke«, sagte sie dann, und ich hörte ihrer Stimme an, dass sie lächelte. »Noch mal drei Fragen?«

»Okay.«

»Lieblingstier?«

»Orcas«, antwortete ich schnell.

»Gut. Lieblingsfarbe?«

»Wasserblau«, sagte ich, ohne nachzudenken.

»Sehr gut. Dein größtes Geheimnis?«

»Dass ich ...« Ich brach ab und hörte Jackys schallendes Gelächter.

»Du glaubst gar nicht, wie oft das klappt, Krüger.« Sie prustete immer noch. Dann wurde sie ruhiger. »Du musst mir nicht deine Geheimnisse verraten, wenn du das nicht willst. Alles gut. Und du kannst dich jetzt umdrehen.« Und ich drehte mich um.

Sie stand vor mir in einem dunkelblauen taillierten Jackett, dessen Bünde, die eng am Handgelenk abschlossen, mit purpurschimmernden Stickereien verziert waren. Kragen und Schultern waren ebenfalls durch aufgenähte Applikationen hervorgehoben. Die zweireihige goldene Knopfleiste hatte sie geschlossen, die schlichte Stoffhose dazu schien wie für sie geschneidert. Ich versuchte, den Kloß in meinem Hals runterzuwürgen wie einen trockenen Klumpen Brot. Sie sah atemberaubend aus. Ein anderer Ausdruck dafür fiel mir nicht ein. Schlicht atemberaubend.

Jacky trug das Outfit mit solch einer Selbstverständlichkeit und so einer Selbstsicherheit, dass es mir die Luft aus den Lungenflügeln drückte. Das Leuchten, das von ihr ausging, strahlte von innen durch das Kostüm.

»Ist nur für die Vorstellung«, sagte sie und vollführte eine Pirouette. »Im wahrsten Sinne des Wortes. Claudette sagt immer: ›Der Eingang zur Manege ist für das Publikum die Grenze zwischen Vorstellung und Realität. Wir holen die Leute raus aus ihrer Welt, rein in unsere. Die Masken und Kostüme sind für uns alle ein zweites Gesicht.‹« Sie wies auf die Bilder an der Wand. »Claudette wird von der Tierpflegerin zur Wahrsagerin. Harry wird von 'nem Mechaniker zum Clown. Und ich, na ja«, sie machte eine Verbeugung, »ich kann alles sein, was das Publikum sich wünscht. Die mysteriöse Artistin.« Sie ließ sich blitzschnell in den Spagat fallen. »Die alberne Gauklerin.« Sie tat, als würde sie nach vorne rutschen, fing sich aber im letzten Moment. »Und«, sie blitzte mich aus schmalen Augenschlitzen an, »die tödliche Kriegerin. Hier.« In der linken Hand hielt sie ihre Wurfmesser. In der rechten ein bedrucktes Glanzpapier, auf dem in verschnörkelten Lettern das Wort *Ehrenkarte* prangte und das sie mir auf den Tisch legte. »Damit musst du keinen Eintritt zahlen. Die gibst du einfach am Kassenhäuschen, wo Harry sitzt, ab und fertig. Ich muss jetzt zum Schminken. Du kannst ja noch ein bisschen übers Gelände laufen, bis es losgeht. Bis gleich.«

Ich wünschte Jacky »Hals und Beinbruch oder was man halt so sagt, haha« und hätte mir für mein Gestammel am liebsten mit der flachen Hand gegen die Stirn gedroschen.

Bis später, geheimnisvolle Artistin, alberne Gauklerin und tödliche Kriegerin, wäre die lässigere Wortwahl gewesen.

Dann war ich aus dem Wohnanhänger gestiegen. Ungewohnt leicht und beschwingt hatte ich mich gefühlt. Neugierde hatte angefangen, sich in mir auszubreiten, und hatte nach und nach begonnen, jedes diffuse Gefühl in meinem Magen zu überdecken.

Und eine Idee war mir gekommen. Eine Geschichte hatte sich in meinem Kopf geformt.

Was ich mit der Zeit bis zum Vorstellungsbeginn anfangen würde, hatte ich sofort gewusst. Ich brauchte ein ruhiges Plätzchen. Irgendwo, wo mich niemand stören würde und ich für mich sein konnte.

Ein gutes Stück entfernt vom Zirkuszelt, vor dem der Trubel und die Hektik der Zirkusleute jetzt nochmals deutlich zugenommen hatten und wo sich erste Besucher am Kartenhäuschen anstellten, ließ ich mich im Schatten eines Wellblechcontainers nieder und zog mein Notizbuch aus meinem Rucksack. Das Gummiband war noch so um den Einband gezogen, wie ich es um das Buch gelegt hatte. Niemand schien darin gelesen zu haben. Oder? War es vielleicht ein bisschen verrutscht? Das konnte aber auch beim Transport im Rucksack passiert sein.

Ich zog das Band ab, schlug eine leere Buchseite auf, vergewisserte mich, dass mich niemand beobachtete, setzte den Stift auf das Papier und schloss für einen Moment die Augen.

Ich tauchte ab in eine Traumwelt und begann zu schreiben.

EIN LAUTER GONG ERTÖNTE in dem Moment vom Zelt herüber, in dem ich den letzten Satz beendet hatte. Ich fuhr über die Seiten, überflog das Geschriebene noch einmal und war zufrieden. Ich war zufrieden mit der Geschichte, die ich zu Papier gebracht hatte, aber auch zufrieden, hier auf dem Festplatz zu sein.

Ich sah auf meine Uhr. In zehn Minuten würde die Zirkusvorstellung beginnen.

Ich steckte mein Notizbuch zurück in meinen EastPak, trat aus der Camper-Siedlung und ging auf das Kassenhäuschen zu, das am Anfang einer Balustrade stand, die das Zirkuszelt von ein paar Buden und Ständen abgrenzte.

Eltern mit Kindern standen am Ticketverkauf, ein Seniorenpärchen quasselte, eine Fußball-Bambini-Mannschaft lärmte und wurde vom Trainer abgezählt. Ich war der Einzige, der alleine, ohne Begleitung, wartend in der Schlange stand.

Dieses Gefühl des Abwartens hatte ich immer genossen. Diese Vorfreude auf das, was kommen würde. Wenn man sich den Spaß, der einem bevorstand, in den schillerndsten Farben ausmalen konnte. Schon als Kind, als in unserer Familie noch alles okay gewesen war, hatte ich das so gemacht. Den Abend vor meinen Geburtstagen beispielsweise hatte ich lieber gemocht als den eigentlichen Geburtstag. Am Abend zuvor schien alles möglich. Geschenke, Gäste, Feier. Und wie der Tag selbst dann gewesen war, hatte ich meist als zweitrangig empfunden.

Ich war der Nächste in der Schlange. Ein Riese von Mann saß auf einem Klappstuhl in dem Bretterverschlag und musterte mich durch ein Schiebefenster. Es war Harry, mit dem Jacky zusammen mit seiner Frau Claudette in dem Wohnwagen lebte.

Unter Harrys riesenhaftem Körper wirkte der Stuhl wie ein Spielzeugmöbel. Er trug einen abgerundeten Hut. Sein Gesicht, inklusive seines Walrossschnauzers, war weiß geschminkt, nur um das linke Auge war ein silberner Stern gezeichnet.

»Tach, der Herr. Neun Mark fuffzig, bitte«, sagte er mit einer Stimme wie ein Bär.

»Ich hab die hier«, sagte ich, doch als ich meine Taschen abtastete, war da nichts außer meinem Sturmfeuerzeug, meinem Schlüssel und meinem Geldbeutel. »Moment«, sagte ich und durchwühlte meinen Rucksack. Shit. Ich musste die Karte, die Jacky mir gegeben hatte, irgendwo verloren haben. Wahrscheinlich bei dem Wellblechcontainer. Hinter mir wurde eine junge Mutter mit ihrem Sohn ungeduldig. Wieder schepperte der Gong. Diesmal im Doppelschlag. Das Signal, dass in fünf Minuten alle ihre Plätze eingenommen haben mussten. Erneut suchte ich meine Shorts ab und sah alle Rucksackfächer durch.

»Macht immer noch neun fuffzig, wenn du in den Zirkus willst«, brummte Harry.

»Ich hatte eine Eintrittskarte«, sagte ich und merkte, wie ich stotterte. »Eine Ehrenkarte hatte ich.«

Harry zog misstrauisch die dicken, borstigen Raupen, die seine Augenbrauen waren, nach oben und versteifte sich auf seinem Stuhl. »Woher?« Es war offensichtlich, dass er mir nicht glaubte.

»Jacky hat mir die gegeben.«

»Bist du nicht einer von den Jungs, die hier rumgeschnüffelt haben? Bevor die Bullen gekommen sind?«

»Vor den Bullen haben wir Jacky gewarnt.«

»Aha. Gut so. Die können wir hier nicht gebrauchen. Bist du ein Freund von Jacky?«

»Das meinte sie zumindest zu eurem Panther.«

Harrys Lachen war ein grollender Donner. Er lachte so laut, dass das kleine Kassenhäuschen zitterte. »Junge«, sagte er dann, »du erzählst mir hier nicht die Story vom Pferd, oder?«

»Nein. Ehrenkodex.«

»Seit wann kennst du Jacky?«

»Seit heute. Sie heißen Harry. Von Ihnen hat Jacky das Messerwerfen gelernt.«

»Sag du, sonst fliegste raus.«

»Du.«

»Besser.«

Dann sprudelte es nur so aus mir heraus: »Jacky ist seit einem Jahr hier beim Zirkus. Sie hat bei der Vorstellung gleich zwei Nummern. Sie wird nächste Woche sechzehn. Ihr Lieblingsalbum ist von Oasis. Sie hasst Löwen. In ihrem Kostüm sieht sie atemberaubend aus. Sie hat ein Lachen, nach dem man sich umdreht. Sie hat wasserblaue Augen. Und ich …« Ich unterbrach meinen Wortschwall.

Harry sah mich amüsiert an. »Also«, brummte er, »du weißt ja ’ne ganze Menge über das Mädchen, dafür, dass ihr euch heute kennengelernt habt. Das gefällt mir. Und wenn Jacky dir ’ne Ehrenkarte gibt, gehörst du dazu. Zu uns. Ist klar. Leichtfertig macht das Mädel so was nicht.« Seine Körperhaltung hatte sich entspannt. »Da muss sie dich echt mögen«, fügte er an. »Komm rein.«

Da muss sie mich echt mögen, dachte ich. Wenn sie mir eine Ehrenkarte gibt. Wenn sie will, dass ich dazugehöre. Dass ich dabei bin. Dann, dachte ich, muss sie mich echt mögen.

»Danke, Harry«, sagte ich und fühlte mich komischerweise glücklich. Das war doch nur eine Zirkusvorstellung, die ich hier besuchte. Neun Mark hätte ich dafür jetzt eher nicht ausgegeben, abgesehen davon, dass ich so viel Geld gar nicht dabeigehabt hätte. Meine Vorfreude aber war riesig. Ich merkte, wie es mir die Mundwinkel nach oben gezogen hatte.

Harry winkte mich durch. »Willkommen im Zirkus«, sagte er noch und lupfte den Hut, als ich durch die Absperrung schritt.

Und ich hatte das Gefühl, es nicht mehr alleine zu tun.

VON INNEN WIRKTE das Zirkuszelt wesentlich größer, als ich von außen geschätzt hatte. Gelbe Sterne waren auf das Blau der Kuppel geklebt, die die Manege und Tribüne überspannte wie ein Nachthimmel und angestrahlt wurde von wandernden Lichtbündeln.

Wie außen war auch hier drinnen die Folie an vielen Stellen ausgebleicht und teilweise geflickt worden, was aussah wie überdimensionale Operationsnähte. Die vier Masten, die die Konstruktion trugen, waren wurmstichig. Hier und da war der Anstrich abgesplittert und neu überpinselt worden. Aus historisch wirkenden Lautsprechern schallte Marschmusik.

Ich roch die Luft. Zirkusluft. Sie war dick und stickig und warm, doch nichts davon störte mich. Es roch nach Sägespänen. Ich erinnerte mich an diesen Geruch. Da war ich etwa sieben gewesen. Ich war zwischen meinen Eltern, an der Hand meiner Mutter und meines Vaters, über die Stufen der Tribüne bis zu unseren Sitzen gestiegen. Atemlos und mit rasendem Herzen hatte ich das Geschehen in der Arena verfolgt. Beim Clown hatte ich mir den Bauch vor Lachen gehalten, bei den Trampolinspringern hatte ich mich durchgehend an meine Eltern geklammert, so sehr hatte ich mitgefiebert. Wir hatten ganz hinten gesessen, dass ich mit meinem Rücken die Zeltplane berührte. Bei den Dressurnummern waren die Sägespäne bis in die Zuschauer gestoben, und den

Geruch hatte ich seit damals nicht vergessen, auch weil er den Bierdunst meines Vaters überdeckt hatte wie ein schweres Parfüm.

Die Sitze an diesem letzten Vorstellungstag waren etwa zu einem Drittel gefüllt. Bänke waren im Kreis um die Manege angeordnet, ein halbes Dutzend Reihen, die Platz boten für gut einhundertfünfzig Leute, wenn hier ausverkauft war.

Ich setzte mich. Auf dem Boden lag ein Programmheft, auf dem vorne das Zirkuszelt abgebildet war. Prächtig schimmerte es im Sonnenlicht, schillernd hoben sich das Gelb und das Blau ab vom wolkenlosen Sommerhimmel, von Rissen, Flicken und Nähten keine Spur. Ein Foto aus früheren Zeiten.

Harry entdeckte ich auf der ersten Seite des Heftes. Er war Teil der Familie, die den Zirkus in vierter Generation führte. Seine Frau Claudette war ebenfalls auf dem speckigen Hochglanzpapier abgebildet. Sie war nicht nur die Wahrsagerin, sondern auch die Direktorin des Mondo Intero. Ich sah das Motocross-Kind, das auf seinem Dirtbike über den Zeltplatz geheizt war, und den Jungen, der das Pony vor sich hergescheucht hatte. Etliche weitere Gesichter, die ich den Nachmittag über vor dem Zelt und um die Camper gesehen hatte, erkannte ich wieder. Die Einzige, die auf keiner der Seiten vorgestellt wurde, war Jacky.

Drei Schläge tat der Gong jetzt. Die Musik verstummte, die Scheinwerfer erloschen, das Gemurmel der Besucherinnen und Besucher ebbte mit einem Mal ab. Die schwere Zeltplane ließ kein Sonnenlicht herein, sodass wir im Dunkeln saßen. Nur durch die Ritzen der zugezogenen Plane am Eingang schimmerte glutrot die Sonne.

Dann wurden die Scheinwerfer mit einem Klacken

wieder angestellt. Orchestermusik knallte los. Lichtkegel tanzten über den Manegenboden und vereinten sich zu einem einzigen Strahl, der auf einen schweren Vorhang auf die dem Eingang gegenüberliegende Arenaseite gerichtet war. Mit einem Tusch öffnete sich der Vorhang. Unter dem Applaus der Kinder und dem gutmütigen Klatschen der Erwachsenen trat Claudette in die Manege. Ihr zweireihiges Direktorinnen-Kostüm in Orange ähnelte dem von Jacky. Auf dem Kopf trug Claudette einen Zylinder, an den Ohrläppchen baumelten die Kreolen, in der Hand hielt sie ein Mikrofon. Die Kinder patschten noch immer die Hände ineinander.

In den abflachenden Applaus hinein sprach sie: »Meine Damen, meine Herren, seien Sie gegrüßt im Zirkus Mondo Intero. Mein Name ist Madame Tamtam. Ich bin die Direktorin unseres traditionsreichen Familienzirkusses und werde Sie heute durch die Vorstellung führen. Es erwarten Sie waghalsige Akrobatinnen und Akrobaten, todesmutige Artistinnen und Artisten, der weltberühmte Clown Harraldo Capische, das intelligenteste Pony des Planeten und eine Panther-Show, die ihresgleichen sucht.« Wieder stärker aufbrandender Beifall. Die Kinder waren wie gebannt. Einige der Erwachsenen schmunzelten sich ironisch zu. »Begrüßen Sie nun mit mir«, Madame Tamtam trat einen Schritt zur Seite, »Calamity Jacky!«

Lang gezogene Ahs und Ohs wurden ausgestoßen, als der Vorhang erneut aufgerissen wurde und Jacky freihändig stehend auf einem schwarzen Hengst in die Manege preschte. Sie war fantastisch. In der Mitte des Rondells bremste sie das Pferd ab, das schnaubend die Nüstern blähte und auf der Stelle tippelte. Mühelos ging Jacky auf seinem Rücken in den Handstand. Kinder jubelten. Diejenigen von den Älteren, die sich eben noch lustig gemacht hatten, klatschten laut und noch lauter, als der Hengst sich wiehernd auf die Hinterbeine stellte. Jacky ging die Bewegung des Tieres mit. Noch immer stand sie auf den Händen, jetzt beinahe parallel zum aufgerichteten Rücken des Pferdes, dessen Vorderhufe hoch in die Luft ragten. Als der Hengst zurück auf alle viere sprang, landete Jacky mit einem Vorwärtssalto neben ihm. »Calamity Jacky, meine Damen und Herren!« Unter Anfeuerungsrufen verbeugte sich Jacky und führte den Rappen aus der Manege. Es witzelte niemand mehr. Ich bemerkte, dass selbst ich die Hände so begeistert ineinandergeschlagen hatte, dass die Handflächen rot waren.

Als Nächstes hüpfte Harry als Harraldo Capische durch den Vorhangbogen und stolperte, in kompletter Clowns-Aufmachung, direkt über seine gigantischen Schuhe. Die Kinder schüttelten sich aufgekratzt vor Lachen, und auch die Erwachsenen klopften sich auf die Schenkel, als der riesenhafte Clown vergeblich versuchte, sich auf einem winzigen Hocker niederzulassen, den er sich aber immer wieder selbst wegkickte.

Ihm folgte eine Hochseilnummer. Zwei Frauen in Paillettenanzügen, die im Spotlight strahlten, balancierten auf einem Drahtseil zwischen den Stützpfeilern. Sie jonglierten mit Kegeln und Reifen und schwangen Tücher und Bänder, was in schwindelerregender Höhe aussah, als schwebten sie in einem Sternschnuppenregen.

Ein Feuerschlucker ließ die Zuschauer aufkreischen, das intelligenteste Pony entlockte entzücktes Juchzen, als es mit dem Aufstampfen der Hufe Rechenaufgaben löste.

Höhepunkt der ersten Hälfte war ein Motocross-Stunt.

Ein runder Käfig war dafür in der Manege aufgebaut worden.

»Ladies and Gentlemen: Unser Jüngster: der sechsjährige Ricky Racer!«, kündigte Madame Tamtam an.

Mit knatterndem Motor, das spiegelnde Helmvisier heruntergeklappt, bretterte der kleine Ricky herein, fuhr einmal im Kreis, sodass er eine tiefe Furche in den weichen Untergrund wühlte, und legte an dem halbkugelförmigen Käfig eine Vollbremsung hin. Anschließend lenkte er die röhrende Maschine in das Drahtgebilde. In irrem Tempo raste er die Seiten hoch und fuhr waagrecht die Käfigwand entlang. Das Publikum klatschte und trampelte. Als Ricky für den Bruchteil einer Sekunde schlingerte, schrie das Zelt auf, nur um noch schallender zu applaudieren, als er die Balance zurückgewann.

»Wir sehen uns nach einer kurzen Verschnaufpause. Stärken Sie Ihre Nerven mit den Schlemmereien unserer Essensstände«, sagte Madame Tamtam, und die Abdeckung am Eingang wurde aufgezogen.

Ich blieb auf meinem Platz. Für keine einzige der Nummern hätte ich den Mut oder das Geschick gehabt, da war ich mir sicher.

Die zweite Hälfte begann mit Jackys Wurfmesser-Einlage. Fehlerfrei schleuderte sie die Klingen erst in das Bullseye einer Zielscheibe und dann durch einen Tunnel aus Ringen in einen Pflock. Es ist so grazil und elegant, wie sie ihr Handgelenk abknickt, dachte ich. Sie zweifelte keine Sekunde an ihrem Können. Wie schaffte man das bloß, so furchtlos zu sein?

Dann wurde es mucksmäuschenstill, als Madam Tamtam Jacky eine Augenbinde umlegte und sich selbst an eine Spanholzwand stellte, auf die Jacky zielte. Zack, zack, zack. Die drei Klingen schlugen ins Brett. Haarscharf links und rechts neben dem Hals der Zirkusdirektorin. Tosender Beifall für Calamity Jacky, die einen Knicks andeutete, von Claudette umarmt wurde und hinter dem Vorhang verschwand.

Bevor sie durch den geteilten Stoff geschlüpft war, so hatte ich mir eingebildet, hatte sie noch einen Blick zurück auf die Tribüne geworfen, zu dem Platz, auf dem ich saß. Zu mir. Aber das war natürlich Blödsinn. Gegen das Licht der Scheinwerfer hätte sie mich ja gar nicht sehen können.

Die Lama-Dressur im Anschluss war zuckersüß, eine folgende Trapeznummer zum Fingernägelkauen. Ein Artist schwang sich in Schrauben durch die Luft, wurde von seiner Partnerin im Flug gefangen. Die Leute kamen aus dem Applaudieren nicht mehr heraus.

»Hey!« Jacky saß mit einem Mal neben mir und piekte mich am Ellbogen.

»Das war unfassbar«, sagte ich, bemüht, das Johlen der rund fünfzig Menschen auf den Rängen zu übertönen. Jacky war noch immer in Show-Montur. »*Du* warst unfassbar.«

»Freut mich«, sagte sie. »Also generell, dass du dir das anguckst, freut mich. Dass du dageblieben bist.«

»Das ist so elegant, wie du das Handgelenk beim Wurf abknicken lässt«, sagte ich.

»So was siehst du, ja?« Einen Moment lang meinte ich zu erkennen, dass sie rot wurde. Das konnte aber auch die greller werdende Beleuchtung gewesen sein, denn jetzt wurde die finale Nummer angekündigt, die unsere Unterhaltung und alle im Zelt verstummen ließ: der Panther.

Mit knallender Peitsche betrat Harry die Manege, während die Artisten und Artistinnen ein großes Quadrat mit Gitterstabwänden absteckten. Harry war abgeschminkt und trug Stiefel und einen goldenen Mantel zu einem schwarzen Anzug. Er war nun Dompteur Harrandas, wie Madame Tamtam mit gedrückter Stimme über die Lautsprecheranlage verlauten ließ. Der Innenraum war in Blutrot getaucht. Man hätte eine Stecknadel fallen hören können.

Wieder schnalzte Harrys Lederpeitsche, als er den nun aufgerichteten Käfig durch eine mit einem Bolzen gesicherte Schwingtür betrat. Gegenüber der Tür war eine Klappe, von der ein niedriger Gang hinaus aus der Manage führte. Wir hörten den Panther, bevor wir ihn sahen. Fauchend kam das Raubtier aus dem Gang geprescht. Der muskulöse Körper war durchgedrückt, die Krallen der Tatzen wühlten sich bei jedem Satz in die Sägespäne. Der Panther sprang. Das Publikum stöhnte erschrocken auf. Ein Kind weinte los. Harry ließ die Peitsche in die Luft knallen, und der Panther landete, die Zähne fletschend, auf einem Podest in der Käfigmitte. Lautstarker erleichterter Applaus.

Jacky grinste mich an. »Du hast gerade laut ›puh‹ gemacht«, sagte sie.

»Hab ich nicht, ich …« Ich stockte und schaute auf den Käfig, in dem der Panther eben durch einen Reifen gesprungen war und nun wieder auf dem Podest saß. Harry hatte ihm den Rücken zugedreht, um das nächste Kunststück vorzubereiten. »Sollte die Tür nicht verschlossen sein?«, fragte ich und deutete in die Manege. Die Käfigtür schwang langsam auf. Ich hatte es offenbar nicht als Einziger bemerkt, denn jetzt schrie jemand von der Tribüne. Sofort brach Unruhe aus. Blitzschnell bewegte sich der Panther in Richtung offener Tür. Harry war zu weit weg, um ihn aufzuhalten. Jacky zögerte keine Sekunde. Mit zwei großen Sätzen war sie in der Manege. Mit den Vorderpranken war der Panther bereits aus dem Käfig, setzte zum Sprung ins Publikum an. Jacky baute sich vor ihm auf. Die Leute erstarrten, wussten nicht, ob sie fliehen oder bleiben sollten. Wild fauchte die Großkatze Jacky an, riss das Maul auf, dass ihm der Speichel die spitzen Reißzähne herunterrann. Ich war unfähig, einen klaren Gedanken zu fassen.

Jacky wich keinen Millimeter zurück. Bedächtig streckte sie ihre Faust aus. »Ganz ruhig, mein Freund«, sagte sie. Kurz blitzte es in den Augen des Panthers. Dann lehnte er seine Stirn gegen Jackys geschlossene Hand und schlich zurück auf das Podest in der Mitte des Käfigs. Das Einrasten des Sicherheitsbolzens hörte man nicht, so laut dröhnten Klatschen und Jubel von den Rängen.

Über den euphorischen Lärm erklang Madam Tamtams Stimme durch die Boxen. »Eine Panther-Show, die ihresgleichen sucht. Hatten wir Ihnen zu viel versprochen? Einen Riesenapplaus für unsere Jacky! Kommen Sie gut nach Hause«, sagte Claudette, und ihre Stimme zitterte, während sich die Leute, noch immer ekstatisch applaudierend, rufend und pfeifend, zu Standing Ovations von ihren Plätzen erhoben.

Was für eine Vorstellung. Was für ein Mädchen. Da waren sich alle einig.

AUF DEM WEG ZUM TREFFPUNKT am Fuß der Janus-Klippe hatten wir nicht mehr über das in der Manege Geschehene gesprochen. Ich war auf meinem BMX gefahren, Jacky auf einem klapprigen Damenrad, dessen Kette bei jedem Tritt aus der Verzahnung zu springen drohte.

»Wenn du nicht so schnell und so mutig gewesen wärst…«

»Wenn du nicht so genau hingeschaut hättest…«

Mehr hatten wir zu dem, was da im Zirkus passiert war, nicht zu sagen gehabt. »Hilft nichts, sich den Kopf über was zu zerbrechen, was hätte sein können«, hatte Jacky noch angefügt. Da hatte sie recht gehabt. Und doch hatte uns das Erlebte näher zusammengebracht. Das hatte ich in diesem Moment nicht bestreiten können, und Jacky schien es ebenso gegangen zu sein. Wir hatten gefühlt, dass uns etwas zu verbinden begonnen hatte.

Der Radweg, der fast bis an den Fuß der Klippe reichte, ging leicht bergauf. Wir radelten gemächlich, um nicht noch heftiger ins Schwitzen zu geraten in der Abendsonne, die hinter uns stand und uns unsere länger werdenden Schatten vorausschickte. Immer noch flimmerte die Luft über der Teerdecke.

An einem Ausflugsparkplatz, von dem verschiedene Wanderstrecken abgingen, machten wir halt, um das letzte steile Stück zu schieben. Jacky schüttelte im Gehen die Gliedmaßen aus. Sie trug wieder ihre kurze Jeans und das schwarze Longsleeve. Die Haare hielt einer ihrer Zopfgummis zusammen, von denen sie je einen weiteren um die Ärmelbünde gespannt hatte. Winzige Schweißperlen standen ihr auf der Oberlippe und schlierten ihr den Hals hinunter. Wir unterhielten uns lose, und doch genoss ich jedes gewechselte Wort. Wir lachten, und ich wusste nicht, was mir besser gefiel: wenn sie mich zum Lachen brachte oder ich sie. Wir wechselten uns bei einer weiteren Runde des Drei-Fragen-Spiels ab. Lieblings-Arcade-Game, Lieblingsgetränk, Lieblingsjahreszeit. Zwei von drei hatten wir gleich.

Wir sprachen darüber, wie es war, in einem Wohnwagen zu schlafen, und dass Jacky es oft gar nicht erwarten konnte, an einem anderen Ort aufzuwachen als an dem, an dem sie zu Bett gegangen war. Ich erzählte, wie sehr ich es liebte, in den Sommerferien gar nicht erst aufstehen zu müssen, das Haus nicht zu verlassen, und dass es in Bodenstein ohnehin nichts gab, für das es sich rauszugehen lohnte. Bis zu diesem Tag nicht gegeben hatte. Das dachte ich aber nur. Laut aussprechen, das war mir klar, würde ich den Gedanken nicht.

»Der Janus ist dein Lieblingsplatz hier, oder Krüger?«, sagte Jacky. Ich erwiderte, dass das so sei, und freute mich, dass sie das wusste.

Gerne hätte ich vorgeschlagen, mit ihr alleine bis ganz nach oben auf die Klippe zu wandern. Damit wir uns noch länger zu zweit unterhalten könnten. Ungestört. Sie und ich. *Sollte* ich das vorschlagen? Wir verstanden uns nun mal gut.

Ich ließ meiner Fantasie freien Lauf:

Statt zum Waldrand abzubiegen, setzen wir unseren Weg fort, hinauf bis zu dem mit Gräsern bewachsenen Plateau, das den Forst auf der einen und die Stadt auf der anderen Seite überragt. Vorne, am Rande der Klippe erhebt sich die gemeißelte Janus-Figur prachtvoll im honigfarbenen Abendlicht, den Blick zugleich in beide Richtungen gewandt. Jacky und ich schreiten bis an den Abgrund. Unter uns rauscht sanft der tiefe Fluss. Wir sammeln Steine, die wir gemeinsam ins Wasser fallen lassen, und sehen ihnen zu, wie sie in dem Strom versinken.

Wind kommt auf und spielt mit Jackys Haaren. Sie streicht sich die roten Strähnen lächelnd aus der Stirn. Ihre Augen funkeln, tief wie das Wasser unter ihr. Dann dreht sich das Zirkusmädchen um, um die Statue zu betrachten. Ich beobachte sie, wie sie die eingemeißelten Konturen des Janus mit ihren schlanken Fingern nachfährt. Ich tue es ihr gleich und berühre den behauenen Fels. Und vielleicht, vielleicht finden sich dabei unsere Fingerspitzen.

Was? Halt! Nein! Tun sie nicht! Was würde das bringen? Was geschah hier eigentlich mit mir? Was machte ich mir vor?

Eine Berührung konnte zu mehr Berührungen führen. Hatte ich komplett den Verstand verloren? Es gab Dinge, die gingen für mich nun mal einfach nicht, und dazu gehörten diese Art Berührungen. Hatte ich das vergessen? Außerdem war Jacky morgen wieder weg. Und das war gut. Denn: Das machte solche Tagträumereien sinnlos.

Wie hatte Jacky gesagt: Es hilft nichts, sich den Kopf

über etwas zu zerbrechen, was hätte sein können. Und es half nichts, sich den Kopf über etwas zu zerbrechen, was einfach nicht sein konnte.

Zur Ablenkung strich ich über mein Feuerzeug.

Die Vorstellung unserer ineinander verschränkten Hände und der Wunsch, statt des glatten Metalls Jackys Haut zu berühren, ließ sich dennoch kaum überblenden.

»Sind wir bald da?«, fragte Jacky nun und wischte sich die Schweißperlen ab.

»Ja. Ist nicht mehr weit«, sagte ich und beschleunigte meine Schritte.

Als wir den Treffpunkt erreichten, saß Viktor bereits auf einem Steinblock und wartete, eine Bauchtasche um die Hüfte, neben seinem Rennrad.

»Na, ihr Spaten?«, sagte er zur Begrüßung. »Hat sich Krüger bei der Spannung im Zirkus eingepisst?« Er spritzte Wasser aus einer Flasche, die er in der Hand hielt, in Richtung meiner Shorts, verfehlte sie aber weit. Irgendwie war ich erleichtert, ihn zu sehen, und froh, dass er nicht mehr beleidigt war.

Über uns lag das Plateau der Janus-Klippe. Wir aber wollten in den Wald, der auf dieser Seite der Naab entlang des Flusses lag.

»Los?«, fragte Jacky.

»Let's go!«, sagte Viktor, schwang sich auf sein Rad und fuhr voran in den Forst.

Der Temperaturunterschied war enorm. Hier, im Schatten der dichten Baumkronen, war es mindestens fünf Grad kühler, was wir alle drei als äußerst angenehm empfanden. Ich wedelte Luft unter meine Shirts, darauf bedacht, dass sie mir nicht nach oben rutschten, während wir auf unseren Rädern, auf unsere Lenker gestützt, vorwärtsrollten.

Die Sonne drang kaum durch das knallgrüne Blattwerk, nur an wenigen Stellen schafften es die Strahlen durch das Pflanzengeflecht und flossen in Wasserfällen aus Licht auf Baumstümpfe, Grasstücke und Wurzeln.

Der Pfad war so breit, dass gerade so ein Auto darauf hätte fahren können. Viktor war an der Spitze, Jacky und ich fuhren versetzt hinter ihm. Ein Teppich aus Vogelgezwitscher legte sich um uns. Ein Specht hämmerte unermüdlich in einen Stamm. Je näher wir der Naab kamen, desto deutlicher vernahmen wir ihr sanftes Rauschen, das sich mit dem der Blätter und dem Knacken des Unterholzes vermischte.

»Wir folgen dem Pfad von hier bis zum Colorado«, sagte Viktor. »In dem Waldstreifen zwischen diesem Weg und der Naab muss die Plantage irgendwo sein. Achtet auf Einbuchtungen im Gestrüpp, abgeknickte Äste, Bremsspuren und so.«

»Deine Unterbuxe hat Bremsspuren«, sagte ich und warf einen Dreckklumpen nach ihm.

Den ersten halben Kilometer entdeckten wir nichts. Wir spähten zwischen die Bäume und in die Büsche, zogen Zweige auseinander und suchten den mit Laub bedeckten Waldboden nach Reifenabdrücken ab. Kein Hinweis auf das Versteck der Hunnen.

Ein zarter Lufthauch strich durch das Gehölz.

Jacky hatte nun die Führung übernommen. Sie war ein bisschen voraus, fuhr wie wir ein Stück und schob dann wieder. Viktor und ich inspizierten dahinter Meter für Meter.

»War's noch schön?«, sagte Viktor beiläufig und kickte nach einem Tannenzapfen.

»Die Vorstellung? War schon beeindruckend. Glaubt man gar nicht bei so einem kleinen Zirkus.«

»Easy.«

»Jap.«

»Jacky ist ganz okay, oder?«, sagte Viktor. »Ihr versteht euch ja auch ziemlich gut.«

»Passt schon.«

»Wie war's denn im Wohnwagen noch?«

»Da waren wir nicht mehr lange. Nur noch, bis sie sich umgezogen hatte.«

»Du warst dabei, als sie sich umgezogen hat? War sie ...?«

»Blödsinn. Also, ja, wahrscheinlich schon. Mir egal. Ich hab weggeguckt.«

»Aha.« Da war erneut dieser Blick von Viktor, den ich nicht einschätzen konnte. Er trat nach einem Pilz. Ein Eichhörnchen schreckte auf und zischte durch das Gestrüpp.

»Wie war es beim Abendessen?«, fragte ich.

»Ging so«, sagte Viktor und ließ offen, ob er das Essen an sich oder etwas anderes meinte. So war er, seit ich denken konnte. Immer tough, immer cool. Musste er beim Sergeant auch sein. Der hatte ihn schon im Kindergarten zur Schnecke gemacht, wenn Viktor geweint hatte, wenn er mal nicht im Hort hatte bleiben wollen. Angebrüllt hatte er ihn, bis Viktor nur noch verschreckt in der Puzzle-Ecke gesessen hatte. Zu Hause bleiben durfte Viktor erst, als er einem anderen Kind, das ihm ein Spielzeug hatte wegnehmen wollen, seine Pausenbox gegen die Schläfe gedroschen hatte. Vier Wochen Ausschluss hatte das gegeben. Auch weil Herr Dornmann im Elterngespräch mit der Kindergärtnerin gesagt hatte, dass sich sein Sohn so etwas von so einer Muschi eben einfach nicht bieten lasse. »Ich glaube«, hatte Viktor mal halb im Spaß gesagt, »das war das letzte Mal, dass mein Vater richtig stolz auf mich gewesen ist.«

Die Schwierigkeiten mit unseren Vätern hatten uns zusammengeschweißt, auch wenn wir so etwas natürlich nie aussprachen.

Richtig befreundet waren wir seit Ende der sechsten Klasse. Ich hatte Viktor, der auf die Realschule ging und den ich vom Sehen kannte, kennengelernt, als er sich am Freibadimbiss hatte an mir vorbeidrängeln wollen. Es war knapp vor Badeschluss gewesen, und Herr Kosta hatte nur noch ein einziges Menü 1 gehabt. Wohl oder übel hatten der Junge mit den Brillengläsern dick wie Flugzeugfenster und ich uns das Spezi und die Schale Pommes teilen müssen. Seine Hälfte überschwemmt mit Majo, meine begraben unter einer Lawine aus Ketchup. Um die letzten Fritten hatten wir mit den Pieksern gefochten.

Viktor war nicht gerne bei sich zu Hause gewesen, ich hatte so gut wie immer sturmfrei gehabt. Das hatte gereicht. Wir hatten abgehangen und waren beste Freunde geworden.

Viktor hatte nie gefragt, was genau mit meinem Oberkörper los war. Er hatte akzeptiert, dass ich die Hitze und den Sommer nicht mochte, mich nicht vor anderen auszog und nun mal nicht schwimmen gehen konnte. Dass es Dinge gab, die für mich einfach nicht gingen.

Neben mir stieß Viktor ein leichtes Seufzen aus, das er aber sofort in ein Husten abwandelte. Ich klopfte meinem Kumpel aufmunternd auf die Schulter. Kurz schaute er auf, und etwas Helles huschte über sein Gesicht, bevor wir uns unter einem tief hängenden Ast hindurchduckten und weiterrollten.

»Ey, ihr Dödel.« Jacky hatte ein paar Meter vor uns haltgemacht. »Guckt mal. Ist das was?«

Sie stand an einer Baumreihe, hinter der als Lichtung eine kleine Wiese lag, die den Blick freigab bis zum Wasser. Wir legten unsere Räder ab.

»Ich glaub nicht, dass das das Marihuanafeld ist«, sagte ich.

»Woher willst du das wissen?«, sagte Viktor.

»Na, weil hier keine einzige Marihuanapflanze ist, Sherlock.«

In der Mitte des Wiesenfleckens, auf einer aus Steinen gemauerten Plattform, stand eine Art Schrein. Ein Rundbogen aus aufgeschichteten Felsbrocken, unter dem hinter einem verrosteten Gitter eine Marienstatue aufgestellt war. Ein Name und Jahreszahlen waren in eine Tafel gemeißelt, vor der ein lange verwelkter, zu Staub zerbröselnder Blumenstrauß lag. Unter dem Namen stand ein Satz. Hier war lange niemand gewesen, die in den Stein geschlagene Inschrift war vor Überwucherungen nicht mehr zu entziffern.

Jacky zog ihr Klappmesser aus ihrer Hosentasche, ging in die Hocke und begann, die Buchstaben von den Flechten zu befreien. Viktor und ich sahen uns an. »Ich würd mir auch wünschen, dass das jemand für mich macht«, sagte sie. »Ist doch scheiße, wenn das da einfach so vermodert.« Der Stahl ihres Messers wetzte über die Gravur. Viktor ging ebenfalls in die Knie. Dann ich. Er half ihr mit einem Zweig, ich mit einem Kieselsplitter. Letter für

Letter und Ziffer für Ziffer schabten wir frei. Als wir fertig waren, traten wir etwas zurück.

»*Kurt Berger, 1917 bis 1958*«, las ich vor. »*Dich treffen zu dürfen, hat aus jedem meiner Tage ein ganzes Leben gemacht. Deine Ilse.*«

Mein Mund war mit einem Mal ganz trocken. Ein Herz und ein Kreuz bildeten Anfang und Ende des Satzes wie eine Klammer. Die alte Steinmetzin Ilse Berger musste diese Gedenkstätte für ihren verstorbenen Mann errichtet haben.

»Einundvierzig ist der nur geworden«, sagte Viktor kopfschüttelnd. »Das ist doch kein Alter.«

»Jeder Tag zählt«, murmelte ich, die Worte der Steinmetzin, die sie in ihrem Garten an uns gerichtet hatte, wiederholend. *Das* hatte sie gemeint.

»Was?«, sagte Viktor.

»Ach nichts.«

Keiner von uns redete mehr. Still standen wir vor dem Schrein im Halbkreis. Es war das erste Mal, dass wir zu dritt schwiegen. Es war kein unangenehmes Schweigen, bei dem man einfach plappert, nur damit irgendjemand redet. Unser Schweigen war anders. Es fühlte sich natürlich an. Es umgab uns wie ein Mantel. Wäre dies ein Film gewesen, hätte sicher einer von uns eine rührselige Rede halten müssen. Doch dies war kein Film, und das war okay. Es war einfach ein Moment der Ruhe, den wir zusammen hatten.

Jacky sprach als Erste wieder. »Bei uns im Zirkus«, sagte sie, »gibt es eine Tradition. Wenn einer aus dem Tross stirbt, dann wird die oder der natürlich auch auf ’nem Friedhof begraben, klar. Aber weil der Zirkus ständig unterwegs ist, können Freunde und Familie das Grab nicht einfach besuchen, wenn man der Toten gedenken will. Wir machen das anders.«

»Stimmt«, sagte Viktor. »Daran hab ich gar nicht gedacht.«

»Wie macht ihr das denn?«, fragte ich, den Blick immer noch auf die Inschrift gerichtet.

»Wir erzählen von den Verstorbenen. So, wie sich zum Beispiel Christen an Allerheiligen auf dem Friedhof treffen, versammeln wir uns an einem Tag im März in unserem Zirkuszelt, egal, wo das gerade steht. Egal, wer was glaubt oder wer welcher Religion angehört. Alle im Kostüm. Und dann erzählen wir Geschichten.«

»An welchem Datum ist das immer?«, fragte Viktor.

»Das ist jedes Jahr anders. Das ist immer im Frühjahr zur Tagundnachtgleiche.«

»Was ist die Tagundnachtgleiche?«

»Das ist, wenn Tag und Nacht exakt gleich lang sind. Zirkusleute glauben, dass an diesem Tag Anfang und Ende eins werden. Vergangenheit und Zukunft. Leben und Tod und so weiter.«

»Und was für Geschichten erzählt ihr euch dann?«, fragte ich.

»Die witzigsten, traurigsten, spannendsten, die die Toten erlebt haben. Die Geschichten, die wir mit ihnen verbinden. Deshalb kennen wir uns beim Zirkus alle so gut. Deshalb sind wir alle eine Familie. Jeder will alles vom anderen wissen. Und deshalb will jeder ständig was Neues erleben. Damit es zur Tagundnachtgleiche was zu erzählen gibt. Wir schmücken die Manege mit Fotos, Kerzen und Blumen. Wir essen, trinken, lachen, weinen und erinnern uns zusammen.«

»Ein bisschen wie beim Leichenschmaus«, sagte Viktor.

Jacky nickte. »Wenn wir sterben, werden wir zu Geschichten. Und wir leben, wenn diese Geschichten erzählt werden.« Sie wies mit der Fußspitze auf die Gedenktafel. »Mehr kannst du dir eigentlich nicht wünschen, als jemanden zu haben, der von dir erzählt und deinen Namen für die Ewigkeit aufschreibt. Gib mal deine Wasserflasche«, sagte sie zu Viktor. Der nahm nochmals einen Schluck und warf ihr die Flasche dann zu. Jacky trank den Rest Volvic aus und trennte mit ihrer Klinge den oberen Teil der Plastikflasche ab. Sie hatte nach Viktor getrunken, ohne den Flaschenhals vorher abzuwischen, und ich hatte nichts dagegen tun können, dass mir das aufgefallen war.

Die aufgeschnittene Flasche reichte sie mir. »Krüger, du füllst das am Fluss unten auf. Vik, du pflückst 'nen Strauß Blumen«, bestimmte sie.

»Ich pflück doch keine Blumen«, sagte Viktor pampig.

»Weil nur Mädchen Blumen pflücken, oder was?«, pampte Jacky zurück. Viktor wollte noch etwas erwidern, wandte sich dann jedoch ab, und ich ging die paar Schritte zum Ufer durch das kniehohe Gras.

Das Ufer an der Lichtung war flach. Die Naab rauschte ruhig den Hauptstrom entlang, von dem in unregelmäßigen Abständen schmale Bachläufe abgingen. Hinter mir hörte ich Jacky und Viktor plaudern. Ich warf mir ein bisschen von dem Flusswasser ins Gesicht, strich mir mit der nassen Hand über den Kopf und spürte die Tropfen auf der Kopfhaut. Ich schlüpfte aus meinen Schuhen und Socken, hielt meine Zehen in das Wasser und sackte, als ich bis zu den Knöcheln im Strom stand, etwas ein in den schlammigen Boden. Aber nicht tief.

Der Fluss spülte den Schlamm von meinen Füßen, als ich sie wieder hob, um Fersen und Ballen im Gras abzutrocknen. Wie gerne ich mich jetzt ausgezogen hätte, kopfüber in das Wasser gesprungen, abgetaucht und ein paar Züge mit der Strömung geschwommen wäre. Befreit vom Schweiß und vom Staub und von der Hitze des Tages. An diesem letzten Tag des Sommers. Aber es gab Dinge, die gingen einfach nicht. Und wahrscheinlich, dachte ich, habe ich ohnehin längst vergessen, wie man schwimmt.

Als ich mit der aufgefüllten aufgeschnittenen Flasche wiederkam, hatte Jacky vor dem Schrein in der weichen Erde eine Kuhle ausgehoben. Viktor stand daneben, in der Hand ein Dutzend bunter Wildblumen.

»Hast du den Brautstrauß gefangen, Vik?«, fragte ich, und ein Jacky-Lachen hallte über die Lichtung, so dreckig, dass es mir den Magen verknotete.

Sie nahm Viktor den Strauß ab, steckte ihn in die Flasche und platzierte die improvisierte Vase in der Mulde, die sie festdrückte.

»Hübsch haben wir das gemacht«, sagte sie und trat neben mich.

Wieder standen wir für eine Weile da. Aus den Augenwinkeln betrachtete ich Jacky. Ihre Hände, ihre Haut. Als sie zu mir rübersah, wandte ich mich ab und tat, als würde ich die Marienstatue inspizieren. Ich fühlte ihren Blick. Grillen zirpten. Über uns tat ein Bussard einen gellenden Schrei und schwang sich über die Baumwipfel in das Blau des Himmels.

Viktor sagte, dass wir weitermüssten, und drehte sich um, um zurück auf den Pfad zu gehen. Als Jacky sich ebenfalls bewegte und mich scherzend an der Hand mitziehen wollte, steckte ich die Hände in die Taschen und ging an ihr vorbei.

Es gab Dinge, die gingen einfach nicht.

»GANZ SCHÖN HOCH«, sagte ich.

»Ist ja auch ein Hochsitz«, sagte Viktor.

»Kein Scheiß, du Genie.«

»Maul!«

»Wir sehen uns da oben«, sagte Jacky, und während Vik und ich uns beim In-die-Höhe-Starren noch die Nacken verrenkten, schwang sie sich zwischen uns hindurch und kletterte die steile Leiter zu der Kanzel hinauf, die die Wipfel des Forstes überragte wie ein Wachturm.

Einen weiteren Kilometer waren wir erfolglos den Weg entlang durch den Wald gestreift und hatten lediglich Brombeersträucher gefunden, deren Früchte wir gepflückt und in ein Taschentuch gewickelt hatten. Viktors Idee war es gewesen, auf den Hochsitz zu steigen, der etwa auf der Hälfte der Strecke, die wir absuchen mussten, aufgestellt worden war. Von dort hätten wir einen besseren Überblick über das Gelände und könnten in Ruhe unsere gesammelten Beeren futtern. Ich hatte das für einen hervorragenden Einfall gehalten. Da hatten wir aber auch noch nicht einschätzen können, *wie* hoch der Hochsitz war. Mindestens zehn Meter ging es nach oben, bis man, an einer Platte unterhalb der Wipfelreihen vorbei, zur Hauptkanzel gelangte.

Während Jacky die Kanzel schon beinahe erreicht hatte, hatte ich noch immer einen Fuß auf der Erde und einen auf der ersten Sprosse, wie Captain Morgan auf dem

Rumfass, ließ die Arme hängen und versicherte Viktor, dass ich absolut keine Angst vor der Höhe hätte.

»Absolut nicht, hm?«, sagte Viktor. »Verpicht, verpicht, Krüger.«

Ich rechnete mit einem dummen Spruch. Dass das Letzte, was ich bestiegen hätte, meine Mutter gewesen wäre. Oder dass, wenn ich stürzte, er wenigstens den halben Jolly, den wir noch hatten, alleine rauchen könnte oder so.

Doch er sagte nur: »Du schaffst das. Einfach immer eine Sprosse nach der anderen. Und nicht nach unten gucken.«

Ich hätte einen Witz machen können. Dass ich natürlich nicht nach unten gucken würde, weil ich da ja direkt in seine Visage schauen müsste oder irgendetwas in der Art. Stattdessen umfasste ich das abgeschliffene, mit einer glänzenden Patina überzogene Holz der Leiter.

»Ich bin überzeugt, dass du das schaffst«, sagte Viktor erneut.

Ich war nicht sicher, ob mein Kumpel da nicht auch sich selbst ein wenig Mut machte, aber ich gab mir einen Ruck und setzte nun behutsam einen Fuß vor den anderen.

Vik war direkt hinter mir. Vorsichtig und mit zittrigen Knien erklomm ich Tritt um Tritt die knarrende Leiter, die Holme fest umklammert.

»Gut, gut«, rief Viktor mir zu, obwohl ich mich wie in Zeitlupe bewegte. Immer wieder rutschte ich auf dem abgewetzten Holz ab, zitterte mich mehr voran, als dass ich kletterte.

Früher, als Kind, wäre ich die Sprossen nach oben gefetzt ohne jede Angst. Ich erinnerte mich an Tage im

Freibad, an denen ich die Treppe des Sprungturms regelrecht hochgesprintet und mit Schwung über die oberste Betonplattform gelaufen war. Meine nackten Füße hatten auf dem Stein gepatscht wie meine eigenen Anfeuerungsklatscher, und an der Plattformkante hatte ich mich mit Schwung abgestoßen und war in hohem Bogen gesprungen. Ich konnte in diesem Moment auf der Leiter, in der Erinnerung, regelrecht fühlen, wie mein Körper die warme Sommerluft zerschnitten hatte, bevor ich glatt eingetaucht war in das türkisfarbene Wasser des Springerbeckens, umgeben von Aberhunderten Luftblasen. Mit zwei kräftigen Zügen war ich zurück an der Oberfläche, war aus dem Becken und ohne Atempause erneut hinauf auf den Turm gestürmt. Wieder und wieder und wieder. Als Kind fürchtete man sich einfach weniger.

Es war nun einmal so, dass ich nicht sonderlich geschickt war. Das hatten mir alle immer wieder gesagt. Sportlehrer, dass ich beim Felgaufschwung am Reck gelenkig wie ein Zahnstocher sei. Die Leute im Skatepark, als ich nicht einmal die einfachsten Tricks gestanden hatte. Die anderen aus meiner Klasse, als es beim Skikurs in der Herberge einen Diskoabend gegeben und ich nach einer halben Tasse Glühwein versucht hatte, zu Ace of Base mitzutanzen. Sofort hatte ich mich selbst auf dem Dancefloor beobachten können. Jede Bewegung kantig, das fiese Kichern meiner Mitschülerinnen und Mitschüler im Rücken, sodass ich den restlichen Abend nur noch in einer Ecke rumgestanden hatte.

Jetzt ein Fehltritt, und ich konnte mir das Genick brechen. Mein Rucksack wog mit einem Mal eine Tonne, zog an den Riemen nach unten, als läge darin ein Mühlstein. Ich widerstand dem Drang, zu schauen, wie hoch wir schon waren. Hoch, bestimmt. Wenn ich geradeaus durch die Sprossen blickte, sah ich, dass dicke Äste in mein Sichtfeld ragten.

»Top machst du das«, hörte ich Viktor erneut. Ich schnaubte und musste, trotz meiner Angst, lächeln. Ich wusste, dass das nicht top war, was ich hier veranstaltete. Und Viktor musste das auch wissen. Dennoch bestärkte mein bester Freund mich.

Meine Schultern waren Beton, meine Arme und Beine stocksteif. Was, wenn ich jetzt einen Krampf bekomme?, dachte ich. Was, wenn meine Muskeln streikten und ich mich nicht mehr halten konnte? Wenn ich das Gleichgewicht verlor?

Doch Stürzen war keine Option. Ich hätte Vik sonst mit mir in die Tiefe gerissen.

Also schob ich mich weiter.

»Weltklasse ist das«, hörte ich Jacky nun rufen, keine Ironie in der Stimme, sondern Zuversicht.

Tatsächlich ging es jetzt etwas weniger langsam voran. Ich merkte, wie ich Vertrauen in meinen Körper fasste. Noch eine Sprosse. Und noch eine. Ich passierte die Platte und war nun auf Höhe der Baumkronen. Ich nahm mein Eigengewicht wahr, fühlte die runden Hölzer durch die Gummisohlen meiner Chucks. Realisierte, wenn eine Stelle rutschig war, nahm dann die Sprossen mal weiter innen oder außen, je nachdem. Ich fand meinen Rhythmus, sodass ich nicht mehr nur ängstlich einen Fuß auf das nächste Querholz stellte und dann den restlichen Körper nachzog, sondern dass ich jetzt richtig kletterte. Arme und Beine in einem Fluss. Wie beim Kraulschwimmen.

Die Verkrampfung in meinen Gliedern begann sich

durch die Bewegungen zu lösen. Ich wusste, dass meine Muskeln nicht streiken würden, nahm jede Kontraktion wahr und war überzeugt, dass ich genug Kraft hatte, es nach oben zu schaffen. Es war nur eine Leiter. Ich würde nicht stürzen. Ich trug mich. Ich war oben.

Am Ende der Leiter angelangt, schob ich meinen Kopf durch den Boden des Jägersitzes. Jacky streckte mir ihre Hand entgegen, um mir in die Kanzel zu helfen, doch ich ignorierte die Hand und robbte auf dem Bauch weg von der Luke zur Wand, wo ich meinen EastPak abstreifte und mich auf den Rücken warf. Viktor folgte einen Augenblick später, wobei er sich von Jacky am Arm hochziehen ließ.

»Ihr seid mir zwei Artisten«, grinste sie so strahlend, dass ihre Mundwinkel die Ränder ihres Gesichts erreichten.

»Schnauze!«, sagte Viktor und setzte sich schnaufend auf einen Schemel, der in der Mitte der Kanzel stand. Ich wischte mir den Schweiß ab, und wir schauten uns in dem Hochstand um.

Die Kanzel war solide konstruiert und schätzungsweise zwei mal zwei Meter groß, mit stabilen Wänden, deren offene Fenster eine Rundumsicht über den gesamten Forst gewährten. Bretter waren als Regal in eine Ecke gezimmert, darauf standen ein Glasaschenbecher mit Camel-Logo und ein mit Blütenstaub bedeckter Feldstecher. Ein vergilbtes Tankstellen-Pornomagazin lag auf der untersten Ablage. Unter das Regal hatte jemand eine zusammengerollte Isomatte gestopft.

»Nett hier, oder?«, sagte Jacky. Mit spitzen Fingern nahm sie das wellige Sexheft und schleuderte es auf Viktor, der kreischend von seinem Schemel aufsprang.

»Bah!« Er schüttelte sich.

»Du bist so ekelhaft, Jacky!«, rief ich und lachte dabei, dass mir die Rippen stachen.

»Scheinbar verschanzt sich hier ein ... Scharf-Schütze«, sagte Viktor. Ich verdrehte, immer noch lachend, die Augen, und er schob das Magazin mit dem Fuß unter das Regal. »Jägernächte sind einsam«, fügte er an. »Wenn man hier Stunden auf der Lauer liegt, das kann schon langweilig werden. Morgen beginnt übrigens die Jagdsaison.« Er legte mit einem imaginären Gewehr an und feuerte auf das Hochglanzmagazin. »Da ist die Schonzeit für Wild vorbei, und es darf wieder geschossen werden. Mein Alter will, dass ich da jetzt mal mitkomme. Man ist erst ein Mann, wenn man seinen ersten Sechzehnender erlegt hat, sagt er immer.«

»Willst du das denn?«, fragte Jacky.

»Das interessiert den doch nicht, ob ich das *will*. Wobei Knarren und Ballern und Schützenverein und so natürlich schon irgendwie cool sind.«

Jacky hatte sich den Feldstecher gegriffen, wischte den Staub von den Gläsern und stellte sich an eines der Fenster des Hochsitzes.

»Siehst du was?«, fragte ich.

»Nur Bäume in die Richtung. Bisschen was vom Pfad erkennt man, aber der ist so in eineinhalb Kilometern dann auch raus aus dem Wald.«

»Hm.«

»Auf der Seite«, Jacky war an das nächste Fenster getreten, »sieht man ein Stück vom Fluss. Aber davor ist auch alles dicht bewachsen.«

»Shit.«

»Hinter uns ist auch nur Wald, bis dann die Landstraße anfängt. Und hier ... oh.«

»Was?«

»Das sieht ja geil aus.«

Ich hatte mich in die Ecke an das vierte Fenster gestellt. Jacky hatte das Fernglas in die Richtung gerichtet, aus der wir gekommen waren, über den Wald hinweg, den Berg hinauf, bis zur höchsten Klippe über der Naab. In der Abendsonne, die nun tief und glühend über dem Horizont stand, hob sich die massive Janus-Statue gegen den Himmel ab.

Jacky hatte mir den Feldstecher zugeworfen, und es dauerte einen Moment, bis meine Augen sich an den Vergrößerungseffekt gewöhnt hatten.

Die Sonnenstrahlen tauchten die riesenhafte Figur in eine Mischung aus Grau und Rot, wie gerade abglimmende Asche. Ein Gesicht des Janus blickte in die Weite über das glitzernde Wasser, das zweite, das in den Hinterkopf gehauen war, sah herab auf Bodenstein.

»Wie groß der ist«, sagte Jacky.

»Bei den alten Römern«, sagte ich, »war der Janus der Gott mit den zwei Gesichtern. Der Gott des Gegensatzes und der Einheit. Die Römer glaubten, dass alles zwei Seiten hat und dass alles eine Frage der Perspektive ist. Wie bei einer Tür. Kommt man oder geht man? Das hängt immer davon ab, auf welcher Seite man steht. Jedes Ende ist ein neuer Anfang.«

»Alles wird eins. Vergangenheit und Zukunft. Leben und Tod«, nickte Jacky.

»Wie bei euch Zirkusleuten«, sagte ich.

»Ich glaube, euch wächst gleich ein Traumfänger«, sagte Viktor, der sich wieder auf den Schemel gelümmelt hatte.

Ich warf das Fernglas zurück zu Jacky, und sie stellte es

ab. Anschließend holte sie die Isomatte unter dem Regal hervor und klopfte sie über der Luke aus, bevor sie sich darauf niederließ. Ich setzte mich dazu, so weit außen auf den Rand, wie es ging. Viktor holte das Taschentuchsäckchen mit den Beeren aus seiner Bauchtasche und schlug es auf.

»Das ist genau das Richtige jetzt.«

»Übelst!«

»'n Guten!«

Gleichzeitig wollten wir zugreifen, zuckten zurück und lachten verlegen. Mit einer Kavaliersgeste deutete Viktor Jacky an, dass sie sich als Erste nehmen solle. »Ladies first«, sagte er.

»Ach, willst doch *du* zuerst«, gab sie feixend zurück.

Reihum nahmen wir uns von den Brombeeren, die fast überreif, süß und matschig beim Zerbeißen an unseren Gaumen kleben blieben und uns besser schmeckten als jedes Dessert in einem Sternerestaurant.

»Krüger, fang!« Jacky schmiss eine der Früchte wie einen Basketball. Mit elegant abknickendem Handgelenk. Ich war selbst überrascht, dass ich die Brombeere mit dem Mund erwischte. Jacky und Viktor applaudierten, ich imitierte eine Verbeugung.

»Jacky Pippen für drei Punkte führt die Bulls wieder zur Meisterschaft.«

»Hast du noch die Kippen?«, fragte Viktor mich, als wir aufgegessen hatten, und schob den Glasaschenbecher zwischen uns.

»Da müssten noch drei Luckys in der Schachtel sein«, antwortete ich und wies auf meinen Rucksack. »In dem vorderen Fach.«

»Willst du auch eine?«, wandte sich Viktor an Jacky.

»Gerne«, sagte sie und griff sich den EastPak.

»Jetzt schön eine schmöken, und dann suchen wir weiter.«

»Yes.«

Die Sonnenstrahlen fielen in die Kanzel, unter uns wogten die Kronen der Tannen, Buchen und Fichten. Viktor machte noch eine Bemerkung über den Jäger und das Pornoheft, und wir prusteten wie Grundschulkinder.

Jacky zog den Reißverschluss des vorderen Rucksackfachs auf, in dem ich die Zigarettenschachtel hatte. Sie griff hinein. Und erstarrte. Sie sah uns an. Zog etwas aus dem Fach. »Was seid ihr denn für verschissene Arschlöcher?«, sagte sie fassungslos, und wir waren ganz still, als Jacky in der Hand das Nokia hielt.

»WAS SEID'N IHR für Pisser? Viktor? Krüger?«

»Ähm, also ...«

Das Handy hatte ich komplett vergessen. Auch, dass Viktor es aus Jackys Trailer mitgenommen und in meinem Rucksack verstaut hatte. Dieser schaute Jacky, nachdem er den ersten Schrecken überwunden zu haben schien, herausfordernd an.

Ich stammelte weiter: »... das ist ja ... das war ja ...«

Das Zirkusmädchen nahm mich ins Visier.

»Was faselst du da rum, Krüger?«

Ich will dieses Handy doch gar nicht, dachte ich. Ich hab damit doch gar nichts zu tun. Und: Mir kann es doch komplett gleichgültig sein, ob *die* jetzt wegen dieses dämlichen Teils wütend auf mich ist. Mein Kopf sagte: Soll sie sich doch verpissen, wenn sie wütend ist. Doch mein Mund haspelte nur weiter zusammenhanglose Silben.

Eine rote Strähne hatte sich aus Jackys Zopf gelöst und hing ihr widerspenstig in die Stirn.

»Einfach so den Camper zu betreten: Geschenkt«, sagte sie nun grimmig. »Das haben wir geklärt. Aber dass ihr meine Sachen durchwühlt? Das Handy war unter meinem Kopfkissen und hing an 'nem Ladegerät. Ihr labert was von Ehrenkodex, und dann beklaut ihr mich, oder was?«

»... wir ... das ...«

»Du hattest ja zuerst uns beklaut«, sagte Viktor jetzt in mein Gestammel. Gott sei Dank sagte Vik etwas. Das gab mir Gelegenheit, mich zu sammeln.

Jacky drehte den Kopf. »Da kannten wir uns noch nicht, Viktor.«

»Genau mein Punkt«, konterte mein bester Kumpel.

»Das Handy war nicht eures.«

»Deines ist es auch nicht.«

Ich bemerkte, dass Viktors Gesichtsausdruck sich verändert hatte. Er wirkte mit einem Mal auf eine Art überheblich. Er trug das Kinn hoch, nach vorne gereckt. Die Mundwinkel waren selbstgefällig verzogen. Er sah aus ... wie sein Vater. Der Sergeant hatte immer diesen Ausdruck, wenn er jemanden an das Pult zitierte und eine mit rotem Filzer übersäte Arbeit zurückgab. Oder wenn man ihn fragte, ob man auf die Toilette könne, und er antwortete: »Ich weiß nicht, ob du das kannst«.

Viktor streckte die Hand nach dem Telefon aus. Doch Jacky wich nicht etwa zurück, sondern ließ Vik das Gerät greifen. Viktor versuchte, das Handy an sich zu reißen, bemüht, möglichst relaxt zu wirken. Sein Bizeps spannte sich. Er schien im Boxclub fleißig trainiert zu haben. Jacky hielt mit unbewegter Miene dagegen. Kurz zog sie das Nokia näher zu sich, weg von dem jetzt ächzenden Viktor, dann ließ sie los, was Vik überrumpelt nach hinten schnellen ließ.

Jacky schnaubte spöttisch.

Das Handy war Viktor aus der Hand geglitten und über den Bretterboden direkt zu mir geschlittert.

Wenn ich hier weiter rumstotterte, würden die beiden sich nicht einigen.

Ich nahm das Telefon an mich und stand auf.

»Vielleicht beruhigt ihr euch jetzt mal«, sagte ich und war verwundert über den autoritären Klang meiner Stimme. »Wir müssen eine Lösung für dieses Problem finden«, fügte ich an. Es gab nur drei Möglichkeiten. Möglichkeit eins: »Vik, überlässt du Jacky das Nokia?«

»Nein. Sie hat uns beklaut. Wir hatten einen Riesenstress wegen ihr. Außerdem haben wir sie vor den Bullen gewarnt. Da ist das Nokia nur eine faire Entschädigung. Fall mir jetzt nicht in den Rücken, Krüger.«

»Ich fall dir nicht in den Rücken. Ich will das hier klären.«

»Aha.«

»Tatsächlich, ja.« Möglichkeit zwei: »Jacky, schenkst du das Handy Viktor?«

»Spinnst du? Ich hab sonst was riskiert, als ich das beim Müller aus der Vitrine genommen hab. Wenn mich dieser Nazi-Filialleiter erwischt hätte, hätte der mich umgebracht. Das bleibt meins. Und unter Freunden beklaut man sich nicht.«

Ich nickte. »Gut«, sagte ich. »Dann bleibt nur noch eine dritte Möglichkeit.«

»Und die wäre?«

»Competition.«

»Compe was?«

»Ihr beide tretet an in einem Wettbewerb. Wer gewinnt, bekommt das Handy.«

»Ich hab ihr das Nokia doch eben schon aus der Hand gezogen«, sagte Viktor. »Reicht das nicht?«

»Ich hab dich gelassen«, sagte Jacky. Alle drei standen wir nun in der Mitte der Kanzel, Jacky zu meiner Linken, Viktor rechts von mir.

»Das würde ich jetzt an deiner Stelle auch behaupten.«

»Na dann. Gerne Competition. Wie wäre es mit Armdrücken?«

Viktor fuhr zusammen. Dann schüttelte er den Kopf. »Ich mach doch nicht Armdrücken mit einem Mädchen.«

»Weil du verlieren würdest.«

»Nie.«

»Dann Wettlauf?«

»Männer sind viel schneller als Frauen. Da käme ich mir schlecht vor.«

»Wie großzügig von dir. Ich würd dich so was von fertigmachen.«

»Glaubst du ja selber nicht.«

»Schluss jetzt!«, rief ich. Diesmal hatte ich die Worte so laut ausgestoßen, dass ein Schwarm Vögel aufgeflattert war. Ich sah von Jacky zu Viktor und wieder zurück und räusperte mich. »Ihr spielt *Snake*«, bestimmte ich und schaltete das Telefon an.

Das Display schimmerte grünlich. Jacky schien eine SIM-Karte eingelegt zu haben. PIN brauchte ich keine. Das Handy fand einen Balken Netz. Der Akku war zur Hälfte geladen. Die beiden nacheinander greifenden Hände, das Logo von Nokia, tauchten auf dem Hintergrund auf. Ich drückte auf den Button für Menü, klickte mich durch die Auswahl bis zu den Spielen und wählte *Snake*.

Snake war ein Spiel im Stil der Achtzigerjahre-Arcade-Games. Einfache Bedienung, einfache Regeln, einfache Grafik. Mit der Tastatur steuerte man eine Schlange, mit der man einzelne Futterstücke einsammeln musste. Immer wenn man ein Futterstück erwischt hatte, erschien irgendwo auf dem Bildschirm ein neues, und die Schlange wuchs, sodass der Platz auf dem Display immer weniger wurde. Ziel war es, möglichst viele Futterstücke zu erwischen. Berührte die Schlange den Spielfeldrand oder sich selbst, starb man. Game over.

Die beiden kannten das Spiel.

»Höchstes Level?«, fragte Jacky.

»Höchstes Level«, sagte Viktor.

Ich stellte den Schwierigkeitsgrad und somit die Geschwindigkeit, mit der sich die Schlange fortbewegen würde, auf Stufe neun.

Wir einigten uns darauf, dass gewonnen hatte, wer ohne zu sterben innerhalb einer Minute die meisten Punkte einsammelte. Bei Game over fiel man automatisch auf null Punkte zurück. Ich stellte den Countdown auf meiner Casio ein.

Jacky würde beginnen. Sie hielt das Handy in der rechten Hand, um die Tasten mit dem Daumen zu bedienen. Viktor und ich blickten ihr über die Schultern. Ihre Haare rochen frisch. Nach Apfel und Honig.

»Los!«, sagte ich.

Jacky startete. Sofort sauste die Schlange nach oben. Durch einen Reflex schaffte Jacky es, bevor die Schlange den Rand berührte, nach links zu lenken. Das erste Futterstück, das sie aufsammeln musste, war mittig auf der rechten Seite. Doch Jacky kam schlecht mit der Steuerung klar. Level neun war extrem schnell, und sie musste aufpassen, nicht direkt in die nächste Wand zu krachen. Sie erwischte das Futterstück erst beim vierten Versuch. Ein Punkt.

»Vierzig Sekunden noch«, sagte ich.

»Das wird nichts«, sagte Viktor.

Doch jetzt hatte Jacky den Bogen raus. Das zweite Futterstück war rechts unten, etwas vom Rand entfernt, und sie schnappte es sich locker, bekam die Kurve, bevor sie die Wand erreichte. Dasselbe mit drei, vier und fünf. Die Schlange wuchs. Ich gab die Zeit durch. »Fünfzehn Sekunden. Oha.«

»Uff.« Jacky stöhnte auf.

»Das ist krass«, sagte Viktor, und ich hörte, dass er lächelte. Der nächste Punkt, den die Schlange aufsammeln musste, war in der linken unteren Ecke. Und zwar *genau* in der Ecke. Jacky würde in der Millisekunde, in der sie das Futterstück erwischt hatte, zur Seite lenken müssen, sonst war Game over und all ihre Punkte gelöscht. Dreimal nahm sie Anlauf, drückte jeweils zu früh. »Noch zehn Sekunden«, sagte ich. »Du musst nichts riskieren. Du kannst auch einfach im Kreis lenken und dich mit den Punkten, die du hast, zufriedengeben.«

»Pssst!« Viktor fauchte mich an.

Noch fünf Sekunden. Jacky unternahm einen erneuten Versuch, lenkte eine Hundertachtzig-Grad-Wende und hielt auf ihre Beute zu. »Drei.« Sie war beinahe beim Futterstück. »Zwei.« Sie erwischte den Punkt, steuerte mit perfektem Timing, ohne die Wand zu berühren, nach oben, und in dem Moment, in dem die Schlange die Richtung änderte und ich auf die Eins runterzählte, erschien direkt vor ihr das nächste Futterstück. Sie konnte gar nicht anders, als es aufzusammeln.

»Ha!«

»Was zum Teufel?«, blaffte Viktor.

»Und Schluss.« Meine Casio piepte. Jackys Runde war vorbei.

»Sieben Punkte«, sagte ich. »Stark.«

»Dusel«, sagte Viktor und nahm sich das Telefon. »Aber das wird dir nichts helfen. Du hast am Anfang zu viel Zeit verschwendet.«

»Das kann sein«, zuckte Jacky die Schultern.

»Außerdem hältst du das Handy falsch«, erklärte Viktor. »Schau. Du musst das mit zwei Händen nehmen. Sorry, dass ich dir das vorher nicht gesagt habe.« Er zwinkerte Jacky mit übertrieben siegessicherer Mimik zu, wobei er ein schmatzendes Geräusch von sich gab.

Ich fragte: »Bist du so weit?«

»Ob ich so weit bin, mein neues Nokia zu gewinnen? Und wie.«

Die Sonne hinter uns stand nun so tief, dass ihre letzten Strahlen die Baumspitzen kratzten und direkt durch die Kanzel schienen. In unserem Schatten leuchtete der Bildschirm des Telefons. Ich dachte: Jacky braucht sich nur ein klein wenig seitlich zu neigen, und die Sonne wird direkt auf das Display fallen. Und Viktor die Sicht nehmen. Ich sah Jacky an, dass sie das ebenfalls wusste. Doch sie bewegte sich nicht.

»Los!«, sagte ich. Ich startete den Countdown und Viktor seine Runde.

Viktor grinste. »Das wird ein Kindersp...« Die Schlange raste nach oben. »Oh.« Viktor schien von der Geschwindigkeit überrascht. Er drückte die Steuerung so fest, dass ich dachte, das Gehäuse würde splittern.

Er hatte zu spät gedrückt.

Die Schlange landete direkt in der Wand.

Das Spiel war vorbei.

Game over.

»Shit.«

Viktor war bleich geworden. Niemand rührte sich. Jacky hatte die Augen aufgerissen. Langsam drehte sich Viktor zu ihr. »Verpichte Scheiße«, presste er durch die Zähne. Sie wartete ab. Viktor schien mit sich zu hadern, schien zu überlegen, wie er eine Ausrede finden und eine erneute Chance fordern konnte. Dann reichte er Jacky, ein »Glückwunsch« knirschend, das Telefon.

»Danke«, sagte sie und schob das Nokia zurück in meinen EastPak. Betreten schaute Viktor zu Boden. »Deine Expertentipps waren echt Gold wert«, schmunzelte Jacky nun.

Viktor verzog den Mund. Jacky zwinkerte ihm zu, ahmte nach, wie Viktor es vorhin gemacht hatte, übertrieb dabei das Schmatzen. Die Atmosphäre war zum Zerreißen gespannt. Viktor wollte zum Gegenangriff ausholen, doch schließlich legte sich ebenfalls ein Schmunzeln über seine Lippen, das mehr und mehr zu einem echten Lächeln wurde.

»Gott, bin ich doof«, sagte er.

»Verpicht, ja«, sagte Jacky, und Vik streckte ihr die Hand entgegen. Sie wusste, was er wollte. Schnipsinger. Ohne zu zögern, klatschte sie ein. Es schnippte. Ich überlegte, ob ich ebenfalls mit Jacky zum Schnipsinger einschlagen sollte. Aber wegen meiner Messerverletzung vom Zirkusplatz und dem Pflaster, das ich immer noch am Daumen hatte, ging das ja nicht.

»Vielleicht das nächste Mal doch Armdrücken«, sagte Viktor und stieg, gefolgt von Jacky, die Leiter hinunter.

Ich hob das Pflaster an. Der Schnitt war kaum mehr zu sehen. Einschlagen wäre vielleicht doch gegangen, dachte ich, während ich das Pflaster abzog, es in den Aschenbecher warf, und den beiden hinterher aus der Kanzel kletterte.

WIR HATTEN DIE TASCHENLAMPEN, die Viktor mitgebracht hatte, eingeschaltet. Es war zügig dunkel geworden. So zügig, wie es dunkel wird, wenn der Sommer fast vorüber ist.

Wir hatten unsere Räder geschoben und abwechselnd in die Büsche, Hecken und Baumreihen auf der Flussseite und auf den Pfad geleuchtet, um nicht über Wurzeln oder unsere eigenen Füße zu stolpern. Der Ruf eines Uhus hatte eine Weile unsere Schritte begleitet. Einmal hatten wir den Weg eines Fuchses, der im Schein unserer Lampen wie narkotisiert war, gekreuzt, bevor er mit einem Satz hinter einem umgestürzten Stamm verschwunden war. Einen Hinweis auf die Marihuanaplantage der Hunnen hatten wir nirgends entdeckt.

Und schließlich waren wir raus aus dem Wald gewesen.

»Verpicht. Ich war mir sicher, dass die hier ist«, sagte Viktor irritiert und blickte zurück in den Forst. »Vielleicht haben wir was übersehen?« Es schien ihm unbegreiflich, dass er mit seiner Prognose falschgelegen hatte. Er wollte unbedingt auf die Party der Münch-Schwestern, und dass er die Plantage mit dem Gras als Eintrittskarte nicht gefunden hatte, musste sich für ihn anfühlen wie eine Niederlage. Auch wenn mir immer noch nicht ganz einleuchtete, wieso Viktor eigentlich *so* sehr auf diese Party wollte.

Jacky winkte ab. »Wir hätten die Plantage gefunden, wenn die da irgendwo wäre, Vik. Kacke, ey.«

»So mit komplett leeren Händen können wir bei Anna und Ayla nicht auftauchen«, gab Viktor zerknirscht zurück. »Was macht das denn für einen Eindruck? Wenn die uns nicht sowieso direkt wieder rausschmeißen.«

»Dann lieber gar nicht hingehen?«, schlug ich vor und erntete dafür ein doppeltes Kopfschütteln.

Der Pfad hatte uns auf einen Parkplatz geführt, den man von der anderen Seite über eine kleine Straße erreichen konnte. Die Naab machte hier eine weite Biegung und floss nach Süden, wo sie irgendwann in die Donau mündete.

Auf dem Parkplatz standen ein kleiner Opel, der aussah, als wäre er seit Jahren nicht bewegt worden, und ein rostiger Toyota-Pick-up mit allerhand Drahtgestellen, Ketten und Käfigen auf der Ladefläche. Hinter der Freifläche befand sich das Tanzcafé Colorado.

Wir waren frustriert und durstig und beschlossen, im Colorado zu beratschlagen, wie es weitergehen sollte.

Wir sperrten unsere Räder ab, Jackys Klapperrad und mein BMX zusammen, da sie kein eigenes Schloss besaß. Über eine Treppe kamen wir zum Eingang des heruntergekommenen Gebäudes, unter dessen Giebel ein beleuchteter Schriftzug mit dem Namen des Etablissements angeschraubt war, die Buchstaben in Rot und Gelb, der Hintergrund in blau-weißen Balken. Neben der Tür hing in einem eingeschlagenen Schaukasten eine Getränkekarte. Helles vom Fass. Die Halbe zwei Mark.

Durch einen Vorraum betraten wir die Wirtsstube. Schwaden von Rauch schlugen uns entgegen, vermischt mit dem Dunst von Schweiß und Bier. Sofort hatte ich das Gefühl, dass meine Klamotten den Geruch aufsaugten wie ein Schwamm.

Das Tanzcafé Colorado war kein Café, sondern eine abgeranzte Spelunke, in der noch nie jemand auch nur daran gedacht hatte, das Tanzbein zu schwingen. Doch der Besitzer nahm es beim Ausschank mit der Altersbeschränkung nicht ganz so genau, das wussten wir.

Ein einziger Gast, ein etwa sechzigjähriger, ausgemergelter Typ, der trotz der Hitze des Abends eine Lederweste trug, saß, ein Weißbierglas zwischen die Oberschenkel geklemmt, auf einem Barhocker vor einem wild blinkenden Spielautomaten, in dessen Mitte drei Walzen mit Zahlen und Symbolen rotierten. Die Kirsche, eine doppelte Zitrone, die Sieben. Nichts gewonnen. Noch mal. In der Hand hatte der Mann einen Becher, aus dem er fortwährend klimpernde Münzen zog und in die Maschine schmiss.

Der Wirt, grobschlächtig, Ende vierzig, stand, eine Schürze über dem Schmerbauch, am Tresen und drückte gerade eine Zigarette aus. Beide hoben kaum merklich die Köpfe, brummten irgendwas, als wir hereinkamen, wobei der Mann an der Slotmaschine an die Krempe seines Hutes tippte, bevor er sich wieder dem Spiel widmete. Aus einer Jukebox klapperte blechern Country von Tom Waits.

So, she left Monte Rio, son
Just like a bullet leaves a gun

Ungelenk hob ich die Hand zum Gruß, und wir setzten uns an einen Ecktisch seitlich von dem Spielautomaten.

»Okay, wow, das nenn ich mal ein Arsenal«, sagte Jacky und wies auf die Ziegelmauer, an der wir Platz genommen hatten. Sie hatte recht. Die komplette Wand war eine Waffensammlung. Historische Duellpistolen und Revolver hingen neben Dolchen, Beilen und Flinten. Zwei Gewehre bildeten ein Andreaskreuz, Bajonettspitzen waren auf einem Regalbrett aufgestellt neben Reihen von Patronen und Kugelhülsen.

»Wenn eine Zombie-Apokalypse ausbricht«, sagte ich, »wäre das hier der perfekte Ort, um sich zu verschanzen.«

»Stimmt«, sagte Jacky. »Mit *der* ganzen Ausrüstung. Sicher gibt es auch ein Lager mit Vorräten.«

»Man müsste die Türen und Fenster vernageln. Schießscharten aussparen. Und mit den Schnapspullen hinter der Bar könnte man Brandsätze basteln«, sagte Viktor.

Jacky wippte die roten Haare hin und her. »Brandsätze mit Schnaps, das geht tatsächlich gar nicht. Der Alkoholgehalt ist zu niedrig. Das brennt nicht.«

»Im Fernsehen sieht man das aber ständig«, warf ich ein.

»Funktioniert im echten Leben nur leider nicht. Aber wahrscheinlich gibt es hinten irgendwo Gaskartuschen oder so. Daraus könnten wir Bomben gegen die Zombie-Horden machen.«

Wir malten uns aus, wie wir die Kneipe zur Festung ausbauen würden, als letzte Bastion des Widerstandes wie in dem Film *From Dusk Till Dawn*.

Der Gedanke, mich mit Jacky eng auf eng irgendwo verbarrikadieren zu *müssen*, begann, meinen Herzschlag für ein paar Sekunden in die Höhe zu treiben, als hätte jemand den Geschwindigkeitsregler eines Plattenspielers hochgeschoben. Ich zog mein Sturmfeuerzeug aus der Tasche und strich über die glatte Oberfläche.

Vor uns auf unserem Tisch stand eine leere Weinflasche, in der eine Kerze steckte. Das Kerzenwachs hatte sich über den Flaschenhals bis auf die Tischplatte ergossen wie erkaltete Lava. Funken sprühten, als ich den Feuerstein wetzen ließ. Bläulich entzündete sich das herausströmende Gas, das den krummen Docht entflammte und Schatten an die Wände warf.

Wir überlegten, wie es weitergehen sollte. Wir brauchten ein Gastgeschenk für die Party. Viktor machte den Vorschlag, eine Flasche Molotov aus der Zirkussiedlung zu holen. Doch das war zu weit, und Jacky war sich nicht sicher, ob sie einfach so etwas von dem Selbstgebrannten bekommen würde. Wir könnten was von hinter der Bar klauen, war ihre Idee. Doch auch das verwarfen wir, da wir es nicht unbemerkt hinter die Theke schaffen würden.

»Und zu trinken haben die da sicher eh genug«, sagte ich. »Sollen wir den Münch-Schwestern das Nokia geben?«

»Nein«, sagte Jacky entschieden. »Außerdem verpetzt uns dann vielleicht jemand bei den Bullen.«

Neben uns schlug der Spieler mit der flachen Hand gegen den Automaten, dass die Maschine wackelte.

»Drecksding«, raunte er.

»Mach mal halblang, Günter«, hörten wir den Wirt. »Kann der Automat ja nichts dafür, wenn du 'ne Pechsträhne hast.«

»Seit zwanzig Jahren hab ich die«, lachte der Angesprochene bitter.

»Vielleicht machst du mal 'ne Pause.«

»Vielleicht machst du mir mal lieber noch einen Obstler und ein Weizen, Hans«, sagte der Spieler, leerte sein halb volles Weißbier in einem Zug und wischte sich den Schaum mit dem Handrücken aus dem struppigen Bart.

Ich kannte ihn. Jeder in Bodenstein kannte ihn. Das war Günter Seidl. Von allen nur Araber-Günter genannt. Der Name Araber-Günter kam aber nicht etwa daher, dass der hagere Urbayer Seidl arabischer Abstammung gewesen wäre. Günter Seidl hatte eine große Pferdezucht betrieben, irgendwo an der Grenze zu Tschechien. Englische Vollbluthengste und Araber-Rappen. Daraus machten die Leute »Araber-Günter«. Sein Vermögen und seinen Besitz hatte der Gestütsbetreiber Seidl über Jahrzehnte in Casinos und illegalen Pokerturnieren verzockt und in den Bordellen rund um Česká Kubice verhurt, hieß es. Das bisschen, das übrig geblieben war, stopfte er in Spielautomaten und versoff es, um zu verdrängen, was er alles verloren hatte. Irgendein Schicksalsschlag hatte ihn vor Jahren aus der Bahn geworfen. Irgendwas mit einem Autounfall. Das bekam ich aber nicht mehr genau zusammen.

»Vergelts Gott. Und jetzt lass mich spielen«, sagte er, als Wirt Hans ihm ein neues Weißbier reichte. »Suchtspiel kann glücklich machen.«

Der Wirt klopfte ihm auf die Schulter. »Pass auf, dass du nicht deine letzten grauen Zellen setzt.«

»Da ist noch einiges vorhanden. Mit mir kann man immer noch Schach spielen.« Günter leerte seinen Obstler und seufzte. »Ach, Hans. Der geht runter wie Wasser. Und ist doch schön, wenn's Hirn im immer schwerer werdenden Kopf immer leichter wird.«

Nachdem der Wirt ihm das Glas abgenommen hatte, trat er an unseren Tisch.

»Servus«, sagte er und warf uns dabei Untersetzer zu,

als würde er Schafkopfkarten austeilen. »Ihr seid alle drei über sechzehn, nehme ich an. Was kriegt's ihr?«

»Drei Helle«, sagte Viktor.

»Und drei Obstler kriegen's.« Araber-Günter hatte sich von seinem Barhocker erhoben und bei uns auf den freien vierten Stuhl fallen lassen. »Und mir machst auch noch einen, bitte. Schreibst an?« Während Wirt Hans hinter den Tresen ging, um unsere Getränke zu holen, fragte Araber-Günter, ein Bein angewinkelt, das andere ausgestreckt, ob es okay wäre, wenn er sich ein wenig zu uns setzte.

»Logisch«, antwortete Jacky. »Und du sitzt ja schon.«

»Stimmt.« Günter nickte.

»Danke für die Einladung.«

»Gern. Mag ich, dass du gleich *du* sagst, Mädel. Ich bin der Günter.«

»Ich bin Jacky. Das sind Krüger und Viktor.«

Günter strich sich über die Lederweste und musterte uns. Der Zapfhahn schnalzte. Wachs rann über den Kerzenstumpf. Tom Waits spielte die letzten Akkorde des Songs.

»Habt's ihr vielleicht die Uhrzeit für mich?«, fragte Günter.

»Kurz vor neun«, sagte ich.

»Dank dir. August haben wir, oder?«

»Noch, ja. Der 31. ist heute. 1999«, ergänzte ich nach einer kurzen Pause. Darauf gewettet, dass Günter wusste, welches Jahr wir hatten, hätte ich nicht. Und ebenso wenig hätte es mich gewundert, wenn er nachgefragt hätte, ob es neun Uhr morgens oder abends war. Araber-Günter sah nicht aus wie jemand, der zu einer bestimmten Uhrzeit zu Hause sein wollte. Oder wie jemand, der *jemals* zu Hause sein will, dachte ich.

»Habt ihr gewusst«, sagte er jetzt, »dass es in einem Casino keine Uhren gibt? Damit man nicht merkt, wenn einem die Zeit und das Geld durch die Finger rennen.« Er schob seinen Hut nach hinten, um den ein Band mit Zähnen geflochten war, die aussahen, als wären sie von einem Krokodil. Er hatte graue nachdenkliche Augen. Seine Haut war wettergegerbt, die Hände besetzt mit Schwielen.

»Zu wem gehört's ihr drei denn?«, fragte Günter, nachdem der Wirt unsere Getränke auf einem Tablett gebracht hatte.

»Ich bin der Sohn vom Dornmann«, sagte Viktor.

»Vom Lehrer?«

»Genau, ja.«

»Meine Mutter ist die Ursula Friedrich«, sagte ich.

»Aha.« Araber-Günter nickte. »Und du?«, wollte er von Jacky wissen.

»Ich bin hier nur zu Besuch. Auf Durchreise. Bis morgen.«

»So ist das also. Ist der da ... ist der Krüger dein Schamacko, oder was?«, deutete er auf mich. Jacky sah ihn fragend an. »Ob der junge Herr deine Liebschaft ist«, übersetzte Günter in übertriebenem Hochdeutsch.

»Quatsch«, sagte ich schnell.

»Dann der Viktor, oder was?«

»Vergraul mir nicht die Kunden, Günter«, rief der Wirt von hinter der Theke.

»Nichts für ungut. Wart ihr im Wald?«

»Jap.«

»Was habt's denn da gemacht?«

»Wir haben was gesucht.«

»Und gefunden?«

»Leider nicht.«

»Passiert. Ich hab auch alles verloren und nie was wiedergefunden. Hilft nichts.« Er schluckte. »Dafür will ich jetzt wieder mit der Zucht anfangen.«

»Ich weiß gar nicht, wie lange du davon schon redest«, sagte der Wirt und legte Günter im Vorbeigehen dessen Deckel hin, auf dem so viele Striche waren, als würde er die Tage in einem Gefängnis zählen.

Günter fuhr mit dem Daumen über die Rillen, die der Bleistift in der weichen Pappe hinterlassen hatte. Erneut schluckte er, dass sein Adamsapfel zitterte. Dann drehte er den Deckel um.

»Du hast Pferde gezüchtet, oder?«, fragte ich ihn.

Er nickte.

»Willst du das wieder machen?«

»Nein. Pferde kann ich nicht mehr. Da hängt zu viel dran. Hirnmäßig. Das wollt ich auch alles weghaben. Weg, weg. Greifvögel will ich züchten. Adler. Und die dann für die Jagd trainieren.«

»Man kann Adler für die Jagd abrichten?«

»So ein ausgewachsener Steinadler reißt problemlos ein Reh, Bub.«

»Ernsthaft?«, fragte Viktor.

»Ernsthaft. In der Mongolei jagen die mit den Adlern sogar Wölfe.«

»Krass.«

»Wie sieht es mit Löwen aus?«, wollte Jacky wissen.

»Müsste man mal ausprobieren. Zwei oder drei Adler zusammen, vielleicht.«

»Vielleicht, ja«, nickte Jacky, wobei sich die schmale Flamme der Kerze in ihren Augen spiegelte. »Und warum hast du das bisher noch nicht gemacht? Das mit der Zucht?«

»Bin zu beschäftigt«, entgegnete Araber-Günter und nahm seinen Bierdeckel wieder in die Hand.

»Womit zu beschäftigt?«

»Damit, zu vergessen, warum ich das hier machen muss.« Der ehemalige Gestütsbesitzer drehte seinen Deckel auf einer Ecke wie einen Kreisel in Zeitlupe. Er wirkte für einen Moment nicht mehr ganz da, sondern in irgendeiner nebligen Zwischenwelt. Jacky beobachtete ihn.

»Du erinnerst mich an jemanden«, sagte Günter jetzt zu ihr. »An jemanden, den ich mal sehr lieb gehabt hab. Immer noch lieb hab. Hier drin.« Er klopfte sich dorthin, wo das Herz war. »Wurscht, wurscht.« Er hob sein Schnapsglas. »Das Problem mit dem Vergessen ist, dass man es nicht steuern kann. Dass man nicht nur die schlechten Sachen wegradiert, sondern auch die guten. Wisst's, wie ich mein? Dass man sich nicht aussuchen kann, welche Bilder man im Schädel aufhebt und welche man in dieser ... Salzsäure auflöst. Na ja. Kipp ich die Salzsäure einfach über alles. Prost.« Er trank. »Wobei die Salzsäure heute schmeckt wie Wasser«, schnaufte er und setzte sein Glas ab.

Wir tranken unsere Schnäpse ebenfalls. Schmeckte tatsächlich äußerst mild. Kein Vergleich zum Molotov der Zirkusleute.

»Hm«, sagte Jacky und roch noch mal an ihrem leeren Glas, »das schmeckt nicht nach Wasser. Das *ist* Wasser, Günter. Also nicht komplett. Aber das ist verdünnt. Ganz sicher.«

Araber-Günter schnupperte, wie Jacky es eben gemacht hatte, ließ dann den letzten Tropfen der durchsichtigen Flüssigkeit auf seine Zunge fallen und schlug mit der flachen Hand auf den Tisch, dass unsere Gläser klirrten.

»Hab ich es mir doch gedacht. Hans? Hast du gepanscht, oder was? Bisschen Diridari machen? Die angesoffene Kundschaft abziehen?«

»Schmarrn.« Der Wirt kam mit dem Klaren an unseren Tisch, schenkte sich selbst ein kleines Stamperl ein und nippte. Die Augen weit aufgerissen schüttelte er den Kopf. »Tatsache. Das gibt's nicht. Das ist zur Hälfte Wasser. Wie geht das? Ich bescheiß nicht, das weißt du, Günter.«

Araber-Günter gab einen grunzenden Laut von sich, der wohl so etwas wie Vergebung signalisieren sollte. »Weiß ich«, sagte er. »Würdest bei dem, was dein Fusel im Vergleich zum Wasser kostet, eh kaum was sparen.«

»Vorsicht, mein Freund.« Der Wirt hob drohend den Zeigefinger. »Aber erklären kann ich es mir tatsächlich nicht.«

Araber-Günter überlegte einen Moment. »Wenn ich dir sag, was da passiert ist, versprichst du mir, dass du der Person keinen Ärger machst?«

Der Wirt dachte nach, wobei er sich mit dem Spültuch immer wieder über die Schulter geißelte. Auf eine eigene Lösung schien er nach wie vor nicht zu kommen.

»Dann mal raus mit der Sprache«, sagte er schließlich.

»Also«, setzte Günter an, »pass auf. Wir …«, bei dem Wort »wir«, hatte ich den Eindruck, verschwand das Traurige aus seinen Augen, und sie leuchteten kurz auf, »… wir hatten früher am Gestüt immer einen Gärtner. Den Willi. Richtiger Bazi. Aus Goldstadt war der hergezogen. Und der ist vorm Rasenmähen immer schnurstracks an der Hausbar vorbei und hat sich heimlich einen Kurzen genehmigt. Den Schluck hat er jedes Mal mit Leitungswasser aufgefüllt. Bis wir das dann irgendwann gemerkt haben. Der Depp hat nämlich immer dieselbe Flasche genommen.« Günters Lachen klang rostig. »Vielleicht gibst du deiner Putzfrau mal einen Wink mit dem Zaunpfahl, Hans?«

Der Wirt kratzte sich am Ohr. »Hab mich schon gewundert, warum die Lisl immer so pfeift beim Zusammenkehren.«

»Ich kann's ihr nicht verdenken.«

»Ich eigentlich auch nicht. Aber bei euch kann ich mich da nur entschuldigen.« Der Wirt sammelte unsere Bierdeckel ein. »Eure Filzl gehen natürlich auf mich.«

»Na, wenn das nichts ist«, sagte Araber-Günter und patschte sich auf den Oberschenkel des ausgestreckten Beins. »Hab ich mit euch ja doch was gewonnen heute.« Er nahm einen tiefen Zug von seinem Weizen. Der Wirt sagte, er müsse eben telefonieren. Wir tranken von unseren Bieren. Schaumbläschen knisterten auf Jackys Oberlippe.

»Und was sind eure Pläne noch?«, fragte Günter, während er seine Handfläche ganz ruhig über die züngelnde Kerzenflamme legte, bis die Stelle zu heiß wurde, und er wegzog. Er konnte das ziemlich lange aushalten. »Die Nacht ist noch jung und ihr auch«, sagte er.

»Wir gehen noch auf eine Party«, antwortete Viktor.

»Wir *wollten* noch auf eine Party«, sagte ich. »Wir sind aber leider nicht eingeladen.«

»Braucht's das richtige Präsent«, nickte Günter. »Das macht Eindruck und öffnet alle Türen.« Dann sprang er auf. »Ich hab was für euch!« Noch bevor wir fragen konnten, wohin er wollte, war er mit einem »Schön hocken bleiben« aus der Kneipe nach draußen geeilt. Erst jetzt hatte ich bemerkt, dass er stark humpelte. Sein linkes Bein schien steif zu sein, und er zog es bei jedem Schritt nach. Wie gebrochen und nicht wieder richtig zusammengeheilt.

Wir sahen uns an.

»Seltsamer Kerl«, sagte Viktor.

»Ich mag ihn«, sagte Jacky. »Habt ihr seine Hände bemerkt? Die Herzlinie ist so tief, so was hab ich überhaupt noch nicht gesehen.«

Auf dem Parkplatz vor dem Colorado wurde eine Autotür zugeschlagen. Wir vernahmen das Schleifen von Stiefeln. Die Treppe zum Eingang ächzte, und Araber-Günter stand wieder vor uns, in der Hand ein klobiges Gerät. Ein Kasten mit einer Umhängeschnalle. Ich erkannte eine Linse. Es war eine Polaroid-Kamera, die Günter jetzt Jacky reichte.

Er sagte, die Kamera brauche er nicht mehr. Sei übrig geblieben aus einem alten Leben. Ein neues, das sich zu fotografieren lohne, habe er nicht.

»Du willst uns die schenken?«, fragte Jacky und betrachtete den Apparat.

»Fotos sind Erinnerungen, bei denen man sich aussuchen kann, welche man behält und welche nicht. Das ist viel wert. Ich kann mir vorstellen, dass Schnappschüsse machen gut ankommt auf einer Feier.« Günter hatte sich auf die Lehne seines Stuhls gestützt, während ich Jacky über die Schulter schaute. »Ist sogar noch ein Film drin. Passt auf.« Er nahm Jacky die Kamera wieder ab. »Stellt's euch mal hin, ihr drei.«

Aus den Augenwinkeln sah ich, wie Viktor hinter uns zusammenschreckte, dann aber zu uns trat, als wäre nichts gewesen. Ich musterte meinen Kumpel und wollte nachfragen, ob alles okay sei, doch Vik unterband dies mit einer kaum merklichen Kopfbewegung.

Nun dirigierte Günter uns vor die Theke und schaute durch die Linse. »Achtung, Haltung annehmen!«

Jacky blickte direkt in die Kamera, ihre roten Haare fielen ihr über die Schultern. Viktor setzte ein Grinsen auf. Er schob seine Brille gerade, schlug die Ärmel seines Hawaiihemdes noch einmal um und machte mit angespanntem Bizeps eine Bodybuilder-Geste. Ich stand etwas nach hinten versetzt und zupfte meine Shirts zurecht.

Ich mochte keine Fotos. Ich gefiel mir auf Bildern nie. Ich war ohnehin nicht attraktiv, und Fotos von mir schienen immer im exakt ungünstigsten Moment geschossen zu werden. Auf Klassenfotos im Jahresbericht. Bei Passbildern. Immer, fand ich, sah ich dürr und blass und weich und scheiße aus.

»Aufgemerkt. So«, rief Araber-Günter unterdessen und drückte den Auslöser.

Der Blitz zuckte und nahm uns für einen Augenblick die Sicht. Für einen Wimpernschlag war alles hell. Schnarrend glitt das noch weiße dicke Papier aus dem Apparat. »Tipptopp«, kommentierte Günter und schüttelte das Pappquadrat. Als sich aus den Konturen und Schemen Körper und Gesichter bildeten, streckte er uns die Aufnahme entgegen. Aus dem Weiß war ein Foto geworden.

Jacky. Viktor. Ich.

Viktor sah spitze aus. Jacky umgab eine beinahe greifbare Aura. Ich war bleich, und meine Augenringe waren in dem Licht so dunkel, als wären sie geschminkt. Ich mochte gar nicht richtig hinsehen. Am liebsten hätte ich die Aufnahme direkt von der Flamme meines Feuerzeugs verzehren lassen.

Jacky hielt das noch feuchte Bild zwischen den Fingerspitzen.

»Ich mag, wie du lächelst«, sagte sie zu mir und schob das Foto, als es schließlich völlig getrocknet war, zusammen mit der Kamera in meinen Rucksack. Dass ich auf dem Bild lächelte, war mir gar nicht aufgefallen.

Wir bedankten uns bei Günter für das tolle Geschenk, das unsere Eintrittskarte zur Party von Anna und Ayla sein konnte. Als Jacky und ich uns wieder setzen wollten, bestand Viktor mit einem Mal darauf, dass wir dringend losmüssten.

»Kommt ihr? Sonst verpassen wir noch alles«, sagte er, pustete die Kerze auf unserem Tisch aus und eilte voraus.

Kräuselnd stieg der Rauch zur Decke, verflüchtigte sich im Zug der aufschwingenden Tür.

»Hat mich gefreut«, sagte Günter. Zum Abschied tippte er an die Krempe seines Hutes. Wir hörten noch das Klimpern der nächsten Münze, die in den Schlitz des Spielautomaten fiel. Die Walzen drehten sich. Kirschen. Zitronen. Ziffern. Bevor wir mitbekamen, ob Günter etwas gewann, war die Tür des Colorado hinter uns ins Schloss gefallen.

JACKY UND ICH starrten Viktor entgeistert an.

Er war so schnell aus dem Colorado gestürzt, hatte sich in den Sattel seines Rennrades geschwungen und war mit solch einer Geschwindigkeit in die Nacht davongebraust, dass das Zirkusmädchen auf ihrem schrottreifen Damenrad und ich auf meinem BMX kaum hinterhergekommen waren. Wir hatten keine Ahnung gehabt, was passiert war und warum er es mit einem Mal so eilig gehabt hatte. Jetzt wussten wir es. Und mir wäre lieber gewesen, wenn ich es nicht gewusst hätte.

Viktor war in den Pedalen stehend Richtung Bodensteiner Ortskern gebrettert, die von Straßenlaternen erleuchtete Hauptstraße entlang und am Müller-Markt vorbei zu Annas und Aylas Wohnhaus, der Stadtvilla, in der die Party stattfand.

An dem großen Haus gegenüber der Steinmetzerei war Viktor scharf abgebogen, hatte sein Rad an die Hausmauer gelehnt und im Schutze der Wand verborgen auf uns gewartet.

Nun konnte ich nicht glauben, was ich sah.

Am Straßenrand standen gut ein Dutzend Autos. Fahrräder waren an den Zaun und an Laternenpfosten gekettet, dazwischen parkten Roller und Motorräder.

Drinnen war die Party bereits in vollem Gang. Lichter flackerten nach draußen wie aus einem Club zum Takt einer stampfenden Kickdrum, die die Fensterscheiben zum Sirren brachte. Wir hörten Gebrüll von männlichen und weiblichen Stimmen. Ein DJ scratchte.

Ich presste die Augen zusammen.

Öffnete sie wieder.

»Bist du völlig irre?!«, sagte ich jetzt und meinte es so.

Als wir zu Vik aufgeschlossen und das Haus erreicht hatten, hatten Jacky und ich unsere Räder mit meinem Fahrradschloss zusammengesperrt und waren außer Atem an Viktor herangetreten. Vik hatte, nachdem er sich vergewissert hatte, dass uns niemand beobachtete, einen Schritt nach vorne gemacht. Der Mond, der voll und weiß am Himmel stand, hatte seinen Schein auf meinen Freund geworfen, als dieser sein Hawaiihemd ein Stück angehoben hatte.

In Viktors Gürtel steckte ein Revolver.

Silbern blitzte die polierte Trommel. Der Knauf aus Hirschhorn war mit aufwendigen Gravierungen verziert. Viktor hatte die Pistole von der Wand im Colorado genommen und eingesteckt. Dazu eine Handvoll Patronen.

»Ist das nicht geil?«, sagte er nun, die Venen voll Adrenalin, die Stimme euphoriegeschwängert. »*Damit* sind wir gleich die Kings auf der Party. *Das* macht Eindruck. Das ist ein historischer Colt Double Action mit 38er Kaliber. Richtiger Wild-West-Scheiß! Ich meine, die Kamera ist nett, klar. Aber das Teil hier ist schon wesentlich cooler.«

»Bring sofort das Ding zurück«, sagte ich und musste mich bemühen, dass sich meine Stimme vor Panik nicht überschlug.

»Hä? Wieso?« Viktor schien verwirrt, dass ich seine Begeisterung nicht teilte. »Wovor hast du denn schon wieder Schiss?«

»Na ja«, Jacky war ganz ruhig. »Wenn dich die Bullen

damit erwischen, gehst du ins Jugendgefängnis«, sagte sie.

»Und Schiss«, stotterte ich, »... wenn das Teil losgeht ... Alter, da kann ernsthaft was passieren. Außerdem ist das wirklich ungünstig, wenn der Wirt vom Colorado das mitbekommt.«

»Das bekommt der nicht mit.« Viktor machte eine wegwerfende Geste. »Da hängt so viel Kram, das fällt dem gar nicht auf. Und was soll schon passieren?« Er fasste den Pistolengriff und zog die Waffe aus dem Gürtel. Ich wich zurück. Mit einer geübten Bewegung ließ Viktor die Trommel herausgleiten, drehte sie und glotzte uns durch die leeren Patronenkammern an. »Seht ihr. Ist nicht geladen.«

»Trotzdem«, sagte ich. »Ich bin dafür, die zurückzubringen.«

»Und ich bin dafür, da jetzt reinzugehen«, entgegnete Viktor, deutete auf Annas und Aylas Haus und schob die Pistole zurück unter sein Hemd. Ich sah ihm an, dass er nicht mit sich verhandeln lassen würde. Er war schon immer durchsetzungsfähiger gewesen als ich. Meist einfach durch forsches Auftreten.

Ich erinnerte mich an eine Situation, es war mein erstes Konzert gewesen. Letzten Winter. Massive Töne in der Bayerwald Halle. Viktor und ich hatten Stehplatzkarten gehabt. Vor dem Auftritt der Massiven waren wir über das Gelände geschlendert und hatten irgendwann am Eingang zum Backstagebereich gestanden. Der Security war damit beschäftigt gewesen, irgendwelche Lokalreporter abzuwimmeln, und Viktor war einfach durch die Absperrung hinter die Bühne marschiert, als wäre es das Normalste auf der Welt. Ich war zu langsam gewesen und hatte mich schnell verzogen, als der Sicherheitsmann seinen Posten wieder eingenommen hatte. Alleine hatte ich dann am Rand der wogenden Menge in der Halle gestanden. Natürlich war das Konzert unfassbar gewesen. Noch unfassbarer allerdings für Viktor, der mir später erzählt hatte, dass er jedes Lied von direkt hinter dem Mischpult aus hatte verfolgen können.

Einmal sei er gefragt worden, was er Backstage zu suchen habe, da hatte er einfach behauptet, der Neffe des Veranstalters zu sein. Hatte geklappt.

Ich wusste, ich würde Viktor nicht überzeugen können, die Pistole zurückzugeben.

»Was willst du mit dem Revolver denn machen?«, fragte ich jetzt.

»Mal sehen«, entgegnete Viktor, der etwas runterfuhr, als er realisierte, dass ich meinen Widerstand aufgegeben hatte.

Ich dachte nach. Was hatte Viktor dazu bewogen, den Colt zu stehlen? Viktors Ziel war die ganze Zeit diese Party gewesen. Er wollte auf Nummer sicher gehen, cool gefunden und nicht wieder aus dem Haus geworfen zu werden. Wollte Vik in einen neuen Freundeskreis? Wollte er aufsteigen?

Jacky schien einen ähnlichen Gedanken zu haben. »Wen kennt ihr denn da drin eigentlich?«, fragte sie.

»Keinen«, sagte ich.

»Na, das stimmt nicht«, sagte Viktor. »Dave ist da und noch ein paar aus dem Skatepark. Und andere aus meinem Bekanntenkreis.«

»Und Dave willst du gleich mit der Pistole beeindrucken?«, fragte ich gereizt.

»Der fände die Knarre sicher lässig.«

»Aha. Reich ich dir nicht mehr, oder was?«

»Blödsinn. Die haben da drin einfach richtig aufgefahren. Das will ich nicht verpassen.«

Wir schwiegen. Das Haus war inzwischen ein einziger Resonanzkörper. Nach vorne raus wurde ein Fenster im Erdgeschoss aufgestoßen und jemand skandierte, wie um Viktors Aussage zu unterstreichen, Trinksprüche. Ich spürte, wie Vik unruhiger und unruhiger wurde. Die feiernde Meute und das Gebäude schienen ihn anzuziehen wie ein Magnet. Ich konnte nichts dagegen machen, aber je mehr er auf die Party wollte, desto weniger wollte ich.

»Lass uns doch noch eine rauchen«, schlug ich deshalb jetzt vor. »Da drin ist es laut und voll. Und man kann sich gar nicht mehr richtig unterhalten. Wahrscheinlich verlieren wir uns nach ein paar Minuten.«

Viktor stöhnte entnervt auf.

Jacky aber stimmte mir zu. »Ich hätte gerne ’ne Ziggi«, sagte sie. Und ich war froh, dass sie noch einen Moment bleiben wollte. Wie ich.

Ich nahm die Lucky-Strike-Schachtel aus meinem Rucksack, und sie pickte sich eine der Zigaretten heraus. Ich nahm die zweite aus der Packung. Viktor griff sich die letzte und rollte sie am Filter ungeduldig zwischen den Fingern.

Mein Feuerzeug machte die Runde. Ich sog den Rauch in die Lunge, genoss das Kratzen im Rachen und das Kitzeln des Nikotins, das sich mit dem Alkohol der letzten Stunden in meinen Adern vermischte.

Jacky trug ihre glühende Kippe lässig zwischen den Lippen. Sie sah aus wie ein Filmstar. Der bläuliche Qualm legte sich wie ein Schleier vor ihr Sommersprossengesicht, bevor sie eine Wolke in den Nachthimmel blies.

Was sollen wir auf einer Feier mit lauter Fremden?, dachte ich. Es war doch viel besser, dass wir *wir* waren.

Viktor jedoch war richtiggehend zappelig. Unruhig wippte er auf den Fußballen, während er an seiner Lucky Strike saugte, an der sich Asche bildete wie im Zeitraffer. »Haben wir es dann?«, fragte er schließlich, zog noch einmal und drückte die angerauchte Zigarette an der Hausmauer aus, dass das Papier aufriss und brauner Tabak auf den Boden bröselte.

»Wart halt noch kurz, bis wir fertig sind«, sagte ich und hob meine Lucky, die wie Jackys noch nicht mal zur Hälfte abgeglommen war.

Viktor plusterte die Backen auf. »Boah, mir reicht das jetzt langsam mal mit Warten. Immer willst du nur warten. Nichts machen und warten, warten, warten. Jacky?«, fragte er auffordernd. »Wollen wir?«

»Gleich, Vik.«

Mein Kumpel verdrehte die Augen. »Verpicht. Dann macht halt euer Ding«, stieß er hervor und drängte an uns vorbei, um die Hausecke auf die Eingangstür zu.

Jacky und ich blieben zurück. Das Zirkusmädchen sah Viktor hinterher.

»Vik spinnt«, sagte ich entschuldigend. Jacky zuckte die Achseln, wobei sich ihr Longsleeve bis zu ihrer Hüfte hob. Ich kratzte mir den Hinterkopf. »Stiehlt der einfach eine Pistole, der Idiot«, sprach ich weiter. »Keine Ahnung, was den da geritten hat. Der wird sich schon wieder einkriegen.« Ich wusste, dass ich lediglich Worte aneinanderreihte, um keine Stille zwischen uns aufkommen zu lassen. Ich kam mir nämlich mit einem Mal ziemlich dumm vor.

Jetzt, wo Viktor weg war, wollte ich irgendwie noch weniger auf die Party. Auf der anderen Seite konnte Jacky es vermutlich kaum erwarten, diese Feier regelrecht zu stürmen. Hinein ins Getümmel, in neue Leute, ins Geplärre, in die drückenden Bässe. Dieses Mädchen, dem die Welt offenstand und das immer in Bewegung war. Sie wollte, hatte sie gesagt, diesen letzten Tag des Sommers auskosten. Nun musste sie mit mir rumstehen, bis unsere Zigaretten aufgeraucht waren. »Wir können wirklich gleich rein«, sagte ich.

Jacky spielte mit meinem Sturmfeuerzeug. Sie hatte sich, einen Fuß angewinkelt, an die Hausmauer gelehnt und ließ den Verschluss immer wieder klackend auf- und zuschnappen. Dann strich sie mit ihrem Daumen über das glatte Metall. »Ich find das hier draußen gerade eigentlich ganz gut«, sagte sie.

Ich blickte auf.

Sie fand es hier was?

Jacky streckte mir das Feuerzeug entgegen. Mechanisch griff ich danach, wie zufällig darauf achtend, dass sich unsere Finger nicht touchierten.

Sie findet es hier gerade gut, dachte ich. Mit mir. Draußen. Reden. Rauchen. Sie und ich zusammen. Noch diese Zigarette lang.

Drinnen wurden die ersten Takte eines neuen Liedes gefeiert. Ein Wunder, dass von dem Lied etwas zu hören war, so laut, wie mein Herz mit einem Mal zu schlagen begonnen hatte. Ich versuchte, meinen Puls zu bremsen, und schaute der Glut meiner Zigarette beim Runterbrennen zu.

Wie oft mir sonst die Zeit gar nicht schnell genug vergehen konnte. Bis ich endlich erwachsen war. Wie oft ich nichts anderes wollte, als zu träumen und mein Leben vorzuspulen. Ich konnte es mir nicht erklären, doch gerade wollte ich nichts mehr, als dass meine Zigarette langsamer herunterbrannte. Ich erkannte in diesem Moment: Ich wollte nicht weniger auf die Party, weil Viktor *weg* war. Ich wollte eigentlich gar nicht mehr auf die Party. Und zwar, weil Jacky *hier* war.

»Kann ich dich was fragen?«, sagte Jacky jetzt und klopfte ihre Zigarettenspitze ab.

Ich paffte einen winzigen Zug. »Klar«, sagte ich. Lässig sein, cool sein, dachte ich, während es in meinen Schläfen donnerte wie ein Vorschlaghammer. »Machen wir es wie im Zirkuswagen? Lieblingsessen? Lieblingsfußballmannschaft? Lieblings...?«

»Was ist das für ein Notizbuch, das du da mit dir rumschleppst?«

Ich verschluckte mich. Ich hätte direkt etwas entgegnen sollen, hätte fragen können, ob sie meine Geschichten gelesen hatte. Stattdessen räusperte ich mich und sagte nichts, tat, als hätte ich ihre Frage überhört, was absolut lächerlich war.

Jacky wartete noch einen Augenblick ab, dann ließ sie ihre Lucky Strike, von der nur noch ein Stummel übrig war, fallen und trat sie aus.

»Ich hab nicht reingelesen, keine Angst«, sagte sie.

»Ich hab keine Angst.«

»Hab mir schon gedacht, dass das was sehr Privates ist. Ein Tagebuch oder so.«

»Ist kein Tagebuch.« Ich hatte in einem Tonfall geantwortet, der deutlich machen sollte, dass ich über das Thema nicht weiter sprechen wollte. Ich hätte erleichtert sein sollen, dass sie nicht in meinem Buch gelesen hatte. Dass sie nicht wusste, dass ich schrieb, und dass sie meine Geschichten nicht kannte. Vor allem nicht *meine*

Geschichte. Mein Geheimnis. Aber seltsamerweise war ich nicht erleichtert. Nicht völlig zumindest.

Mein Herz polterte und überschlug sich weiter in meiner Brust.

Jacky blickte mich an. Mit ihren wasserblauen Augen. Wissend irgendwie. Wo *mir* doch alles ein immer größer werdendes Rätsel wurde. Wie konnte man so tiefgründige Augen haben?

Mein Herz überschlug sich jetzt nicht mehr. Offenbar hatte es sich entschieden, ein paar Schläge komplett auszusetzen. Es machte eh, was es wollte.

Im Zirkuswagen, beim Handlesen, hatte Jacky mich berührt, und alles in mir und um mich war ins Wanken geraten. Alles war greller geworden und satter. Ich hatte keine Vorstellung davon gehabt, was mit mir geschah. Ich hatte nur gewusst, dass ich von diesem Moment an Berührungen würde vermeiden müssen, wo es nur möglich war. Weil es keine Chance für mich gab.

Jetzt, so schien es, reichte es schon, wenn Jacky mich nur ansah. Und wie um Himmels willen sollte ich das verhindern können?

Jacky löste sich von der Mauer.

»Egal«, sagte sie. »Willst du fertig rauchen, und wir gehen rein?«

Ich nickte stumm.

Gleich würde sie sich auf die Party werfen. Würde lachen, schäkern, tanzen. Wäre das Zentrum von allem. Als wäre die Party nur für sie. Alle würden sich fragen, wer dieses rothaarige Mädchen war mit der ebenen Haut, den Sommersprossen, den Haaren wie ein Feuerschweif, den wasserblauen Augen und keiner Angst vor nichts. Alle würden Zeit mit ihr verbringen wollen.

Ich würde nachkommen und an der Seite stehen, am Rand der wogenden Menge. Würde zugucken, hinüberprosten, ab und an winken. Ich würde dabei gewesen sein, so gut es eben ging. Oder?

Ich nahm nun einen tiefen Zug von meiner Zigarette. Dass sie schneller herunterbrannte. Schnell gerauchte Zigaretten schmecken immer anders, dachte ich. Und langsam gerauchte Zigaretten schmecken immer besser.

Morgen wäre Jacky weg. Ich hielt jetzt nur noch den Filter zwischen den Fingern. Ich schnippte ihn auf die Erde, und gerade als Jacky um die Hausecke und durch die Tür zur Party gehen wollte, streckte ich mich nach ihrer Hand.

»Warte!«, sagte ich.

Sie zuckte nicht zurück, sondern wandte sich zu mir um. Ihre Handfläche lag den Bruchteil einer Sekunde in meiner, bis ich unsere Berührung wieder löste.

»Lass uns mal da rüber gehen«, sagte ich und wies auf die andere Straßenseite hinüber zur Steinmetzerei. »Also, wenn du willst. Nur noch ganz kurz.«

WIR SCHLÜPFTEN DURCH das schwere Tor der Steinmetzerei, schlichen durch die Werkstatt in den Garten und streiften die verzweigten Gänge des Pflanzenlabyrinths entlang. Wir durchschritten die Spaliere der Engel, der Olympioniken und der betenden Männer und Frauen aus Granit und Marmor. So leise wie möglich folgten wir den Kurven und Geraden, vorbei an den Grabsteinen und Säulen.

In die wuchernden Ranken waren Stränge von Lichterketten gezogen. Ein paar montierte Strahler, in deren Schein Insektenschwärme wogten, spendeten zusätzliche, wenn auch spärliche Helligkeit. Niemand bemerkte uns. Wir hatten uns nicht abgesprochen, wohin unser Weg uns führen sollte, und wussten es doch beide genau.

»Spürst du das auch?«, sagte Jacky. Ich nickte.

Wir spürten es beide. Dieses andere Klima. »Hier hat man das Gefühl, bleiben zu können«, sagte sie noch, während hinter uns die Musik der Party leiser und leiser wurde.

Schließlich erreichten wir die Stelle, zu der wir uns hingezogen gefühlt hatten. Den Platz, an dem ich Jacky und die alte Frau Berger belauscht hatte und wo die Szenerie mit den Löwen von der Steinmetzin neu arrangiert worden war.

Reihen aus Lampions überspannten die Konstellation, schaukelten leicht, was einen durch Schemen und Schatten im ersten Moment glauben ließ, dass die Statuen sich bewegten.

Jacky ging zwischen den Skulpturen auf und ab und strich über die Rüstung der Kriegerin.

»Die alte Berger hat das umgestellt, nachdem du mit ihr gesprochen hattest«, sagte ich. Ich ließ mich auf einem Felsblock nieder. »Sie wollte die Erzählung ändern. Wegen dir. Ich durfte mir dafür eine Figur aussuchen.«

»Jetzt sieht es nicht mehr aus, als würden die Löwen ein Opfer reißen«, nickte Jacky.

»Nein. So ist es auch nicht mehr.«

Jacky wirkte zufrieden. Es freute mich, dass ihr gefiel, was sie sah, und es machte mich glücklich, sie so zu sehen. Umso mehr fürchtete ich mich davor, was ich nun tun würde.

»Dir die neue Anordnung der Statuen zu zeigen«, sagte ich, »war aber nicht der Grund, warum ich mit dir hier rüber wollte.«

»So?« Jacky stand nun mit dem Rücken zu den Skulpturen.

Ich bemerkte, wie unsicher ich klang. Jacky hatte die Augenbrauen gehoben. Ich hatte mehr Zeit alleine mit ihr gewollt, und die hatte ich jetzt. Wie in Zeitlupe öffnete ich das hintere Fach meines Rucksacks. Mit schweißnassen Fingern zog ich mein Notizbuch hervor.

»Das ist kein Tagebuch«, sagte ich.

»Okay.« Jacky wirkte gelassen, aber voller Erwartung, was nun geschehen würde.

»In das Buch schreibe ich Sachen«, fuhr ich fort. »Geschichten. Was ich so träume und mir vorstelle und so.«

»Oh.«

»Das habe ich noch nie jemandem erzählt. Wirklich niemandem. Dir wollte ich das erzählen.«

Jacky betrachtete mich aufmerksam. Langsam setzte sie sich neben mich auf den Felsblock. Sie hatte ihre Ärmel über ihre Handballen geschoben. Ich fühlte, dass sie mich nicht unterbrechen wollte. Wenigstens hatte sie mich für mein Geständnis bis jetzt noch nicht ausgelacht.

Ich will das, dachte ich. Und ein Zurück gab es nun ohnehin nicht mehr. »Ich hab was geschrieben, was ich dir vorlesen will«, sagte ich und zog das Gummiband vom Umschlag des Buches. Ich blätterte durch die zerfledderten Seiten. Durch die Träume und Gedanken.

Einen Sekundenbruchteil zweifelte ich. Zögerte ich. Kurz und heftig war da nochmals der Drang, das Buch wieder zu schließen. Vielleicht sogar für immer. Dann begann ich, die Geschichte zu lesen, die ich auf dem Zirkusplatz geschrieben hatte. Die Geschichte für Jacky:

DAS MÄDCHEN UND DIE LÖWEN

Als das Mädchen erwacht, sind ihre Finger klamm. Das Feuer in ihrem Unterschlupf, der Höhle in dem Hang, in der sie sich die Nacht über verkrochen hat, hatte sie mit Einbruch der Dunkelheit gelöscht. Damit der Rauch sie nicht verriet.

Seit dem Schwarzen Millennium ist die Welt eine andere. Um Mitternacht war alles auf null gesprungen und Chaos geworden.

Als die Bomben fielen, die die Städte und die Leben zerstörten, schafften es nur wenige hinaus. Zwei Winter ist das Schwarze Millennium her, und drei Tage, seit das Mädchen von ihrer Familie aufgebrochen ist.

Das Mädchen streckt sich. Der Morgen schiebt sich grau den Berg hinauf. Sie schüttelt die Glieder, lockert die Zehen in den immer geschnürten Stiefeln.
Dies ist eine Welt, in der man in Bewegung bleiben muss. Doch sie erstarrt. Ein Geräusch.
Die Löwen müssen sie gewittert haben.
Hektisch sieht das Mädchen sich um. Ihre roten Haare fliegen, als sie den Kopf nach links und rechts bewegt.
Nicht hier!, denkt sie.
Zwei Löwenmännchen, während des Schwarzen Millenniums aus dem Zoo entflohen, herrschen über dieses Gebiet, reißen sich, was sie wollen, im Schutz der Schatten, immer heimtückisch aus dem Hinterhalt. Das Mädchen tastet nach ihrem Messer in ihrer Tasche. Doch sie weiß, dass sie chancenlos wäre. Einer der Löwen würde sie immer von hinten angreifen können. Wenn die Löwen sie kriegen, werden sie sie in Stücke reißen. Sie spürt, dass die Tiere nicht mehr weit entfernt sind, dass sie sich bereits anpirschen, um die Höhle zur Falle werden zu lassen.
»Von mir bekommt ihr keinen Tropfen Blut«, knurrt das Mädchen, lässt die Klinge zuschnappen, packt ihre Jacke und springt hinaus aus der Höhle.
Schnell. Im Lauf erkennt sie mächtige Mähnen. Mit langen Schritten rennt sie das Hangstück weiter hinauf in den Wald, schiebt Zweige auseinander, die schnalzen wie Peitschen, in ihrem Rücken gieriges Schnaufen und ausgefahrene Krallen.
Sie hat einen Vorsprung. Sie dreht sich nicht um. Löwen halten hohe Geschwindigkeiten nicht lange durch, das weiß sie. Sie weiß viel über Löwen. Sie rennt und rennt. Ein wütendes Brüllen verschafft

ihr schließlich Gewissheit, dass ihre Häscher von ihr abgelassen haben. Für jetzt. Doch sie werden es wieder versuchen.

Unter der Jacke, geschützt vor Wind und Wetter, hält das Mädchen eine Zeichnung. Detaillierte Bleistiftumrisse und Schattierungen auf einfachem Papier. Ihr Gesicht.

Ihre Familie hat das gezeichnet. Als Geschenk. Jede und jeder einen Teil. Die ebene Stirn, die funkelnden Augen, die wilden Haare. Täuschend echt.

»Halt still, sonst wird das nichts«, hatten sie gesagt. Und das Mädchen hatte stillgehalten. Zumindest bis die Umrisse und Schattierungen fertig waren. Länger hatte sie es nicht geschafft. »Die Farbe fehlt noch«, hatte ihre Familie gesagt. Aber das Mädchen hatte einfach nicht mehr stillhalten können.

»Können wir morgen machen«, hatte sie entgegnet. Doch vor Sonnenaufgang, als ihre Familie noch geschlafen hatte, hatte sie sich am Wachposten vorbei aus dem Lager geschlichen.

Die Zeichnung ist das Einzige, was sie außer ihrem Messer und Proviant mitgenommen hat. Mehr wird sie nicht brauchen, da ist sie sicher.

Nur noch ein paar Höhenmeter trennen sie nun noch von ihrem Ziel: Sie will ganz nach oben. Auf das Plateau.

Und schließlich ist sie da. Auf der Klippe, wo die große Steinskulptur mit den zwei Gesichtern steht. Hoch über dem Fluss, der von einer dicken Eisschicht überzogen ist. Hier wollte sie hin. Welcher Ort wäre für ihren Plan besser geeignet als jener mit der zweigesichtigen Statue?

Denn nicht die Löwen jagen das Mädchen.
Das Mädchen jagt die Löwen.
Die Löwen terrorisieren ihre Familie, seit sie die Herrschaft über das Gebiet übernommen haben. Heimtückisch greifen sie immer wieder an, wissend, dass ihnen niemand etwas entgegenzusetzen hat. Dass sie keine Feinde und nichts zu fürchten haben. Jede Nacht bringen die Löwen Verderben und Schrecken. Sie beißen Lämmern die Kehle durch, zerfleischen Hühner, zerstören die Zelte. Und es ist nur eine Frage der Zeit, bis ihnen jemand aus der Familie zum Opfer fällt. Die Löwen drohen, die Familie zu zerstören. So lange konnte das Mädchen nicht abwarten.
Vor drei Tagen ist sie aufgebrochen. Sie hatte gewusst, dass die Löwen sie für eine leichte Beute halten und sie verfolgen würden. Sie hatte die Löwen weggelockt, den langen Weg, den Marsch bis hinauf auf die Klippe.
Nun schreitet das Mädchen auf die Statue zu, die sich riesenhaft gegen den Abgrund erhebt. Ein Gesicht der imposanten Figur blickt über das Wasser in die Ferne, das zweite, das in den Hinterkopf gemeißelt ist, sieht zurück über den Wald. Hier wird es gehen, denkt das Mädchen. Das ist der Ort.
Sie beginnt mit ihrem Plan.
Sie dreht ihre Jacke um, sodass ihre Kapuze vorne ist. Mit ihrem Messer schlitzt sie zwei winzige Löcher in die Kapuze. Sie nimmt die Zeichnung mit ihrem Gesicht. Doch plötzlich zweifelt sie. Wird das reichen? Etwas fehlt dem Bild. Zwar ist das Weiß des Papiers mit den Tupfern nicht unähnlich ihrer Haut mit den Sommersprossen, doch ohne Rot in ihrem Haar wird die Illusion nicht halten.

Im Unterholz vernimmt sie ein Knacken.
Als sie aufblickt, haben die Löwen beinahe die Anhöhe erreicht. Mit gefletschten Zähnen kommen sie näher, ihr Atem in Dampfwolken vor ihren Mäulern wie ein Hauch von Tod. Sie können das Mädchen riechen. Doch noch haben sie sie nicht gesehen.
»Von mir bekommt ihr keinen Tropfen Blut«, raunt sie. Und nun weiß sie, was zu tun ist.
Sie nimmt ihr Messer und schneidet sich in die Hand. Schneidet an der Herzlinie entlang. Der Linie für Freundschaft, Liebe, Tod.
Ganz still hält sie dabei. Ganz ruhig bleibt sie. Blut fließt aus der Wunde. Und sie lässt das rote Blut auf die Zeichnung tropfen, damit es sich in die Schattierung ihrer Haare saugt. Ihre Haare sind jetzt rot.
Mit einer Kordel bindet sie sich die Zeichnung an den Hinterkopf und schlägt die Kapuze über ihr Gesicht. Gerade noch rechtzeitig.
Die Löwen haben sie erspäht. Für die Löwen sieht es mit der umgedrehten Jacke aus, als würde das Mädchen mit dem Rücken zu ihnen stehen.
Sie dreht sich um. Die Löwen blicken in ihr aufgezeichnetes Gesicht. Für die Löwen vermeintlich rückwärts stolpert sie auf den Rand der Klippe zu.
»Hilfe!«, ruft sie. Das Brüllen der Löwen klingt beinahe wie Gelächter.
Direkt über dem Abgrund kauert sich das Mädchen auf den Boden, wendet ihr gezeichnetes Gesicht ab von den Löwen, scheint auf den Tod zu warten. Doch durch die Schlitze in der hochgezogenen Kapuze beobachtet sie die Löwen genau.

Diese sind nun ganz nah. Sie setzen zum Sprung an, um sich auf das Mädchen, auf ihre Beute, zu stürzen. Doch sie verharren. Ahnen sie etwas? Das Mädchen hat den Drang, aufzuspringen. Zu kämpfen.
Bleib ruhig, sagt sie sich. Halt still.
Dann springen die Löwen. Ruckartig rollt sich das Mädchen hinter die Statue. Überrascht von der reflexartigen Bewegung, straucheln die Löwen. Ihre scharfen Krallen verpassen ihr Opfer, ihre schnappenden Mäuler beißen ins Nichts. Und mit ihrem ungebremsten Schwung treten ihre Pranken ins Leere.
Ein Jaulen ist zu hören, als die beiden Löwen über den Rand der Klippe in die Tiefe stürzen, gefolgt von splitternden Knochen auf knackendem Eis, als ihre Leiber auf dem gefrorenen Fluss zerschellen.
Warm rinnt Blut über die Hand des Mädchens, wärmt ihre klammen Finger, als sie den Heimweg antritt.

Ende

Ich klappte mein Notizbuch zu und schaute unbewegt auf den abgewetzten Einband. Aufzublicken traute ich mich nicht. Zu viel Angst hatte ich, in ein spöttisches oder, noch schlimmer, in ein mitleidsvolles Gesicht zu sehen.

Jacky schwieg. Ich hielt weiterhin den Blick gesenkt. War es ein Fehler gewesen, so offen zu sein?

Stumpf waberte der Lärm der Party zu uns herüber, abgedämpft durch die Mauern und Pflanzen, nicht mehr als ein breiiges Dröhnen. Von der anderen Straßenseite. Und hätte nicht weiter von uns entfernt sein können.

Jacky schien einen Frosch im Hals zu haben.

Endlich begann sie zu sprechen: »Du kennst mich jetzt einen Tag. Und das weißt du alles von mir? So genau siehst du hin? Und so siehst du mich?«

Ich atmete flach.

Ihre Stimme klang belegt, aber sanft. In ihr eine Mischung aus Stolz und Rührung. »So mutig? Wie eine Heldin?«, fügte sie an. »Wie die Kriegerin?«

Ich nickte. »Du bist so selbstbewusst, so zielstrebig und so unfassbar mutig. Du stürzt dich so in alles. Mitten rein. Während ich immer ... befürchte zu stürzen.«

»Du sollst ja auch nicht stürzen. Du sollst dich fallen lassen«, sagte Jacky, und ich hörte, dass sie lächelte.

Nun wagte ich es, langsam den Kopf zu heben. Jacky sah klein aus, wie sie da neben mir saß. Ihre Augen waren feucht. Aber nicht traurig. In ihnen lag etwas Liebevolles.

»Der Janus ... die Klippe«, sagte sie, »das klingt wirklich nach einem guten Ort. Wenn man dort Löwen besiegen kann, meine ich. Gehen wir da noch hin?«

»Ja.«

»Versprochen? Egal, was passiert? Bevor ich morgen weg bin?«

»Versprochen. Egal, was passiert. Bevor du morgen weg bist«, sagte ich und fühlte einen Stich in meinem Brustkorb. Morgen war sie weg. Und ich wollte nicht, dass sie morgen weg war. Ich wollte überhaupt nicht, dass sie jemals wieder weg war. Ich wollte, dass sie blieb. Bei mir. *Mit* mir! Das war mir jetzt klar. Doch das war utopisch, das wusste ich. Das alles hier war utopisch.

Ich fühlte mich mehr wie in einem Traum als in der Wirklichkeit, und gleich würde ich aufwachen. Und bringen würde es ja ohnehin nichts, wenn sie blieb. Ganz im

Gegenteil. Ich hatte Jacky die Geschichte vorlesen wollen, die ich über sie geschrieben hatte. Das hatte ich gemacht. Und jetzt war es auch wieder gut.

Die *andere* Geschichte konnte ich ihr nämlich unter keinen Umständen vorlesen. Die einzige Geschichte, die ich je über mich geschrieben hatte. Mein Geheimnis. Die Geschichte, wieso ich mich nicht verlieben durfte. Und nichts machte Sinn, bis ich diese Geschichte erzählen konnte.

»Ich wünschte, es wäre so gewesen«, sagte Jacky jetzt.

Ich war erleichtert, dass sie das Gespräch wiederaufgenommen hatte. »Was meinst du?«, entgegnete ich.

»Das mit den Löwen.«

»Wie war es denn?«, fragte ich zu schnell, und ihr Lächeln verrutschte.

»Sorry, ich wollte nicht …«

»Schon gut«, unterbrach sie mich. Sie hüstelte leise. »Ich freue mich wirklich über deine Erzählung, Krüger. Die bleibt jetzt für immer. Für die Ewigkeit aufgeschrieben. Das bedeutet mir wirklich viel. Danke dir.«

»Danke *dir*« , erwiderte ich.

»Für was?« Sie wirkte verwirrt.

Dafür, dass es dich gibt, dachte ich und sagte: »Dafür, dass du mich nicht für einen Loser hältst. Das bedeutet *mir* nämlich wirklich viel.« Jacky lachte, dass ihre Sommersprossen tanzten. Dann sah sie mir direkt in die Augen.

»Ich halte dich absolut nicht für einen Loser, Krüger«, sagte sie. Und ich hielt den Blick und drehte mich nicht weg. Ihre Pupillen waren weit, umspült vom Wasserblau der Iris. Mein Gott, diese Augen, dachte ich. Und eigentlich dachte ich inzwischen nur noch das. Bis zu diesem

Tag hatte ich nicht gewusst, dass es solche Augen gab. Ein tiefer Strudel, von dem ich mich einsaugen lassen wollte, bis ich vollends darin unterging.

»Um ehrlich zu sein«, sprach sie weiter, »ich mag dich, Krüger.«

Ich sagte nichts. Was? Ich konnte nichts sagen. Was?! Ich wollte mich kneifen. Sie mochte mich! Ich wollte jubeln. Sie mochte mich! Und ich wollte weg, weil sie mich mochte. Ich blieb.

Wir saßen jetzt nur noch ein paar Zentimeter auseinander. Hatte sie sich bewegt? Ich mich nämlich auf gar keinen Fall. Ich spürte ihren warmen Atem, konnte die Hitze ihres Körpers fühlen. Eine Strähne ihrer feuerroten Haare berührte meine Schulter. Dieser Duft von Apfel und Honig... Nein! Das ging nicht! Das hier ging *alles* nicht! Alles in mir schrie »Flucht«. Alle Instinkte. Doch ich rührte mich nicht. Ihr Kopf näherte sich meinem, ihre Lippen bewegten sich auf meine zu. Und ich zuckte nicht zurück, als Jacky mich küsste.

Ich war nicht zurückgezuckt, als wir die Linie überschritten zwischen Traum und Wirklichkeit und noch etwas anderem.

TEIL 3

DIE MÖGLICHKEITEN sind unendlich. Wenn man eine Geschichte schreibt, meine ich. Wo und wann diese beginnt. Wie man sie verzweigt, wie Handlungsstränge und Figuren sich treffen und gegenseitig beeinflussen. Und wie die Geschichte endet. Tragisch in Tränen und in der schlimmsten Katastrophe. Oder alles, als Erlösung, zum Guten gewendet. Man kann es sich aussuchen. Solange man nicht weiß, wie es wirklich ausgegangen ist.

Ich habe alles noch. Aufbewahrt in einer kleinen Metallbox. Das Notizbuch. Das Sturmfeuerzeug. Jackys Klappmesser. Das Foto von ihr, Viktor und mir aus dem Colorado. Auch das Nokia habe ich noch. Und den Polizeibericht mit dem Zeitpunkt des Herzstillstandes.

Jacky küsste mich.

Passierte das gerade wirklich?

Jetzt war das der beste Moment der Welt.

Und jetzt schon nicht mehr.

Durch den Kuss änderte sich alles.

Mein ganzer Körper kribbelte. Seltsamerweise nahm ich sonst nichts wahr außer diesem allumfassenden Kribbeln. Abertausende feine Nadelstiche, die alles taub werden ließen. Als wäre alles an mir dabei einzuschlafen. Arme, Beine, Gesicht. Als würde jegliche Blutzufuhr mit stetig zunehmendem Druck abgeschnürt.

Und dann spürte ich mit einem Mal gar nichts mehr.

Lediglich eine Ahnung drang zu mir durch. Sickerte durch die Taubheit. Eine Ahnung davon, wie es sein *konnte*. Eine Ahnung davon, wie warm Jackys Lippen waren, wie samten und glatt. Doch meine Sinne schienen abgestorben und komplett in den Abwehrmodus geschaltet zu haben. Mein Hirn war im Schockzustand und stellte sich aus Selbstschutz tot.

Es war eigenartig.

Jackys Berührungen ließen meine Nervenbahnen explodieren.

Ihre Blicke ließen mein Herz losprügeln und warfen es aus dem Takt.

Und der Kuss zog den Stecker.

Sollte das jetzt nicht sein wie im Film? Im Film war es immer die pure Leidenschaft, wenn sich die männliche und die weibliche Hauptrolle küssten. Beide ließen sich komplett fallen. Hinein in den Moment. Sie küssten sich, aneinandergepresst, dann ritten sie zusammen hinaus in die Nacht. Neuen Abenteuern entgegen.

Sollte ich mich nicht auch einfach fallen lassen? Ich konnte es nicht. Noch immer war alles dumpf und empfindungslos wie unter Narkose.

Zögerlich erwiderte ich ihren Kuss. Ich hatte keine Ahnung, was ich tat. Machte einfach.

Jackys Hand berührte jetzt meinen Arm. Jetzt meinen Ellbogen. Ihre Finger wanderten weiter über meine Schulter. Zum Ansatz meines Schlüsselbeins. Zu meinem Brustkorb.

Stopp!

Es ging nicht!

Es ging einfach nicht!

Bevor Jacky weitertasten, weiterfühlen, letztlich unweigerlich mein Geheimnis entdecken konnte, wich ich zurück und löste mich von ihr.

Ich war wie aus einer Trance erwacht und rückte ein Stück ab an die Kante des Granitblocks, auf dem wir saßen. Automatisch verschränkte ich die Arme vor dem Oberkörper.

Jacky sah mich verwirrt an. »Sorry, ich wollte nicht… Alles okay?«, sagte sie.

Nein.

»Ja, ja, alles super, klar.« Meine Stimme klang kälter und fremder, als ich beabsichtigt hatte.

»Hab ich was falsch gemacht?«

»Nein, absolut nicht.« Aber ich beinahe, dachte ich.

»Wo bist du denn mit deinem Kopf?«, fragte Jacky.

»Na hier«, entgegnete ich. Doch das entsprach nicht der Wahrheit. Ich war schon eine Minute weiter. Dabei, was passiert wäre, wenn wir weitergemacht hätten. Sie wäre mit ihren Fingerspitzen über meinen Brustkorb gefahren. Zwei Shirts übereinander oder nicht, sie hätte gefühlt, dass etwas mit mir falsch war. Mit meiner Haut. Mein größter Makel. Und dann wäre fraglos *sie* weggerückt. Statt mir. Ich dachte: So, wie es jetzt ist, ist es besser.

Hektisch packte ich mein Notizbuch zurück in den Rucksack.

»Ich wollte dir nur die Geschichte vorlesen. Sonst nichts«, sagte ich. Der Reißverschluss klemmte, ich musste mit Gewalt zerren, bis er sich schließen ließ. Die Taubheit hatte nachgelassen, doch jetzt spürte ich nur noch mich. Wie mir das Blut in den Ohren rauschte und wie mein Sichtfeld sich zu verengen begann, als wäre ich eingesperrt zwischen immer näher kommenden Mauern.

»Tut mir leid, ich wollte dich nicht überrumpeln«, sagte Jacky. »Aber ich hatte geglaubt, dass du das auch willst.«

Ja, will ich ja auch, dachte ich, bevor ich mich besinnen konnte.

Nein, will ich nicht, dachte ich dann sofort lauter.

Wir schwiegen.

Die Stille lag wie eine stickige Decke über uns, drückte sich zwischen uns. Wir beide hatten das dringende Bedürfnis, etwas zu sagen, einfach damit es nicht so leise war.

Sie hatte mich geküsst! Und die Erkenntnis traf mich wie ein Vorschlaghammer.

Das, was ich da durch die Taubheit gespürt hatte, war das die Ahnung davon, wie es war, sich zu verlieben? War *ich* dabei, mich zu *verlieben*?

Ich war ja noch nie verliebt gewesen. Ich wusste gar nicht, wie es war, verliebt zu sein. Ich hatte immer nur gewusst, dass es mir nicht passieren durfte. Weil sich niemand in mich verlieben würde, der alles über mich wusste. Weil ich nun mal niemand war, in den man sich verliebte. Was aber, wenn ich es gar nicht verhindern konnte, mich zu verlieben? Das gab es. Und das durfte einfach nicht sein.

»Krüger, was ist denn auf einmal mit dir los?«, fragte Jacky in das Schweigen hinein. »Du bist strange. Nicht du selbst, irgendwie.«

»Was soll los sein?«, erwiderte ich und tat erstaunt. Ich war ich selbst. Das war ja das Problem.

Sie blitzte mich misstrauisch an. »Du weißt, dass du mir alles erzählen kannst, oder?«

Nein, dachte ich. Nein. Das kann ich eben nicht.

Ich räusperte mich. »Klar, ja. Ich meine«, sagte ich,

»da du ja nur noch heute hier bist...«, ich atmete durch, »wäre ja schade, wenn wir gar nichts mehr von der Party haben würden.« Ich stand auf und plapperte einfach weiter. »Deshalb sind wir ja hergekommen. Also, wäre ja schade, wenn wir die Zeit, die uns bleibt, nicht nutzen würden, meine ich. Oder?«

Jacky schüttelte kaum merklich den Kopf.

»Ja«, sagte sie dann, »ja, das wäre schade.«

Und plötzlich konnte ich es gar nicht mehr erwarten, auf die Party zu kommen. Mit schnellen Schritten stampfte ich voraus. Fluchtartig. Weg. Hinaus aus dem Garten, hinaus aus der Werkstatt, über die Straße auf den Hauseingang zu. Zu den feiernden Menschen, zum Geplärre, zu den wabernden Bässen. Ich wollte nicht mehr hier sein. Ich wollte *dort* sein.

Und schon auf dem Bürgersteig hörte ich, wie *Mit Dir* von Freundeskreis aus der Anlage schallte. Nur mit *ihr* steht die Zeit still, sang Max Herre.

Was für ein beschissen-kitschiger Scheißsong, dachte ich.

DIE ANZAHL DER AUTOS, die am Straßenrand parkten, hatte sich, seit Viktor mit dem Revolver im Gürtel auf eigene Faust losgezogen und Jacky und ich in die Steinmetzerei gegangen waren, nochmals locker verdoppelt. Grüppchen von Bierdosen und Weinpackungen schwenkenden Menschen standen mittlerweile vor dem zweigeschossigen modern gebauten Einfamilienhaus, der Stadtvilla, in der die Münch-Schwestern wohnten. Die Party musste sich bis über die Nachbarorte hinaus rumgesprochen haben wie ein Lauffeuer.

Ich grüßte möglichst lässig in eine unbestimmte Richtung. Jemand, den ich nicht kannte, grüßte, einen roten Plastikbecher hebend, zurück.

Ich straffte mich. Ich bemerkte, dass ich nun beinahe rannte. Jacky hatte fast zu mir aufgeschlossen. Sie wirkte immer noch verwirrt. Sollte ich noch einmal mit ihr reden? Aber was gab es noch zu reden? Es war alles ausgeredet.

Sie hatte mich geküsst. Dieses Mädchen. Mich. Der Gedanke spukte unvermindert durch mein Hirn, echote, egal, welches Tempo ich vorlegte. Ich wollte nur, dass der Satz leiser wurde und verschwand, und doch holte er mich immer wieder ein. So wie jetzt auch Jacky.

Sie. Hatte. Mich. Geküsst.

Wir erreichten mit großen Schritten den Gartenzaun des Grundstücks.

Wir sprangen die drei Stufen zur Haustür hoch, wichen dabei einem torkelnden Typen aus, stiegen über ein Mädel, das, die Knie angezogen, auf dem Boden lungerte, und zwängten uns an einem Kerl im Unterhemd vorbei, der im Türrahmen hing.

Wir überschritten die Schwelle der Haustür und waren drinnen.

Jetzt glaubte ich auch zu wissen, wieso Viktor unbedingt hierhergewollt hatte. Mit Betreten der Party war es, als hätte man die Atmosphäre eines Planeten durchbrochen. Wie eine Blase umschloss einen die Musik, die Stimmung, der Lärm der Feiernden, das Licht. Alles vibrierte und gab Energie, die sich selbst hochpotenzierte, die Gesichter ein einziges Glänzen aus bester Zeit, Genuss und Schweiß. Und niemand innerhalb dieser Atmosphäre wollte mehr an etwas anderes denken als an das hier. Auch ich nicht. Hier konnte man alles andere beiseiteschieben.

Schon im Eingangsbereich waren so viele Leute, dass niemand mehr umfallen konnte. Ich fühlte, wie eine Hand nach meiner griff, zog sie weg, als hätte ich es nicht bemerkt, und drängte schnell durch die erhitzten Körper.

Alle schrien sich gegenseitig Satzfetzen in die Ohren, um sich zu unterhalten, irgendwo zerbarst ein Glas, ein knutschendes Paar war eng umschlungen in eine Ecke gedrückt, sie hatte die Hand unter sein Shirt geschoben. Ich wandte den Blick ab. Blickte mich um. Viktor entdeckte ich nirgends. Auch Jacky war jetzt irgendwo im Getümmel verschwunden. Hatte ich ja gesagt, dass wir uns hier im Haus direkt verlieren würden. Tja.

Die Musik wechselte in einen Electrobeat. *Flat beat* von Flat Eric und Mr Oizo. Die Bassline pulsierte durch die Gänge des Hauses. Leiber zuckten.

Tat gut, die Lautstärke. Das Neuronenfeuer. Übertönte und überpinselte sämtliche Gedanken in meinem Kopf.

Sie hatte mich geküsst.

Vom Eingangsbereich gingen vier Räume ab. Norden, Süden, Westen, Osten, und in alle Himmelsrichtungen drehte die Kompassnadel frei. Ich wusste nicht, wo ich zuerst hinschauen sollte. Was hier los war! Alter!

Ein Junge mit einem Bändchen vom Splash-Festival balancierte ein Tablett mit Shotgläsern, das direkt abgeerntet wurde wie ein Baum mit überreifen Früchten. Ein daumendicker Joint wurde rumgereicht. Süßliche Schwaden hingen unter der Decke. Zwei Typen in Tanktops maßen sich im Armdrücken auf einer Kommode. Jemand rettete eine Vase, bevor diese von einem Metallständer kippen und zersplittern konnte.

Die Gästetoilette, deren Fliesenboden bedeckt war mit Klopapier, stand offen, jemand pinkelte im Stehen in die Schüssel, die Baggypants bis zu den Kniekehlen heruntergelassen. Jemand anderes legte sich eine Pille auf die Zunge, betrachtete sich dabei im Spiegel über dem Waschbecken und schnitt eine Grimasse, bevor er die Tablette hinunterschluckte.

Ein Zimmer auf der rechten Seite, wohl ein Arbeitszimmer, war mit Matratzen zu einer komplett überlaufenen Chillecke ausgebaut worden. Ein Mädchen mit einem Irokesenschnitt sprang auf einem Ledersessel wie auf einem Trampolin, dass die Sesselbeine wackelten und Dellen im Polster zurückblieben. Ein Kerl mit einem gebundenen Tuch um die Stirn bröselte Tabak und Haschisch auf einen Buchrücken und vermengte den geflockten Berg mit den Fingern. Auf dem Schreibtisch wurde Beerpong gespielt. Jemand saugte an einer blubbernden Wasserpfeife und blies den Rauch in Kringeln zur Decke.

Auf so einer Feier war ich noch nie gewesen. Außer aus Filmen hatte ich nicht gewusst, dass es solche Feiern überhaupt gab.

Wieder wechselte der Sound. Ein paar Leute sangen mit den Beastie Boys *Intergalactic*.

Ich schob mich wie selbstverständlich nach links in die Küche. Auch hier war alles voll mit Menschen.

Ein Junge, etwas älter als ich, schäumte sich Schlagsahne aus einem zischenden Sahnespender direkt in den Mund, zwei andere bewarfen sich in einer Essensschlacht mit Erdnussflips, deren Brösel über das ganze Parkett verteilt waren und unter Dutzenden Fußsohlen zerdrückt wurden. Eine Gruppe Mädchen, die auf meiner Schule in die Kollegstufe gingen, tanzte ausgelassen, dass Halsketten über Pullis sprangen und Ponys und Zöpfe und Brüste wippten.

Ich ging zum Kühlschrank. War das krass hier! Wer konnte von einer Nacht etwas anderes wollen als das? Ich jedenfalls nicht, das hatte ich für mich beschlossen.

Ich drehte mich einmal um die eigene Achse, ob ich jemanden um Erlaubnis fragen sollte, und nahm mir dann aus dem Getränkefach eine Dose Desperados, die ich aufriss wie eine Handgranate. Zischend bildete sich Schaum, den ich lässig wegschlürfte. Schmeckt, dachte ich. Ich fühle mich gut, dachte ich. Es ist richtig, hier und jetzt auf dieser Party zu sein, dachte ich. Die Party mitzunehmen. Im Hier und Jetzt zu sein, statt wieder nur den Kopf schwirren zu lassen. Etwas zu erleben, statt nur langweilig rumzuhocken, zu träumen und wieder alles nur erzählt zu bekommen. Darum ging es doch schließlich. Es war der letzte Tag des Sommers. Scheiße, dachte ich, es ist vielleicht der letzte Sommer überhaupt! Wie Jacky richtig gesagt hatte. Und kurz fühlte ich einen erneuten Stich in meinem Brustkorb. Ist sicher gleich wieder weg, dachte ich.

Sie.

Ich nahm einen Schluck.

Hatte.

Ich nickte mit dem Kopf zur Musik.

Mich.

Ich stieß mit einem Kerl mit einem Orlando-Magic-Trikot an und mit einem Mädchen im Kapuzenpulli, das Sangria, von dem ihre Lippen blau waren, aus einer bauchigen Flasche trank.

Geküsst.

»Cheers!«

»Cheers, Digger!«

»Hey, cheers!«

Etwas von meinem Desperados schäumte mir klebrig über den Daumen. Neben mir nahm sich jemand eine Packung Fruity Loops aus einem Schrank und aß direkt aus dem Karton. Jemand tippte mir von hinten auf die Schulter. Ich erkannte einen der Typen, die heute im Skatepark gewesen waren.

»Hey! Was geht? Was gibt's?«, rief ich.

»Ah, sorry, verwechselt«, rief er.

»Kein Stress, übelst cool hier.«

»Voll. Wen kennst du hier so?«

»Ich, äh, eigentlich niem...« Es war laut, und es wurde immer lauter.

»Was?«

»Anna und Ayla und Dave kenne ich. Und mein bester Kumpel Viktor läuft hier auch irgendwo rum.«

»Ah, cool, cool! Dave! Der ist drüben im Wohnzimmer.

»Cool, cool!«

»Da schau ich jetzt wieder rüber. Geht gleich richtig los da. Kommst du mit?

»Klar, gleich.«

Der Typ winkte noch jemandem am anderen Ende der Küche und zog dann wieder ab.

Sie.

Eine Zigarette wollte ich noch.

Hatte.

Blöd, dass meine Schachtel leer war.

Mich.

Aber ich wollte jetzt unbedingt rauchen.

Gekü...

Ha, schnorre ich mir eben eine!, dachte ich. Doch um mich herum schien niemand Kippen zu haben. Ein Mädchen ließ schmatzend eine pinke Bubblegum-Blase platzen, ein Typ in einem Flanellhemd, von dem er nur den obersten Knopf geschlossen hatte, holte Wodka aus einer Tiefkühltruhe, ein anderer mit einem umgedrehten Cap biss in ein Stück Salamipizza, von der sich goldgelbe Käsefäden zogen wie Quallententakel.

An einer Arbeitsplatte standen ein paar Leute mit dem Rücken zu mir. Die Musik machte einen Break. Ich hörte das Klirren von Eiswürfeln, die in Longdrinkgläser geworfen wurden, was klang, als gehörte das als Soundeffekt exakt in die Pause des Songs. Gelächter. Scratches. Der nächste Track setzte ein.

»Entschuldigung«, sagte ich, »habt ihr vielleicht 'ne Kippe für mich?«

Zwei junge Frauen drehten sich um.

Und ich schaute in die Gesichter von Anna und Ayla.

Anna hielt einen orangefarbenen Drink in der Hand, in dem ein Plastikstrohhalm steckte, und schaukelte auf der Stelle im Takt. Ihre schwarzen, glatten Haare hatte sie zum Mittelscheitel frisiert, ihr weißes Top war bauchfrei, um den Hals hatte sie ein engmaschiges Tattooband gelegt.

Ihre Schwester Ayla fuhr sich durch die Locken. Sie trug weite Dickies, dazu ein grau meliertes Shirt, das die Sonnenbräune ihrer Arme betonte. Eng um das Handgelenk lag derselbe edel wirkende Armreif, den sie heute schon im Freibad getragen hatte. Weißgold, diamantbesetzt.

Ich glotzte die beiden an wie ein Neandertaler, der das erste Mal Feuer gezeigt bekam, und sie mich, als würden sie gerade in Gedanken die Gästeliste durchgehen.

Eigentlich hätte es mich nicht überraschen sollen, die Gastgeberinnen auf ihrer eigenen Party zu sehen. Doch aus sicherer Entfernung wäre mir das lieber gewesen. So im Fokus wie in diesem Moment hatte ich nicht stehen wollen. Die zwei waren Göttinnen. Meine Frage nach einer Zigarette hing in der Luft wie fauliger Geruch. Die zweieiigen Zwillingsschwestern musterten mich weiter unschlüssig und mit einem Hauch von Arroganz.

»Hab ich das gerade richtig verstanden?«, sagte Anna schließlich. »*Du* willst eine Kippe? Von uns.«

»Hat sich erledigt«, sagte ich und wollte wieder in der Menge verschwinden, bevor die Schwestern begriffen, dass ich auf ihrer Feier nichts zu suchen hatte und einfach so ihr Desperados soff. Ich realisierte, wie ich den

Kopf einzog, um mich möglichst klein zu machen. Mit ein bisschen Glück, dachte ich, wenn ich zügig abhaue, hatten sie mich in ein paar Minuten wieder aus ihrem Gedächtnis gestrichen. Doch es war zu spät.

»Sag mal, kennen wir dich?«, fragte Ayla, bevor ich mich hatte wegdrehen können, und nahm ebenfalls ihr Getränk von der Anrichte.

Shit.

»Und *wolltest* du nicht eben noch eine Zigarette. Zu deinem Desperados?«

»Hast du uns nicht deswegen angelabert? Und jetzt willst du nicht mehr?«

»Bist du plötzlich Nichtraucher geworden, oder was?«

»Oder ist dir eingefallen, dass deine Schachtel noch im Automaten steckt?«

Beide lachten.

»Wer hat dich denn eingeladen?«, wollte Anna wissen.

»Ich glaube, ich habe dich noch nie gesehen. Wie heißt du?«

Ich zögerte. Offenbar konnten die beiden sich nicht erinnern, dass wir uns am Vormittag schon mal über den Weg gelaufen waren.

Ich überlegte. Ich konnte einen Namen erfinden. Mir eine Bekanntschaft mit irgendwem aus den Fingern saugen und sagen, dass ich mitgebracht worden war. Doch es war wahrscheinlich egal, was ich sagte. Sie kannten mich nicht. Und es war gut möglich, dass sie mich rauswerfen ließen. In dem Fall konnte ich nur hoffen, dass der Rausschmiss nicht zu peinlich wurde und dass es nicht allzu viele Leute mitbekamen. Oder dass die beiden tatsächlich längst den Überblick verloren hatten, wer durch wen auf ihre Party gekommen war.

Ich seufzte. »Krüger heiße ich«, sagte ich und versuchte, möglichst gleichgültig zu klingen.

»Krüger?«, wiederholte Anna und wirkte dabei seltsam perplex.

»Ja. Und ich wollte gerade gehen. Das Desperados kann ich euch bezahlen.«

Kurz sagte niemand etwas.

Dann sagte Ayla: »*Du* bist… Krüger? Du?«

Etwas in den Gesichtern der Münch-Schwestern hatte sich verändert. Sie sahen erst sich an und dann wieder mich.

»*Das* ist Krüger.« Jetzt stieß Anna ihre Schwester an. »*Der* Krüger!«

Ich hatte keine Ahnung, wovon die beiden sprachen. Vom Sehen wiedererkannt hatten sie mich offensichtlich nicht. Nichts anmerken lassen.

Ich schob meine freie Hand in meine Hosentasche. Mit den Fingern strich ich, um mich zu beruhigen, über die Oberfläche meines Sturmfeuerzeugs.

Ayla kicherte, was mich nur noch mehr verunsicherte. Lachte sie mich aus? Ein bisschen kam es mir vor, als hätte sie eine Eingebung gehabt.

»Krüger, ey«, sagte Anna nun, »ich weiß gar nicht, wie oft ich deinen Namen heute den Vormittag über gehört habe. Tausendmal? Ayla?«

»Minimum tausendmal. Eher zehntausend. Hunderttausend.«

»Das war Krüger. Der ist cool. Das war Krüger. Der ist cool.« Anna ahmte eine Stimme nach, mit lang gezogenen Worten wie Kaugummi.

»Du hast dich heute«, erklärte Ayla, »mit unserem Stiefbruder angefreundet. Weißt du noch?«

Das wusste ich natürlich noch. Und? Ich hob und senkte begriffsstutzig das Kinn.

»Der war Fan von dir.«

»Echt?« Ich wusste immer noch nicht so ganz, worauf die beiden hinauswollten.

»Jap, war er. Riesenfan sogar.«

»Schnipsinger«, sagten beide Schwestern synchron und lachten schallend auf.

Da verstand ich. Ich hatte gepunktet. Und die Stimmung hatte sich gedreht.

Schumi, Kumpel, danke dir!

»Na, dann: Hallo, Krüger.«

»Hallo.« Ich stand nun etwas aufrechter.

Ihre Namen hatten die beiden nicht gesagt. Sie gingen völlig zu Recht davon aus, dass man wusste, wie sie hießen.

Ayla hatte ein Päckchen Marlboro aus ihrer Hosentasche gezogen.

»Willst du vielleicht doch eine?«, fragte sie. Ich zuckte die Achseln. Nickte. Sie schüttelte die letzte Zigarette aus dem Softpack und gab sie mir, nachdem sie die Kippe mit der Glut ihrer eigenen Zigarette angezündet hatte.

»Danke. Euer Bruder …«,

»Stiefbruder!«

»… euer Stiefbruder war mir übrigens eine große Hilfe beim Wochenblatt-Austragen.«

»Hat er erzählt, ja.«

»Supertyp«, sagte ich.

»Ja, na ja«, Ayla blies Zigarettenrauch seitlich durch verengte Lippen, »nicht immer.«

Anna verdrehte die Augen.

Ich lachte, ohne genau zu wissen worüber und etwas zu fahrig, wie ich fand.

Ich fasste es nicht. Ich unterhielt mich mit den Münch-Schwestern. Sie kannten mich. Ich war willkommen auf ihrer Party.

Ich nippte an meinem Desperados. In meiner Hand war die Dose warm geworden, und das Getränk, aus dem alle Kohlensäure entwichen war, schmeckte alt und abgestanden. Trotzdem stieß ich ein Stöhnen aus, als hätte ich noch nie etwas Erfrischenderes getrunken. Ah, köstlich. Viel zu laut. Viel zu übertrieben. Gott! Sei einmal cool, Krüger! Es hatte auch schon zu lange niemand mehr etwas gesagt. Ayla kratzte sich am Ohr. Anna sog an ihrem Strohhalm. Ayla goss sich etwas Tequila nach, spielte Kreisel mit dem roten Plastikdeckel der Flasche, der geformt war wie ein Sombrero. Annas Blick schweifte durch den Raum. Ich spürte, dass ich weitersprechen musste, bevor sie das Interesse verloren.

»Sind eure Eltern fein damit, wenn ihr hier so heftig feiert?«, sagte ich und hätte mir in derselben Sekunde ins Gesicht dreschen können. Nach den Eltern fragen. Und ob sie deren Erlaubnis hatten. Fein damit?!

Ayla zuckte nur die Schultern. »Die sind in den zweiten Flitterwochen.« Sie deutete ein Würgen an. »Bis die wieder da sind, sieht das Haus aus wie neu.«

»Macht Marta einfach 'ne Doppelschicht«, sagte Anna.

»Ja, was soll die tun? Sich bei der Gewerkschaft beschweren?« Ayla wieherte los.

Ich zog die Mundwinkel nach oben, um zu zeigen, wie amüsant ich ihren Scherz gefunden hatte. Wieder spürte ich, dass ich das Gespräch am Laufen halten musste.

»Ich hab noch was für euch«, sagte ich deshalb jetzt.

»Ach, ja?«

Ich öffnete meinen Rucksack. »Hier. Das ist mein Gastgeschenk.«

»Du hast ein *Gastgeschenk* mitgebracht? Na, das nenne ich mal vorbildliche Manieren.«

»Ist das …?«

»Ich *liebe* Geschenke!«

»Das ist ja geil!«

»'ne Polaroid!«

»Ja mega!«

»Krüger! Du *bist* ja cool!«

Yes! Ich bemerkte, dass ich mich in meiner Haltung komplett aufgerichtet hatte. Mein Kreuz war durchgedrückt. Meine Schultern hingen nicht mehr nach unten wie ein umgedrehtes V, mein Kopf war nicht mehr eingezogen, sondern ich trug ihn hoch.

Die Münch-Schwestern nahmen mir die Kamera ab.

Ich räusperte mich. »Fotos sind Erinnerungen, bei denen man sich aussuchen kann, welche man behält und welche …« Als ich bemerkte, dass sie mir nicht zuhörten, brach ich mitten im Satz ab.

Die beiden fotografierten sich selbst. Andere aus der Küche griffen sich den Fotoapparat ebenfalls, knipsten Bilder, posten, lachten über die Aufnahmen, die schnarrend aus dem Apparat kamen, und reichten die Kamera weiter. Es wäre toll, ein Bild mit Anna und Ayla zu machen, dachte ich, doch die Kamera war schon außer Sichtweite und irgendwo im Trubel verschwunden.

»Hängst du noch ein bisschen ab hier?«, sagte Anna. Die Fotos, die sie gemacht hatten, lagen in einer glibberigen Pfütze auf dem Tresen, das dicke Papier sog sich voll Flüssigkeit, wellte sich.

»Oder wolltest du weiter? Bist du mit jemandem hier?«

Ich schüttelte den Kopf. »Ich hänge gerne noch mit euch ab«, sagte ich und dachte: Ich bin Krüger. Ich bin cool.

DRÜBEN IM WOHNZIMMER wurde irgendetwas aufgebaut. Über die Musik hinweg hörte man das Surren eines Akkuschraubers, etwas Schweres wurde verschoben, und Teile wurden ineinander verkantet, Möbel gerückt. Jemand rief mit autoritärer Stimme Anweisungen, die von anderen auf drei ausgeführt wurden.

»Das müssen wir sehen«, sagte Anna.

Sie und Ayla verließen ihren Platz an der Anrichte und bewegten sich von der Küche hinüber ins Wohnzimmer. Etliche der Partygäste folgten ihnen. So auch ich, obwohl die Schwestern mich jetzt nicht nochmals explizit zum Mitkommen aufgefordert hatten. Mussten sie ja auch nicht.

Das Wohnzimmer war der größte Raum des Hauses. Annähernd so groß wie unsere komplette Wohnung. Das Herz der Party.

Zwei Couchen waren links und rechts an die Wände geschoben und mit einer Art Malerplane abgedeckt. Hinter den Couchen lagen zusammengerollte Teppiche.

Dort, wo normalerweise der Fernseher stehen musste, war, flankiert von zwei Lautsprecherboxen-Türmen, ein DJ-Pult aufgebaut.

Der DJ kramte in seiner Plattenkiste, flippte die Hüllen mit den Fingerkuppen durch, auf der Suche nach dem nächsten Song. Gerade schickte er *My name is* von Eminem durch die Membranen. Eine Lichtorgel schoss laserkanonengleich Strahlen pulsierend im Takt der Musik.

Das Wohnzimmer war ebenso gepackt voll mit Menschen wie jeder andere Raum des Erdgeschosses. Nach oben war der Raum offen. Von einer Galerie, die man über eine Treppe erreichte, gingen Türen in die Zimmer des oberen Stockwerks ab.

Das obere Stockwerk war für die Gäste tabu. Eine Kordel war wie eine Schranke am Anfang der Treppe befestigt. Nur eine einzelne Person stand auf der Galerie im Schatten, blickte, an das Geländer gelehnt, nach unten.

In der Mitte des Wohnzimmers war ein quadratischer Dancefloor, der in diesem Moment aber leer gefegt war. Statt zu tanzen, drängten sich die Leute am Rand bis an die Wände und versuchten, einen Blick auf die freie Fläche zu erhaschen und auf das, was dort zusammengezimmert wurde. Anna und Ayla wurde Platz gemacht und somit auch mir. Ich lief den beiden durch die Menschenschneise hinterher, quer durch den Raum.

An der Treppe hakte Anna die Kordel kurz aus, Ayla schlüpfte vorbei, sah ihre Schwester an, die mit einem Ja-komm-egal-Blick reagierte. Ich durfte ebenfalls auf die Treppe. Logenplatz. Und ich hoffte, dass das möglichst viele Leute mitbekamen.

Nun überschaute ich, auf der ersten Stufe stehend, das Wohnzimmer und die Feiernden. Ich merkte, dass ich angesehen wurde, dass einige ungläubig und neidisch zu mir herüberschielten. Ich spürte, dass über mich gesprochen wurde. Weil es wirkte, als gehörte ich dazu. Fühlte sich gut an. Alles davon.

Dort, wo vorhin getanzt worden war, stand Dave zusammen mit seinen Skatepark-Kumpels. Sie legten dicke

Stoffmatten aus und bauten darauf etwas, das aussah wie eine steile zweiseitige Schanze. Mit Holzdielen, Platten, vorgeschreinerten Podesten und Steckelementen.

Sie errichteten eine mobile Miniramp. Eine kleine Rampe, wie die kleinere Version einer Halfpipe. Mitten im Haus. Das war der Wahnsinn!

Ayla stupste mich an. Ich stupste begeistert zurück. Dann erst merkte ich, dass sie mich etwas fragen wollte.

»Hast du was zu kiffen?«, rief sie mir zu.

»Hab ich«, antwortete ich wie aus der Pistole geschossen und gab ihr, ohne nachzudenken, Viktors und meinen halben Joint, den ich noch im Rucksack hatte.

Kritisch, fast angeekelt hielt Ayla den Stummel zwischen den Fingern, wischte über den Filter, bis sie die angekokelte Jointspitze anzündete und tief inhalierte. Mit gerümpfter Nase stieß sie den Rauch wieder aus und gab den Joint Anna, die ihn nach einem Zug in einen Aschenbecher drückte, bevor ich fragen konnte, ob ich auch einmal ziehen durfte.

»Nicht so supi, dein Gras«, rief Anna, und ich hatte den Eindruck, dass sie gereizt war.

»Da ist mir das von Nikolai lieber«, sagte Ayla. »Der hat das gute Zeug.«

»Dein Macker ist *so* geil, ey!«

»Oder?«

»Voll. Ich meine, alleine *das* Ding ...« Anna deutete auf Aylas Handgelenk, an dem der Armreif glitzerte. »Ich will gar nicht wissen, was der gekostet hat.«

»Ich schon«, kicherte Ayla. »Na ja, der hat's ja.«

Nikolai musste Aylas Freund sein. Der Hunne mit dem Siegelring. Und offenbar liefen die Geschäfte der Hunnen hervorragend.

Mir war die Sache mit dem Joint unangenehm. Anna und Ayla waren nur das Beste gewohnt. Doch für den Zehner, für den Viktor und ich im Park Weed gekauft hatten, war leider nichts Besseres drin gewesen. Und mir war bisher gar nicht aufgefallen, wie schlecht das Gras war.

Ich wollte mich für die minderwertige Qualität des Marihuanas entschuldigen, doch die Münch-Schwestern hatten ihre Aufmerksamkeit schon wieder dem Geschehen in der Wohnzimmermitte gewidmet.

Dave und seine Jungs schienen mit dem Aufbau fertig zu sein. Dave posierte jetzt, sein Hemd komplett aufgeknöpft, auf dem uns zugewandten Podest, oben auf der Miniramp. Seine Dreadlocks standen ihm wild vom Kopf ab, sein Sixpack hob und senkte sich mit jedem Atemzug.

»Fuck, ist der hot!«, rief Anna Ayla zu, die sich theatralisch schmachtend Luft zufächelte.

»Voll!«

»Ey, *du* hast schon ’nen Kerl, Schwesterherz.«

»Ja, ja. Aber gucken wird man ja wohl noch dürfen! Dave ist aber eh mit der Dings zusammen, oder? Wie heißt die noch?«

Anna zuckte die Achseln. »Keine Ahnung. Ich glaube aber, nicht mehr lange, was man so hört. Hat er auch nicht mit angeschleppt heute, die Olle.«

»Ach so?« Ayla schmunzelte vielsagend.

»Dave ist wirklich der King, oder?«, rief ich jetzt in die Unterhaltung der beiden hinein. Keine der Schwestern reagierte. Ich glaubte sogar, kurz zu sehen, wie Anna die Augen verdrehte. Sie unterhielten sich weiter. Leiser, sodass ich ihrem Gespräch nicht mehr folgen konnte.

Ich sah wieder über den Raum, sah den Jungen mit dem

Orlando-Magic-Trikot und das Kapuzenmädchen mit den blauen Sangria-Lippen, mit denen ich in der Küche angestoßen hatte. Sie spielten um irgendetwas Schnick, Schnack, Schnuck. Sie hatte Stein und er Papier gewählt. Sie verlor und lachte, den Kopf in den Nacken werfend, über eine seiner Bemerkungen.

Die Mädelsclique aus der Kollegstufe hatte sich die Polaroid gekrallt und schmiss sich ironisch in Modelposen, während der Typ mit dem Sahnespender durch die Reihen ging, Spritzer des Zuckerschaums an alle, die wollten, verteilte und dabei mit jedem und jeder aus einer Pulle Jim Beam soff.

Ich hätte auch gerne etwas Frisches zu trinken gehabt, aber ich wollte Anna und Ayla nicht noch mal stören. Und ich wollte auf keinen Fall riskieren, wenn ich wegging, nicht mehr auf die Treppe gelassen zu werden. Das hier war gerade der beste Ort. Der beste Platz auf der gesamten Party.

Die Musik hatte gewechselt.

Ein tiefes Dröhnen, ein Drone schwang aus der Anlage, brachte den Boden zum Zittern. Dave griff sich sein Skateboard, drehte sich einmal auf der Stelle stehend, die Arme ausgebreitet, um sich selbst und gab dem DJ ein Zeichen.

Der Drone brach ab. Kurze Stille. Die Nadel setzte auf das Vinyl. Die Platte knisterte. Dann erklangen eine treibende Bassdrum und eine klatschende Snare. Rap von Aim vom Soundtrack zu *Tony Hawk's Pro Skater*.

Time waits for no one, and everybody got to go
You think you got forever, to walk around real slow

Und Dave hatte seine Vorstellung gestartet. Das Ganze wirkte wie ein Level aus dem PlayStation-Spiel. Nur, wie ich fand, besser. Das hier war echt!

Die Menge jubelte.

Mit Einsetzen des Songs war Dave, das Board unter sich schwingend, in die Rampe gesprungen. Glatt und schnell fuhren die Gummirollen des Skateboards mit diesem unvergleichlichen Geräusch auf den Dielen der Miniramp. Dave riss einen Trick nach dem anderen ab, schraubte sich in die Luft, bis fast hoch ans Geländer der Galerie, wo immer noch die Person unbewegt alleine im Dunkeln lehnte, während im Erdgeschoss die Stimmung kochte.

Dave kickte und fing das Brett, landete sicher und nahm den Schwung direkt mit für das nächste Kunststück.

»What up, what up!«, toastete der DJ ins Mikro. »Macht mal Lärm für Dave!« Die Leute klatschten ein und heizten Dave weiter an, der immer waghalsigere Moves aus seinem Repertoire zeigte, was wiederum die Gäste der Party immer weiter und weiter durchdrehen ließ. Ein Kanon an enthusiastischen Schreien. Bewundernde Blicke. Und begehrliches Augenaufschlagen. Irgendwo hier muss Jacky stehen, dachte ich unvermittelt. Und wahrscheinlich sah sie Dave an. Ebenso bewundernd und begehrend.

Jacky selbst war geschickt und selbstbewusst. Da war es nur logisch, dass sie auch Typen gut finden würde, die so waren. Echte Männer.

Wieder fühlte ich ein Stechen im Brustkorb.

Ich hoffe, Dave stürzt, dachte ich. Und erschrak sofort über meinen eigenen Gedanken. Das passte gar nicht zu mir, jemandem so etwas zu wünschen. Aber wegdrücken konnte ich den Gedanken auch nicht. Vielleicht sieht Jacky in diesem Moment ja auch mich an, dachte ich kurz. Und noch immer stach es.

Und Dave stürzte nicht. Er flog, getragen von der Euphorie im Raum, höher und höher.

Ich trank nochmals von meinem Desperados, obwohl außer Spucke schon gar nichts mehr in der Dose war. Ich schüttelte die Dose. Ich drückte sie, dass das Aluminium sich verformte. Mit dem Daumen strich ich über die Unebenheiten. Ich versuchte, die Druckstellen wieder aus dem Blech zu streichen, doch die Dellen ließen sich nicht wieder vollends glätten. Ich stellte die knittrige, verformte Dose ab.

Das Stechen würde sicher gleich wieder vergehen. Sehen konnte ich Jacky nämlich tatsächlich nirgendwo. Vielleicht war sie schon abgehauen. Weg. Zurück zum Zirkus. Morgen würde sie ja ohnehin ihre Sachen packen. Hätte sie sich halt nicht verabschiedet, mein Gott. Besser so. Besser kurz und schmerzlos. Nach heute werde ich sie nicht wiedersehen, dachte ich. Nach heute wäre sie nicht mehr als eine verblassende Erinnerung.

In diesem Moment, auf der Treppe, hatte ich nicht geahnt, wie recht ich mit dieser Ahnung haben würde.

Und das Stechen, hatte ich mir eingeredet, wurde ja tatsächlich auch schon besser.

Unterdessen hatte Dave seinen letzten Trick gelandet. Wie ein Fußballer, der den entscheidenden Treffer erzielt hatte, wurde er von einer begeisterten Menschentraube geschluckt, während seine Skatepark-Kumpels die Rampe übernahmen, von denen jedoch keiner auch nur annähernd Daves Niveau erreichte.

Dieser hatte sich aus dem Knäuel gewunden und sah in meine Richtung. Mit den Fingern deutete er ein Salutieren an. Ich winkte zurück, bis ich realisierte, dass er Anna und Ayla hinter mir gegrüßt hatte. Ich tat, als hätte ich ebenfalls jemand anderem gewinkt, und zeigte irgendwohin, hinter Dave, lachte in meiner Scharade, warf meinen Kopf in den Nacken, tat, als hätten mein imaginärer Freund und ich einen Running Gag. Wir wieder.

Im Wohnzimmer hatten die Leute im Zucken und Flimmern der Lichtorgel wieder zu tanzen begonnen, in der Mitte sprangen die Skater auf der Miniramp.

In der Hand eine Flasche Beck's, die ihm irgendjemand zugeworfen hatte, kam Dave auf uns zu. Ayla hängte die Kordel aus und gab ihm links und rechts Küsschen auf die Wangen. Anna im Anschluss hauchte ihre Küsse richtiggehend. Sie blieb lange mit ihrer Haut auf seiner. Dave berührte sie dabei mit der freien Hand am Bauch, wobei Annas Fingernägel katzenkrallenähnlich wie zufällig unter sein offen stehendes Hemd streiften.

Die drei setzten sich auf die Stufen. Ich saß ganz unten auf der ersten Stufe der Treppe.

»'s geht?«, rief mir Dave zu.

»Alles easy«, rief ich zurück.

»Kennt ihr euch?«, fragte Ayla ungläubig. Dave schüttelte den Kopf und nahm einen tiefen Schluck aus seiner Flasche.

»Das ist ... Dings ... Krüger«, sagte Anna, nahm Dave die Flasche ab und trank ebenfalls, ohne den Flaschenhals vorher abgewischt zu haben.

»Wir haben uns heute im Skatepark getroffen«, rief ich, stolz, dass Anna meinen Namen immer noch wusste.

»Mit Viktor«, fügte ich an. »Ich hatte ein Feuerzeug für dich, Dave.«

»Stimmt. Ich erinnere mich.« Dave zwirbelte an einer seiner Dreadlocks. »Bist du alleine hier? Oder mit Viktor?«

»Wer ist Viktor?«, fragte Ayla.

»Der Sohn vom Dornmann.«

»Oh Gott!« Anna verzog das Gesicht.

»Der ist *hier*?« Sofort sah Ayla mich böse an, als ob ich einen ungebetenen Gast auf ihre Party eingeschleust hätte.

»Der ist eigentlich ganz okay. ’n Kind halt«, sagte Dave.

»Ganz okay, ja? Schwer vorstellbar bei dem Vater, ey«, sagte Anna. »Wegen dem wäre ich fast durchs Abi gefallen.«

»Wenn der *mich* hätte durchfallen lassen«, sagte Ayla, »hätte Nikolai ihm die Beine gebrochen.«

»Kann ich mir vorstellen, ja«, lachte Dave.

»Willst du jetzt eigentlich für Niko ... arbeiten, Dave?«, fragte Ayla.

»Kann schon sein.«

»Würde gut passen.«

»Hunne Dave«, flötete Anna. »Hat was.«

Dave grinste.

»Ich hab Viktor vorhin kurz gesehen«, sagte er dann zu mir. »Er meinte, er hätte ein Gastgeschenk. Er konnte es mir dann aber nicht mehr zeigen, weil wir die Rampe aufbauen mussten.«

»Ah, okay«, sagte ich. Von der Pistole wusste also noch niemand etwas. Mir war bei dem Gedanken, dass Vik hier irgendwo mit einem Revolver im Gürtel herumrannte, immer noch nicht wohl. Selbst wenn die Waffe ungeladen war. Ganz im Gegenteil. Vielleicht sollten wir die Sache lieber auf sich beruhen lassen.

»Oh, noch *mehr* Geschenke?«, sagte allerdings Ayla jetzt, und ich bemerkte, dass die Ablehnung in ihrer Stimme, nachdem die Sprache auf Viktor und seinen Vater gekommen war, nun wieder deutlich nachgelassen hatte.

Also nickte ich.

»Aber ihr habt nicht nur was zu trinken dabei oder so?«, sagte Anna. »Oder noch mehr von deinem supi Gras?«

Die Lichtorgel warf Dutzende Spots, die auseinandersprossen wie eine aufgehende Blüte.

Ich schüttelte den Kopf. »Nichts zu trinken und kein Gras, nein. Ist schon was Krasseres.«

»Oh! Wie geil!«

Ich rutschte eine Stufe nach oben. »Also: Richtig krass ist das. Ich weiß gar nicht genau, ob …«

»Psssst, nicht verraten!«, unterbrach mich Ayla. »Ich *liebe* Überraschungen.«

Anna war näher an Dave herangerückt, sodass ihr Knie seines berührte. »Dann hol doch mal deinen Kumpel, den kleinen Dornmann«, sagte sie zu mir gewandt.

»Kommt einfach hoch, wenn du ihn gefunden hast«, ergänzte ihre Schwester und deutete dabei nach oben zur Galerie. »Einfach der vorletzte Raum auf der linken Seite. Zur VIP-Area.« Ich folgte ihrem Blick. Zur VIP-Area!

Die Lichtorgel ließ die Spots über die Wände und die Decken wandern. Gesichter leuchteten in den Scheinwerferkegeln. Ein Spot huschte über die Galerie, über das Gesicht des Menschen, der da weiter stoisch am Geländer lehnte.

Ich erkannte einen Mann. Seine stechenden Stahlaugen fixierten die Feiernden auf der Tanzfläche. Wie ein Raubvogel seine Beute.

Da oben, wo ich mit Viktor und dem Revolver hinkommen sollte, stand Nikolai, der Hunne mit dem Siegelring.

ICH SCHLÜPFTE an der Kordel vorbei, hängte sie wieder ein und trat die Stufen der Treppe hinunter, während hinter mir Anna, Ayla und Dave die gewundene Stiege nach oben zur Galerie gingen, wo Aylas Freund, der Hunne Nikolai, bereits auf sie wartete.

Hunne Nikolai küsste Ayla, umarmte Anna und klopfte Dave so heftig auf den Rücken, dass ich mir einbildete, das Patschen bis nach unten hören zu können. Seine Hand ließ der Hunne schwer auf der Schulter des Skaters liegen. Dann verschwanden die vier in dem Zimmer, zu dem ich mit Viktor kommen sollte. Mit der Pistole aus dem Colorado.

Am Dancefloor war der DJ inzwischen dabei, die nächste Phase für die Feiernden einzuleiten, und hatte dazu als Soundtrack *Right Here, Right Now* von Fatboy Slim gewählt. Die Lichtanlage pochte und puckerte und erhellte den Raum in strahlenden Stößen. Das Herz der Party pumpte aufgeregt wie nach einem Schuss Adrenalin.

Right here. Right now.

Ich fühlte mich mit einem Mal auf eine fast aggressive Weise aufgerüttelt. Die Aussicht, zu Anna, Ayla und Dave zu gehören und vielleicht sogar über den Abend hinaus nicht direkt wieder als Enttäuschung und Loser empfunden und vergessen zu werden, nahm mich ein. Der Drive der Musik tat sein Übriges.

Aber wie sollte ich Viktor hier finden? Und war Jacky vielleicht doch noch da?

Ich begann, mich durch den Körperdschungel zu drücken, musste jedoch schon nach wenigen Metern wieder anhalten.

Vor mir war jemand gestolpert. Der Kerl mit dem Sahnespender und dem Jim Beam, den ich vorhin bei seinem Gruppengelage beobachtet hatte, war weggeknickt und auf dem Hosenboden gelandet. Er schien ziemlich hinüber zu sein. Offensichtlich war er über einen seiner Schnürsenkel, der dabei abgerissen war, gefallen, und aus eigener Kraft war es ihm nicht möglich, sich wieder aufzurappeln. Den Sahnespender hatte er verloren, und der Jim Beam war so gut wie leer. Die Flasche, mit der er vor ein paar Minuten noch die Runde gemacht hatte, war ihm auf dem Boden aus den Fingern geglitten. Gluckernd schwappte das bisschen Rest des Bourbons, das nicht ausgetrunken worden war, auf die Fliesen.

Die Leute wichen auseinander, einige schüttelten angewidert die Köpfe oder machten sich über den Sahnespender-Typ lustig.

Der saß debil grinsend da und hatte Mühe, nicht seitlich umzukippen. Seine Jeans hatte begonnen, sich mit dem verschütteten Schnaps vollzusaugen, was aussah, als hätte er sich eingepisst.

Peinlich, sich so aufs Maul zu legen, dachte ich. Sich so zum Gespött zu machen.

Ich stieg über die Pfütze und über seine ausgestreckten Beine. Jetzt blitzte es, und ich hörte schallendes Gelächter. Jemand hatte den in der Whiskeylache sitzenden volltrunkenen Typ mit unserer Polaroid-Kamera fotografiert, was dieser gar nicht mitbekommen hatte.

»Perfekt für die Kollegstufenzeitung!«, schrie jemand.

»Nur für den Fall, dass er sich daran morgen nicht mehr erinnert!«, grölte jemand anderes.

Ich wollte weiter. Dann hielt ich inne, dachte nach und drehte mich um, um dem Sahnespender-Typen aufzuhelfen. Doch zwei andere Jungs hatten das bereits übernommen.

Der Besoffene hing zwischen den beiden, die ihn stützten, als wären sie Sanitäter und als hätte er beide Kreuzbänder durch. Er wurde auf einen Stuhl platziert, wo er schwankte, als säße er in einer Achterbahn, wovon erneut ein Foto geschossen wurde. Die Stelle, an der die Leute auseinandergetreten waren, war schon wieder dabei, sich zu schließen.

Auf meiner Suche ging ich einmal quer durch das Wohnzimmer und anschließend noch eine Runde. Es war so überfüllt, dass ich kaum noch vorwärtskam.

Die einzige Möglichkeit, Viktor aufzuspüren, war es, alle Zimmer der Reihe nach abzulaufen. Vik war ja mit Sicherheit noch hier. Also schob ich mich zwischen weitere Leute, drückte mich an Rücken, presste mich an Oberarme, bis ich vorbeigelassen wurde.

Je länger ich mir meinen Weg freiräumen musste, desto überzeugter war ich, dass es mein gutes Recht war, dass man mir Platz machte. Immerhin hatten mich die Gastgeberinnen und der coolste Typ der Stadt persönlich in ihren engsten Kreis eingeladen.

Ich musste so fokussiert gewesen sein, dass ich zunächst gar nicht realisiert hatte, wie jemand hinter mir heftig zu schimpfen begann. Ich war jemandem auf den Fuß getreten. Entschuldigend hob ich die Hand, ohne mich umzusehen. Mein Gott. Sorry. War doch nicht so wild.

Abermals musste ich stehen bleiben. Ich befand mich nun hinter einer eng an eng geschlossenen Reihe von mir abgewandter Partygäste, die, so schien es, vor sich etwas dargeboten bekamen und sogar ein paar Schritte zurück machten, soweit dies möglich war. Was genau vor sich ging, konnte ich nicht erkennen, da mir zwei baumhohe Jungs die Sicht versperrten.

Als mir jemand von hinten an die Schulter fasste, drehte ich ruckartig den Kopf.

Der Kerl mit dem Orlando-Magic-Trikot, der eben noch mit dem Mädel mit der Kapuze unterwegs gewesen war, hatte mich angetippt. Und offenbar war er es gewesen, der gerade so lauthals geschimpft hatte. Denn jetzt trat Orlando Magic, eine tiefe Zornesfalte zwischen den Augenbrauen, an mich heran und deutete mit angehobenem Fuß auf seinen Schuh.

Er trug weiße Air Force, wobei der, den er mir entgegenstreckte, einen schwarzen Striemen längs über die Kuppe hatte. Mein Fußabdruck verschmierte das ansonsten sauber polierte Leder.

Auf einem Bein stehend, glotzte Orlando Magic mich frontal an. »Kannst du nicht aufpassen, wo du hintrittst?«, blaffte er.

»Kannst du nicht aufpassen, wo du rumstehst?«, blaffte ich zurück und war selbst überrascht über die Schärfe meiner Antwort.

Aber es stimmte ja. Wieso hätte ich aufpassen sollen? Konnte *er* nicht aufpassen?

Es war völlig klar, dass ich mich hier nicht wegen so einer Lappalie angehen lassen musste.

Der Orlando-Kerl legte die Hand trichterförmig an sein Ohr, als hätte er mich nicht richtig verstanden. »Was hast du gesagt, du Milchbubi?« Herausfordernd sah er mir in die Augen. Ich schätzte ihn etwas älter, als ich war, aber dafür war er ein gutes Stück kleiner.

»Reg dich nicht auf«, winkte ich ab, ohne seinem Blick auszuweichen.

»Sag du mir nicht, wann ich mich aufzuregen habe.«

Ich lachte ihm ins Gesicht. »Alles klar, easy.«

»Du entschuldigst dich jetzt!«

»Hab ich.«

»Hab ich nicht mitbekommen.«

»Dann bekommst du vielleicht generell nicht mehr viel mit.« Es fühlte sich gut an, dagegenzuhalten. Nicht zurückzustecken.

Orlando Magic schnaubte: »Ist das dein Ernst?«

»Es ist halt eng hier«, sagte ich und zuckte gleichgültig die Achseln. »Und jetzt machst du mal halblang, sonst lass ich dich rauswerfen«, fügte ich an und drehte mich weg. Der Kerl musste doch gesehen haben, mit wem ich abhing. Mit so einem Deppen brauchte ich mich nicht aufzuhalten.

Während unvermindert *Right here, Right now* aus den Lautsprechertürmen schallte, überlegte ich, wie ich mich am geschicktesten an den beiden großen Jungs vor mir vorbeischlängeln konnte, die jetzt irgendetwas oder irgendjemanden beklatschten. Anscheinend hatte sich vor ihnen ein Kreis gebildet.

Alter, ernsthaft, jetzt?!

Diesmal hatte mich der Kerl an meinem Rucksack gezogen. Was zum Teufel war das Problem dieses Idioten? Ich schüttelte den Griff ab. Sollte sich der Orlando-Vogel jemand anderen suchen, an dem er seinen Frust auslassen konnte. Der konnte froh sein, wenn er nicht tatsächlich rausgeschmissen wurde.

Die Lichtorgel hatte die Frequenz um eine weitere Stufe erhöht, was die gleißenden Strahlen immer schneller wie Artilleriegeschütze zu Fatboy Slim zucken ließ. Das Herz der Party drohte, sich zu überschlagen.

Right here.

Ich zwängte mich einen Schritt voran. Ich hatte beschlossen, den Kerl, der hinter mir unnachgiebig weiterzeterte, einfach nicht mehr zu beachten.

Right now.

Dass ich in den Rücken gestoßen wurde, kapierte ich erst, als es bereits zu spät war.

Ich flog zwischen den beiden großen Jungs durch, in hohem Bogen zwischen die Reihen. Warum fängt mich denn niemand auf?, dachte ich noch. Aber hier war niemand, der mich hätte auffangen können. Gerade noch bekam ich schützend die Hände vor das Gesicht, dann schlug ich mit voller Wucht auf die Fliesen.

Der heftige Schubser des Orlando-Kerls hatte mich in die Mitte eines Tanzkreises, der sich im Wohnzimmer gebildet hatte, katapultiert.

Ich lag auf dem Bauch. Ich hob den Kopf und guckte reihum in verwunderte Gesichter. Mein Rucksack war mir nach oben gerutscht.

Right here.

Erschrocken tastete ich nach meinen Shirts.

Die Lichtanlage schaltete auf Strobo.

Right now.

Kammerflimmern im Herz der Party.

Ich lag in einem Kreis aus Menschen. Eben hatte ein Breaker eine Show abgezogen und war nach seinem finalen Move aus der Mitte zurück in die Menge geglitten, die jetzt gespannt auf die nächste Tanzeinlage wartete. Alle gafften mich an.

Ich setzte mich auf und rückte meinen EastPak zurecht. Zum Glück waren meine Shirts nicht nach oben gerutscht. Verletzt schien ich auch nicht zu sein. Meine Handflächen schmerzten von dem Aufprall, aber es war nichts gestaucht oder gebrochen. Ich versuchte, den Kerl mit dem Orlando-Magic-Trikot ausfindig zu machen, aber der war längst im Getümmel verschwunden. Ihm jetzt hinterherzurennen und mich womöglich sogar zu prügeln, wäre nur noch peinlicher gewesen, als es die Situation ohnehin schon war. Ich rappelte mich hoch.

»Saustark!«, kommentierte jemand ironisch meinen Sturz. Ich sah Dutzende Leute, von denen mir zumindest einige bekannt vorkamen. Doch aufgeholfen hatte mir keiner von ihnen.

Ich fühlte, wie ich vor Scham rot geworden war, und hoffte, dass dies bei den Lichtverhältnissen im Wohnzimmer niemand mitbekam.

»Wer im Tanzkreis ist, muss tanzen, oder?«, rief ein Mädchen. »Oder war das schon der Tanz?« Gelächter.

Ich schüttelte den Kopf. Ich wollte nicht tanzen. Auch aus dem einfachen Grund, dass ich nicht tanzen konnte. Das hatte ich noch nie gekonnt. Schon gar nicht, wenn mir alle zusahen. Ich wollte raus aus dem Kreis, doch ich entdeckte keine Lücke, durch die ich hätte verschwinden können. Ich stand wie in einer Arena.

»Ja, komm schon, tanz!«, hörte ich jetzt die Stimme eines jungen Mannes über Fatboy Slims *Right Here, Right Now*. Wieder schüttelte ich den Kopf.

»Jetzt hab mal nicht so ’nen Stock im Arsch«, kam es aus der Menge. »Trau dich!«

»Los!«

»Auf geht's!«

»Mein Gott, was ist der denn für ein Loser?«

Erste Buhrufe mischten sich unter die Anfeuerungen. Einige der Gäste begannen, mich offen auszulachen. Ein paar deuteten mit Fingern auf mich.

Wie damals in der fünften Klasse.

Und plötzlich war ich wieder der Bub in der Umkleidekabine vor der ersten Sportstunde. Ich war wieder zehn. Ich konnte den Schweiß, der sich über Schülergenerationen in die Wände des muffigen Raumes gefressen hatte, riechen, konnte das Surren der Halogenröhren an der Decke hören, spürte, wie der grüne Linoleumboden klebte, auf dem ich weinend, die Knie angezogen, vor den Spinden kauerte. Als sie mich ebenso verspottet hatten. Genauso wie jetzt und schlimmer. Wegen meines Oberkörpers. »Verdammter Freak!«, hatten sie gerufen. »Dass du dich nicht schämst. Verschissener Krüppel!«

Mein T-Shirt hatten sie versteckt und mir erst wiedergegeben, als der Lehrer sie dazu aufgefordert hatte, mit dem Hinweis in meine Richtung, mich gefälligst zusammenzureißen, da Heulsusen niemand ausstehen könne.

Ich wusste nicht mehr, wie ich den restlichen Tag überstanden hatte. Das Getuschel, die Beschimpfungen und die Anfeindungen. Ich wusste nur, dass ich von da an Krüger hieß, dass ich über das Erlebte niemals mit jemandem sprechen würde und dass ich für mich entschieden hatte, so etwas nie wieder erleben zu müssen.

Ich streifte die Erinnerungsfetzen ab wie Flusen von einem Kleidungsstück.

Die Vocals des Songs hatten mich ins Hier und Jetzt zurückgeholt.

Right here. Right now.

Denn etwas unterschied das damalige Ereignis von diesem Moment: Ich fühlte mich über diesen ganzen Sommertag hin seltsam gewachsen. Ich richtete mich auf.

Es waren nicht nur der Alkohol und das Nikotin in meiner Blutbahn. Da war jetzt mehr. Ein bisschen wie beim Erklimmen des Hochsitzes.

Ich wusste in dieser Sekunde, ich konnte aus dem Kreis treten, wenn ich wollte. Ich *konnte* ein Loser sein. Ich *konnte* verschwinden, und es wäre meine eigene Entscheidung. Selbst wenn sie sich dann allesamt das Maul zerrissen und ich für alle für immer dieser Verlierer blieb.

Ich schüttelte meine Arme und Beine aus und ließ alle Luft aus meinen Lungenflügeln. Und dann ließ ich meine Gliedmaßen einfach machen. Statt abzuhauen, bewegte ich mich im Takt des Beats.

Right here.

»Geht doch«, rief jemand.

Right now.

Ging doch! Ich wiegte vor und zurück. Ich hüpfte und sprang. Ich dachte nicht lange nach. Ich machte. Ich tanzte. Und ich konnte mich selbst dabei beobachten. Meine Bewegungen verselbstständigten sich. Meine Beine zappelten. Aber weit weniger eckig und hölzern, als ich es erwartet hatte. Das sah hier gerade nicht komplett scheiße aus!

Ich fand einen Rhythmus. Meine Füße stapften vor und zurück. Meine Arme … keine Ahnung … taten auch irgendetwas.

»Was ist das denn für ein Move?«, hörte ich.

»Komplett eigenartig.«

»Aber auch ganz cool!«

Ich erkannte, dass ich gerade die Bewegung vom Messerwerfen nachahmte. Ich drehte den Oberkörper ein, schwang den rechten Arm nach hinten und schleuderte ihn wieder nach vorne. Den linken ließ ich seitlich angewinkelt mitschwingen. Elegant knickte mein Handgelenk ab. Dann wiederholte ich die Bewegung. Wie ich es auf dem Festplatz an der Zielscheibe geübt hatte. Messerwerfen. Als Tanz.

Einige in der Menge drehten sich belustigt weg. Einige waren peinlich berührt. Doch einige begannen, die Bewegung nachzuahmen und diese wiederum selbst in ihren Tanz einzubauen.

Right here.

Ich merkte, wie verkrampft ich immer noch war.

Right now.

Trotzdem machte ich weiter. Jetzt änderte ich meine Einlage. Ich schwang meinen rechten Arm hoch über meinen Kopf. Einmal, zweimal, dreimal. Jetzt auch den linken. Einmal, zweimal, dreimal. Jetzt beide Arme abwechselnd. Synchron. In einem Fluss. Wie beim Kraulschwimmen. Zack, zack, zack schlugen meine Arme nach vorne. Die Finger zusammengepresst, die Handflächen zu Schaufeln geformt. Ich konnte förmlich fühlen, wie ich durch das Wasser glitt. Wie ich eintauchte in die spiegelglatte Oberfläche. Kühle auf meiner Haut. Drei Schläge zum Takt. Den Kopf seitlich drehen, zum Atmen auf die Vier.

Auch das bauten Leute um mich herum in ihren eigenen Tanz ein. Natürlich nicht alle. Viele fanden offensichtlich lächerlich, wie ich mich aufführte. War es ja auch. Doch das war mir in diesem Augenblick tatsächlich komplett egal.

Um mich herum entstand eine Art Choreografie. Sogar ein paar der Skater auf der Miniramp tanzten mit. Leute aus der Schule, die eben noch mit den Fingern auf mich gezeigt hatten, zeigten mir nun die Daumen nach oben, wobei einige den Tanz in einer eigenen Version weitersponnen.

Right here.

Right now.

Dann der letzte Takt.

Right here here here here here here here here

Der Song fadete aus und war vorbei. Der DJ scratchte und spielte etwas, das ich nicht kannte. Eine Breakerin sprang in den Kreis, um zu übernehmen, und streckte mir die Hand hin. Ich schlug ein. Schnipsinger. Und ich war raus aus dem Kreis.

Außer Atem und schwitzend, zupfte ich meine T-Shirts zurecht.

Am Ausgang des Wohnzimmers stand der Typ mit dem Orlando-Magic-Trikot und sah mich an. Ich verharrte.

Die Spannung, die sich zwischen uns aufgebaut hatte, löste sich in einem Wimpernschlag auf, als er grinsen musste. Übertrieben wiederholte er meine Tanzbewegung, als wäre er meine Karikatur. Ich musste ebenfalls lachen.

Dann nickte er.

Ich tat es ihm gleich.

Sprechen war nicht nötig. Wir beide wussten, was wir meinten.

Sorry wegen des Schuhs. Und des überheblichen Gehabes.
Sorry fürs Schubsen.
Wieder alles cool?
Jap. Wieder alles cool.

ICH VERLIESS DAS WOHNZIMMER, ohne rausgefunden zu haben, wo Viktor abgeblieben war. Ein blonder Junge mit Panzerglasbrille und Hawaiihemd war niemandem, den ich fragte, aufgefallen. Auch in der Küche, die mittlerweile ein regelrechter Kriegsschauplatz geworden war, konnte man mir nicht weiterhelfen.

Wie Verwundete hingen die Leute ineinander oder über der Thekenzeile. Die Vorräte im Kühlschrank waren, bevor sie versiegen konnten, aufgefüllt worden, und die Getränke wurden verteilt wie Blutkonserven von Feldärzten. Hier war Viktor nicht.

Im Gang und in der Chillecke sah ich ihn auch nirgendwo, ebenso wenig auf der Toilette oder in einem der anderen Zimmer des Erdgeschosses.

Es war ungewöhnlich für Viktor, so lange verschwunden zu sein, wenn wir gemeinsam irgendwo Zeit verbringen wollten. Normalerweise sprachen wir uns zumindest grob ab oder machten einen Treffpunkt aus. An der PlayStation. Beim Imbiss der Kostas. Am Fuß der Janus-Klippe.

Ich hoffte, dass Viktor nichts zugestoßen war.

Ein einziges Mal war es bisher vorgekommen, dass mein bester Freund wie vom Erdboden verschluckt gewesen war. Das war nach dem Angelausflug gewesen, den wir zusammen unternommen hatten.

Gegen späten Nachmittag, nachdem wir das Ruderboot, das wir heimlich ausgeliehen hatten, wieder sicher an einem der Stege vertäut hatten, hatten wir uns am Flussufer voneinander verabschiedet. Viktor musste sich beeilen. Sein Vater konnte jeden Moment wieder zu Hause sein und bemerken, dass Vik unerlaubt seine teure Rute, die Haken, die Schnur und den Kescher für unseren Ausflug entwendet hatte.

Mit federnden Fahrradachsen war Viktor in Richtung seines Elternhauses davongeprescht, um der Heimkehr des Sergeants zuvorzukommen und dessen Angelausrüstung wieder sicher zu verstauen.

Danach hatte ich ihn knapp zwei Wochen nicht gesehen.

Wir waren für die folgenden Tage verabredet gewesen, und er war zu keiner der Verabredungen aufgetaucht. Er war nicht im Skatepark gewesen, nicht auf dem Parkdeck und nicht im Müller. Er rief mich nicht an, und bei ihm zu Hause ging, wenn ich es probierte, nur Herr Dornmann ans Telefon, was mich den Hörer sofort panisch auf die Gabel knallen ließ.

Natürlich war ich nicht Viktors einziger Freund. Es kam gar nicht so selten vor, dass wir etwas getrennt voneinander unternahmen. Aber dass wir so lange gar nichts voneinander hörten, das passierte nie.

Letztlich hatte ich begonnen, mir Sorgen zu machen.

Hatte ich etwas falsch gemacht? War Viktor krank geworden? Musste er plötzlich in weiteren Nebenjobs knechten oder war ihm Nachhilfeunterricht aufgebrummt worden? Eine Befürchtung hatte mich beschlichen.

Um zu sehen, ob mit Vik alles in Ordnung war, fuhr ich schließlich zum Anwesen der Dornmanns. Ich hatte über die Gartenmauer steigen und Steinchen an die Scheibe des Fensters von Viktors Zimmer werfen wollen, bis mein Kumpel mich bemerkt und mir berichtet hätte, was denn das Problem sei.

Doch dazu kam es nicht.

Ich lief Herrn Dornmann richtiggehend in die Arme, noch bevor ich die Mauer zum Grundstück überhaupt hatte erreichen können.

»Na, Petri heil«, begrüßte mich der Sergeant in süffisantem Tonfall, und meine Befürchtung bestätigte sich in dem Moment, in dem er diesen für Angler typischen Satz ausgesprochen hatte: Viktor war von seinem Vater mit dem Angelzeug erwischt worden, und der Sergeant musste Vik zum Hausarrest seines Lebens verdonnert haben. Einzelhaft ohne Hofgang. Telefonverbot. Das volle Programm.

Erschrocken hatte ich vor meinem Lehrer gestanden. Mein Hirn hatte sich überschlagen und außer »Guten Tag«, hatte ich zunächst keinen Mucks herausgebracht. Fieberhaft hatte ich überlegt, wie ich mich verhalten sollte. Ich hätte auf dem Absatz kehrtmachen können. Aber ich wollte meinen besten Freund nicht hängen lassen.

Herr Dornmann, der hager, groß und glatt rasiert war und einen tannengrünen Lodenjanker zu einer braunen Stoffhose trug, hatte mich von oben bis unten gemustert, so streng, als stünde ich als Deserteur vor einem Kriegsgericht. Er schien gerade von einem Spaziergang wiedergekommen zu sein, als ich unbeabsichtigt seinen Weg gekreuzt hatte.

»Nun«, hatte der Sergeant gesagt, »falls du zu meinem Sohn willst, muss ich dich leider enttäuschen. Das wird jetzt erst mal eine Zeit lang nichts.«

Ich hatte geschluckt.

Dann hatte ich eine Entscheidung getroffen.

»Ich wollte nicht zu Viktor, Herr Dornmann«, sagte ich. »Ich wollte zu Ihnen.«

»So?« Der Sergeant hatte die Mundwinkel verzogen, ließ mich jedoch weitersprechen.

»Ja. Ich wollte mich bei Ihnen entschuldigen.«

»Wofür?«

»Letzte Woche hat Viktor Ihre Angelausrüstung genommen.«

»Ich weiß.«

»Unerlaubterweise.«

»Auch das weiß ich natürlich.«

Ich räusperte mich. »Was Sie vielleicht nicht wussten«, sagte ich, »dass *Viktor* damit gar nicht geangelt hat, Herr Dornmann.«

Herr Dornmann hatte einige Male geblinzelt. Ob er erstaunt war oder wütend, konnte ich nicht sagen.

Ich war voll und ganz damit beschäftigt, meine Atmung unter Kontrolle zu halten.

Irgendwo hatte ein Hund angeschlagen, und ein zweiter war jaulend in das Gekläffe eingefallen. Ein Nachbar goss Blumenbeete mit einem Gartenschlauch, dessen Spritze das Wasser zu winzigen Tropfen zersiebte. In einem der Häuser wurde hinter einem offenen Fenster mit klapperndem Besteck ein Tisch gedeckt.

Keine Gefühlsregung war im Gesicht des Sergeants zu erkennen gewesen.

Mit Nachdruck redete ich schließlich weiter: »Herr Dornmann, ich hatte Viktor gebeten, *mir* Ihre Angelausrüstung zu geben. Ich wollte zum Fischen. Viktor hatte sich zunächst geweigert, aber ich habe ihn überredet. *Ich* war mit Ihren Sachen angeln. Ganz allein. Viktor war gar nicht dabei, und es war nicht seine Idee gewesen.«

Die beiden Hunde hatten sich wieder beruhigt. Nur noch vereinzeltes Bellen war entfernt hinter den Jägerzäunen zu hören, wo weiter Gießwasser aus der Düse des Gartenschlauchs stob und sich wie Tau auf die Blumen legte.

Nach einer langen Pause hatte Herr Dornmann endlich die Arme in die Seiten gestemmt. »Das ist mir in der Tat neu«, sagte er. »Und warum erzählst du mir das?«

Endlich hatte ich meinen Trumpf ausgespielt. »Ich hatte mir schon gedacht, dass Viktor mich nicht verpetzen, sondern die Schuld auf sich nehmen würde wie ein Mann«, sagte ich.

Und das hatte Wirkung gezeigt.

Herrn Dornmanns eingefrorene Züge hatten sich etwas entspannt. Er hatte die Hände aus den Hüften genommen und hielt sie vor sich, die Finger ineinandergefaltet.

Meine Version der Geschichte hatte Viktor und sein Verhalten für seinen Vater in neuem Licht erscheinen lassen, und Herr Dornmann hatte die Geschichte gekauft. Er war beeindruckt von der vermeintlichen Courage seines Sohnes, die dessen Verfehlung – das Entwenden der Angelausrüstung – in seinem Werteverständnis aufwog.

Geschichten erzählen, das konnte ich.

»Das ehrt dich, dass du das zugibst«, hatte der Sergeant noch gesagt. »Auch wenn ich dein Tun natürlich nicht billigen kann.«

»Natürlich nicht, Herr Dornmann«, hatte ich erwidert. »Dass ich Unannehmlichkeiten verursacht habe, das tut mir aufrichtig leid. Ich bin hergekommen, um Ihnen das zu sagen.«

Eine Weile hatte der Sergeant mir noch gegenübergestanden. Ich hatte gewusst, dass er sich Konsequenzen für mich ausdenken und mir ab sofort jede Lateinstunde zur Hölle machen würde. Dann hatte er mir zugenickt und war durch das Hoftor verschwunden.

Zwei Tage später hatte Viktor wieder bei mir geklingelt. Stress mit seinem Alten habe er gehabt, der sich dann aber Gott sei Dank wieder eingekriegt habe. Warum der Sergeant ihn letztlich begnadigt hatte, hatte Viktor nicht gewusst.

Mein Gespräch mit seinem Vater und wieso Viks Hausarrest am Ende aufgehoben worden war, hatte ich nie auch nur mit einer Silbe erwähnt. Sich gegenseitig zu helfen, war selbstverständlich unter Freunden. Das musste man nicht zerreden, und das machte man ja nicht, um selber gut dazustehen oder sich zu profilieren.

Vielleicht ist Viktor draußen, dachte ich.

Vor dem Haus waren kaum mehr Leute. Alle waren in der Villa, um sich die Party des Jahres nicht entgehen zu lassen.

In der lauen Nachtluft verflüchtigte sich der Rauch, der aus dem Gebäude strömte. Auf der Straße standen und lagen Flaschen inmitten von Pappfetzen von Sixpack-Verpackungen, die morgen die Stadtreinigung mit der Kehrmaschine entsorgen würde. Hier sah es aus wie an Neujahr, und drinnen war die Pyro.

Jackys und mein Rad waren immer noch mit meinem Schloss an eine Straßenlaterne gekettet, und Viktors Rennrad lehnte nach wie vor an der Hausmauer. Die drei Stummel der Zigaretten, die wir noch zusammen geraucht hatten, lagen ausgedrückt auf dem Rasenstück des Gartens, der das Haus umgab.

An dem Haus war ein gepflasterter Weg angelegt. Ein Bewegungsmelder leuchtete überrascht auf, als ich auf dem Weg hinter das Gebäude entlangschritt.

Dort war es dunkel. Lediglich die Lichter der Party schienen durch die Fenster auf eine Terrasse. Ich erkannte Rattanmöbel um einen schweren Holztisch. Eine Feuerschale. Eine überdachte Hollywoodschaukel war zwischen Terrakottatöpfen aufgestellt.

Jemand saß in der Hollywoodschaukel. Die Schaumstoffsitzfläche schwang an den Scharnieren. Ich trat näher. Schemenhaft ein Mensch. Nein. Zwei Menschen. So eng umschlungen, dass es auch einer hätte sein können. Blonde Leonardo-DiCaprio-Fluffhaare.

Und rote.

Was zum Teufel?!

JACKY. VIKTOR. Jacky. Viktor. Jackyviktor.

Ihre Finger in seinen Fluffhaaren. Seine Hand an ihrem Hinterkopf, wühlend in einem roten Schopf. Viktor. Jacky. Sein Körper eng an ihren geschmiegt. Ihre nackten Arme um seinen Hals. Die Ärmel ihres Hoodies bis zu den Ellbogen nach hinten geschoben. Ein grüner Hoodie. Woher hatte sie denn diesen grünen Hoodie? Jacky trug doch ein schwarzes Longsleeve. Die Haare waren auch gar nicht mehr feuerrot, jetzt. Das sah doch hier eher aus wie rostrot.

Das war Viktor, ja.

Aber das war nicht Jacky.

Sie war es nicht!

Das war das Kapuzenmädchen mit den Sangria-Lippen.

Der Stein, der mir vom Herzen fiel, hatte so viel Gewicht, dass ich glaubte, mein Herz würde unter der nachlassenden Last nach oben schnellen, als wäre es an ein Bungeeseil gespannt.

Der Stein selbst jedoch polterte keineswegs ins Nichts. Er zerbröselte auch nicht einfach so oder löste sich mir nichts, dir nichts in Staub und Wohlgefallen auf. Wo er mir eben noch schlagartig vom Herz gefallen war und ich mir dieses überwältigende Gefühl der Erleichterung gar nicht erklären konnte, prallte der Stein ungebremst, mit voller Wucht in meinem Magen auf und blieb dort in dem Krater, den er selbst geschlagen hatte, liegen. Hart und schwer und spitz und unmöglich zu verdauen.

Ich hüstelte angestrengt, um mich bemerkbar zu machen. Die beiden fuhren, in flagranti erwischt, auseinander und brachten sofort einen halben Meter Sicherheitsabstand zwischen sich. Das Kapuzenmädchen, das die Kapuze nicht mehr aufgezogen hatte, sah sich ängstlich um und schien dann regelrecht erleichtert, als sie mich entdeckte.

Viktor wirkte verdutzt. »Verpicht, Alter, Krüger!«, sagte er und strich sich die Haare glatt, die ihm vom Kopf abstanden, als hätte er mit einer Stricknadel in einer Steckdose gestochert. Das Kapuzenmädchen fuhr sich mit dem Handrücken über den Mund. Das Fruchtweinblau ihrer Lippen hatte auf Viktor abgefärbt, der jetzt mit seinen Schuhen das Wiegen der Schaukel abbremste.

»Sorry, dass ich störe«, sagte ich und konnte die Schärfe in meinem Ton nicht unterdrücken. Wenn ich ehrlich war, war mir in diesem Moment auch absolut nicht nach einem freundlicheren Ton.

Meine Eingeweide hatten sich verkrampft. Der Stein, der mir im Bauch lag, war zu etwas geworden, das angefangen hatte, sich in meine Magenwände zu fressen. Ein ätzendes Gefühl.

Ähnlich wie der Gedanke, dass ich mir gewünscht hatte, Dave würde beim Skaten stürzen, schwappte dieses Gefühl sauer hoch in meinen Rachen. Nur dieses Mal noch stärker als auf den Treppenstufen. Wieso konnte Viktor so etwas? Einem Mädchen nahe sein. Küssen. Einfach so? Und wieso konnte ich so etwas nicht? So etwas kann man nur, wenn man eben *kein* Loser ist, knallte es mir von innen gegen die Schädeldecke. Es war nun mal *nicht* egal, ob man ein Loser war. Wieso war ich immer der Loser? Ich wollte kein Loser mehr sein.

Das Kapuzenmädchen war von der Schaukel geglitten. »Ich muss eh wieder rein«, sagte sie zu Viktor und strich ihm im Gehen über den Brustkorb. »Rufst du mich an?«

»Mach ich!« Die Art, wie mein bester Kumpel sprach, klang entrückt. »Bist du noch ein bisschen hier?«

»Ein kleines bisschen, vielleicht«, sagte das Kapuzenmädchen keck. Dann legte sie sich den Finger, als Zeichen, dass sie beide über das Geschehene Stillschweigen bewahren sollten, an die Lippen, klimperte Viktor mit langen Wimpern zu und verschwand schwebenden Schrittes um die Ecke.

Ich wartete, bis sie außer Hörweite war, zog mir einen der Terrassenstühle heran, dass die Stuhlbeine auf dem Marmorboden empört aufkreischten, und ließ mich auf der Sitzfläche nieder.

»Wer war das denn?«, fragte ich.

»Yvonne«, sagte Viktor, als wäre damit alles erklärt. Er redete, als würde er wie aus einer Parallelwelt in dieses Universum zurückgesaugt. Als würde er aus einer Betäubung erst langsam wieder zu sich kommen. Aber auch so, als hätte er noch gar nicht wieder vor, zu sich kommen zu wollen.

»Yvonne, okay«, sagte ich. »Und wie weiter?«

»Was meinst du mit *wie weiter*?«

»Wie sie noch heißt, meine ich.«

»Weiß ich tatsächlich nicht. Ich hab die erst ein paar Mal in der Stadt gesehen.«

»Du hast sie gesehen oder *getroffen*?«

»*Gesehen*. Die geht aufs Gymnasium in Neunburg. Kommt nach den Ferien in die Elfte.«

»Aha.« Ich blickte an Viktor vorbei. Ein kleiner Nachtfalter schwirrte im Zickzack, als würde er in der Luft gegen unsichtbare Wände prallen, über die Hollywoodschaukel. Er war grau. Auf seinem Rücken schimmerten drei weiße ausgefranste Punkte. Ich verfolgte das feingliedrige Insekt mit meinen Augen, bis seine Konturen in der Unschärfe des Hintergrundes verschwammen. Als ich Viktor wieder fixierte, meinte ich, Ärger in seinem Gesicht zu erkennen.

»Musstest du hier jetzt echt reinplatzen, Krüger?«, sagte er wie zur Bestätigung.

»Ich hab dich gesucht.« Ich wollte, dass es unter keinen Umständen wirkte, als hätte ich Schuldgefühle, sein Techtelmechtel unterbrochen zu haben.

»Nun hast du mich ja gefunden. Vielen Dank dafür.«

»Ich konnte ja nicht ahnen, dass der werte Herr so beschäftigt ist. Bist du mit dieser Yvonne zusammen, oder was?«

»Nein. Und selbst wenn ...« Vik hob und senkte unbeeindruckt die Schultern. »Warum bist du denn eigentlich so komisch, Krüger?«, fuhr er ein paar Augenblicke später fort.

»Ich bin überhaupt nicht komisch.«

»Verpicht, Alter, ich merk das doch. Irgendwas stimmt nicht mit dir. Was passt denn nicht?«

»Passt doch alles.«

»War was mit Jacky?«

»Nein!«

»Wo ist die überhaupt?«

»Absolut keinen Plan. Ist doch auch egal.«

»Ja?«

»Ja!«

Das Falterchen mit den drei weißen Punkten war wieder da. Es flatterte jetzt mit wildem Flügelschlag in die entgegengesetzte Richtung. Ich erinnerte mich, mal in einer Doku gesehen zu haben, dass die meisten Schmetterlingsarten, die es hierzulande gibt, nur einen Sommer lang lebten. Das Leben dieser zerbrechlichen Schwärmer sei ein einziger Sommer, hatte die Stimme der Sprecherin in der Dokumentation gesagt. Doch, hatte sie weiter ausgeführt, als die Kamera auf einem sich im Abendrot umgaukelnden Schwalbenschwanzpaar verweilte und der Abspann eingeblendet worden war, so ein Sommer sei eben auch verdammt kurz.

Es konnte gut sein, dass dies die letzte Nacht war, die diesem kleinen Falter blieb. Er sollte schon genau wissen, was er mit diesen allerletzten Stunden anfangen wollte. Umso ärgerlicher war es für ihn, dass er sich zunächst in die falsche Richtung aufgemacht hatte. Wenn einem nur so wenig Zeit bleibt, dachte ich, darf man dieses bisschen Zeit auf keinen Fall verschwenden.

Ich wandte mich wieder an Viktor. »Deine … Yvonne, die ist ja ganz schön erschrocken, eben.«

»Das ist nicht *meine* Yvonne. Und warum sie erschrocken ist: Sie ist mit ihrem großen Bruder hier. Der hat wohl einen krassen Beschützerinstinkt. Wenn der das mit ihr und mir mitbekommt, bricht der mir die Beine und so. Das hat sie zumindest behauptet.«

»Bruder, hm.« Ich neigte den Kopf zur Seite. »So ein Typ im Orlando-Magic-Trikot? Ein gutes Stück kleiner als ich?«

»Keine Ahnung. Vielleicht, kann sein. Warum?«

»Mit dem hab ich sie vorhin gesehen. Und mit dem Typ hatte ich auch Stress.«

»Du?«, fragte Viktor ungläubig. »Warum?«

»Ich bin ihm auf die Sneaker getreten.«

»Oh Gott, so einer ist das? Und dann?«

Ich winkte ab. »Ich glaube, deine Olle übertreibt ein bisschen.«

»Meine ... Olle?« Viktor war jetzt wütend. »Alter, reiß dich mal ein bisschen zusammen«, sagte er, nahm seine Brille ab und putzte sie mit einem Zipfel seines Hemdes. Immer wieder hauchte er auf die Gläser und kontrollierte sie im schummrigen Licht, bis er endlich zufrieden war und die Brille zurück auf die Nase schob. »Du kannst sagen, was du willst, Krüger«, sagte er, »aber du *bist* auf einmal ganz schön komisch. Echt strange bist du.«

»Quatsch.«

»Na ja, doch.«

»Ich bin nicht strange! Warum behaupten das plötzlich alle?«

»Wer behauptet das denn noch?«

»Niemand.«

»Aha.«

Wir schwiegen.

Eins, zwei, drei, vier Sekunden lang.

Dann sagte Viktor: »Aber was meinst du? Den Bruder würde ich packen, oder?« Er vollführte ein paar Schattenboxbewegungen und hielt mir abschließend die Hand hin, dass ich einschlagen sollte, doch ich tat, als müsste ich mir die Schuhe binden.

»Du hast mir nie von dieser Yvonne erzählt«, sagte ich, während ich akribisch mit dem Sitz meiner Schnürsenkel beschäftigt war. Erst als die Schlaufen der Schleifen exakt gleich lang und die Knoten perfekt waren, richtete ich mich wieder auf.

Viktor hatte innegehalten. »*Das* ist es, was dich stört? Dass ich dir das nicht erzählt habe?« Er schnaubte. »Du erzählst mir doch auch nicht alles, Krüger.«

»Man *muss* sich ja auch nicht alles sagen.«

»Siehst du.«

»Hm.«

Ich überlegte. Viktor hatte von mir wissen wollen, was mir nicht passte. Was nicht stimmte. Und hier stimmte in der Tat etwas nicht.

»Diese Yvonne«, sagte ich deshalb, »die ist hier einfach so zufällig rausspaziert, hat dich auf der Hollywoodschaukel gesehen und dir die Zunge in den Hals gesteckt, oder was? Läuft ja krass gut dein Abend. So viel Glück muss man erst einmal haben.«

Viktor zuckte erneut die Achseln. »Vielleicht«, entgegnete er, »waren Yvonne und ich ... verabredet.«

Ich glaubte, mich verhört zu haben. »Wie verabredet?« Ich hatte mich auf meinem Stuhl nach vorne gebeugt.

Viktor druckste herum. Dreimal setzte er zu einer Erklärung an, brach jedoch jedes Mal ab.

Dann ging mir ein Licht auf. »Wolltest du deshalb die ganze Zeit hierher, Vik?«

»Nein. Also, ja. Auch.«

»Pah!«

»Jetzt entspann dich.«

»Ich bin entspannt. Aber *wir* sind zusammen hier.«

»Sind wir ja auch.«

»Na ja, offensichtlich nicht. Du hast mich angelogen.«

»Ich hab dich nicht angelogen, Krüger.«

»Dieses ganze Theater nur wegen 'nem Mädchen?«

»Na, da musst *du* reden«, sagte mein bester Freund und blickte mich durchdringend an.

»Was?«

»Schon okay.«

»Ein Scheiß ist okay.«

Das hatte schroff geklungen. Ich merkte, wie ich wollte, dass Viktor ein schlechtes Gewissen bekam. Und dass ich *nicht* wollte, dass er noch mehr Zeit mit Yvonne verbrachte. Denn *wir* waren zusammen hier! Und schließlich konnte *ich* auch keine Zeit mit Jacky ... Ich presste die Augen zusammen, bis es brannte.

Anscheinend schien Viktor über sein Verhalten nachgedacht zu haben, denn nach einer Pause sagte er: »Okay, ja, ich hätte dir das erzählen sollen. Tut mir leid.«

Ich nickte.

»Was hast du denn so gemacht auf der Party, bisher?«, sprach Vik weiter.

Jetzt lächelte ich triumphierend. »Ich, mein Freund«, sagte ich und stützte die Handflächen auf meinen Oberschenkeln ab. »Ich!«, wiederholte ich gewichtig, »ich bin jetzt cool mit Anna und Ayla.«

»Wie?!«

Ich erzählte Viktor von der Begegnung in der Küche, von der Skate-Show auf der Miniramp und dass er richtig, richtig was verpasst habe. Ich berichtete vom Abhängen mit Anna, Ayla und Dave auf der Treppe und dass wir in den VIP-Bereich eingeladen waren. Dass es da das gute Gras geben würde und nicht diesen Mist, den wir uns hatten andrehen lassen. Und dass wir da zum inneren Kreis gehören würden. Als ich Nikolai, den Hunnen, erwähnte, kratzte sich Viktor nachdenklich am Kinn.

»Denkst du«, sagte er, »der Hunne erinnert sich noch

an uns? Wenn der uns wiedererkennt, haben wir ein Problem.«

Ich winkte ab. »Der hat uns im Freibad nicht wiedererkannt, und vorhin, als er das Wohnzimmer überwacht hat, kannte der mich auch nicht. Ich denke, der hat die Sache mit der Vollbremsung von heute Morgen längst vergessen.«

»Ich weiß nicht, vielleicht ist das ein Fehler. Das mit der Pistole war eventuell doch keine so gute Idee.«

Ich zog ungläubig die Augenbrauen nach oben.

»*Du* hast doch gesagt, mit dem Revolver als Geschenk sind wir auf der Party die Kings, Vik. Und: No Risk, no Fun!, weißt du noch?«

»Ja, na ja …«

»Nur weil du dein Knutsch-Date jetzt schon hattest, ist das auf einmal keine gute Idee mehr, oder was? Wolltest du mit der Pistole Eindruck machen, damit diese Yvonne dich unwiderstehlich findet? Oder wolltest du damit ihren ominösen Bruder einschüchtern, falls der dir blöd gekommen wäre? Brauchst du ja jetzt alles nicht mehr, Vik. *Du* hast dein Mädel schon abbekommen. Solomission erfüllt. Jetzt kannst du schön entspannt nach Hause in die Heia.«

»So hab ich das nicht gemeint.«

Ich atmete durch. Zum dritten Mal flog das weiß gepunktete Falterchen vorüber. So dumm musste man erst mal sein. Doch im Gegensatz zu ihm hatte ich nun ein klares Ziel.

»Die da drinnen«, sagte ich und deutete auf das Haus, »die warten jetzt auf das Geschenk. Die *er*warten das. Ich hab das angekündigt. Und du bei Dave auch, wenn ich das richtig mitbekommen habe. Wenn wir da jetzt nicht aufkreuzen, halten die uns für immer für Vollspaten.«

»Warum bist du denn jetzt auf einmal so heiß darauf, zu dieser Clique zu gehören?«

»Ich hab einfach keine Lust mehr, dauernd der Loser zu sein.«

Viktor nestelte an seinem Kragen, widersprach aber nicht mehr. Ich stand auf. »Wo ist eigentlich die Pistole?«

Viktor schob sich von der Hollywoodschaukel. Er schien abzuwägen. Dann hob er das Sitzpolster an, fischte ein paar Augenblicke unter dem überzogenen Schaumstoff herum und zog schließlich den Colt, den er dort versteckt hatte, hervor.

Wir sahen uns verstohlen um und vergewisserten uns, dass uns niemand bespitzelte.

»Meinst du, das Teil funktioniert überhaupt noch?«, sagte ich. »Der Revolver ist doch steinalt. Nicht, dass die uns gleich auslachen.«

»Der funktioniert auf jeden Fall noch«, antwortete Viktor fachmännisch. »Das ist echte Wertarbeit. Ein richtiges Liebhaberstück.« Er saß jetzt auf dem Terrassentisch und hatte sich den Colt auf den Schoß gelegt.

Seine Bedenken schienen sich verzogen zu haben. Er war wieder der Alte, und das war er mir auch schuldig. Das musste er wissen.

Als hätte er meine Gedanken gelesen, bleckte Viktor die Zähne. »Theoretisch«, sagte er, »könnten wir auch mit dem Ballermann in den Raum marschieren, ›Hände hoch, das ist ein Überfall!‹ brüllen und denen die Wertsachen und die Kohle abziehen. Kugeln habe ich ja.«

Mir klappte die Kinnlade runter. »Du spinnst.«

Viktor blieb eiskalt. »Der Hunne hat bestimmt zehntausend Mark in bar bei sich. Und hast du den Armreif von Ayla gesehen? Ich wette, der ist noch mal genauso viel wert. Minimum.«

»Du bist verrückt geworden, Vik.«

»Wir maskieren uns und geben uns Decknamen.« Zackig fuchtelte er mit der Pistole rum, als wäre der Raub bereits in vollem Gange. »Keine falsche Bewegung!«, zischte er. »Ich halte die in Schach, und du packst alles in deinen EastPak. Dann sollen sie uns zu ihrer Marihuanaplantage bringen, wir machen uns die Taschen voll Gras und setzen uns ab. Mexiko oder so. Cojones, muchacho.«

»Bist du komplett durchgedreht?« Ich rieb mir das Gesicht.

Viktor sah mich mit versteinerter Miene an. Dann prustete er los. »Mach dir nicht ins Hemd, Krüger. Ich mach doch nur Spaß. Ich träum doch nur ein bisschen. Aber dafür bist ja sonst du der Spezialist.«

»Fick dich.«

»Fick dich selber. Find ich ja gut, dass du jetzt mal was erleben willst.«

»Fick dich doppelt.«

Ich streckte mich nach dem Revolver, den Viktor wieder auf seinem Schoß abgelegt hatte, und umfasste die Waffe am Griff. Eine Pistole hatte ich noch nie in der Hand gehalten. Das Gewicht überraschte mich. Die Hirschhorn-Ummantelung des Knaufs war elfenbeinfarben, die Verzierungen waren mit viel Aufwand und Präzision hineingeschnitzt. Der Colt war gepflegt, das konnte sogar ein absoluter Laie wie ich erkennen. Und er gab einem ein Gefühl von Macht.

Ich steckte die Pistole in meinen Rucksack und zog den Reißverschluss zu.

»Wollen wir?«, sagte ich.

Einen Moment verharrte Viktor noch.

»Ja, komm, warum eigentlich nicht«, sagte er dann. Auf dem Weg zur Haustür stoppte Vik jedoch erneut. »Hörst du das?«, fragte er.

Ich hörte es.

Im Haus schien gerade alles zu eskalieren.

WIR WAREN höchstens zwanzig Minuten draußen gewesen, doch mit Betreten der Stadtvilla spürten wir, dass sich die Atmosphäre im Gebäude verändert hatte. Vergleichbar mit einem sich anbahnenden Wetterumschwung. Wenn die Hitze kippt und einen Weg sucht, sich explosionsartig zu entladen. Wenn dunkle Wolken vom Horizont aufziehen und das, was eben noch eine angenehme Brise ist, auffrischt und unweigerlich zum Sturm wachsen wird.

Mir fiel etwas aus frühen Kindertagen ein. Wir hatten noch zu dritt in der alten Wohnung gewohnt. Es war unter der Woche gewesen, dennoch hatte mein Vater den ganzen Tag zu Hause verbracht. Er, so hatte ich es mit meinem kindlichen Geist wahrgenommen, musste frei haben, denn er war nicht zur Arbeit gegangen, hatte bis mittags geschlafen und hatte dann, wie die Tage zuvor, bis zum Abend auf dem Sofa gelegen. Es musste also Urlaubszeit sein. Vielleicht würden wir ja sogar nach Italien fahren, hatte ich gehofft.

Ein Brief hatte, der Umschlag aufgerissen, auf dem Küchentisch gelegen und war für meinen Vater offenbar der Grund gewesen, mit sich selbst zu trinken.

Was in dem Schreiben stand, hatte mir niemand erklären wollen, doch ich erkannte das Logo auf dem Briefkopf, das auch auf eine der Westen meines Vaters gestickt war.

Er hatte angefangen, vor sich hin zu schimpfen, war immer lauter und lauter geworden, wobei seine Tiraden mit jedem Schluck mehr an Zusammenhang verloren hatten.

Meine Mutter, in die Vorbereitung des Abendessens vertieft, wurde dabei immer stiller.

Ich war noch sehr klein gewesen, und doch hatte ich ebendiese sich verändernde Atmosphäre gefühlt, die ich damals nicht hatte benennen können. Heute weiß ich: Die Hitze war im Begriff gewesen zu kippen.

Meine Mutter hatte mich auf mein Zimmer geschickt, und kurz darauf, so hatte sie mir, als ich älter war, erzählt, war mein Vater das erste Mal explodiert. Was ständig unter der Oberfläche gebrodelt hatte, war an diesem Abend zum ersten Mal mit hässlicher Fratze hervorgebrochen, mit verheerenden Konsequenzen für sie, für ihn und vor allem für mich.

Viktors Antippen holte mich aus der Wohnung meiner Eltern wieder zurück in das Haus der Münch-Schwestern.

Mein Kumpel wies mit dem Kinn den Gang im Erdgeschoss entlang. Ohrenbetäubender Lärm hatte die Räume geflutet.

Ich wollte ihm etwas zurufen, doch selbst das eigene Wort zu verstehen, wäre unmöglich gewesen. Die Anlage, die den ganzen Abend schon bis zum Anschlag aufgedreht gewesen war, riss jetzt jede Dezibelanzeige, dass die Boxen zerrten und knackten, als flehten sie um den Gnadenstoß.

Es tanzte auch niemand mehr, was mit Sicherheit an der gespielten Musik lag. Es lief eine Art Industrial-Techno. Schranz. Ein stumpfsinnig stampfendes Bassgeballer ohne jede Melodie.

Die Lichtorgel war kurz vor dem Kollaps. Eigenartigerweise erhellte das gehackte Licht den Raum nicht mehr. Vielmehr schienen die Strahlen die verbliebene Helligkeit zu schlucken wie schwarze Löcher.

Leute kamen uns entgegen, die die Party verließen, einen Ausdruck im Gesicht, der eher nach Furcht aussah als nach Ausgelassenheit und bester Zeit.

Unter die jungen Feiernden, die noch blieben, hatten sich dunkle Gestalten gemischt. Knapp ein Dutzend breit gebaute Männer, die mit Aufnähern gespickte Lederkutten trugen. Ein Rudel Dobermänner zwischen einem Welpenwurf.

Ich zupfte Viktor am Hemd, der es jetzt ebenfalls realisiert hatte: Die Hunnen hatten die Party übernommen.

Wir blickten in die Zimmer. Ein bulliger Typ mit Vollbart hatte sich am DJ-Pult aufgebaut, zwei andere mit nietenüberzogenen Jacken lümmelten auf dem Esstisch, als gehörte ihnen jedes Möbelstück. Einer mit komplett tätowiertem Gesicht scheuchte einen verstörten Oberstufler vom Kühlschrank und griff sich mehrere Flaschen.

»Krass!«, sagte Viktor. »Ist das hier jetzt zu ’nem Rockertreff geworden?« In seiner Stimme lag weniger Überraschung als Bewunderung. Eine Faszination schien für ihn von der testosterongeschwängerten Präsenz dieser Männer auszugehen, die hier nun unbestritten die Alphatiere waren. Er beschleunigte den Schritt.

Ich nicht. Mein Tatendrang ließ nach. Was war denn nun schon wieder mit mir? Viktor schaffte es doch auch, cool zu bleiben. Lässig zu bleiben. Oder zumindest schaffte er es, nicht zu zeigen, falls er irgendwelche Ängste hatte. Ich war es so leid, unsicher zu sein und nichts dagegen unternehmen zu können.

Ich ertappte mich dabei, wie ich meine Hand in meine Hosentasche gesteckt hatte, um über die Oberfläche meines Sturmfeuerzeuges zu streichen, ein klares Zeichen, wie nervös und ängstlich ich war. Als könnte diese Angewohnheit anderen meine Unsicherheit verraten, verschränkte ich meine Hände hinter dem Rücken

Schließlich hatten wir uns den Weg bis zur Treppe gebahnt. Niemand hatte uns aufgehalten oder gefragt, wohin wir wollten.

Vielleicht muss man Selbstbewusstsein einfach vortäuschen, dachte ich. Dann konnte man weit kommen. Wenn man wenig Grund zu Selbstbewusstsein hatte, musste man das die anderen ja nicht merken lassen. Vielleicht, dachte ich, muss man gar nicht echt sein. Man brauchte nicht man selbst zu sein. Es reichte doch völlig, wenn man eine Geschichte war.

Kurz zögerte ich, als ich am Geländer meine Hand an die Kordel legte.

Da nach oben zu gehen, war doch das, was ich wollte. Da waren die Leute, in deren inneren Kreis ich wollte. Wenn sie mich respektierten und cool fanden, würden das auch alle anderen tun.

Ja!

Ich hatte die Kordel ausgehängt, und wir waren die Stufen nach oben hinaufgestiegen. Wir waren die Galerie entlanggegangen, und ich hatte meinen Blick von der Empore über das Wohnzimmer schweifen lassen. Zum vorletzten Raum auf der linken Seite waren wir bestellt.

Ich hatte angeklopft, und jemand hatte »Herein!« gerufen. Ich hatte die Tür geöffnet. Und als ich sah, wer da in der Runde zusammensaß, hätte ich die Tür am liebsten wieder zugeschlagen.

SECHS AUGENPAARE stierten uns an.

Viktor und ich standen wie angewurzelt im Türrahmen von Aylas Zimmer, und versuchten, uns unsere Verblüffung nicht anmerken zu lassen.

In dem Raum befanden sich, wie erwartet, Ayla, Anna, Dave und Hunne Nikolai. Aber dort saßen auch Yvonne und der Nazi-Filialleiter aus dem Müller. Ich überriss überhaupt nicht, was diese Konstellation zu bedeuten hatte. Ich wusste nur, dass es wichtig war, dass wir nach außen die Fassung bewahrten.

Die sechs hatten sich im vorderen Bereich des Zimmers auf einem großen Sofa und zwei Ledersesseln niedergelassen. Nikolai, Dave und die Münch-Schwestern hatten es sich auf der Couch gemütlich gemacht, der Nazi und Yvonne in je einem der Sessel.

Auf einem Glastisch in der Mitte dieser Sitzgruppe stand ein Messingeimer mit zwei entkorkten Weinflaschen, die in einem Gemisch aus Eiswürfeln und Tauwasser lehnten, dazu Gläser und zwei Plastiktütchen mit ein paar Gramm Gras. Weiter hinten ging es um eine Ecke, wo ich Aylas Bett vermutete.

»Da sind ja die Jungs«, sagte Hunne Nikolai und gebot uns einzutreten. »Was ein Affentanz da draußen, oder?«

Da war wieder diese eigenartig fahle Stimme, wie ich sie schon auf der Terrasse des Freibads gehört hatte. Ein lebloser Klang, der einem durch Mark und Bein ging und die Fingernägel nach oben bog. Eine Totengräberstimme war das.

Der Hunne, der ein schwarzes Seidenhemd zu einer schwarzen Jeans trug, saß zurückgelehnt und hatte die Beine leger übereinandergeschlagen. Er saß da mit der Gelassenheit eines Menschen, der gewohnt war, dass die Leute sprangen, wenn er nur blinzelte. Immerhin, dachte ich, erkennt er Viktor und mich tatsächlich nicht wieder.

Wir wechselten einen versteckten Blick, und Viktor schien ebenso ratlos zu sein wie ich. Doch wir waren hier. Also schoben wir uns in das Zimmer.

»Hey«, sagte Ayla, die angetrunken wirkte, nun zur Begrüßung.

Parallel hoben Vik und ich die Hände, während Dave und Anna uns ihrerseits zunickten. Lediglich Yvonne, die unser Eintreten wie eingefroren zur Kenntnis genommen hatte, war mit einem Mal voll und ganz damit beschäftigt, auf ihrem Sessel eine bequemere Sitzposition zu finden. Sie tat so, als hätte sie uns nie zuvor gesehen und als wären wir ihr gleichgültig. Instinktiv machten wir dasselbe.

Was zur Hölle war hier los?

Cool bleiben, ermahnte ich mich. Lässig bleiben. Vik würde es auch.

Der Nazi-Filialleiter und Nikolai waren gerade mitten im Gespräch gewesen, als Viktor und ich aufgetaucht waren.

»Wir sind hier fertig, oder Ewald?«, sagte Nikolai an den fetten Filialleiter gewandt, der sich aus seinem Sitz stemmte und sich dabei eines der Marihuanatütchen in die Tasche gesteckt hatte.

»Absolut«, antwortete Ewald der Nazi. »Machen wir so, wie vereinbart. Sammelt mich einfach ein, wenn ihr so weit seid. Ich heb unten noch in Ruhe einen.« Die beiden Männer gaben sich zur Besiegelung ihrer Absprache die Hände, wobei sie sich an den Unterarmen fassten und in die Augen sahen.

Eine Wolke aus Schweiß und gepanschtem Aftershave stieg mir in die Nase, als der Nazi sich an uns vorbei aus dem Zimmer wuchten wollte. Doch statt das Zimmer zu verlassen, fuhr er nochmals herum, um uns ins Visier zu nehmen. Im Gegensatz zu Nikolai wusste er ganz genau, wen er vor sich hatte.

»Na, ihr zwei Wichser?«, sagte er. »Wissen eure Mamis, dass ihr so spät noch draußen seid?«

Ich biss mir auf die Innenseite der Unterlippe.

Jemand gluckste.

»Verpiss dich!«, platzte es aus Viktor heraus.

Der Nazi grinste feist, weil Vik sich hatte provozieren lassen, und noch während dieser sich wieder um Fassung bemühte, zuckte der gedrungene Mann auf einmal schlagartig und für seine Statur unerwartet explosiv nach vorne. Aus Reflex wich Viktor zurück.

Im Raum brach hämisches Gelächter aus, als er auf den Hintern purzelte.

Ich sah, dass Viktor puterrot angelaufen war.

Überlegen zog der Nazi eine Grimasse und suhlte sich im Lachen wie in Applaus für einen besonders raffinierten Zaubertrick. »Bevor ich es vergesse«, sagte er zu uns, während Viktor, glühend vor Schamröte, wieder auf die Beine kam, »ihr beide seid nicht zufällig dieser kleinen Zirkusschlampe über den Weg gelaufen, oder? Die das Nokia geklaut hat. Die Rothaarige.«

Meine Hände verkrampften sich, und ich konnte es nicht kontrollieren. Ich spürte, wie meine Knöchel hervortraten und stellte mir vor, wie ich nach vorne springen und meine Faust gegen den Kiefer des Filialleiters rammen würde. Doch ich würde mich hier nicht auch noch zum Gespött machen. Also versuchte ich nichts dergleichen und schüttelte lediglich den Kopf.

»Schade«, sagte der Nazi. »Abknallen müsste man die. Das ganze Pack. Einen nach dem anderen. So. Bis später.« Er verließ uns, und ich drückte hinter ihm die Türe zu.

Die Szene war das reinste Fiasko gewesen.

»Tja«, sagte Nikolai, als der Nazi weg war, in die Runde und lächelte schmal, »ein Hundesohn ist der Ewald ja. Aber Geschäft ist nun mal Geschäft.«

Anschließend drehte er sich zu Viktor. »Das war ja mal 'ne starke Einlage, Kleiner.«

Dave, der mehr auf dem Sofa lag, als dass er saß, schnaubte verächtlich. »Hast du dir wehgetan, Vik?« Darum, seine Schadenfreude zu verbergen, bemühte er sich nicht einmal.

»Ha!«, sagte Anna neben ihm, »*das* ist Viktor? Der kleine Dornmann? Wie rot sein Kopf ist. Wie ein Streichholz sieht der aus.« Sie sprach über Viktor, als wäre er nicht da.

»Wenn der den Schädel jetzt in den Eiskübel hält«, feixte Ayla, »zischt das bestimmt wie beim Bleigießen!«

Yvonne sagte nichts. Sie war die Einzige aus der Gruppe gewesen, die Viktor nicht ausgelacht hatte.

Nazi-Ewald und der Hunne hatten irgendeinen Deal eingefädelt, aber wie Yvonne hierhergeraten war, hatte ich noch immer nicht begriffen.

Viktor, der mit jedem über ihn gesprochenen Satz an Körpergröße verloren hatte, ließ die Schultern hängen. Er tat mir leid, aber es wurmte mich auch, dass wir, weil er sich nicht zusammengerissen hatte, jetzt rüberkamen wie Hosenscheißer, die eben mal so von Muttis Rockzipfel weg waren.

»Der hat mich bloß überrumpelt«, sagte Vik nun kleinlaut zu seiner Verteidigung.

»Das darf dir nicht passieren«, bügelte Dave ihn ab.

»In einem fairen Kampf Mann gegen Mann«, knirschte Viktor, »würd ich die dumme Sau ausknocken.«

Den Bruchteil einer Sekunde stand Viktors Aussage im Raum, als hätte er die Gläser und den Messingkübel mit den Weinflaschen vom Tisch gefegt. Wie Scherben verteilten sich seine Worte, was alle fürchten ließ, sich daran schneiden zu können, wenn man falsch reagierte.

Doch Hunne Nikolai lachte auf.

Ein Lachen wie Asche. Aber es lag auch eine Spur von Anerkennung darin.

»Na, da hat einer Eier«, sagte er. »Gefällt mir.« Ich bemerkte, wie Viktor, durch das Lob ermutigt, wieder Haltung angenommen hatte. »Ein Mann weint nicht«, fuhr Nikolai fort, »ein Mann versagt nicht, ein Mann ...

»... ein Mann muss kämpfen können«, ergänzte Viktor den Satz des Hunnen mechanisch.

Dieser nickte zufrieden. »Das sind die wahrhaftigen Grundsätze. Also«, Nikolai wies auf den frei gewordenen Sessel, »setzt euch.«

Der Hunne fand es amüsant, dass wir hier waren. Für ihn waren wir ein Zeitvertreib, aber immerhin keine reine Lachnummer mehr.

Viktor, der wegen seiner Blamage noch immer nicht

seine normale Gesichtsfarbe wiedererlangt hatte, hatte bereits Platz genommen, und ich schob mich neben ihn auf die Lehne des Ledersessels, der dem von Yvonne gegenüberstand. Was *machte* Yvonne hier?

»Mein Name ist Nikolai«, stellte der Hunne sich jetzt vor und legte dabei die Fingerspitzen auf die Brust. Diese Stimme.

»Ich bin Viktor«, sagte Viktor.

»Krüger«, hörte ich mich sagen.

»Na, wenn das mal nichts ist«, sagte die Totengräberstimme und ging, während mein Kopf ratterte, die Reihe der Anwesenden weiter durch. Seine Ayla, Anna und seinen Protegé Dave würden wir ja schon kennen, meinte Nikolai.

Dass wir Yvonne bereits kannten, wusste er also nicht, und Yvonne war offenbar wichtig, dass dies vor ihm auch weiter geheim gehalten wurde, obwohl der Hunne nun in der Vorstellungsrunde bei ihr angelangt war.

»Diese junge Dame«, sagte er und deutete auf den Sessel, in dem Yvonne pausenlos herumrutschte, dass es knautschte, während ich mir über ihre Anwesenheit noch immer den Kopf zermarterte, »das ist Yvonne.« Und im selben Moment, indem Nikolai es aussprach, hatte ich es. Fuck. »Meine kleine Schwester.«

Jetzt hätte *ich* am liebsten meinen Kopf in den Eimer mit Eiswürfeln gedrückt. Oder mir ein großes Glas Wein reingekippt. Wie konnten wir nur so dämlich sein?

»Hallo«, sagte Yvonne. Sie hatte sich die Kapuze ihres grünen Hoodies wieder übergezogen und blickte ebenso unbeteiligt zu Boden, wie sie aufgeschaut hatte.

Viktor neben mir rührte sich keinen Millimeter. Er war

mit einem Schlag nicht mehr rot vor Scham, sondern kreidebleich.

Nicht der Typ im Orlando-Magic-Trikot war Yvonnes großer Bruder mit dem krassen Beschützerinstinkt. Yvonnes großer Bruder war Nikolai. Der Hunne mit dem Siegelring. Und dass dieser, wie von Yvonne befürchtet, Viktor die Beine brechen – oder brechen *lassen* – würde, wenn er von der Sache mit ihr und Vik Wind bekäme, das war so sicher wie das Amen in der Kirche. Dazu kam, dass Viktor diesen peinlichen Auftritt gehabt hatte. Das alles musste sich für ihn anfühlen wie eine Niederlage. Doch als ich jetzt zu ihm sah, stellte ich fest, dass Viktor keineswegs mehr schockiert war.

Den Ausdruck, der sich auf seinem Gesicht breitgemacht hatte, kannte ich nur zu gut: Viktor war angestachelt. Sein Ego war gekitzelt, und jetzt galt es für ihn, etwas zu beweisen. Ihm schien wieder eingefallen zu sein, warum er auf die Party gewollt hatte: Er wollte vor Yvonne gut dastehen. Er wollte Yvonne gefallen. Und *wir* wollten hier dazugehören.

»Weshalb wir hier sind«, sagte Vik jetzt mit kräftiger Stimme und zog mir dabei meinen EastPak vom Rücken, »also, ich habe euch etwas mitgebracht.«

»*Wir* haben euch was mitgebracht«, korrigierte ich. Es war verständlich, dass mein bester Freund etwas neben der Spur war, doch es war wichtig, dass mein Beitrag nicht unter den Tisch fiel.

Ayla klatschte in die Hände.

»Das versprochene Geschenk«, sagte Anna, deren Finger mittlerweile auf Daves Bauch unter dem Hemd lagen. »Spektakulär! Jetzt wird's interessant.«

Aller Fokus lag auf Viktor, der den Reißverschluss meines Rucksacks aufriss. Meinen Hoodie warf er achtlos in eine Ecke. Mein Notizbuch darin fiel ihm gar nicht auf, oder er ignorierte es.

»Geschenke sind gut«, sagte Nikolai. »Oder was sagst du, Baby?« Kichernd streifte Ayla über ihren Armreif und stieß ein wohliges Schnurren aus. »Geschenke machen Eindruck.«

Viktor fasste erneut in den EastPak. »Das Geschenk«, sagte er nun, »ist tatsächlich eher was für einen Mann.«

»So?«

Es war in Ordnung für mich, dass Viktor die Initiative ergriff und im Mittelpunkt stand, auch wenn ich nicht genau wusste, worauf er hinauswollte. Statt etwas zu sagen, nickte ich bekräftigend.

Nach einer feierlichen Pause sprach Viktor weiter. »Das Geschenk«, sagte er, wobei sich seine Mundwinkel hoben, »ist für *Sie*, Nikolai.«

Und mir fiel es wie Schuppen von den Augen: Viktor wollte nicht nur Yvonne gefallen. Sondern vor allem Nikolai.

Viktor zog den Revolver aus meinem Rucksack. Vorsichtig, mit beiden Händen, als hielte er ein Katzenjunges, streckte er dem Hunnen die Pistole entgegen.

Erschrocken sog Anna die Luft ein, als sie erkannte, was der Gegenstand war, den Viktor der Runde präsentierte. Ayla verschluckte sich. Dave richtete sich auf. Letztlich machte niemand mehr ein Geräusch. Einzig die Musik aus dem Wohnzimmer hämmerte weiter dumpf durch die Wände und Decken. Dann pfiff Nikolai leise durch die Zähne. Ayla wollte etwas sagen, doch ihr Freund machte ihr mit einem Wink deutlich, dass sie schweigen sollte.

Schließlich nahm der Hunne Viktor die Pistole ab und wog den Colt in der Hand. »Wo hast du den denn her?«

»Gefunden.«

»Wird keiner vermissen«, ergänzte ich und fühlte mich mit einem Mal doch gedrängt, mich in das Gespräch einzubringen.

Nikolai betastete den Lauf und spielte mit Zeigefinger und Mittelfinger am Abzug, wobei sein Ring klackend gegen den Stahl pochte.

Viktor saß kerzengerade. »Das ist ein Colt Double Action Army mit …«

»… mit 38er Kaliber, ich weiß«, unterbrach ihn der Hunne. »Du bist ja ganz schön fit.« Fasziniert drehte er den Revolver im Schein der Glühbirnen.

Ich überlegte, was ich über Waffen wusste und zu der Unterhaltung beitragen konnte. Aber ich kannte mich da einfach nicht aus.

Viktor allerdings kam erst richtig in Fahrt: »Der Revolver ist ungefähr von 1895. Mit der ausschwenkbaren Trommel ließ der sich viel schneller laden als die Vorgängermodelle.«

»Das war ein großer Vorteil«, ergriff ich die Chance, zu Wort zu kommen.

Viktor stockte kurz, bevor er weiterredete: »Die Waffe gab es auch von Smith & Wesson und von Remington. Aber die beste Pistole in der Reihe ist dieser Original-Colt hier.«

»Exakt«, warf ich ein.

Viktor sah mich irritiert an. »Die Wild-West-Legende Wyatt Earp hatte zum Beispiel so einen«, sagte er. »Vielleicht sogar genau diesen hier.«

Nikolai ließ die Trommel aus der Pistole schwenken.

»Du bist ja ein richtiger Streber«, ulkte Dave. Er war auf den Rand der Sofasitzfläche gerutscht, und eine Bitterkeit hatte in seinem Satz mitgeschwungen. Dass Viktor hier die Lorbeeren einheimste, ging ihm gegen den Strich. »Richtiger Jungfrauen-Talk bei dir«, sagte er noch, doch Nikolai fuhr ihm über den Mund.

»Scht! Das ist interessant.«

»Stimmt, ja«, haspelte Dave sofort. »Sorry.«

Nikolai wandte sich wieder an Viktor. »Wyatt Earp hatte so einen, meinst du?«

»War der nicht Sheriff?«, sagte ich. »Da hab ich zumindest mal 'nen Film gesehen.«

»*Sheriff* würde zu mir ja jetzt nicht unbedingt passen«, sagte Nikolai, was Dave in hysterisches Gelächter ausbrechen ließ.

Viktor kratzte sich am Ohr. »Eigentlich«, sagte er, »war Wyatt Earp ein Gangster. Diesen Sheriff-Mythos hat sich Hollywood ausgedacht. In Wirklichkeit kontrollierte Wyatt Earp die Farmer, die Saloons und den *eigentlichen* Sheriff. Der war krass.«

»Na, das gefällt mir eher!« Hunne Nikolai schlug Viktor gegen die Schulter. »Guter Junge. Kann jeder Vater stolz sein, so einen Prachtkerl wie dich als Sohn zu haben.«

Ich sah, wie sich Daves Kiefer bewegte.

Viktors Augen aber leuchteten, während er in seine Hosentasche griff. »Die hab ich auch noch für Sie.« Klackend fielen die Patronen auf den Glastisch, als er seine Hand öffnete. Die einzelnen Kugeln kullerten über die Fläche. Langsam hob Hunne Nikolai sie auf, prüfte jede von ihnen zwischen Daumen und Zeigefinger und stellte sie in einer Reihe vor sich auf wie Bauern auf einem Schachbrett.

»Die gehen durchs Fleisch wie eine warme Nadel durch Butter«, sagte Viktor.

Nikolai legte die Pistole auf dem Tisch ab. »Einen wie dich können wir brauchen, Viktor.«

»Der ist doch noch viel zu jung«, sagte Dave.

»Nachwuchs!«, sagte Nikolai und beendete damit die Diskussion.

Yvonne erhob sich aus ihrem Sessel. »Ich brauch mal einen Schluck Wasser«, sagte sie. »Will jemand mit?« Sie sah Viktor auffällig lange an, der dies jedoch gar nicht bemerkte. Sein Gesicht hatte wieder Farbe angenommen. Seine Wangen glühten. Allerdings nicht vor Scham, sondern vor Stolz. »Niemand?«, fragte Yvonne nochmals mit Nachdruck.

Viktor war unterdessen dabei, sich mit Nikolai über verschiedene Boxtechniken auszutauschen. Er erzählte, dass er schon seit fünf Jahren trainierte. Im Sitzen drehte er den Oberkörper ein, nahm die Fäuste hoch und ließ die linke zweimal nach vorne schnappen, bevor er mit der rechten einen Aufwärtshaken schlug. Nikolai lobte seine Körperspannung und zeigte ihm, wie er noch mehr Wucht in die Schläge legen konnte.

Yvonne räusperte sich.

»Ich komm mit, Yvonne«, gickelte Ayla. »Ich muss mal pischern.«

Yvonne stieß Luft aus und stürmte aus dem Zimmer. Ayla brauchte kurz, um ihr Gleichgewicht zu finden, und folgte ihr dann hinaus auf den Gang.

»Ein bisschen mehr Arschwackeln beim Gehen, Baby«, rief ihr Nikolai hinterher, und Viktor grinste. Indem die beiden sich zueinandergedreht hatten, war ich bei ihrer Unterhaltung nun vollkommen außen vor.

Dave, der ebenfalls nicht mehr Teil des Gesprächs war, nahm sich eine der Weißweinflaschen aus dem Eimer und ließ sie abtropfen. Er füllte sich sein Glas randvoll und leerte es in drei krachenden Zügen, bevor er mir einschenkte und sich selbst nachgoss. Ich prostete ihm zu, und er trank, ohne meine Geste zu erwidern.

Anna zerbröselte etwas von dem Gras aus dem übrig gebliebenen Plastiktütchen auf einer CD-Hülle. Sie zog eine Packung Blättchen hervor und strich sorgsam das dünne Papier glatt.

»Hat mal jemand Tabak für ’ne Mische?«, fragte sie. »Oder ’ne Kippe?«

Dave und ich schüttelten die Köpfe.

Genervt stöhnte Anna auf. »Bin gleich wieder da. Nicht weglaufen«, hauchte sie dem Skater zu, schlüpfte aus dem Zimmer und schloss die Tür hinter sich.

Das Techno-Geballer im Wohnzimmer hatte nachgelassen. Auch der Lautstärkepegel der Gäste fuhr immer weiter runter. Das Haus leerte sich nach und nach. Dave hatte sich den verbliebenen Rest Weißwein in sein Glas gekippt.

Einmal versuchte ich noch, etwas in die Unterhaltung von Nikolai und Viktor einzuwerfen, doch ich bekam von ihnen nicht einmal mehr ein Zunicken.

Wenn Viktor gut dastand, sagte ich mir, würde das ja auch positiv auf mich zurückfallen. Wir waren ein Team.

Die beiden fachsimpelten mittlerweile über die Jagd. Wo man einem Sechzehnender den Blattschuss verpassen musste, um ihn zu erlegen. Der Hunne erzählte, dass er einen Hirschkopf mit Geweih als Trophäe in seinem Ferienhaus hatte. Dass er das Tier geschossen hatte, als er ungefähr so alt war wie Viktor heute.

Es war der Moment, als Dave sein Glas zum letzten Schluck ansetzte, als die Zimmertür aufflog und wir die Köpfe hoben.

Ayla stand, die Augen weit aufgerissen, an der Schwelle.

»Was ist los?«, fragte Dave und ließ sein Glas sinken.

»Mein Armreif ist weg!«

»Wie, dein Armreif ist weg?« Nikolai, der sein Gespräch mit Viktor unterbrochen hatte, kniff die Augen zusammen. »Hast du ihn verloren, Ayla?«

»Nein. Ich weiß nicht. Nein«, stammelte sie.

Yvonne war ebenfalls wieder da. Fragend blickte sie in die Runde.

»Aylas Armreif ist verschwunden«, erklärte Dave.

»Fuck.«

»Vorhin hatte ich ihn noch!« Ein blasser Streifen umgab Aylas gebräuntes Handgelenk an der Stelle, an der sie den Armreif getragen hatte. Mit den Fingern betastete sie die Haut, als hätte ihre Hand noch nicht verstanden, dass das Schmuckstück weg war.

Ich erinnerte mich, dass meine Mutter in den ersten Wochen nach der Scheidung noch häufig automatisch mit dem Daumen über ihren Ringfinger gefahren war und dann lächelnd geseufzt hatte, als dort kein Widerstand mehr zu fühlen gewesen war.

Nach Lächeln allerdings war Ayla rein gar nicht zumute.

Nikolai war aufgestanden.

»Du weißt, was das Scheißding gekostet hat?«, fuhr er sie an.

»Viel«, sagte Ayla, die zu winseln begonnen hatte.

»Wo hattest du ihn denn zuletzt?«, fragte Yvonne.

Ayla schluchzte. »Ich war nur kurz auf Toilette. Beim

Händewaschen hab ich den Reif abgenommen. Dann bin aus dem Bad. Ich hab gemerkt, dass ich ihn habe liegen lassen, und bin sofort zurückgerannt. Aber er war weg. Ich hab schon alles abgesucht.«

»Du dämliche ...« Mitten im Satz verstummte Nikolai. Er knurrte irgendetwas, das ich nicht verstehen konnte. »Den muss jemand geklaut haben«, sagte er dann.

»Holen wir die Polizei?« Ayla standen die Tränen in den Augen.

»Bist du dumm?« Nikolai schnaufte. »Wir holen uns doch nicht die Bullen ins Haus. Ich sag meinen Leuten Bescheid. Ihr geht schon mal die oberen Räume ab. Vielleicht haben wir Glück. Los!«

Wir wollten gerade ausschwärmen, als ein Schrei zu uns in das Zimmer drang. Erst klang es, als wäre jemand erschrocken. Dann hörten wir Anna, die etwas kreischte.

»Was machst du hier oben? Wer bist du?«, schrie sie.

Wir hetzten nach draußen. Dort stand Anna.

Und am hinteren Ende der Galerie stand Jacky.

MIT EINER GESTE hatte Nikolai die Musik verstummen lassen, und im Kontrast zum Lärm der letzten Stunden wirkte die nun folgende Stille fast unerträglich. Ein Druck legte sich mir auf die Trommelfelle, als verlören wir mit einem Jumbojet rapide an Höhe. *Triebwerksausfall. Dekompression in der Kabine. Drücken Sie Ihre Sauerstoffmaske fest auf Mund und Nase, ziehen Sie die Laschen fest und atmen Sie ruhig weiter. Erst dann helfen Sie Mitreisenden.*

Das DJ-Pult war noch immer von dem Hunnen mit dem Vollbart besetzt. Vier weitere Schränke von Männern hatten unaufgefordert Stellung am Fuß der Treppe bezogen.

Die wenigen Partygäste, die noch in der Villa waren, starrten vom Wohnzimmer zu uns nach oben, als wäre die Galerie eine Theaterbühne, auf der eben der Vorhang gelüftet worden war.

Viktor und ich waren mit Yvonne als Letzte aus dem Zimmer gekommen. Zuerst hatten wir, an den anderen vorbei und in dem dusteren Licht, gar nicht richtig erkennen können, was überhaupt passierte.

»Was geht denn ab?!«, zischte ich.

»Kein Plan«, entgegnete Viktor gedämpft. Wir reckten die Hälse und versuchten, die Geschehnisse einzuordnen. Wir waren die begriffsstutzigsten Zuschauer in diesem simplen Kammerspiel.

Ayla und Dave hatten die Gegebenheiten schneller erfasst. Sie waren direkt zu der schreienden Anna gestürmt, mit der sie nun, die Galerie abriegelnd, einen Halbkreis bildeten. Eine Barriere.

Abermals gab Nikolai ein Zeichen zum DJ-Pult. Der Vollbärtige drückte Knöpfe an der Anlage und drehte dann manuell die stillstehende Lichtorgel, deren Leuchten sich zu einem gleißenden Strahl gebündelt hatten.

Langsam wanderte diese Lichtsäule durch den Raum, das Gemäuer nach oben, über die Rücken von Anna, Ayla und Dave, zwischen ihnen hindurch in die hintere Ecke der Galerie. Dort, eingekreist, stand Jacky. Auf ihr blieb der Scheinwerferkegel wie ein Fadenkreuz.

Nikolai hatte zu der Gruppierung aufgeschlossen. Mit langen Schritten trat er in den Halbkreis, um sich breitbeinig vor Jacky, die sich hilfesuchend umblickte, aufzubauen.

Es waren seltsame Sekunden, die ich Jacky dort stehend wiedersah. Um sie herum begann mit einem Mal alles zu verwischen, während ihre Züge im Gegensatz dazu immer schärfer wurden. Diese Art, wie sich alles veränderte, wenn sie mich berührte und ansah. Nur dass sie mich in diesen Sekunden gar nicht sehen konnte.

In mir geschah etwas. Ein Gedanke zuckte mir durch den Kopf: Ist es wirklich erst ein Tag, den ich Jacky kenne? Es kam mir vor wie ein Jahr, wenn nicht mehr. War das wirklich erst heute gewesen, dass sie in mich hineingerannt war? Dass sie im Zirkuswagen die Linien meiner Handfläche nachgefahren hatte, dass wir im Zirkuszelt gewesen waren, im Wald, und dass sie mich in der Steinmetzerei – ja – geküsst hatte?

Noch bevor die Sonne aufgegangen war, hatte ich nichts von der Existenz dieses fremden Mädchens gewusst. Und nun stand da, wie man es auch drehte und wendete, keine Fremde mehr. Da stand ein Mädchen, das *mir* zugehört hatte, das sich *für mich* interessierte und dem *ich* zuhören wollte. Das mich zum Lachen gebracht hatte. Das gesagt hatte, dass sie mich mochte. Da stand ... Ich war nicht fähig, den Gedanken zu Ende zu führen.

Ein Teil von mir hatte sich insgeheim gewünscht, dass Jacky noch nicht weg sein würde, doch der andere, lautere Teil, hatte diesen Wunsch mit aller Macht niedergebrüllt und platt und stumpf gehofft, dass sich unsere Wege nicht wieder kreuzten und ich sie einfach vergessen konnte. Dieser Teil von mir war die Angst. Die Angst lähmte mich und machte mich zögerlich. Wie auch jetzt. Aber die Angst war mein Beschützer. Mein Schild. Weil es einfacher war, ängstlich zu sein. Weil alles andere unmöglich schien und es für mich nun mal Dinge gab, die einfach nicht gingen.

Das Bild vor mir wurde nun kristallklar. Ich bemerkte, wie irritiert Jacky war. Fahrig trippelte sie in ihren ausgelatschten Sneakern, während sie versuchte, die Lage einzuschätzen. Hinter ihr war eine geschlossene Tür. Zu ihrer Rechten war eine Mauer, links von ihr das Galeriegeländer, über das es etwa drei Meter in das unten liegende Wohnzimmer ging. Jacky war eingekesselt. Ich verfolgte das Geschehen weiter, ohne mich in der Lage zu sehen, in irgendeiner Art und Weise eingreifen zu können.

Zu wem gehörte ich? Zu Anna, Ayla, Dave, Nikolai? Zum inneren Kreis? Wie ich es gewollt hatte? Das brüllte es zumindest in meinem Kopf. Oder zu Jacky, wie es in meinem Herzen flüsterte?

Und wie es so ist, wenn etwas gleichermaßen, mit gleicher Kraft nach links und rechts gezerrt wird, bleibt alles unbewegt. Bis es einen schließlich zerreißt.

Alles, was ich rühren konnte, waren meine Finger, die in meiner Hosentasche über die Oberfläche des Feuerzeugs glitten.

»Was is'n das Problem?«, sagte Jacky jetzt. »Geht's noch?« Zum Schutz gegen den grellen Scheinwerfer hatte sie den Arm gehoben, die Ärmelenden ihres Longsleeves hatte sie gegen die Handballen gedrückt. Ihr Atem ging flach. Aufgrund des blendenden Lichts sah sie immer noch weder Viktor noch mich.

»Du hast meinen Armreif gestohlen!«, keifte Ayla.

»Was hab ich gestohlen?!«

»Du bist aus dem Bad gekommen. Und gerade wolltest du in mein Zimmer«, kam Anna ihrer Schwester zu Hilfe. »Ich hab dich erwischt.« Sie wirkte schadenfroh. Jacky blickte ratlos zwischen den beiden Schwestern hin und her. Ihre Sommersprossen waren schwelende Glut, ihre Augen, die sonst so blau schimmerten, waren zu schmalen Linien verengt.

Konnte das sein? Konnte Jacky mitbekommen haben, dass Ayla ihren Armreif im Badezimmer abgenommen hatte? Hatte Jacky sich das Schmuckstück gegriffen und war auf ihrem Beutezug von Anna überrascht worden? Die Menschen hier schienen diese Frage für sich bereits eindeutig beantwortet zu haben: Das konnte durchaus sein.

Ich überlegte.

Bei allem, was Jacky für mich geworden war, war sie *auch* eine Diebin. Das hatte ich selbst zu spüren bekommen. Aber ebenso war sie grundgut. Ich wusste für mich, dass ich ihr blind glaubte und vertraute.

Ayla jedoch bebte nun richtiggehend, und ich rechnete damit, dass sie Jacky jeden Augenblick an die Gurgel gehen würde. »Du miese, verkackte …«

Nikolai, der bisher nur zugehört hatte, hatte die Hand gehoben.

Jacky sah den Hunnen an. »Ich hab keinen Armreif eingesteckt«, sagte sie, wobei sie ihre kurze Hose abklopfte. Nur der Griff ihres Klappmessers drückte sich gegen den Jeansstoff. Sonst hatte sie nichts in den Taschen.

Der Hunne stützte die Hände in die Flanken. »Okay. Nochmals von vorne«, sagte er mit seiner fahlen Totengräberstimme. Er war ruhig, was seinem Auftreten etwas noch Furchteinflößenderes verlieh. »Was machst du hier? Hier darf niemand hoch, dem das nicht erlaubt worden ist.«

»Ich hab nur meine Freunde gesucht. Deshalb bin ich die Zimmer abgegangen.«

»Was du nicht sagst.«

»Ja. Ich wollte mich verabschieden. Und mein Fahrrad ist noch angesperrt, und ich hab den Schlüssel für das Schloss nicht.«

Es war offensichtlich, dass der Hunne ihr nicht glaubte. »Wer sind denn deine Freunde?«, sagte er. »Und wer bist *du* überhaupt?«

»Die Zirkusschlampe ist das!«, hallte es von unten, bevor Jacky antworten konnte. »Die kleine Gaunerin, die das Handy geklaut hat.« Ich drehte den Kopf. Der Nazi-Fatzke kam keuchend die Treppe heraufgestampft wie ein Henker zum Schafott. Ich sah, wie Jacky, die ihn sofort als ihren Verfolger aus dem Müller-Markt identifiziert hatte, zusammenzuckte.

Der Filialleiter schob sich an mir vorbei und wuchtete sich neben Nikolai in den Halbkreis. Jacky tastete hinter sich und rüttelte an der Klinke der Tür in ihrem Rücken. Vergebens. Die Tür war abgeschlossen. Einen Fluchtweg gab es nicht, und der Versuch, sich aus der Affäre zu ziehen, hatte für die Anwesenden die letzten leisen Zweifel an ihrer Schuld beseitigt. Wieso sollte man abhauen, wenn man nichts zu verbergen hatte?

Bedrohlich standen die Männer vor Jacky. Unwillkürlich musste ich an die Darstellung der Löwen und der Magd im Garten der Steinmetzin denken, an das Bild, bevor die Magd zur Kriegerin geworden war.

Ich muss etwas machen, dachte ich. Ich! Jetzt! Jetzt muss ich etwas machen!

Doch ich rührte mich weiterhin nicht. Mein Feuerzeug dagegen zerquetschte ich regelrecht. Ansonsten war ich wie paralysiert. Das Ganze wurde zum Albtraum. Zu einem dieser Albträume, in denen man sich weder vor- noch zurückbewegen kann und tatenlos, verschüchtert der Dinge harren muss, die um einen herum geschehen.

Der Filialleiter lächelte feist. »Kennst du mich noch?«, sagte er zu Jacky. Eine Wolke aus Spucke stob ihm bei jedem Wort aus dem Mund. Die Männer machten einen Schritt nach vorne. »Erst mal«, grunzte der Filialleiter, »gibst du meinem Kameraden Nikolai den Armreif. Und dann hat der Onkel Ewald ein bisschen Spaß mit dir.« Sein Lachen klang wie ein gefräßiges Schwein am Trog. Die tätowierte Achtzehn an seinem Hals hüpfte mit seinem Kehlkopf. »Natürlich hast du den Reif nicht in der Tasche«, sagte er. »Weil du ihn dir nämlich direkt umgelegt hast, stimmt's? Zeig doch mal deine Handgelenke!«

Ich sah, wie Jackys Finger, die noch immer die Bünde ihres Longsleeves gegriffen hielten, sich fest und fester in ihre Handflächen krallten.

»Ja, zeig!«, sagte Anna.

»Zeig deine Handgelenke«, riefen Dave und Ayla.

Jacky zitterte jetzt. Aber nicht vor Furcht. Jacky zitterte vor Wut.

»Nein«, sagte sie. »Nein, das mache ich nicht.« Sie strich über ihre Hosentasche. Mein Verstand raste. Wieso zeigte sie nicht einfach, dass sie den Armreif nicht umgelegt hatte? Weil dann immer noch das Problem mit dem Nazi-Filialleiter und dem gestohlenen Nokia blieb? Eher weil Jacky niemand war, der von irgendwelchen Männern zugebellte Befehle befolgte.

Jackys Fingerspitzen fuhren über ihren Taschensaum. Ich wusste, dass sie abwog, ob sie, um sich zu verteidigen, ihr Messer zücken sollte.

In meinem Kopf überschlugen sich Dutzende Szenen.

Nikolai und Ewald greifen die tretende und strampelnde Jacky und schleifen sie hinaus in die Finsternis.

Jacky zückt das Messer, rammt es dem Nazi direkt in die tätowierte Achtzehn.

Jacky schleudert Nikolai ihr Messer in die Schulter.

Ewald packt sie und wirft sie über das Geländer.

Panik. Krankenwagen. Polizei. Leid. Horror.

Alles Katastrophen. Doch nun, endlich, konnte ich mich bewegen. Ich schüttelte jede lähmende Angst, die mich umklammert hielt, ab und wollte Jacky zur Seite in den Halbkreis springen. Ich wollte ihr helfen. Ich würde versuchen, dem Nazi den Kiefer zu brechen. Oder vielleicht konnte ich eine Geschichte erfinden, die alle dazu bewog, Jacky gehen zu lassen. Ich konnte auch das Nokia, das noch in der Vordertasche meines Rucksacks steckte, zurückgeben. Ich würde die Schuld auf mich nehmen. Mein Gott, es wäre sogar eine Möglichkeit, die Pistole aus dem Zimmer zu holen. Hauptsache, ich machte irgendwas. Doch jemand packte mich an der Schulter und hielt mich zurück.

Viktor.

»Nicht!«, sagte er bestimmt. »Versau wegen der jetzt nicht alles.«

»Spinnst du?«, sagte ich laut und wischte seine Hand weg.

»Sei einmal cool, Krüger!«

»Viktor, Krüger? Seid ihr das?«, rief Jacky, die versuchte, durch den Lichtkegel etwas zu erkennen. »Steht ihr da schon die ganze Zeit?!« Ihre Häscher hatten sich umgedreht. Alle Augen waren auf uns gerichtet.

»Kennt ihr die?«, sagte Nikolai. Sein Blick war vernichtend. Er musterte erst mich und dann, länger, meinen besten Kumpel.

Dieser schüttelte schnell den Kopf.

»Nein, wir kennen die nicht«, sagte er.

Ich starrte ihn verdattert an.

»Bitte, was?«, rief Jacky. »Krüger?!«

»Warum weiß die dann eure Namen?«, warf Dave ein.

Viktor dachte einen Augenblick nach. Dann wandte er sich an Nikolai. »Also, *ich* kenne die nicht.« Er atmete durch. »Krüger kennt die.«

Sein Satz war ein Dolchstoß zwischen meine Rippen. Ich hatte das Bedürfnis, mich zu setzen. Oder mich wenigstens anzulehnen. Doch ich blieb stehen.

Ich zögerte.

»Stimmt das?«, sagte Nikolai, noch bevor ich mir eine passende Erklärung zurechtgelegt hatte.

»Natürlich stimmt das«, sagte Viktor. Sein Gesichtsausdruck hatte sich verändert. Als wäre er hinter eine Maske geschlüpft.

Viktors weiße Zähne, die sonst bei jedem Grinsen blitzten, hatten plötzlich etwas Wolfsartiges. Seine Haare waren stumpf. Seine dicken Brillengläser lagen auf seinen Augen wie verschmierte Lupen, was Viktors monströs vergrößerten Pupillen etwas Grotesk-Bösartiges verlieh. Mir wurde klar: Der, der mir da entgegenstierte, war nicht mein bester Freund. Das war nicht Viktor. Das war auch nicht mehr Viktor, der *ihm* ähnlich war: dem Sergeant. Das da vor mir, das *war* der Sergeant.

Viktor hatte sich verwandelt. Er verriet mich. Dafür, dass er und nur er zum inneren Kreis gehören würde. Dafür, bei den Hunnen ein echter Mann zu sein. Für das Lob und die Anerkennung von Nikolai. Für die Bestätigung, die er sich von seinem eigenen Vater so sehr wünschte und von Nikolai bekam.

Ich konnte es nicht glauben. Während ich noch gedacht hatte, wir wären ein Team, war es für Viktor, voller Ehrbegier und Geltungssucht, eine Competition.

»Ist das gerade dein Ernst?«, stotterte ich.

»Junge«, schnaubte Viktor. »Du dackelst dieser Ollen doch schon den ganzen Tag hinterher.«

»Ich dackel niemandem hinterher. Warum sollte ich? Wieso sagst du so was?«

»Na, ganz einfach.« Viktor warf theatralisch die Arme in die Luft und machte eine Pause, als wäre ich zurückgeblieben und bräuchte einfach länger, um von selbst auf die Lösung zu kommen, die für ihn längst auf der Hand lag. »Weil du verliebt bist, Krüger«, sagte er dann.

»Schwachsinn«, sagte ich. »Ich bin nicht verliebt.« Ich konnte mich gar nicht verlieben.

»Das muss hart sein«, fuhr Viktor fort, als hätte er mich gar nicht gehört, »sich so zu verknallen und zu wissen, dass man nie eine Chance haben wird.« Er sprach in einem Singsang, so überzogen mitfühlend, dass jedes Wort vor Gift troff. Er wollte hier nichts klären. Er wollte sich profilieren.

Ich musste dagegenhalten. »Wenn hier einer jemandem hinterherdackelt, dann doch wohl eher du, Vik.«

Viktor schluckte. Er schien durch meine Antwort, die ich besonders laut ausgesprochen hatte, um sicherzugehen, dass sie jeder um uns herum verstehen würde, für eine Sekunde aus dem Konzept gebracht. »Was meinst du?«, knurrte er. Und dann ahnte er es. »Wehe!«

»Der ganze Aufriss mit der Party... nur damit du mit deiner Yvonne rummachen kannst.«

»Du hast was, Viktor?!« Unser Streit wurde von Nikolais Ruf zerteilt wie ein Holzscheit vom Hieb einer Axt.

Viktor fuhr zusammen, fing sich jedoch. »Krüger lügt«, sagte er mit einer Gelassenheit, die mich erschauern ließ. »Oder?« Er hatte sich zu Yvonne gedreht. »Yvonne? Das ist doch nur eine feige Lüge von Krüger. Der erzählt halt gerne mal Geschichten.«

»*Ich* bin der Lügner von uns beiden?«, sagte ich noch. Doch es half nichts. Yvonne, die blass an einem Türrahmen lehnte, nickte nur. In ihr schien etwas zerbrochen zu sein.

Viktor beugte sich nun feindselig zu mir. »*Das* war ein Fehler, Krüger.«

»Dummes Arschloch«, presste ich durch die Backenzähne.

Viktors Lachen war hässlich. »Für wen hältst du dich eigentlich? Du bist nichts als ein Bremsklotz für mich.«

Ein erneuter Dolchstoß. Heftiger. Böser. Tiefer.

»Wir sind ... wir waren beste Freunde«, sagte ich heiser.

»Krüger. Wach auf! Ich häng nur mit dir ab, weil du mir leidtust.«

Etwas Kaltes hatte begonnen, sich in mir auszubreiten.

Der Scheinwerferstrahl war unterdessen vom Ende der Galerie weggewandert und auf uns beide gerichtet worden. Wir standen in dem Fleck aus Weiß.

Gebannt lauschten alle im Haus Verbliebenen, was wir uns an den Kopf warfen und wie unsere Freundschaft zersplitterte. Irritiert hörte ich, wie das Galeriegeländer vibrierte, als hätte sich jemand darangehängt. Ich versuchte, das Geräusch zuzuordnen, konnte mich aber nicht darauf konzentrieren. Licht brach sich in meinen Wimpern, was ein Farbband aus Rot, Gelb, Grün und Lila über alles legte.

Immer wieder schielte Viktor Beifall heischend zu Nikolai, der nun, kaum merklich, aufmunternd das Kinn hob, was Vik richtig in Rage geraten ließ. »Ich ziehe dich immer mit, Krüger!«, spie er. »Und wie dankst du mir das? Mit Neid dankst du mir das. Du bist neidisch.«

»Blödsinn! Auf was soll ich bitte neidisch sein?«

»Schau *dich* an, und dann schau *mich* an.« Viktor fuhr mit den Händen seine Silhouette entlang. »Ich bin beliebt. Dich vergessen die Leute in dem Moment, in dem du Hallo gesagt hast. Du bist ein Langweiler. Ein Stubenhocker. Ein Träumer. Eine Sissi. Du bist ein uncooler Loser, Krüger.«

»Wenigstens muss ich mir hier keinen Ersatz-Papi suchen.«

Viktor runzelte die Stirn. »Denkst du wirklich, dass das gerade das beste Thema ist? Wer hier einen Ersatz-Papi braucht?«

»Du steckst mit deinem Kopf so tief im Arsch der Hunnen, dass der Hals kaum noch zu sehen ist.«

»Und da ist er wieder. Der Neid. Checkst du es langsam?«

»Ach, fick dich einfach.«

»Dein Leben wäre viel einfacher, Krüger, wenn du akzeptieren würdest: Du *bist* nun mal du. Guck nicht so dumm. Ich weiß Bescheid. Du bist ein verschissener Krüppel.«

Was?!

Viktor hatte nicht mit meinem Schlag gerechnet. Ich schwang meine Faust seitlich, mit der Unterseite zuerst, und traf ihn mit voller Wucht an der Schläfe oberhalb seines Brillenbügels, noch bevor er seine Hände zur Deckung heben konnte. Meine Finger knackten, als meine Knöchel auf seinen Schädel prallten.

Ein Aufschrei ging durch das Haus.

Viktor taumelte zurück. Er presste sich den Handballen gegen die Stelle, an der ich ihn erwischt hatte. Ein feines Rinnsal Blut quoll aus einem Riss, wo die Haut aufgeplatzt war, und floss ihm über die Wange.

»Du hinterhältiger Feigling!«, stöhnte er.

»Jetzt machst du ihn platt«, zischte Nikolai. »Du bist Boxer!«

»Brich ihm das Genick«, sagte der Nazi.

Dave grinste. Anna und Ayla kreischten hasserfüllt.

Viktor spannte die Muskeln und setzte zum Sprung an.

Er wollte auf mich los. Er blickte in die vor Schweiß und Speck reflektierenden, die Zähne fletschenden Gesichter der Leute um uns herum, deren Respekt wir gewollt hatten und zu denen jetzt nur noch Viktor gehören würde. Er würde zu einem von ihnen werden.

Dann schien Viktor einen Moment der Klarheit zu haben. Mit einem Mal hatte er innegehalten, und alle Spannung war aus seinem Körper gewichen. Statt mich anzugreifen, verschwand er in Aylas Zimmer und kam kurz darauf mit meinem Rucksack, in den er gerade noch meinen Pulli stopfte, wieder heraus.

»Du gehst jetzt besser nach Hause«, sagte er und reichte mir meinen EastPak, wobei eine Woge der Trauer über sein Gesicht schwappte und die Maske des Sergeants für einen Moment fortspülte.

Wir sahen uns in die Augen.

Dann rief jemand: »Verdammt! Die Rothaarige ist abgehauen!«

Nikolai fluchte. Der Nazi-Filialleiter drosch mit seinem Stiefel gegen die Wand.

Ich drehte mich um und stieg, den Kopf gesenkt, durch Getuschel die Treppe hinunter.

Jacky hatte sich von der Brüstung gehangelt, als der Scheinwerfer auf Viktor und mich gerichtet war. Das war das vibrierende Geräusch gewesen.

Gut, dachte ich. Wenigstens das.

Gut, dass wenigstens Jacky weg war.

Ein Windstoß musste die Stummel der Zigaretten, die Viktor, Jacky und ich vor der Party geraucht hatten, fortgeweht haben. Als ich zu meinem BMX an der Laterne kam, entdeckte ich die ausgedrückten Kippen nicht wieder. Jackys Rad war verschwunden. Mein Fahrradschloss, mit dem unsere beiden Vorderreifen zusammengekettet gewesen waren, war auf den Asphalt geworfen wie Müll. Die Zähne des Schlosses waren verbogen, was geschehen sein musste, als Jacky es mit ihrem Messer geknackt hatte.

Ich setzte mich auf meinen Sattel.

Was in aller Welt war da eben passiert?

Ich wollte nur noch nach Hause. Ich wollte nichts mehr, als dass dieser Tag endlich vorüber wäre.

Noch einmal blickte ich zum Haus der Münch-Schwestern. Dann sah ich auf die gegenüberliegende Straßenseite zur Steinmetzerei, in der nun alle Strahler und Lichterketten erloschen waren. Die Statuen ruhten in der Dunkelheit. Dort hatte Jacky mich geküsst. Und, davon war ich in diesem Moment überzeugt, sie würde es nie wieder tun.

Nah an einem Kanaldeckel neben dem Bürgersteig, auf dem ich stand, lag etwas. Ein kleines Insekt. Ein zierlicher Falter. Das graue Falterchen mit den weißen Punkten lag, die zarten Flügel eingeknickt, im Rinnstein. Der Falter war tot.

Ich hoffe, du hast gefunden, was du gesucht hast, dachte ich. Ich hoffe, du hast dein bisschen Zeit und diese letzte Nacht nicht verschwendet. Das Leben ist verdammt kurz. Der nächste Regen wird dich fortspülen. Mach es gut.

Dann trat ich langsam in die Pedale.

DIE WOHNUNG war leer.

Es ist immer seltsam, in eine leere Wohnung zu kommen. Man spürt, dass niemand da ist, auch wenn man die Zimmer nicht, um sich zu vergewissern, abgegangen ist. Selbst ein gerufenes »Hallo?« klingt in einer leeren Wohnung anders. Stumpfer. Als würde die Leere den Klang des Rufs absorbieren wie ein schwerer Vorhang. Man spürt irgendwie sogar, ob in der Zeit, seit man selber die Wohnung verlassen hat, jemand da gewesen war, auch wenn alles an seinem Platz ist und überhaupt nichts verändert wurde.

Bei mir zu Hause war den ganzen Tag niemand gewesen. Nichts hatte sich verändert. Und doch war alles anders.

Ohne die Schnürsenkel zu öffnen, streifte ich meine Chucks ab und kickte sie unter die Garderobe, an die ich meinen EastPak hängte. Ich schaltete die Küchenlampe an, deren Birne brummend flackerte, und hängte mich unter den Wasserhahn. Jetzt erst bemerkte ich, wie durstig ich war. In großen Schlucken trank ich, so gierig, dass mir das kalte Wasser das Kinn hinunterfloss. Ich war über diesen schrecklichen Tag hin völlig ausgetrocknet. Ich trank, bis meine Speiseröhre schmerzte und ich nichts mehr in den krampfenden Magen bekam. Doch der Durst blieb als fortwährendes Kratzen im Hals.

Ein belegtes Brot von heute Morgen lag noch auf dem Teller, den ich vergessen hatte, in den Kühlschrank zu räumen. Der Käse wellte sich bereits, und der Rand war dunkelgelb und holzig. Ich biss einmal in die Schnitte, die schmeckte wie eine Schuhsohle, und klatschte die Scheibe dann in den überquellenden Abfall, was ein gutes Dutzend Fruchtfliegen hochschwirren ließ.

In allen Räumen stand die Hitze des Tages wie in einem Backofen.

Im Badezimmer roch es modrig. Ich pisste im Stehen und zog ab. Ich putzte mir die Zähne. Ich spülte aus und wusch mir das Gesicht. Dann trocknete ich mich ab, bis die Haut rau und aufgescheuert war, und sah auf in den Spiegel.

Das gewohnte Bild. Tiefe Augenringe. Blass. Die Haare kurz geschoren. Und doch war es, als würde mir ein Fremder entgegenblicken. Ein Langweiler war das. Ein Feigling. Ein Loser. Ein verschissener Krüppel war das, dieser Fremde.

Und es war kein Fremder.

Das war ich. Krüger.

Viktor hatte recht.

Ich spuckte meinem Spiegelbild ins Gesicht.

Einen Augenblick sah ich dem Speichelhaufen, der dick schäumend auf dem Glas pappte, zu, wie er begann, von meiner Stirn abwärts, eine schleimige Spur hinterlassend, nach unten zu schlieren. Dann ging ich in mein Zimmer. So brachial schlug ich die Tür hinter mir zu, dass das Pressholz im Rahmen vibrierte und der Schlüssel klirrend auf das Linoleum fiel.

IN MEINEM ZIMMER war die Luft zum Schneiden. Ich stieß das Dachfenster auf, durch das die Sonne den ganzen Tag geknallt war wie durch ein Brennglas, und schaute an den Sims gelehnt nach draußen. Es war ungeheuer leise. Niemand war auf der Straße, kein Nachtvogel sang in einem der Bäume der Nachbarsgärten.

Viktor hatte mich verraten. Unsere Freundschaft war zerstört. Jacky war fort. Das war die Realität.

Alles war nichts. Und es war alles meine Schuld.

Wäre ich heute Morgen nicht aufgestanden und hätte ich diesen Tag einfach vorüberstreichen lassen, wie ich es gewollt hatte, wäre alles beim Alten geblieben. Auch dann wäre ich immer noch ein Loser, ein Langweiler, ein Feigling und ein Krüppel, ja. Doch wenigstens wären Viktor und ich dann immer noch Kumpels, und ich wäre nicht zum Gespött aller auf der Party geworden. Und Jacky hätte ich niemals kennengelernt. Und wenn ich sie nicht kennengelernt hätte, hätte ich sie auch niemals vermissen können.

Ich vermisste Jacky, und es schmerzte, wie ich da so am Fenster stand, das erkennen zu müssen. Ich vermisste ihr dreckiges Lachen, wenn ich einen Witz versucht hatte. Ihre Ruhelosigkeit, wenn ich nicht vom Fleck gekommen war. Ihr ehrliches Interesse. Die Hitze, die von ihrem Körper strahlte. Dass wir im Zirkuswagen reden und vor der Stadtvilla hatten schweigen können.

Um mit der Stille nicht alleine sein zu müssen, schaltete ich meinen Fernseher ein und setzte mich auf die Couch. Ich fand keine Position, die bequem war und die es mir erlaubt hätte, zur Ruhe zu kommen. Das zerschlissene Kunstleder klebte mir an den Unterarmen, als wären sie mit Pech bestrichen. Die Federn der Sitzfläche drückten durch den dünnen Bezug und durch meine Klamotten. Nicht einmal mehr etwas zu rauchen hatte ich.

Rauchen.

Jacky.

Wie glamourös es aussah, wenn Jacky rauchte. Wie ein Filmstar hatte sie ausgesehen, im Halbdunkel, umhüllt von blauen Schwaden, auf denen der Schein der Straßenlaternen gelegen hatte.

Ich verkroch mich in mein Bett.

Ich schüttelte mein Kissen auf, die kältere Seite nach oben. In welcher Stadt *sie* wohl morgen auf ihrem Kopfkissen erwachte? Und wie weit von mir entfernt? Doch was machte ich mir überhaupt all diese Gedanken? Unerreichbarkeit war keine Frage von Distanz.

Ich drehte die Fernseherlautstärke hoch. Auf fast allen Kanälen lief Werbung, hart hintereinandergehackt, und ich war dankbar für die schnelle Abfolge der Reize. Mobilfunktarif. Neuer Golf. Mentos. Jeder Spot brüllender und greller als der vorhergehende. Frosties. Frufos. Frauen in Lackstiefeln stöhnten lasziv Telefonsexhotlines in die Kamera, so erregt, dass man ihnen am liebsten glauben wollte. Doch ich glaubte ihnen nicht. Sie waren nicht Jacky.

Ich zappte mich durch die Sender. Auf Phoenix lief eine Tierdokumentation über die Steppe von Botsuana. Ein Löwenmännchen tötete ein Junges des eigenen Rudels, damit dies nicht zur möglichen Konkurrenz heranwachsen konnte.

Ich hasse Löwen, hatte Jacky gesagt. Weil sie sie erlebt hatte, meinte sie.

Auf dem Bildschirm flimmerten weiter die wechselnden Motive. Und schon wieder und unentwegt dachte ich an das Zirkusmädchen. Vom Moment, als sie in mich hineingerannt war, bis zu ihrem letzten, suchenden Blick gegen das gleißende Licht auf der Galerie. Daran, dass ich jetzt immer an sie denken musste, wenn ich einen Löwen sah. Im Fernsehen, im Zoo, als Statue. Immer würden die Tiere mich an dieses Mädchen erinnern. Und jeder Zirkus, der irgendwo die Litfaßsäulen mit bunten Plakaten tapezieren ließ. Und jeder Wald. Und mein Notizbuch. Und jeder Schnaps. Und das Poster von Oasis an meiner Zimmerwand. Und mein Feuerzeug. Und jede Messerklinge. Und jede Zigarette. Und Feuerrot. Und Wasserblau. Und jedes Wasser, in das ich nicht eintauchen, und jedes Gewässer, in dem ich nicht schwimmen konnte. Und alles.

Sie hatte die Geschichte gemocht, die ich für sie geschrieben und in der sie die Löwen besiegt hatte. Sie hatte meine Lebenslinien mit ihren Fingern nachgefahren. Sie hatte mich geküsst. Und ich war dankbar, dass von dem Kuss nur eine Ahnung in mein Bewusstsein durchgedrungen war. Ahnungen waren flüchtig. Mich an mehr erinnern zu können, hätte ich wahrscheinlich nicht ertragen.

Ich dachte an Jacky, an Jacky, an Jacky und konnte nichts dagegen tun. Wie konnte ich noch nach draußen gehen, wenn ich wusste, dass es *sie* da draußen gab, ich sie jedoch nie wiedersehen würde?

Und doch hätte ich sie ohnehin nicht wiedersehen können. Weil sie sonst von meinem Geheimnis erfahren hätte.

Ich konnte nur hoffen, dass ich Jacky irgendwann vergaß. Dass meine Erinnerung an sie irgendwann verblasste wie ein altes Foto.

Ja.

Wir hatten doch nur *einen* gemeinsamen Tag gehabt. Und zum Vergessen, dachte ich, habe ich immerhin noch ein ganzes Leben.

Die Zeit heilte doch alle Wunden, oder? Wenn man nur lange genug wartete? Das war meine Hoffnung. Wenn ich erwachsen war, wären alle Wunden verheilt. Dann konnte ich mich verlieben. Dann!

Zudem bestand ja kein Zweifel daran, dass auch sie *mich* vergessen würde. Sie lernte so viele Menschen kennen in den Dörfern und Städten, auf der Reise, die ihr Leben war. Da war ich einfach nur irgendjemand gewesen. Und ich war niemand, an den man sich erinnerte. Ich war jemand, den man vergaß, in dem Moment, indem ich Hallo sagte.

Dieser Gedanke tat weh. Dass nicht nur ich Jacky vergessen würde, sondern sie mich ebenfalls. Doch der Gedanke half mir auch, die Sinnlosigkeit des Wunsches zu akzeptieren, wenigstens noch ein kleines bisschen Zeit mit Jacky haben zu wollen.

Ich wechselte auf MTV. Gerade spielten sie Gang Starr. Die letzten Takte von *Moment of Truth*.

No one is untouchable, no man is bulletproof.
We all must meet our moment of truth.

Meine Augen fühlten sich an wie Sandpapier. Ich drückte den Powerknopf der Fernbedienung, und der Bildschirm des Fernsehgerätes wurde mit einem Zip schwarz. Nur ein kleiner Lichtpunkt blieb in der Mitte der Scheibe zurück, der schließlich ebenfalls in das Schwarz gesogen wurde.

Ich will einfach nur, dass dieser Tag vorüber ist, dachte ich abermals. Ohne schwirrenden Kopf. Nichts machen. Nichts tun. Einfach liegen. Wie der kleine Lichtpunkt verschwinden.

Der Lattenrost knarzte, als ich mich auf meiner Matratze einrollte.

Wenn ich nichts gemacht hätte und einfach liegen geblieben wäre, wäre diese ganze Scheiße gar nicht erst passiert. Diese Lektion hatte ich gelernt.

Ich würde diesen Tag aus meinem Gedächtnis streichen. Vorgeben, dass er nie geschehen war. Er würde nur eine weitere Geschichte sein, die ich niemandem erzählte.

Und ich rollte mich tiefer ein. Und die Augen begannen, mir zuzufallen. Und meine Atmung begann, gleichmäßiger zu werden.

Einschlummern.

Hinübergleiten.

Gleich war dieser Tag vorbei.

Es gibt nichts Schöneres als diesen Schwebezustand kurz bevor man einschläft. Wenn man nur darauf wartet, gleich zu träumen.

WO WAR ICH?

Ich fühlte mich leicht. Das war das Erste, was ich wahrnahm. Wie leicht hier alles war.

Orientierungslos drehte ich mich um die eigene Achse. Um mich war nichts als Grün. Eine unwirklich schattierte satte Wildnis. Wuchernde Äste, von denen Lianen hingen, dick wie Taue. Buschige mannshohe Farne und segelgroße Blätter, die von Zweigen und Stängeln sprossen, streiften meine Arme und Unterschenkel. In das Grün waren Blüten gemischt, die in allen Regenbogenfarben zu explodieren schienen wie Raketen an Silvester. Keine von ihnen würde jemals verwelken, das wusste ich. Eine Farbenpracht, als hätte man mitten im Feuerwerk den Pause-Knopf gedrückt. Das Gestrüpp war so dicht, dass ich keinen halben Meter durch die ineinander verwobenen Stauden sehen konnte.

Ich blickte an mir herab. Ich war barfuß. An meinen Fersen und Zehen spürte ich den weichen Waldboden, der bedeckt war mit kitzelnden Tannennadeln und kühlem Moos. Ich trug meine kurze Hose, dazu meine beiden T-Shirts, das enge und das weite übereinander, auch wenn dies, das war mir klar, an diesem Ort hier überhaupt nicht nötig war.

Obwohl ich nicht ausmachen konnte, wo genau ich mich befand, war mir nicht unwohl und war ich nicht eingeschüchtert an diesem Ort, sondern selbstsicher.

Es wird das Beste sein, wenn ich mich bewege, dachte ich.

Sobald ich den ersten Schritt machte, öffnete sich die dichte Gewächswand vor mir wie von Zauberhand. Die Pflanzen glitten auseinander, nur um sich direkt hinter mir wieder zu schließen wie eine heilende Wunde. Ich wanderte umher, unmöglich zu sagen, wie lange. Ich hatte die Casio angelegt, doch schaffte ich es nicht, die sich schwarz von der leuchtenden Anzeige abhebenden Zahlen als Uhrzeit zu verstehen. Es war gleichgültig. Zeit spielte hier keine Rolle. Hier war alles jetzt.

Ich sprang über seichte Rinnsale, duckte mich unter dornigen Ranken hindurch und kletterte über Stümpfe, einen Fuß vor den anderen setzend, bis ein Geräusch mich aufhorchen ließ.

Ganz in der Nähe krachte es. Ruhig blieb ich stehen. In meinem Rücken brach etwas durch das Unterholz. Kreischende Papageien und Tukane flatterten in Schwärmen aus den Wipfeln. Etwas Großes, Mächtiges walzte durch den Forst auf mich zu und ließ Baumstämme umknicken wie Streichhölzer. Mir war bewusst, dass dieses Etwas mich nicht kriegen durfte. Und mir war ebenso bewusst, dass dieses Etwas mich auch nicht kriegen *würde*. Denn wenn es mich erwischte, musste ich weg von diesem Ort.

Neben mir war abrupt eine Leiter aufgetaucht. Geschmeidig kletterte ich die abgenutzten Sprossen nach oben und verharrte etwa auf halber Höhe. Über mir führte die Leiter weiter durch die Baumkronen. Unter mir jagte, dass die Bäume splitterten und die Sträucher auseinanderflogen, das Etwas hindurch. Eine überdimensionale Schlange. Sie hatte keinen Kopf und keinen Schwanz. Das Tier war ein einziger Torso, dunkel und seltsam viereckig in die Länge gezogen. Es bewegte sich kantig. Wie ferngesteuert, in Neunziggradwinkeln umkurvte mich die Schlange, die, die Pflanzen schluckend, zerdrückend und zerstörend, immer länger zu werden schien. Dann berührte das Wesen die Leiter. Die Schlange fror für einen Moment ein. Elektrisch blinkte sie auf. Und sie war weg.

Ich war die Leiter hochgeklettert und hatte mich durch eine schmale Luke nach oben gezogen. Nun befand ich mich auf einer gigantischen Plattform, die über den Baumkronen lag und die eben, planiert und sandig war. Am Ende dieses Steppenareals war, mit Masten, Streben und Seilen, etwas aufgebaut worden. Ich erkannte ein Zirkuszelt, das sich strahlend aus der Einöde erhob. Die gelb-roten Streifen der Zeltplane leuchteten, die Fahnen, die auf einem Gestänge über der Kuppel angebracht waren, wehten imposant im warmen Sommerwind. Ich versuchte zu lesen, was auf den gehissten Flaggen geschrieben stand, doch sosehr ich mich auch konzentrierte, die Buchstaben zu entziffern, die aufgedruckten Worte verschmierten vor meinen Augen und verschwammen wabernd wie ein überhitztes Dia, ohne dass ich ihren Sinn hätte erfassen können. Es war mir gleichgültig. Ich hatte das dort Geschriebene schließlich schon einmal gelesen, und das war genug.

Etwas an diesem Zelt zog mich an. Den Weg bis dahin würde ich spielend bewältigen können. Ich marschierte los und kam schnell vorwärts.

Zu meiner Linken war eine improvisierte Siedlung mit Wohnwagen und Stallungen, zu meiner Rechten eine heruntergekommene Spelunke, deren Aufgang Zitronen- und Kirschbäume rahmten.

Ich ging vorbei.

Ich durchschritt eine mit einer niedrigen Mauer umrandete ausgedörrte Parkanlage, die ich als verfallenen Friedhof identifizierte. Behauene Steinplatten markierten staubige Gräber, die nun meinen Pfad flankierten. Die Inschriften der Grabsteine, unter die Abbilder eines Falters geschlagen waren, waren überwuchert. Ich kniete mich vor das erste der Gräber, hob einen Kiesel von der Erde, begann, die Gravur freizukratzen, und tat dies dann ebenso bei den anderen Grabstätten.

Ich würde mir auch wünschen, dass das jemand für mich macht, dachte ich.

Als ich fertig war und die Prägungen freigelegt hatte, trat ich zurück. Zwar verstand ich, dass ich auf Buchstaben blickte, doch erneut verschwamm mein Sichtfeld, sobald ich lesen wollte, was dort eingraviert worden war. Es war nicht wichtig. Die hier Ruhenden kannte ich wohl nicht.

Ich drehte den Kopf, weil ich gehört hatte, wie Pranken über den staubigen Untergrund wetzten.

Mein Weg wurde von einem Panther gekreuzt. Aggressiv spannte das Tier die Muskeln an, in seinem fauchenden Maul blitzten die tödlichen Reißzähne. Seine gierigen Augen fixierten meine Kehle. Furchtlos trat ich auf den Panther zu, dem mein Selbstbewusstsein zu imponieren schien. Seine Aggressivität schlug um in Zutraulichkeit. Mit jedem Schritt, den ich machte, wurde die Raubkatze entspannter.

Mit seiner Stirn schmiegte sich der Panther gegen meine geschlossene Faust, als ich an ihm vorbei in das Zirkuszelt trat.

Die Ränge und Reihen waren leer. Niemand saß auf der Tribüne, in deren Mitte die Manege lag, niemand hatte am Eingang gestanden, hatte Tickets kontrolliert, niemand verteilte Flyer oder verkaufte Popcorn und Softdrinks. Außer mir war nur eine einzige Person in der Arena, die überspannt war von der nachtblauen Kuppel mit den aufgeklebten gelben Sternen.

Die alte Steinmetzin Berger lehnte in ihrem schwarzweiß gemusterten wallenden Kleid auf einem Stock, den Blick auf einen großen Steinquader gerichtet.

»Da bist du ja wieder«, sagte sie mit knorriger Stimme, ohne dass sie sich zu mir umgedreht hätte. »Du weißt, dass du träumst, nicht wahr?«

Ich nickte. Ich wusste, dass ich träumte.

»Gut«, sagte die Steinmetzin. Der eben noch unbehauene Steinquader war transformiert. Nun stand dort eine grobe Figur, die die Umrisse eines Menschen erkennen ließ. Offenbar hatte ich begonnen, eine Statue aus dem Stein zu schlagen. Ich hatte mit einem Mal einen Hammer und einen Meißel in der Hand. Ich schlug und brach Stücke aus dem Block, schuf Konturen von sehnigen Gliedern, die immer deutlicher Form annahmen. Mit Schleifpapier schmirgelte ich Unebenheiten ab, bis ich mit dem Ergebnis zufrieden war.

Vor mir war das Abbild eines jungen Mannes entstanden. Die Haare kurz geschoren, etwas größer als ich, komplett durchtrainiert, mit einem kantigeren, männlicheren Gesicht als meines. Mir gefiel, was ich sah. Zur finalen Kontrolle fuhr ich mit den Fingerspitzen über seinen nackten Oberkörper. Glatt und perfekt. Jemand klatschte. Anna, Ayla und Dave saßen im Zuschauerbereich auf der Tribüne, die jetzt eine Treppe geworden war, und applaudierten mir frenetisch zu. Ganz oben, auf der obersten Stufe, stand Viktor.

Mir fiel unser Streit ein. Sein Verrat. Und doch hätte ich gerne mit ihm gesprochen.

Warum pfeift Vik denn nicht?, dachte ich. Ein Pfiff, der *Komm her!* hieß. Ein Pfiff wie eine ausgestreckte Hand. Das wäre schon genug. Doch Viktor schien nicht imstande, sich zu bewegen. Die Verletzung, die ihm mein Schlag zugefügt hatte, war nicht mehr zu sehen. Trauer stand meinem Freund im Gesicht, und ich hatte urplötzlich die Gewissheit, dass hinter ihm, in den zackigen Schatten, Nikolai und sein Vater warteten, die Pistole, mit dem Finger am Abzug, auf seinen Hinterkopf gerichtet.

Nun wollte ich etwas rufen, doch bevor ich einen Ton herausbringen konnte, schwang die Steinmetzin ihren Stab, dass die Späne in einem Wirbel vom Manegenboden flogen. Als das Gestöber sich gelegt hatte, waren Anna, Ayla, Dave und Viktor verschwunden, und die Steinmetzin betrachtete die von mir gehauene Statue.

»Wer soll das sein?«, fragte die alte Frau.

»Ich«, sagte ich. »Ich soll das sein.«

Die Steinmetzin schüttelte den Kopf. »Das bist du nicht. Die Figur hat nicht deine Geschichte.«

Dass sie widersprach, überraschte mich. Ich wusste nicht, was ich erwartet hatte, das sie sagen würde, Widerworte jedoch nicht.

Erneut schwang die Steinmetzin ihren Stab, drehte sich in einer Pirouette, dass ihr Kleid mitflog, bevor sie ihren Stock tief in den Untergrund stieß, dass die Erde erzitterte, als hätten sich tektonische Platten verschoben.

Die Wucht dieses Stoßes ließ mich zurückspringen. In

der Mitte der Arena, an der Stelle, in die die alte Frau die Stabspitze gerammt hatte, öffnete sich ein klaffender Riss. Ein tiefer Graben, in den die von mir geschaffene Statue taumelnd hinabstürzte, ohne dass ich eine Chance gehabt hätte, sie zu fassen zu bekommen. Auf dem Grund zerschlug die Skulptur jetzt in tausend Teile.

Der Graben teilte die Manege in zwei Hälften. Auf der einen Seite des Schlundes stand ich.

»Und?«, rief jemand von der anderen Seite des Grabens zu mir herüber. »Was ist denn nun deine Geschichte?« Es war Jacky. »Sag!«, rief sie. »Erzähl es mir. Warum schwimmst du nicht mehr? Warum nennen dich alle Krüger? Warum darfst du dich nicht verlieben? Was ist dir passiert?«

Die Steinmetzin war verschwunden. Der Graben hatte sich unterdessen mit Wasser gefüllt. Ein breiter Fluss schlängelte sich durch das Zirkuszelt, trennte Jacky, die am gegenüberliegenden Ufer stand, und mich, und ich wusste, dass es für mich keine Möglichkeit geben würde, das Gewässer zu überqueren und zu ihr zu gelangen. Es gab keine Brücke, nichts, was ich als Floß zum Übersetzen hätte nutzen können. Für einen Sprung war es zu weit. Selbst hier. Und wie man schwimmt, hatte ich längst vergessen.

Ich trat näher an das Wasser heran. Über den Strom hinweg blickte Jacky erwartungsvoll zu mir. Obwohl ich ihr Gesicht nicht erkennen konnte, wusste ich, dass sie es war. Feuerrote Haare umrahmten etwas, das ihr Gesicht sein musste. Doch wo ihre wasserblauen Augen, ihre sommersprossengesprenkelten Wangen hätten sein müssen, sah ich nur einen blinden Fleck. Als hätte jemand allen Kontrast aus den Konturen gezogen. Jetzt bemerkte ich, dass auch die Farbe ihres Haars Sekunde um Sekunde an Intensität zu verlieren schien. Das Feuerrot flammte immer weniger und drohte, nach und nach abzustumpfen und zu erlöschen. Wie eine alte Fotografie begann Jacky langsam zu verblassen.

»Warum darfst du dich nicht verlieben, Krüger?«, rief sie wieder. »Was ist deine Geschichte? Was ist dir passiert?«

Ich hatte nun mein Notizbuch in der Hand. Bedächtig fuhr ich über die zerfledderten Seiten und den abgewetzten Einband, bevor ich das Gummiband, das das Buch umspannte, abzog.

In dieser Welt konnte ich Jacky alles erzählen. In dieser Welt würde sie mich nicht verachten oder auslachen, dafür, wie ich war. In dieser Welt würde Jacky mich lieben können. Und ich sie.

Mir war bewusst, dass ich mich beeilen musste.

Ich schlug mein Notizbuch auf und wollte zu lesen beginnen. Ich wusste, was da stehen musste. Meine Geschichte. Die einzige Geschichte, die ich über mich geschrieben hatte. Doch als wären die Sätze mit Tusche zu Papier gebracht und als hätte man die Seiten angehoben, bevor die Tusche hatte trocknen können, zerfloss der Text vor meinen Augen. Von meiner Geschichte war nichts übrig außer verwischten schwarzen, nassen Striemen. Ich konnte nicht vorlesen.

Verwirrt stammelte ich irgendwas und schaute auf. Jacky war jetzt nur noch ein zartes Schimmern, farblos und matt, wo vorher nichts als Leuchten gewesen war.

Sie verschwand. »Mach es gut«, rief sie noch. »Vergiss mich nicht, wenn es für dich geht.« Dann war sie weg.

Jacky war weg. Ohne, dass ich ihr alles hatte sagen können. Dass ich sie vermisste. Was sie für mich war. Was ich für sie empfand. Und ich hatte ihr nicht sagen können, wer ich war. Ich habe meine Zeit vertan, dachte ich. Doch ich träume. Ich träume nur, dachte ich. Ich weiß, dass ich träume.

Und wenn man weiß, dass man träumt, kann man … aufwachen.

PLÖTZLICH WAR ICH WACH.

Ich drehte mich weg von der Raufasertapete, von der Mauer meines Zimmers, an die mein Bett geschoben stand, und blickte in der Düsternis mit hämmerndem Puls auf meine Armbanduhr. Keine halbe Stunde hatte ich im Dämmerschlaf dagelegen. Die Zeit war mit einem Fingerschnippen vergangen, doch es war noch nicht zu spät.

Ich setzte mich auf. Ich wusste nun, was ich tun musste. Ich durfte meine Zeit nicht mehr verschwenden. Ich musste zu Jacky!

Sie mochte mich. Wegen mir. So, wie ich war. Weil ich *ich* war.

Ich sprang in meine Klamotten, griff meinen Rucksack, packte mein BMX und rannte, zwei Stufen auf einmal nehmend, das Treppenhaus hinunter. Auf der Straße hielt ich inne.

Wo würde ich Jacky finden können? In der Nähe der Party war sie mit Sicherheit nicht mehr. Auch dass sie in der Steinmetzerei war, war unwahrscheinlich. Wenn sie zurück zu ihren Zirkusleuten gegangen war und ich sie nicht an ihrem Wohnwagen antraf, würde es schwer werden, jemandem zu entlocken, wo sie sich aufhielt. Zumal es mitten in der Nacht war. Und vor allem, wenn sie dies nicht wollte. Sie wurde immer noch von der Polizei gesucht, und es war gut möglich, dass Nikolai jemanden losgeschickt hatte, sie abermals wegen des gestohlenen Armreifs zu verhören. Oder um ihr Schlimmeres anzutun.

Bei jedem dieser Gedanken schnürte sich meine Kehle zusammen. Ich musste mich für eine Richtung entscheiden.

Die Möglichkeiten waren unendlich.

Doch eine Chance hatte ich.

Für einen Moment schloss ich die Augen. Dann stieß ich mich ab, rollte los und fuhr. So schnell ich konnte, fuhr ich. Kilometerweit. Bis mir die Oberschenkel brannten. Bis meine Lunge stach. Bis meine Halsschlagadern pumpten. Ich raste die Straßen entlang. Der Dynamo an meinem Vorderrad wetzte, und die kleine Lampe an meinem Lenker warf funzeliges Licht auf den Teer, der sich vor mir zu einer schier endlosen dunklen Bahn zu ziehen begonnen hatte. Alles war ein schwarzer Tunnel, in den meine kleine Lampe stach wie ein Funken Hoffnung.

Wir hatten es uns in der Steinmetzerei versprochen.

Wohin wir zusammen gehen würden.

Endlich schoss ich auf den Radweg, trat weiter, ohne aus dem Rhythmus zu kommen, bog am Ausflugsparkplatz ab, ließ mein Fahrrad fallen und sprintete das letzte Stück den Weg nach oben. Nach oben zu der Stelle, an der Jacky sein musste. Nach oben zu dem Ort, an dem man Löwen besiegen konnte. Nach oben zum Janus.

TEIL 4

IM MONDSCHEIN wirkte der Janus noch imposanter als in der abendlichen Sommersonne. Die silbernen Strahlen flossen über die massive Statue, die sich am Rand der Klippe gegen den klaren Nachthimmel abhob. Ein lauer Wind wehte über das Plateau, strich durch die Gräser und Sträucher und wiegte flüsternd die Halme und Zweige. In der Tiefe rauschte die Naab, beständig, friedlich und sacht, als wären Vergangenheit und Zukunft und Anfang und Ende immerzu dasselbe.

Vereinzelt brannten Lampen im nächtlichen Bodenstein, dazu erleuchtete Fenster, flackernde Straßenlaternen, die Scheinwerfer von Autos, die zwischen den Wipfeln des Forstes auftauchten und wie Sternschnuppen wieder in der Dunkelheit verschwanden.

Es war tiefste Nacht gewesen, als ich mit meinem Fahrrad den Aufweg zur Anhöhe erreicht hatte. Dort oben im Vollmondlicht jedoch war es taghell.

Von der Fahrt durch das Schwarz, vom Sprint hinauf, von der Angst, Jacky nicht wiederzusehen, hatte ich schwer geatmet.

Und meine Atmung hatte sich auch nicht beruhigt, als ich sie entdeckte.

Sie war tatsächlich hier.

Jacky war über die Absperrung am Rand der Klippe geklettert, saß auf dem Steinsockel der Wächter-Skulptur und ließ die Beine über den Abgrund baumeln. Die Ärmel ihres Longsleeves hatte sie bis über die Finger geschoben. Durch die Hosentasche ihrer Shorts drückte sich ihr Klappmesser ab.

Langsam ging ich in ihre Richtung. Nochmals sah ich zurück. Meine Schritte hatten tiefe Spuren im hohen Gras hinterlassen, dort, wo von Jacky kaum ein Abdruck zu sehen war und sich die wenigen geknickten Halme bereits wieder aufzurichten begonnen hatten.

Morgen ist sie weg, dachte ich. Aber jetzt, *jetzt* war sie da. Noch konnte ich umdrehen und so tun, als wäre ich nie hier gewesen. Ich konnte verschwinden und zulassen, dass Jacky verschwand. Das konnte ich. Oder ich konnte zu ihr.

Jacky schaute starr, dem Blick des Janus folgend, über den Fluss und wandte mir den Kopf auch nicht zu, als ich schließlich ebenfalls über das Geländer stieg, meinen Rucksack ablegte und mich neben ihr niederließ.

»Hey«, sagte ich zaghaft.

Noch immer sah sie mich nicht an. Sie schien nicht verwundert, dass ich sie gefunden hatte.

»Hey«, sagte sie jetzt tonlos. Dann nichts. Und dann: »Warum hast du mir nicht geholfen?« Mit dem Daumen schob sie sich eine rote Strähne aus der Stirn, die widerspenstig sofort wieder nach vorne fiel.

Was ich darum geben würde, dachte ich, wenn ich ihr diese Strähne aus dem Gesicht streichen dürfte.

Ich schluckte und sagte: »Ich *wollte* dir helfen.«

»Hast du aber nicht. Und wollen und machen sind nun mal zwei völlig verschiedene Dinge. Du hast da die ganze Zeit gestanden?«

»Ja.«

»Und Viktor?«

Ich winkte ab. »Ich glaube, Viktor und ich sind keine Freunde mehr.«

»Spinn nicht.«

»Ich hab ihm eine reingehauen.«

»Du *ihm*?«

»Ja.«

»Warum das?«

Ich schwieg.

Jacky sah weiter an mir vorbei. »Ich hab den Scheißarmreif von dieser Ayla nicht geklaut. Diese andere war das. Ihre Schwester. Die Anna oder wie sie heißt. Ich hab euch gesucht und zufällig beobachtet, wie die das Ding in ihr Zimmer bringen wollte. Als sie mich entdeckt hat, hat sie wie irre losgebrüllt und mich als Diebin beschuldigt.«

»Anna? Warum hast du das nicht einfach gesagt?«

»Wer hätte mir denn geglaubt? Nicht mal du bist mir zu Hilfe gekommen.«

Sie hatte recht. Ich bemerkte, wie ich in meiner Tasche über die Oberfläche meines Feuerzeugs fuhr, und legte meine Hände auf meinen Oberschenkeln ab. »Das stimmt«, antwortete ich schließlich. »Ich hab nicht sofort was gemacht, und das tut mir unfassbar leid. Aber das war nicht, weil ich dir nicht geglaubt habe.«

»Sondern?«

Ich schaute die Klippe hinunter auf das tiefe Wasser, auf dessen Oberfläche der Mond sich in einem Strom aus Licht aufzulösen schien.

»Ich bin nicht sofort zu dir, weil ich ein Feigling bin«, sagte ich dann.

Jetzt sah Jacky auf. Ihre Augen hatten den Glanz des Flusses unter uns. »Krüger, was ist eigentlich los? Ich meine: Ich küsse dich. Wir küssen uns. Und das Nächste, was ich weiß, ist, dass du mich hasst.«

»Ich hasse dich nicht«, sagte ich. Und nach einer Pause: »Ich hasse *mich*.«

Jacky sah mich fragend an.

Jetzt oder nie.

Ich zog meinen Rucksack heran und öffnete ihn wie in Zeitlupe.

Jacky schob die Augenbrauen zusammen.

Mir war flau. Ich *muss* das jetzt machen, pulsierte es in meinen Schläfen, während ich langsam das Gummiband von meinem Notizbuch zog.

»Ich muss dir noch eine Geschichte vorlesen«, sagte ich. Und nachdem ich einmal tief Luft geholt hatte: »*Meine* Geschichte.«

»Ich weiß«, sagte Jacky.

Dann hatte ich die Seiten aufgeschlagen und zu lesen begonnen.

DER JUNGE UND DER MOLOCH

Der Junge ist zehn. Er lebt in einer kleinen Wohnung am Stadtrand, zusammen mit seiner Mutter und mit seinem Vater. Und nachts kommt der Moloch.

Der Moloch ist ein Monster. Mit Hörnern wie ein Geißbock, spitzen Reißzähnen, den krummen Körper eingehüllt in pechfarbene krustige Fetzen.

Der Junge weiß, dass der Moloch so aussieht. Zu Gesicht bekommen darf er ihn aber nie. Wer den Moloch sieht, den holt das Monster sich, das spürt

der Junge. Der Moloch trinkt Kinderblut und Elterntränen.
Und der Moloch ist stumm.
Das macht dem Jungen am meisten Angst. Dass er den Moloch selbst nie hört. Er hört nur Flaschen bersten und Gläser zerspringen, wenn der Moloch nach Sonnenuntergang in der Wohnung wütet, gegen die Möbel tritt und sich gegen die Zimmertür des Jungen wirft, hinter der dieser sich, an seine Mutter gekauert, versteckt, die Hände auf die Ohren gepresst.
Sein Vater ist draußen und kämpft gegen den Moloch. Er schreit und brüllt. Der Junge versteht ihn durch die Handballen nicht. Aber irgendwann ist der Kampf vorbei. Sein Vater liegt, erschöpft von der Schlacht, schlafend in der verwüsteten Küche, die seine Mutter bis zum nächsten Morgen in Ordnung bringt.
Einmal hat der Moloch seine Mutter erwischt, doch sie hatte entkommen können, war zu dem Jungen ins Zimmer geflüchtet und hatte hinter sich abgesperrt. Der Moloch hatte ihr die Lippe blutig und das Auge dick geschlagen.
»Egal, was ist, komm niemals vor die Tür«, hatte seine Mutter zu dem Jungen gesagt, sich zu ihm auf die Matratze gelegt, und der Junge hatte ihr Schluchzen gehört, als sie dachte, dass er eingeschlafen sei.
Tagsüber sprechen sie nie über den Moloch. Auch nicht mit Freunden oder Nachbarn. Sein Vater spricht ohnehin wenig. Wenn er dem Jungen etwas sagt, immer eine Flasche mit blauem Etikett in der Hand, dann, dass dieser stark sein muss, hart sein muss, ein Mann sein muss. Und der Junge will seinen Vater stolz machen. Will stark sein, hart sein, ein Mann sein,

um auch irgendwann gegen den Moloch kämpfen zu können.
In dieser Nacht wütet der Moloch wie noch nie. Der Junge zittert in seinem Bett. Seine Mutter schiebt verzweifelt seinen kleinen Schreibtisch vor die Zimmertür als zusätzliche Barriere, löscht das Licht, murmelt irgendetwas. Dass er sich nicht fürchten soll, denkt der Junge.
Doch wieder und wieder wirft sich das Monster von außen gegen das Spanholz. Der Moloch droht, durch die Tür zu brechen. Das dünne Material gibt im Rahmen immer weiter nach, an den Scharnieren splittern die Verankerungen. Sein Vater brüllt gegen den Moloch an. Vergebens. Das Monster ist stärker. Der Moloch ist fast bei ihnen.
Mit einem Knacken, als würden morsche Knochen brechen, drückt der Moloch die Tür aus den Angeln. Ächzend und quälend langsam schiebt er den Schreibtisch zur Seite.
Und der Moloch ist drin.
Im Gang vor dem Zimmer ist es finster. Den Bruchteil einer Sekunde sieht der Junge die Silhouette des Monsters im Rahmen. Groß, gebückt, schnaufend, bebend vor Wut steht es im Raum.
Der Junge zieht sich still vor Furcht die Bettdecke über den Kopf. Er fühlt, dass der Moloch näher kommt. Seine Mutter schreit. Der Junge hört einen Schlag, hört, wie seine Mutter dumpf gegen die Mauer prallt, wie sie fleht, hört, wie sie aus dem Raum geschleift wird wie erlegtes Wild.
Seinen Vater hört der Junge nicht. Der Moloch muss ihn überwältigt haben.

Der Junge zögert. Doch es ist Zeit, stark zu sein, hart zu sein, ein Mann zu sein. Er will gegen den Moloch kämpfen. Und wenn er verliert, so hat er es wenigstens versucht.
Der Junge reißt seine Bettdecke weg und rennt über den Gang. In die Küche. Zu seiner Mutter. Zum Moloch.
Vor der offenen Küchentür bremst er ab.
Über dem Esstisch hängt eine nackte Glühbirne. Auf dem Herd steht ein großer Topf mit siedendem Wasser, das seine Mutter für das Abendessen aufgesetzt hat, bevor sie von dem Monster überrumpelt wurden. Eine leere Flasche mit blauem Etikett steht auf der Anrichte, eine zweite ist umgekippt, ein Rest klarer Flüssigkeit rinnt von der Arbeitsplatte herunter.
Der Moloch hat dem Jungen den Rücken zugewandt, seine Mutter sitzt, die Augen geschlossen, eine klaffende Wunde an der Stirn, an die Wand gelehnt. Blut läuft ihr über das Gesicht, tropft auf ihre Bluse. Über sie gebeugt steht schwankend der Moloch, keift unverständlich, schimpft auf sie ein, dass ihm der Speichel aus dem Mund spritzt.
Der Junge gibt sich einen Ruck. »Lass sie!«, ruft er. Seine eigene Stimme klingt fremd und hallt in dem kahlen Raum.
Der Moloch wendet den Kopf.
Jetzt sieht der Junge das Monster zum ersten Mal. Und er erstarrt, als er versteht.
Sein Vater hat nie gegen den Moloch gekämpft.
Sein Vater ist kein Mann.
Sein Vater ist der Moloch.
Sein Vater will zu einem erneuten Schlag ausholen.
Der Junge brüllt. Es ist kein Wort. Nur ein schriller

Laut voller Verzweiflung, und Abscheu kommt tief aus seiner Brust. Er wirft sich mit seinem kleinen Körper, mit aller Kraft und aller Stärke, die er hat, gegen seinen Vater und trifft ihn an der Hüfte. Sein Vater ist von der Wucht des Angriffs überrascht. Er gerät ins Wanken, strauchelt, will sich abstützen, greift nach hinten, erst ins Leere. Dann wischt er, beim Versuch sich festzuhalten, den Topf mit dem kochenden Wasser vom Herd.

Der Schmerz, den der Junge spürt, ist wie ein einziger alles umfassender Stich. Ein Schock. Der Junge weiß nicht, wohin mit sich. Er kann nicht einmal weinen. Das kochende Wasser ergießt sich in einem dampfenden Schwall auf seinen Brustkorb, durchtränkt siedend seinen Schlafanzug, brennt sich in seine Haut wie Säure und lässt das Gewebe schmelzen wie Wachs.

Der Junge kippt nach hinten.

In einem letzten bewussten Moment sieht er den Blick seines Vaters, der die Hände über dem Kopf zusammengeschlagen hat und aus dem Zimmer stürzt. Der Moloch ist weg, und er, der Junge, hat ihn vertrieben. Das ist sein letzter Gedanke.

Und alles um ihn herum wird finster.

Ende

Ich schlug mein Notizbuch zu wie die Regieklappe zum finalen Akt. Jacky hatte die Augen weit aufgerissen. Sie saß nun vollends zu mir gedreht im Schneidersitz. Dass sie meinen Oberarm festhielt, hatte ich während des Vorlesens gar nicht bemerkt. Es war schön, wie sie meinen Arm festhielt. Ein fester, doch zärtlicher Griff war das.

Eine Träne lief ihr über die Wange und hinterließ eine feuchte, salzige Spur auf ihrer Haut. Das war weniger schön. Gerne hätte ich ihr die Träne weggeküsst und, wie ein Filmheld, irgendwas Passendes-Lockeres-Cooles gesagt.

»Das ist dir so passiert?«, fragte Jacky stattdessen mit heiserer Stimme, und ich nickte.

Dann räusperte ich mich, wie man es oft macht, wenn eigentlich das Gegenüber heiser ist, und sagte: »Mein Vater hat immer gesoffen wie ein Loch. Ich habe heute noch den Geruch, der von ihm ausging, in der Nase. Immer wie ein scharfes Rasierwasser gemischt mit Minz-Bonbons. Er schien das über die Schweißdrüsen regelrecht auszudünsten. Der Duft wie Rasierwasser wurde immer mehr. Der nach Minze ließ nach. Irgendwann versteckte er nicht einmal mehr, wie voll er dauernd war, und nachdem sie ihn bei der Spedition entlassen hatten, wurde es noch krasser. Er wurde meiner Mutter gegenüber immer gewalttätiger. Als Kind checkst du das halt nicht. Du merkst schon, dass was nicht stimmt, aber das ist nun mal dein Vater. Der soll dich ja eigentlich beschützen. Irgendwann wollte ich nicht mehr schlafen, weil ich ständig Albträume hatte und selbst nicht wusste, wieso. Sobald ich auch nur eingedöst war, habe ich von einem Monster geträumt.«

»Das ist schrecklich«, sagte Jacky mit brüchiger Stimme.

Ich kaute auf den Innenseiten meiner Wangen. Mitleid wollte ich nicht. Ich wollte einfach nur erzählen, und das Reden fiel mir nicht mehr schwer.

»Ich war zehn. An dem Tag, an dem es passiert ist, war ich von der bayerischen Bambini-Schwimmmeisterschaft heimgekommen. Ich hatte den zweiten Platz gemacht und war wahnsinnig stolz auf meinen Erfolg. Ich war immer dürr und blass und schwächlich gewesen, aber das Schwimmen habe ich geliebt. Richtig gut war ich da. Ich war sogar in der Wettbewerbsklasse für die Älteren angetreten und hatte eine Urkunde bekommen. Mein Vater aber war enttäuscht von mir. Ich weiß noch, wie er mich gefragt hat, warum ich denn schon wieder versagt hätte. Warum ich denn nicht Erster geworden war. Was für ein kleiner Verlierer ich wäre. Dass aus mir nie ein richtiger Mann werden würde. Da hatte er aber auch schon eine halbe Flasche Wodka intus. Später ist es eskaliert.«

»Was für ein Wichser. Shit, sorry.«

»Na ja, du hast ja recht«, schnaubte ich.

»Wie ging es denn, danach … also …«

»Er war tatsächlich weg«, zuckte ich die Schultern. »An dem Abend des Unfalls ist er hackedicht aus der Wohnung geflüchtet, hat sich verkrochen wie ein räudiger Hund. Die Polizei hat ihn in einem Schuppen gefunden, versteckt zwischen Heuballen, und er hat sich ohne Widerstand festnehmen lassen.«

»Hast du ihn noch mal gesehen?«

»Nein.« Ich schüttelte den Kopf. »Die Psychologin meinte zu meiner Mutter, dass es besser für uns wäre, wenn dieser Mensch für immer aus unserem Leben verschwindet. Über fünf Jahre ist das jetzt her, und wir haben keinen Kontakt.«

»Und er fehlt dir auch nicht, nehme ich an.«

»Die schönen Zeiten fehlen mir«, sagte ich ehrlich. »Ich denke schon manchmal daran, als noch alles gut war. Aber wahrscheinlich verklärt man da auch viel. Und an den Unfall selbst, na ja, an den werde ich jeden Tag erinnert.«

Jacky schwieg. Ich ahnte, was sie als Nächstes wissen wollte, und rechnete es ihr hoch an, dass sie mich nicht drängte.

»Frag ruhig«, sagte ich, als ein wenig Zeit verstrichen war, und sah ihr in die Augen.

Sie zögerte, ihr Blick schweifte auf meinen Brustkorb, und ich hatte nicht mehr den Drang, meine Arme davor zu verschränken.

»Er hat an diesem Abend den randvollen Topf kochendes Wasser über meinen Oberkörper geschüttet«, sagte ich. Jacky schluckte. Ich fuhr fort: »Meine Mutter hatte das Wasser fürs Abendessen aufgesetzt, während mein Vater im Wohnzimmer war und sich besoffen hat. Ich weiß sogar noch, was im Fernseher lief. Es ist komisch, was man alles im Gedächtnis behält. Vieles von dem Tag ist verschwommen und nebelig, aber ich hab auch noch einzelne komplett scharfe Bilder im Kopf. Er auf der braunen Couch, die an der rechten Armlehne völlig abgewetzt ist. Der flauschige Teppich, auf dem wir manchmal, wenn er einen guten Tag hatte, gerangelt haben, bis mir vor Lachen die Seiten gestochen haben. Die rote Krawatte des Nachrichtensprechers, als der irgendwelche steigenden Zahlen verkündete. Ich weiß noch, wie die Zettel, von denen er abgelesen hat, beim Umblättern raschelten und wie meine Mutter mich mit gespielt guter Laune ins Bett schickte. Von einer Sekunde auf die andere ist mein Vater dann ausgetickt und auf meine Mutter los. Ich wollte ihr helfen, bin in die Küche gerannt und, na ja… Irgendwie, im Vollrausch, ist mein Vater gegen den Topf auf dem Herd gestolpert. Es hat mir die komplette Haut und das ganze Fleisch vom unteren Hals bis zu den Rippen verbrüht. Vom Schmerz bin ich ohnmächtig geworden. Die

Ärzte mussten Fasern von meinem Oberteil aus dem Gewebe pulen, bevor sie die Wunde versorgen und einen Verband anlegen konnten. Es hat Wochen gedauert, bis die Haut, die offen war wie eine Kraterlandschaft, angefangen hat, zu verwachsen.«

Eine zweite Träne rann über Jackys Gesicht, fiel von ihrem Kinn und hinterließ einen dunklen Fleck im Stoff ihrer kurzen Jeans. Es war ganz leise. Nur die Naab floss unter uns, und irgendwo in den Sträuchern zirpten die Grillen.

Ich atmete durch.

»Deshalb«, sagte ich schließlich, »nennen mich alle Krüger. Eigentlich ist das nämlich gar nicht mein Name. Tatsächlich heiße ich Pascal.«

Dann zog ich mit einem Ruck meine T-Shirts aus.

ICH SASS JACKY mit nacktem Oberkörper gegenüber. Sie starrte auf meinen Brustkorb. Auf mein Geheimnis. Meinen größten Makel: meine Haut, die von dem siedenden Wasser vollends vernarbt war, mit roten veraderten Rissen wie ein ausgetrocknetes Flussbett, mit Löchern und dicken Erhebungen. Wulste wie Blutegel zogen sich von meinen Schlüsselbeinen bis unter die Rippen.

Ich wusste, wie hässlich ich war. Bei jedem versehentlichen Blick in den Spiegel, oder wenn Fensterglas verräterisch reflektierte, wurde ich daran erinnert. Immer wenn ich mich an- oder entkleidete. Immer fürchtete ich, meine T-Shirts würden nach oben rutschen oder die Narben sich so durch meine Klamotten drücken, dass sie jemandem auffielen.

Jacky jedoch schien von meinem Anblick nicht angeekelt oder irritiert zu sein. Sie wirkte eher, als sähe sie endlich klar.

Einen Augenblick blieben wir so. Flach hob und senkte sich mein Brustbein mit jedem meiner Atemzüge.

Jacky musterte mich, und ich ließ es zu. Der laue Wind, der die tropische Nachtwärme aufwirbelte, tat gut über meinem Solarplexus, auf meinen Schultern und meinem Rücken, und es fühlte sich an, als spürte ich die Luft im Freien zum ersten Mal.

Eigentlich hätte ich mich in diesen Sekunden schämen müssen, doch ich fühlte mich frei.

Jacky schien zu warten, dass ich weitererzählte, wie es zu meinem Spitznamen gekommen war.

»Es ist total simpel«, sagte ich. »Durch die Verbrühungen sieht meine Haut aus ... wie die von Freddy Krüger. Dieser Typ aus den Horrorfilmen, der den Leuten immer im Traum erscheint und der von oben bis unten verbrannt ist. Kennst du den?«

»Kenn ich, ja«, nickte Jacky. Klar kannte sie Freddy Krüger. Jeder kannte Freddy Krüger. Und er war nicht die erste Assoziation, die man hatte, wenn man »attraktiver junger Mann« dachte.

Ich sprach weiter: »Das war vor der ersten Sportstunde in der fünften Klasse. Ich war beim Umziehen und ... Kinder haben viel Fantasie, wenn es um Spitznamen geht. Fanden alle in der Umkleide ziemlich widerlich, wie ich aussah. Ein paar Jungs haben mir meine Klamotten und meine Tasche geklaut und versteckt. Die ganze Klasse hat mit den Fingern gedeutet und mich hysterisch ausgelacht. Einer sagte: *Du bist so ein verschissener Krüppel! Ein Freak bist du! Wie Freddy Krüger!* Das hat sich im wahrsten Sinne des Wortes eingebrannt. Seitdem sagen das alle. Passt ja auch. Obwohl ich hoffe, dass inzwischen viele nicht mehr wissen, woher genau der Name eigentlich kommt. Ich hab den einfach irgendwann angenommen. Hausieren gehe ich damit jedenfalls nicht. Seitdem gehe ich nicht mehr schwimmen. Ich leg mich nicht oben ohne auf eine Wiese. Ich hab immer zwei Shirts an, Minimum. Ich hasse die Hitze und den Sommer, weil ich mich nie abkühlen kann. Jedes Jahr will ich nur, dass der Sommer vorbei ist. Die Zeit kann mir gar nicht schnell genug vergehen. Das Wasser vermisse ich, glaube ich, am meisten. Und wahrscheinlich hab ich eh längst vergessen, wie man schwimmt. An einem glühenden Tag einfach in ein Becken oder einen See zu tauchen. Rumzualbern, ein paar Bahnen zu kraulen. Aber ich kann mich nicht ausziehen. Ich hab Angst davor, dass mich jemand so sieht, Angst davor, angeglotzt und ausgelacht zu werden und …«

… Angst davor, mich zu verlieben. In jemanden, der mich sowieso nur abstoßend finden wird, führte ich den Satz innerlich zu Ende.

Jacky stieß die Luft aus. »Angst?« Nochmals. Abfälliger. »Du hast Angst? Du?«

»Ja. Ich bin ein Feigling. In allem.«

»Quatsch!« Sie schüttelte energisch den Kopf und sah mich erbost an. »Du musst dir das mal bewusst machen: Du hast mit zehn Jahren deine Mutter gegen deinen prügelnden Vater verteidigt. Das ist das Mutigste, was ich je gehört hab. Sag nie wieder, dass du ein Feigling bist!«

Ich wollte etwas entgegnen, aber ich hatte einen Kloß im Hals. Als mutig hatte ich mich nie betrachtet. Ich zögerte und zauderte ständig und wog alles, was passieren konnte, ab, weil ich mich fürchtete. Weil ich befürchtete, verletzt zu werden.

Als ich meiner Mutter gegen meinen Vater geholfen hatte, hatte ich ja nicht lange nachgedacht. Ich hatte einfach gemacht. War man mutig, wenn man etwas einfach machte? Oder war man dann nicht einfach man selbst? Vielleicht war es das.

Jacky sprach weiter. »Außerdem«, sagte sie, wobei sie bei jeder Silbe ein Stück näher rückte. Zentimeter für Zentimeter schob sie sich an mich heran. Wir waren uns nun ganz nah. »Außerdem«, wiederholte sie und streckte dabei ihre Hände aus, »ich bin mir sehr sicher: Man vergisst nicht, wie man schwimmt!«

Ich wich nicht zurück.

Vorsichtig und seltsam vertraut berührte sie mit ihren Fingerspitzen meine Vernarbungen, und ich verhinderte es nicht. Behutsam fuhr sie die Striemen und das verwachsene Gewebe ab, wie sie in ihrem Wohnwagen auf dem Zirkusplatz auch die Lebenslinien meiner Handflächen abgefahren war. Ich bemerkte, wie ich Gänsehaut bekam.

»Spürst du da was?«, fragte sie mich, linste auf die Härchen, die sich mir an den Unterarmen aufstellten.

»An den verletzten Stellen ist alles recht dumpf. Als wären sie betäubt. Ein bisschen fühlt sich das immer an wie durch Watte. Die Nervenenden sind von dem kochenden Wasser zerstört. Trotzdem ist das, was du machst … schön.«

Sie kicherte leise. Ich wollte ihre Hände greifen, die Handflächen fest an mich pressen. Doch als ich ihre Gelenke fassen wollte, schreckte sie plötzlich weg.

Ich hatte etwas Falsches gemacht und hatte keine Ahnung, was.

Um den Moment nicht in Schweigen versanden zu lassen, sagte ich: »Die Ärzte konnten mich damals nicht operieren. Das geht erst, wenn ich ausgewachsen bin. Das ist man als Mann so mit zwanzig. Dann, wenn man nicht mehr weiterwächst, können sie Haut verpflanzen. Dann ist das wieder normal. Ich kann es gar nicht erwarten bis dahin.«

»Normal ist langweilig«, sagte Jacky, die die Ärmel ihres Longsleeves bis weit über die Handgelenke geschoben hatte, schnell. »Narben erzählen unsere Geschichten. Warum sollte man das glätten und beschönigen wollen?«

»Hm.«

Wieder strich sie sich eine Strähne aus der Stirn.

»Unsere Geschichten sind das, was uns ausmacht«, fuhr sie fort. »Das, was bleibt. Klar kann man Geschichten erfinden, sich aus den Fingern saugen oder die Geschichten anderer erzählen. Das ist bestimmt unterhaltsam. Und das gibt einem selbst und dem Publikum sicher ein gutes Gefühl. Daran ist auch nichts falsch. Aber in jeder Geschichte muss auch etwas von uns selbst stecken. Unsere Erfahrungen. Unsere echte, ungeglättete Geschichte muss Teil *jeder* unserer Geschichten sein.«

Im Grunde sei es wie im Zirkus, meinte sie weiter. Natürlich sei das viel Trara und Schauspiel und Show. Die Zuschauerinnen und Zuschauer auf der Tribüne würden sich amüsieren und applaudieren. Aber erst, wenn das Publikum spüre, dass in der Manege gerade mehr passiere als eine einstudierte Nummer, springe ein Funke über. »Wenn der Hochseilartist am Trapez in der Zeltkuppel nicht seine Partnerin fängt, sondern seine große Liebe. Wenn der Clown nicht nur die Leute zum Lachen bringt, sondern dieses Lachen auch für sich und gegen die eigene Traurigkeit braucht. Wenn die Direktorin nicht nur Kunststücke ansagt, sondern diesen Zirkus wirklich lebt, dann«, sagte Jacky, »ist das, was da passiert, echt. Und dann wird der *Applaus* echt.«

»Jetzt klingst du wie eine Werbung für den neuen Golf«, schüttelte ich den Kopf, merkte dabei, wie ich dämlich und unsicher grinste. »Autsch!« Jacky hatte mir mit der Faust gegen die Schulter geschlagen, dass für einen Moment der weiße Abdruck ihrer Knöchel zurückblieb. Tatsächlich hatte ich kurz vergessen gehabt, dass ich meine T-Shirts nicht mehr trug.

»Du bist so ein Spaten!«, sagte Jacky und redete unbeirrt weiter: »Narben sind auf die Haut geschriebene

Geschichte. Sie machen uns nicht schwächer, sondern stärker. Interessanter. Das will ich damit sagen. Narben sind kein Grund, sich vor dem Leben zu fürchten. Sie sollen uns Mut machen, das Leben auszukosten. Jeden. Einzelnen. Moment, Pascal.« Das war das erste Mal, dass sie mich bei meinem richtigen Namen genannt hatte. Es gefiel mir, wie sie meinen Namen aussprach. Wie er ihr über die Lippen ging. Wie mein Name mit ihrer samtenen Stimme klang. Doch wieder schüttelte ich den Kopf.

»Ich kann mein Leben auskosten, wenn ich erwachsen bin und diese elendige Scheiße hier«, ich wies auf meinen Oberkörper, »endlich operiert werden kann.«

Jacky verdrehte ihre blauen Augen. »Du kannst doch nicht nur rumliegen und warten, dass die Zeit möglichst schnell vergeht. Du musst jetzt leben, jetzt Erfahrungen machen. Sonst hast du später nichts zu erzählen. Und niemand erzählt was über dich. Leb, Pascal!« Leb, Pascal! Der Satz hallte in meinem Hirn, wanderte über meinen Brustkorb in mein Herz. Ich runzelte die Stirn.

»Nimm es mir nicht übel«, sagte ich, »aber du redest dich leicht. Du hast vor nichts und niemandem Angst. Du bist immer so souverän und selbstbewusst. Nichts und niemand kann dich verletzen.«

»Denkst du das, ja?« Sie hatte sich aufgerichtet und saß jetzt da mit durchgedrückter Wirbelsäule. Eine Sekunde dachte ich, *hoffte* ich, sie würde mich wieder boxen, mich wieder irgendwie anfassen, ihren Mund auf meinen drücken. Doch sie blickte mich nur an, schob ihre Ärmel nach hinten und streckte mir ihre entblößten Handgelenke entgegen.

Ich wusste nicht, was ich sagen sollte. Jackys Arme sahen aus wie mit Peitschenhieben überzogen. Schnitte, einige fahrig und dünn, andere voller Hass entschlossen in das Fleisch getrieben. Von den Handgelenken bis hoch zu den Ellbogen. Als wäre sie einem wilden Tier in die Fänge gegangen, schoss es mir durch den Kopf. Ich hatte solche Narben schon einmal gesehen, als ein Bericht über Selbstverletzung im Fernsehen gelaufen war. Aber *so* heftig hatte das bei den Jugendlichen, die in der Dokumentation vorgestellt worden waren, nicht ausgesehen.

Mein Blick fiel auf die Tasche von Jackys Shorts mit ihrem Klappmesser. Sie realisierte, wo ich hinsah, und ein Zittern huschte über ihre Mundwinkel.

Ich wollte so viel wissen und kannte dabei die Antworten bereits.

»Waren das die Löwen?«, fragte ich in das Schweigen hinein.

Jackys Lachen war bitter. »Ja«, antwortete sie. »Ja, das waren die Löwen. Mit ihren schmutzigen Pranken und scharfen Klauen. Mit ihren schweren Leibern und ihren stinkenden Mäulern. Diese feigen Drecksviecher.« Sie spuckte die Worte jetzt richtiggehend. »*Die* sind nämlich feige. Die kommen von hinten und überwältigen einen im Schlaf, wenn man sich nicht wehren kann. Die Löwen haben es versucht, aber töten konnten die Löwen mich nicht. Im Gegenteil. Die Löwen fügen mir keinen Kratzer mehr zu. Die Löwen bekommen keinen Tropfen Blut mehr von mir, wie du es in der Geschichte für mich geschrieben und wie du es intuitiv gewusst hast. Durch die Löwen hab ich gelernt, dass man jeden Tag genießen muss. Das habe ich für *mich* entschieden. *Das* gehört mir. Daran erinnern mich meine Narben. Die einzige Möglichkeit, etwas vom Leben zu haben, ist, sich mit allem, was man hat, hineinzuwerfen. Man muss sich was trauen, weil man sonst nichts erlebt. Man muss auch mal ins kalte Wasser …«

Ich bewegte meinen Kopf nach vorne, sie hörte auf zu sprechen, kam mir entgegen. Unsere Lippen berührten sich. Ihre waren warm und feucht. Samten und glatt. Und schmeckten nach Honig und Apfel. Und süßem Rauch. Und Molotov-Schnaps und Brombeeren. Und völlig und völlig und völlig nach ihr.

Mein ganzer Körper schien mit einem Mal hypersensibel. So dumpf die Empfindungen des Narbengewebes auf meinem Oberkörper waren, so intensiv fühlte ich jetzt pulsierende Wellen von der Kopfhaut bis zu den Zehenspitzen. War der erste Kuss in der Steinmetzerei nur eine Ahnung gewesen, so war dieser die Gewissheit. Eine einzige Explosion. Eine Supernova.

»Man muss auch mal ins kalte Wasser …«

»… springen«, vervollständigte ich ihren Satz, als wir uns voneinander lösten, streifte meine Schuhe und Socken ab und sprang über die Klippe nach unten in den Fluss.

ICH FIEL.

Ich ließ mich fallen.

Zehn Meter senkrecht. Ich fühlte, wie mein Körper die warme Nachtluft zerschnitt, fiel auf das silbern glitzernde Mondlicht zu, das sich durch das Tal schlängelte. Die Füße nach vorne gestreckt, schnurgerade traf ich auf die sich teilende Oberfläche und tauchte mit einem sachten Platschen glatt ein in den Fluss.

Das Wasser war frisch. Nicht kalt. Von der Wucht meines Sprungs sank ich nach unten wie von einem Anker gezogen, stand dann reglos auf einer Höhe und ruderte lediglich mit meinen Armen, um aufrecht zu bleiben.

Um mich der Hall von Nichts. Unwirkliches Blubbern. Alles war leicht. Keine drückende Hitze mehr und kein Staub. Als würde ich eingesaugt in Folie. Ich könnte auch hier bleiben, dachte ich. Für immer. Das war eine Möglichkeit.

Ich öffnete die Augen. Unter mir war Finsternis. Die Naab hatte hier gut vier Meter bis zum Grund. Luftblasen umgaben mich, stiegen ballongleich aus meiner Nase und meinem Mund nach oben. Ich bemerkte, wie die sanfte Strömung mich erfasst hatte. Ich wehrte mich nicht, schwamm nicht dagegen an, ließ mich unter Wasser treiben, genoss die Kühle des Stroms, der mich sacht ein paar Meter mit sich zog, bis ich Sauerstoff brauchte.

Im Wasser hatte ich mich immer sicher gefühlt. Solange ich geschwommen war, war meine Welt in Ordnung gewesen. Hier unten musste ich nichts tun. Hier unten konnte ich einfach sein. Hier unten schwebte ich.

Doch da oben war Jacky.

Wir hatten uns geküsst.

Wir. Uns.

Mit zwei kräftigen Zügen brach ich zurück durch die Oberfläche, prustete, atmete tief ein und warf meinen Kopf hin und her, dass die Tropfen flogen.

Jacky stand auf der felsigen Anhöhe vor dem Janus und schaute zu mir hinunter, wobei ihre Umrisse vor der mächtigen Statue umso graziler wirkten.

»Du spinnst, Pascal«, rief sie. »Das mag ich.« Und weiter: »*Dich* mag ich, Pascal. Ich mag dich wirklich sehr.« Sie hatte es wieder gesagt. Sie mochte mich. Gott, Jacky, dachte ich, ich mag dich auch. Und ich rief es ihr zu.

Einen Moment verschwand sie nun hinter dem Vorsprung, und einen Herzschlag lang fürchtete ich, sie wäre vielleicht abgehauen, als ihre Silhouette pfeilartig nach vorne schoss. Sie flog wie eine Artistin am Trapez. Aber eine, die kein Netz und die niemand aufzufangen brauchte. Sie hatte sich von der Kante abgestoßen, schraubte sich in die Höhe, um kopfüber, die Arme ausgestreckt, in die Tiefe zu gleiten.

Ein Komet, ein einziges Leuchten, ein Feuerschweif. Ein Himmelskörper, dessen Einschlag ich nicht erwarten konnte.

Ihr Aufprall selbst war kaum lauter als der eines fallenden Kiesels. Die Wasseroberfläche blieb beinahe regungslos. Nur ein paar schüchterne Kringel bildeten sich, wurden im Radius weiter und lösten sich schließlich auf, als

Jacky geschmeidig im Fluss landete und in der Naab versank.

Direkt vor meinem Gesicht kam sie wieder zum Vorschein. Ihre langen, sonst so unbezähmbaren Haare lagen, vom Wasser dunkler, nach hinten gestrichen, ihre Sommersprossen waren wie die Sterne am uns überspannenden Nachthimmel. Und diese Augen, in denen ich versinken wollte, jedoch ohne jemals wieder aufzutauchen, sogen mich regelrecht auf.

Sie hatte ihr Longsleeve abgelegt. Durch das Wasser verzerrt, erkannte ich, dass sie ein enges Top trug.

Unsere Narben waren durch die verschwommenen Konturen verschwunden, und doch waren wir froh, zu wissen, dass sie jeweils Teil des anderen waren und ebenso ein Teil von uns selbst.

Wir standen, die Beine kreisend, im Wasser. Sie legte ihre Arme um meinen Hals. Wieder küssten wir uns, ließen einander los, trieben jeder für sich mit der Strömung, um uns nach einigen Metern fest umschlungen wiederzufinden, voneinander angezogen wie Plus- und Minuspol. Ausgelassen planschten wir, schaufelten uns johlend Wasserschwalle ins Gesicht, ermahnten uns, glucksend zur Ruhe, tauchten voneinander weg und letztlich wieder eng an eng.

Ich kraulte ein paar Züge, schwang meinen rechten Arm nach vorne, dann meinen linken. Ich glitt durch das Wasser, drei Schläge im Takt und den Kopf seitlich gedreht, zum Atmen auf die Vier. In meinen Schultern knackten die Muskeln, als lösten sich Verspannungen und verklebte Sehnen. Meine Gliedmaßen kitzelten und kribbelten, als das Blut von der Bewegung schneller zirkulierte.

Ich war hier.

Alles war Jetzt.

Und nie hatte ich mich lebendiger gefühlt.

Ich hatte nicht vergessen, wie man schwimmt.

Ich drehte mich zu Jacky, die mich beobachtete, sah, wie sie lächelte, und schwamm zu ihr.

Wieder tauchten wir, gegen das und mit dem Gewässer, ließen uns auf dem Rücken liegend mitziehen und kraulten dann wieder zurück, um anschließend in Stauden von Schilf Verstecken zu spielen, ohne es letztlich lange ohne den anderen aushalten zu können.

Jacky ließ sich den Mund volllaufen und spritzte eine respektable Fontäne in die Luft. Ich tunkte sie unter, und sie mich. Vergebens versuchte ich, sie Huckepack zu nehmen, was uns beide in Gelächter keuchend und strampelnd untergehen ließ.

Wie lange wir im Fluss gewesen waren, konnte ich nicht schätzen. Im Wasser hatte ich jegliches Zeitgefühl verloren.

Schließlich hatten unsere Finger und Zehen begonnen, schrumpelig zu werden.

Wir hielten uns nun nah am Ufer auf. Die flache Böschung war überwachsen von Laubbäumen, die mit dichtem Geäst und Blattwerk ein Dach bildeten, sodass das Licht des Vollmonds, der im Himmel hing wie eine Laterne, nur noch spärlich bis zu uns herabdringen konnte.

Der Abschnitt, an dem wir uns befanden, war exakt auf der gegenüberliegenden Seite des Waldstücks, das wir erst vor ein paar Stunden vergeblich nach der Plantage der Hunnen abgesucht hatten. Etwas weiter flussabwärts machte die Naab eine Biegung, von der ein schmaler Ausläufer abging, welcher von gegenüber, bei unserer Suche nicht einzusehen gewesen war. Links und rechts der Einmündung dieses Ausläufers ragten zwei Trauerweiden in das Firmament, deren beide Stämme wirkten wie ein Tor, dessen Bogen die geschwungenen Äste darüber formten.

Wir umkreisten uns, schmiegten uns aneinander, dann schwamm ich voraus durch die Baumpforte. Jacky folgte mir. Hier in dem Flussarm wurde das Wasser deutlich seichter und so ruhig, dass es nahezu lag wie in einem Teich. Meine Zehenspitzen fanden den schlammigen Grund, und ich stand. Jacky strampelte ins Leere, bis auch ihre Füße Halt gefunden hatten.

»Wollen wir hier raus?«, fragte sie, wobei sie mir über den Nacken strich, und deutete nach vorne.

Ich nickte. Nach wenigen Schritten wurde der kurze Ausläufer flacher und endete in einer sandigen Bucht, die in eine halbkreisförmige, zur Waldseite hin, soweit zu erahnen, völlig von Dornbüschen und Bäumen umschlossene Lichtung mündete.

Triefend wateten wir an Land, wobei wir merkten, wie sich unsere Sohlen und Zehen bei jedem Schritt in den grobkörnigen Strandstreifen drückten.

Wir fassten uns an den Händen. Hinter uns, wenn wir über das Wasser durch die dichten Zweige schauten, wähnten wir seitlich das Kliff und im Anschnitt die Janus-Figur, an der wir vor ein paar Minuten noch gesessen hatten und wo unsere Sachen und mein Rucksack und mein Notizbuch und mein Geheimnis lagen wie ein altes Leben.

Der Mond stand in unseren Rücken. Sein Schein fiel spärlich auf die Lichtung. Weiter als die Hand vor unseren Augen sahen wir nicht.

Als Kind hatte ich den Gedanken gehabt, dass man, wenn man von unter Wasser wieder auftauchte, zurückkam in eine leicht veränderte Welt. Als hätte diese sich weitergedreht, während man sich selbst, die Luft anhaltend, in einem Paralleluniversum befand, in dem alles langsamer war, anders klang und anders aussah. Es war schwer zu beschreiben gewesen, und das ist es auch heute noch. Immer hatte ich ein Gefühl gehabt, als hätte ich dieses Stück, das sich der Planet weitergedreht hatte, und alles, was in der Zwischenzeit geschehen war, übersprungen.

Ebendieses Gefühl hatte ich in diesem Augenblick, als wir raus waren aus dem Fluss. Als wären wir unser eigener Kosmos gewesen.

So gut es ging, wrangen wir unsere Klamotten aus.

»Was ist das hier?«, fragte Jacky gedämpft. »Eine Badebucht?« Ich hörte, dass sie fröstelte, während sie die Nässe aus ihren Haaren drückte.

»Keine Ahnung«, gab ich ebenso gedämpft zurück und rieb ihr über die Oberarme, damit ihr wärmer wurde, und weil ich so einen Grund hatte, sie berühren zu können.

Mein Sturmfeuerzeug steckte immer noch in meiner Hosentasche, und ich zog es hervor, strich einmal kurz über das Metall, schüttelte es und drückte mit einem Klicken die Verschlussklappe auf. Der Feuerstein war feucht und wetzte stumpf, als ich versuchte, es anzubekommen. Ein Versuch. Zwei. Nichts. Beim dritten flog endlich ein Funke und entzündete das ausströmende Gas zu einer bläulich züngelnden Flamme.

»Es *könnte* eine Badebucht sein«, sagte ich leise im Flammenschein und ging ein paar Schritte die sandige Böschung ab. »Oder ein Angelplatz oder so. Ganz schön groß ist das. Und die Ersten, die den Platz hier gefunden haben, sind wir auch nicht.« Ich blieb stehen.

»Dort, auf der einen Seite ist eine Anlegestelle. Für ein Ruderboot, schätze ich. Und hier«, ich war zur anderen Seite der Bucht gegangen, »ist eine Art Feuerstelle mit einem Gaskocher mit Kartusche. Schön abgeschirmt von einem Busch. Klappstühle stehen da auch.« Mit dem Fuß stocherte ich gegen den kleinen Gaskocher, der in einem Steinkreis hinter einer Staude stand. Die angeschraubte Kartusche schien etwa halb voll zu sein. Neben der Feuerstelle, zwischen den Stühlen, lagen verstreut ein paar leere Raviolidosen und je zwei Gabeln und Löffel. Jemand schien hier ein Lager aufgeschlagen zu haben. Anzeichen, dass sich die Camper aktuell noch in der Nähe aufhielten, waren jedoch keine auszumachen. Ich ging in die Hocke. Der Gaskocher war kalt, und die Reste der Tomatensoße waren am Geschirr längst festgetrocknet.

»Es scheint außer uns niemand da zu sein«, sagte ich deshalb jetzt lauter und erleichtert, mit Jacky ungestört bleiben zu können.

Aber irgendetwas stimmte nicht.

Ich hatte regelrecht spüren können, wie ein Schatten begonnen hatte, sich über die Leichtigkeit dieser Augenblicke zu legen.

Wo waren wir hier?

»Guck mal.« Jacky hatte eine Kiste entdeckt, die mit einem Tarnnetz abgehangen gewesen war und aus der sie jetzt zwei filzige Bundeswehrdecken zog. »Die können wir uns bestimmt ausleihen, oder?«, sagte sie, warf mir eine der Decken zu und rubbelte sich selbst mit der zweiten trocken. Ich tat es ihr gleich und schlang mir, wachsam bleibend, den grauen schweren Stoff um.

Was zum Teufel lag hier in der Luft?

»Ha!« Jacky schien noch etwas in der Kiste gefunden zu haben. Triumphierend hielt sie eine große Stabtaschenlampe in den Händen, eine Maglite, deren Schalter sie mehrmals hoch- und runterschob. Ohne Ergebnis. »Mistding.«

»Riecht ganz schön krass hier«, sagte ich jetzt. »Was ist das?«

Jacky schnupperte ebenfalls, wobei sich die Flügel ihrer kleinen Nase blähten, während sie immer noch probierte, die Maglite anzuknipsen.

»Kein Plan. Süßlich irgendwie. Kenne ich, den Geruch. Und dieses Drecksteil muss doch...« Sie schlug gegen den Griff der Taschenlampe und klopfte gegen das Glas. »Batterien sind drin. Ah, jetzt.« Wie ein Morsecode zuckte die Birne und blieb schließlich tatsächlich beständig hell.

Wir drehten uns einmal um die eigene Achse, um uns abermals zu vergewissern, dass sich niemand im Dickicht verbarg.

Jacky drückte mir einen Kuss auf die Wange und schwang dann die Maglite, als wäre diese ein Laserschwert. Ich kicherte. Wie ich ging sie zuerst die Feuerstelle hinter dem Strauch ab und inspizierte danach die verlassene Anlegestelle. Dann wandten wir uns nach vorne.

Der breite Sandstreifen der Bucht ging über in eine flache, struppige Erd- und Grasfläche, wo der sonderbare Geruch noch intensiver wurde. Ich kannte diesen Geruch ebenfalls.

Ich leuchtete mit meinem Feuerzeug, Jacky ließ den Strahl der Lampe über den Lichtungsstreifen wandern wie einen Suchscheinwerfer.

Sie erkannte es als Erste. »Oh, shit!«, stieß sie aus und tastete erneut nach meiner Hand. »Ist das ... ?!«

»Oh. Verdammt. Ja«, sagte ich und war dankbar, meine Finger mit ihren verschränken zu können.

Was wir entdeckt hatten, war definitiv nicht die Bucht von irgendwelchen Anglern.

»DAS SIND MINDESTENS zweihundert Stück. Eher mehr!« In Jackys Stimme vibrierten zu gleichen Teilen Schreck und Begeisterung. »Raffst du das? Die Blüten sind so dick und harzig. Ich kann gar nicht schätzen, wie viel Kilo das sein müssen. Guck mal, wie die pappen. Wie Honig.« Sie war ein paar Schritte in das Feld, das urplötzlich vor uns im Strahl der Taschenlampe aufgetaucht war, hineingetreten. Die blassgrünen Cannabispflanzen reichten ihr bis ans Kinn.

Ich machte ebenso einen Schritt nach vorne, doch etwas Sinnvolleres als »Fuck« bekam ich erst einmal nicht heraus.

Die Gewächse waren schwer und feucht und neigten sich bereits wie Straßenlaternen unter der Last der austreibenden Knollen, die dieses eingehend süßliche Aroma verströmten, das uns so bekannt vorgekommen war. Jacky berührte ein paar der Knollen mit Daumen und Zeigefinger, um mir erneut zu demonstrieren, wie klebrig sie waren. Sie schien es im selben Moment realisiert zu haben wie ich: Wir standen in der Marihuanaplantage der Hunnen.

Die Gerüchte stimmten. Es gab diese geheime Plantage hier unten an der Naab. Von hier aus versorgten Nikolai und seine Männer den kompletten Landkreis und das Gebiet darüber hinaus mit Gras und verdienten sich eine goldene Nase.

Das Feld war quadratisch in der Mitte der Lichtung

angelegt, wobei darauf geachtet worden war, vom außen herum wild wuchernden Wald zu jeder Seite mindestens fünf Meter entfernt zu bleiben, damit die Cannabispflanzen möglichst nicht im Schatten waren und tagsüber die volle Kraft der Sonne abbekamen. Alle anderen Gewächse um das Feld waren samt Wurzeln gejätet worden, um zu garantieren, dass das Cannabis sämtliche Nährstoffe des Bodens für sich hatte. Diese Lichtung war ein natürliches Treibhaus und von jemandem als Standort gewählt worden, der etwas von seinem Handwerk verstand. Die Hunnen waren Profis.

Ich versuchte, mir ins Gedächtnis zu rufen, wo wir uns befinden mussten, und stellte mir die Gegend in der Vogelperspektive vor wie eine Landkarte. Wir waren am zur Stadt gegenüberliegenden Ufer, weit entfernt von der Brücke, die die Naab überspannte. Die Stelle mit der Plantage konnte nicht über eine Straße oder einen Weg erreicht werden, da das Gestrüpp des Naabtaler-Forstes hier viel zu dicht war. Dieser Platz war von nirgendwo einzusehen. Wir hatten diese Plantage auf unserem Streifzug durch den Wald gar nicht finden *können*. Hierher kam man nur, wenn man den genauen Standort kannte, oder, wie Jacky und ich, zufällig über den schmalen Flussarm angespült wurde. Man gelangte an diese Stelle nur mit einem Boot oder wenn man schwamm. Ein perfektes Versteck.

Ich klappte mein Feuerzeug zu und steckte es wieder in die Hosentasche. »Meinst du nicht auch, dass wir hier schleunigst verschwinden sollten?«, sagte ich.

»Schleunigst!«, antwortete Jacky. »Absolut schleunigst, ja.«

»Gut.«

»Gras als Gastgeschenk für die Party brauchen wir ja keines mehr.«

»Eben.«

»Und das geht uns ja ohnehin überhaupt nichts an.«

»Richtig.«

»*So* spannend ist diese Entdeckung jetzt auch nicht.«

»Sehe ich auch so.«

»Was haben wir uns nur gedacht, als wir uns auf den Weg durch den Wald gemacht haben?«

»Das frage ich mich auch.«

»Okay, jetzt haben wir die Plantage gefunden. Und es reicht doch, dass wir nun wissen, dass es sie wirklich gibt, oder, Pascal?«

»Ganz meine Meinung«, nickte ich.

»Vielleicht schreibst du einfach eine Geschichte darüber. Erfindest hier ein bisschen was. Dichtest da ein paar Ausschmückungen dazu. Das passt schon.«

»Total gute Idee.«

»Also hauen wir am besten direkt wieder ab.«

»Genau.«

»Das ist ja auch alles höchst illegal.«

»Höchst!«

»Wenn uns die Polizei hier fände. Nicht auszudenken!«

»Das will ich mir gar nicht vorstellen.«

»Also, ich habe keine Lust auf Ärger.«

»Ich sowieso nie.«

»So kenne ich dich.«

»Wer nichts macht, dem passiert auch nichts, sag ich immer.«

»Sehr vernünftig.«

»Ist mein zweiter Vorname.«

»Machen wir, dass wir wegkommen.«

»Ja!«

»Andererseits …«

»Andererseits …«, wie sie zog ich die Silben des Wortes künstlich in die Länge.

»… ein klein wenig *gucken* können wir ja noch. Kurz.«

»Okay. Überredet. Kurz«, sagte ich und musste grinsen, da wir uns während unserer Unterhaltung längst weiter in das Feld bewegt hatten.

Die Decken, mit denen wir uns abgetrocknet hatten, hatten wir abgelegt, damit wir uns mit dem Stoff nicht in den Stauden verhedderten und möglichst keine Blüten versehentlich abgerissen wurden. Bei allem Schäkern und Rumgelaber wollten wir dennoch aufpassen, keine unnötigen Spuren zu hinterlassen.

Ich wich einem Spinnennetz aus, das sich zwischen zwei Stängeln spannte und das mit seinen Fäden im Schein der Taschenlampe wirkte, als wäre es aus Gold gewoben. Etwas hatte sich nach einem Kampf aus dem Netz befreien können. Ein Loch klaffte auf einer Seite, was die miteinander verknüpften Ringe schlaff durchhängen ließ. Die Spinne entdeckte ich nicht.

Der Boden der Plantage, registrierte ich, musste heute bereits gewässert worden sein. Ich spürte, wie weich sich die aufgeharkte Erde anfühlte und in kleinen Klumpen an meinen Füßen hängen blieb.

»Ich hab das ja nicht geglaubt, dass dieses Feld existiert«, sagte Jacky nun wieder ernster. Bedächtig leuchtete sie mit der Taschenlampe in die Schneisen, die die Anlage in einem Raster durchzogen.

»Ich habe, ehrlich gesagt, sogar gehofft, dass es nicht existiert«, antwortete ich wahrheitsgemäß.

»Hattest du nicht vorgeschlagen, es zu suchen?«

»Das stimmt, ja.«

»Pascal«, Jacky spielte schockiert, »wolltest du mich mit dem Vorschlag vielleicht einfach nur ein kleines bisschen beeindrucken?«

Ich knuffte sie in die Seite. »Ein kleines bisschen vielleicht. Aber warum bist *du* mitgekommen, wenn du das mit der Plantage gar nicht geglaubt hast? Jacky«, jetzt spielte ich so schockiert, wie sie es gerade getan hatte, »wolltest du vielleicht einfach nur, dass wir ein kleines bisschen Zeit zusammen verbringen?« Ihr Knuffen war mehr ein Leberhaken.

»Werd mal nicht übermütig«, sagte sie und fügte sanfter an: »Aber, ja. Auch vielleicht.«

Achtsam setzten wir in dem Feld weiter einen Fuß vor den anderen, drückten vorsichtig die Pflanzen auseinander und streiften mit unseren Fingern über die Blätter und Blütentrauben und immer wieder über die Hüfte oder die Schulter des anderen.

»Wie viel das alles wohl wert ist?«, fragte ich jetzt. Es knackte irgendwo im Wald, und ich fuhr herum. Nur irgendein Tier, dachte ich. Ein Reh vielleicht. Hatte sicher mehr Angst vor mir als ich vor ihm.

»Keine Ahnung, wie viel Geld man für das Zeug bekommt«, erwiderte Jacky, reichte mir die Maglite, zog ihr Klappmesser aus ihren Shorts und schnitt eine zehengroße Blüte ab. Diese legte sie in die Handfläche und inhalierte den Duft, als würde ein Sternekoch die Qualität eines Trüffels prüfen. »Das ist schon richtig gut. Aber es muss halt erst noch die Feuchtigkeit raus.«

»Ja. Wenn du das jetzt anzündest, schmort und dampft das höchstens. Brennen wird das nicht. Aber verrückt, wie viel die hier züchten, oder?«

»Wahnsinn. Davon können die Hunnen sicher etwas entbehren. Alles zusammen ist das bestimmt ’ne Eigentumswohnung oder so.«

»Heftig.«

»Ja, aber so viel nehmen wir nicht«, schmunzelte Jacky und säbelte erneut mit ihrer Klinge. »Wir packen nur ein bisschen was ein für uns. Haben wir verdient, finde ich. Und *die* haben das auch verdient, wenn wir ein paar Gramm stibitzen.«

»Sehe ich auch so.«

Ich fand es lustig, dass Jacky, die für mich der Inbegriff von Bewegung, Abenteuer und Aufregung war, für »Wert« in Einheiten wie Eigentumswohnung dachte. Jacky und eine Eigentumswohnung. Finanziert durch einen Bausparer und einen Kredit mit Staffelzinsen bei der Sparkasse. Alles abgeschliffene Eiche, Terrakotta-Blumentöpfe auf dem winzigen Balkon, der nur Sonne bekommt, wenn diese sich in den Fensterscheiben der gegenüberliegenden Häuserfassaden spiegelt. Eine Einbauküche aus dem Katalog. Aktenordnerschränke. Nur noch siebzig Jahre abbezahlen, bis man endlich sterben darf, und auf dem Fensterbrett verwelkt das Basilikum.

»Siehst du da deine Zukunft?«, fragte ich. »Würdest du dir gerne eine Eigentumswohnung kaufen?«

Sie drückte die Luft durch die Zähne, dass es zischte. »’nen eigenen Wohnwagen eher«, gab sie zu meiner Erleichterung zurück.

Doch diese Erleichterung war nur von kurzer Dauer.

»Allerdings«, sagte ich nämlich jetzt, »wenn du eine Eigentumswohnung hättest, hätte ich eine Adresse, unter der ich dich finden kann, wenn diese Nacht vorbei ist. Wenn du morgen weg bist, meine ich.«

Jacky sah mich an. Wir waren stehen geblieben. Es war das erste Mal, dass zur Sprache kam, dass sie in wenigen Stunden mit dem Zirkus weiterziehen würde, und als ich mich darauf besann, was ich da eben von mir gegeben hatte, wurde mir so schwindelig, dass ich mich am liebsten an Ort und Stelle auf den Boden gelegt hätte.

Ein Schatten huschte über Jackys Sommersprossengesicht. »Wir haben heute«, sagte sie nur und küsste mich schnell.

Ich wollte erwidern, dass das doch Blödsinn war. Denn selbstverständlich würden wir in Kontakt bleiben. Sicher gab es eine Telefonnummer, unter der sie zu erreichen war, oder ich würde ihr die Festnetznummer unserer Wohnung geben, damit sie sich meldete. Wenn sie eine E-Mail-Adresse hatte, würde ich mir auch so etwas einrichten. Und auch Zirkusleute mussten irgendwie Post zugeschickt bekommen. Ich konnte ihr Briefe schreiben und sie mir Ansichtskarten von allen Städten, die sie bereiste. Bis sie wieder in der Gegend war. Oder bis ich alt genug wäre, mit ihr mitkommen zu können. Ich würde warten müssen, und der Gedanke, warten zu müssen, erschien mir unerträglich. Ich wollte nicht warten und erwiderte ihren Kuss.

Wir hatten heute, und nur das zählte.

Wir schlichen weiter bis an das Ende des Feldes, wo wir hinaustraten und zur linken Seite der Lichtung gingen. Hier war mit einem Gestänge ein kleiner camouflagefarbener Pavillon aufgestellt. Unter einem Tisch standen Gießkannen und Eimer mit Dünger. An einer Wäscheleine unter dem Dach des Pavillons hingen büschelweise Cannabistriebe zum Trocknen. In einer Truhe, wie man sie zur Aufbewahrung von Terrassenmöbelpolstern verwendet, lagen stapelweise durchsichtige Plastiktütchen, prall gefüllt mit geerntetem und zum Verkauf fertigem Gras, wasserdicht verpackt und zum Abtransport vorbereitet.

Jacky wog fachmännisch eines der Päckchen mit der Hand ab. »Das macht es natürlich einfacher«, lächelte sie. »Das merkt kein Mensch, wenn wir da zwei, drei der Päckchen für uns mitnehmen.«

»Ja«, sagte ich. »Ich kann mir nicht vorstellen, dass die Dealer hier zum Monatsende regelmäßig Inventur machen.«

Jacky lachte. »Mit so einem Klemmbrett und Kugelschreiber. ›White Widow, siebzehn Mal. Hast du das, Irene? Wie viel von dem Lemon Haze haben wir noch?‹«

»Irene?« Ich zog eine Augenbraue hoch. »Ich weiß gar nicht, ob bei den Hunnen auch Frauen dabei sind.«

»Ein neues Jahrtausend bricht an, Pascal. Wird Zeit, dass auch Frauen ihren Platz im organisierten Drogenhandel und in der Gangkriminalität einnehmen.«

Ich lächelte. Dass Jacky zu einer Drogenbaroness aufsteigen konnte, daran zweifelte ich keine Sekunde. Sie würde ein Kartell führen, mit harter Hand und gütigem Herz. Mit Wurfmessern am Gürtel und ohne Gnade für ihre Feinde. Und immer mit einem Stück Brot und großen Scheinen in der Tasche für den Bettler und die Bettlerin am Straßenrand. Im Hintergrund spielt ein Mariachi auf einer bauchigen Gitarre Flamenco.

Zwei Grastütchen hatte Jacky sich gegriffen und in die hintere Hosentasche ihrer Shorts gesteckt. Ich wollte mir gerade ebenfalls zwei der kleinen Plastikbeutel schnappen, als wir erschrocken zusammenfuhren. Diesmal jedoch nicht, weil es im Unterholz geknackt hatte.

Wir blickten uns entgeistert an. Was war das gewesen?

Ein gellender Pfiff hatte die Luft zerschnitten und klang noch über das Wasser nach in der Finsternis.

Und es gab nur einen, der so pfiff: Viktor.

MIT DEM PFIFF waren mit einem Mal alle anderen Geräusche des Forstes ausgelöscht. Es wirkte, als hielten selbst die Tiere den Atem an.

Viktor schien uns zu suchen. Was zum Teufel wollte dieser Verräter?

»Was macht das Arschloch denn hier?«, presste ich hervor. »Dass der sich noch hinter uns hertraut.«

Es hatte sich bisher keine Gelegenheit ergeben, Jacky zu berichten, was genau sich auf der Party, in Aylas Zimmer und nachdem Jacky die Flucht gelungen war, zugetragen hatte. In kurzen Sätzen erzählte ich, was passiert war.

Abermals zerriss ein Pfiff die Nacht. Diese Intensität. Diese Tonlage. Dieser Pfiff hieß eindeutig: *Wo seid ihr?* Warum wollte Viktor wissen, wo wir waren? Wollte er Jacky an die Hunnen ausliefern, um vor ihnen noch besser dazustehen? Wollte er sich rächen und nach meinem Schlag nun doch seine verlorene Ehre wiederherstellen? Soll er nur kommen, dachte ich wütend.

»Das muss was Dringendes sein«, sagte Jacky nun. Ihre Stimme war gedämpft. Ich sah ihr an, dass all ihre Sinne in Alarmbereitschaft versetzt waren. Die Stirn in Falten gelegt, ließ sie den Blick von links nach rechts schweifen, während sie angestrengt lauschte.

Als ich etwas antworten wollte, legte sie ihren Zeigefinger an ihre Lippen. *Pst! Still!*

Sie hatte recht. Viktors Art zu pfeifen kannte ich nur zu gut. Ich zwang mich, meinen Groll beiseitezuschieben und mich zu konzentrieren.

Auch wenn Viktor und ich nicht immer alles ausgesprochen hatten, was uns bewegte, verband uns über Jahre doch weit mehr als eine oberflächliche Bekanntschaft. Wir mussten nicht immer sprechen, um den jeweils anderen zu verstehen, aber ich wünschte in diesem Moment, wir hätten es öfter getan. Um uns nicht nur *gut* zu verstehen, sondern noch besser gegenseitig.

Viktors Blick, als ich ihn attackiert und er mir im Anschluss meine Sachen gegeben hatte, kam mir in den Sinn. Eine Traurigkeit lag darin, die immer wieder durchschimmerte und die er, das leuchtete mir nun ein, wo es nur ging, zu überspielen versuchte. Diese Leere, die er füllen wollte. Eben auch mit Großspurigkeit, Wetteifern und dem Heischen nach Anerkennung.

Ich glaubte nicht, dass Viktor sich immer gerne so verhielt, sondern dass er den ständigen Druck verspürte, eine Rolle spielen zu müssen.

Dieses Pfeifen gerade aber kam von Viktor selbst. Von meinem Freund.

Ich verstand in diesem Moment, dass *ich* nicht wollte, dass unsere Freundschaft endete, und Viktors Blick, bevor ich von der Galerie gestiegen war und das Haus der Münch-Schwestern verlassen hatte, hatte bedeutet, dass er dies ebenso wenig wollte.

Doch noch etwas hatte ich in diesem Moment verstanden, und das ließ alle anderen Gedanken in den Hintergrund rücken: Viktors Pfiffe hatten nicht nur nach *Wo seid ihr?* geklungen. Sondern sie klangen auch nach *Achtung!*, *Vorsicht!* und *Passt auf euch auf!*

Viktors Pfiffe waren eine Warnung.

So lautlos wie möglich eilten wir zurück zum Ufer der Bucht und blickten durch die Zweige der Weiden nach oben zur Klippe.

Viktor stand, meinen EastPak in den Händen, vor der Janus-Figur und spähte in die Dunkelheit. Er musste den Rucksack und unsere Klamotten gefunden und geschlussfolgert haben, dass Jacky und ich uns in der Nähe befanden. Es war unmöglich, dass er uns hier unten entdeckte. Er wirkte, das war sogar auf die Entfernung zu erkennen, hektisch. Ja richtiggehend panisch.

Nachdem Viktor eine halbe Minute gestarrt hatte, begann er, am Rande der Klippe auf und ab zu pirschen, wobei er sich erneut die Finger in den Mund steckte, um ein drittes Mal zu pfeifen. Wollte er irgendjemand anderem mitteilen, dass er unsere Sachen gefunden hatte?, zweifelte ich nochmals. Nein. Die Pfiffe galten uns, davon war ich überzeugt.

Doch noch bevor ich vorschlagen konnte, Viktor zu rufen oder zu versuchen, ihm mit der Taschenlampe zu signalisieren, wo wir uns aufhielten, realisierten Jacky und ich, was der Grund für Viktors Unruhe war.

Ruderschläge!

Unverwechselbar drang das rhythmische Klatschen von Paddeln zu uns in die Bucht. Ein Boot, ein schmaler Holzkahn, schob sich durch das Trauerweidentor in den kleinen Flussarm und glitt langsam auf das Ufer der Lichtung zu, direkt zu dem Punkt, an dem wir standen.

Drei Männer saßen in dem Kahn. Einer von ihnen ruderte mit dem Rücken zu uns, die anderen stierten nach oben zu Viktor.

Es waren Dave, Ewald der Nazi und Nikolai der Hunne.

Sie hatten uns beinahe erreicht, im Zwielicht in der Bucht aber noch nicht bemerkt.

Wir waren wie festgefroren.

»Was pfeift der kleine Pisser denn jetzt?«, hörten wir Dave sagen, der bei Anna und Ayla kräftig weitergetrunken haben musste und stark lallte.

»Der hat irgendwas gefunden, glaube ich«, entgegnete Nikolai mit seiner Totengräberstimme.

»Der soll am Auto bleiben und die Fresse halten«, sagte Dave. »Warum hast du den überhaupt mitgenommen?«

»Ein Wachposten kann nicht schaden.«

»Im Moment macht er ganz schön Radau.«

»Klären wir gleich.«

Dave zog Rotz im Rachen hoch und spuckte ins Wasser aus. »Ich glaube immer noch, dass du den überschätzt.«

»Kann sein«, antwortete Nikolai schulterzuckend. »Ich hätte wirklich gedacht, dass der tougher ist. Dass der sich einfach so eine verpassen lässt. Dann auch noch von dieser dürren Pussy. Unfassbar. Schauen wir, was wir mit dem machen. Erst mal kriegt Ewald jetzt sein Zeug.«

Nazi-Ewald sagte auf Nikolais Ansprache irgendetwas, das wir nicht verstanden, und lachte höhnisch.

Dann rissen Jacky und ich uns aus unserem Schock.

»Wir müssen uns verstecken«, zischte ich. »Wenn die uns hier finden, töten die uns.«

Wir wussten beide, dass das stimmte. Den Hass der drei hatten wir schon auf uns gezogen. Und Mitwisser, was ihren Drogenhandel anging, würden sie mit Sicherheit nicht einfach so davonspazieren lassen. Auch wenn wir den Wert des Marihuanas hier nicht hatten schätzen können, für einige Jahre Gefängnis würde es in jedem Fall reichen.

Und der Waldboden ist weich genug, um zwei tiefe Gräber auszuheben, dachte ich unvermittelt.

Wir waren in Gefahr.

Entsetzt schauten wir uns um.

Wir konnten nicht in den Wald. Der Wildwuchs war zu dicht. Und selbst wenn wir es durch die Äste und Sträucher schaffen würden, ohne uns die Beine zu brechen und die Bänder zu zerreißen, hätte uns das Rascheln der Zweige verraten. Dasselbe würde passieren, wenn wir uns zum Schutz in das Cannabisfeld schlugen. Über das Wasser war uns der Fluchtweg abgeschnitten. Bis zu dem Pavillon war es zu weit. So blieb uns nur eine Möglichkeit.

Mit zwei großen Sätzen sprangen wir zu der Feuerstelle mit dem Kochgeschirr auf der der Anlegestelle gegenüberliegenden Seite des Strandes und kauerten uns regungslos hinter die Büsche, die diese abschirmten wie eine Mauer. Gerade noch rechtzeitig. Dave, Nikolai und der Nazi hatten die Bucht erreicht.

Dave stieg aus dem Boot und vertäute es mit einem lockeren Knoten, den er mehr wickelte, als dass er ihn band, an einem Pflock. Die anderen beiden gingen ebenfalls an Land, wobei sie den Holzkahn ein Stück auf das sandige Ufer zogen. Glücklicherweise sah keiner von ihnen in unsere Richtung.

»Die Kiste ist schon vorbereitet«, sagte Nikolai.

»Gut«, sagte Ewald. »Lass uns die auf die andere Flussseite bringen. Das Geld bekommst du dann am Wagen.«

»Wie immer eine Freude, mit dir Geschäfte zu machen«, lächelte Nikolai schmal.

»Ganz meinerseits.«

Mein Herz trommelte so laut, dass ich fürchtete, die Männer würden es schlagen hören, doch sie gingen weiter, jeder eine Taschenlampe in den Händen, am Feld vorbei zum Pavillon.

Mit Zeichensprache signalisierte ich Jacky, dass wir an Ort und Stelle bleiben würden, bis die Luft rein war. Wir würden abhauen, sobald diese Verbrecher weg waren. Jacky nickte. Auch ihr, die sonst nichts und niemand fürchtete, stand Angst ins Gesicht geschrieben. Wir durften den dreien nicht in die Hände fallen und machten uns hinter den Büschen so klein, wie wir konnten.

Die Zeit kroch dahin. Eine Ewigkeit schien zu vergehen. Was Dave, Nikolai und der Nazi machten, fiel nicht in unser Sichtfeld, und außer ein paar Wortfetzen hörten wir nichts. Wir konnten nichts tun, als zu hoffen und abzuwarten.

Vor meinem inneren Auge sah ich mich wieder als Zehnjährigen, der sich, auf seiner Matratze kauernd, unter der Bettdecke verkroch, aus Furcht vor dem, was in unserer Wohnung gewütet hatte. Ich hatte dagelegen, wimmernd und hoffend, dass die Nacht endlich zu Ende war.

Ich schlotterte. Ein dicker Tropfen war mir auf den nackten Rücken geklatscht. Nun fiel mir ein zweiter auf die Nase. Ein dritter platschte blechern auf eine der Raviolidosen und dann weitere auf die verkrusteten Löffel und die Gaskartusche. Der Himmel hatte sich zu verfinstern begonnen, und dunkle Wolkengebilde schoben sich vor die Sterne und verdeckten den Mond, während immer mehr Tropfen zu uns herunterfielen.

Endlich hatten die drei Männer die Truhe geholt.

Ewald und Dave trugen sie zwischen sich, während Nikolai ihnen den Weg leuchtete.

Wir lugten weiter durch das Geäst der Büsche.

»Jetzt fängt das an zu schiffen, oder was?«, sagte der Hunne. Sie waren auf dem Strandstreifen und bewegten sich in Richtung ihres Bootes. Nikolai hatte den Strahl seiner Taschenlampe vor sich gerichtet. Einzelne Regensprenkel fielen durch ihr Licht, was wirkte, als wären es Kratzer auf einer alten Projektorfilmrolle. Gleich würden sie in ihren Kahn steigen und davonrudern, deutete ich Jacky an. Sie nickte, und ich bemerkte, wie flach ihr Atem war. Ein dünner Atemzug. Und noch einer. Und noch einer.

Doch wir warteten vergebens, dass die Männer ablegten. Fragend blickten wir uns an. Was hielt sie auf?

Dann war es, als würde mir jemand den Boden unter den Füßen wegziehen. Wir hörten Nikolai, und ich hatte das Gefühl, zu fallen, ohne zu wissen, ob ich jemals aufkommen würde.

»Wartet mal«, sagte die Totengräberstimme. »Hier sind Fußabdrücke im Sand.«

EWALD UND DAVE, die die Kiste abgestellt hatten, standen neben Nikolai, der, mit seiner Taschenlampe auf eine Stelle im Sand leuchtend, in die Hocke gegangen war.

Ein Blitz zuckte durch den wolkenverhangenen Himmel und erleuchtete die Bucht. Jacky starrte mich an. Alles Strahlen war aus ihrem Gesicht gewichen. Sie sah aus wie ein Geist.

»Hier sind noch mehr Fußspuren«, sagte Ewald, während in der Ferne ein Donner grollte. »Zwei Menschen. Barfuß waren die.«

Schritt für Schritt ging der Nazi unserer Spur im Sand nach, bis sie auf der kargen Erde in Richtung der Plantage endete.

Dave hatte in der Zwischenzeit den Weg zum Pavillon abgesucht und die Bundeswehrdecken, mit denen wir uns abgetrocknet hatten, gefunden. »Ja, es war definitiv jemand hier«, lallte er. Wieder zuckte ein Blitz. »Aber Gras fehlt keines, soweit ich das beurteilen kann.«

»Scheint so, ja.« Nikolai, der sich aus der Hocke erhoben hatte, war neben Ewald getreten. »Das ist trotzdem alles, nennen wir es mal, ungünstig.«

Jacky zupfte mich an der Hose und wies mit dem Kinn auf die Seite des Strandstückes, wo wir hingeeilt waren, als wir Viktors Pfeifen gehört hatten. Deutlich erkannte ich von dort zu uns vier Tritte in dem weichen Sand, die unser Versteck preisgeben würden, sobald die Männer sie erspähten.

Wenn es stark zu regnen beginnt, dachte ich, könnte der Regen die Spuren verwischen, und wir blieben unentdeckt. Vielleicht gaben Nikolai, Dave und Ewald auf.

Wir müssen ausharren, deutete ich Jacky an. Warten. Warten war unsere einzige Hoffnung.

Doch noch nieselte es nur. Noch hatte uns das Gewitter nicht erreicht.

Im nächsten rollenden Donner hörten wir wieder Nikolais fahle Totengräberstimme: »Die Spuren sind ganz frisch. Höchstens eine halbe Stunde alt.«

»Meinst du, die sind noch hier?«, fragte Dave. »Die Polizei, oder was?«

»Ich glaub nicht, dass die Bullen hier barfuß rumschnüffeln.«

»Wer dann?« Dave ließ den Schein seiner Taschenlampe hastig über die Lichtung wandern.

Ewald grunzte. »Mir egal, wer. Ich hab kein Bock, dass uns irgendwer hinhängt. Ich geh nicht noch mal in Bau.«

»Seh ich wie Ewald«, sagte der Totengräber.

Wieder ließ ein Blitz die Welt zum Standbild gefrieren. Und uns das Blut in den Adern.

Während Nikolai prüfend in den finsteren Himmel blickte, hatte der fette Nazi sich einen Schlagring über die Knöchel gelegt und die Hand mit pumpenden Fingern zur Faust geballt. Dave stand seitlich zu den beiden. Im weißen Licht des Blitzes hatte ich den Colt aus dem Colorado erkannt.

Dave zielte, leicht torkelnd, mit der Pistole in Richtung der Bootsanlegestelle.

Es tröpfelte nun immer stärker, und ich bemerkte, dass Jacky neben mir ihr Messer gezogen hatte.

»Also«, rief Dave, »ist hier jemand? Kommt raus.«

»Wir tun euch auch nichts«, fügte Nazi-Ewald an, und es war seiner Stimme anzuhören, dass er die Zähne bleckte.

Der Regen fiel dichter und dichter, aber noch immer nicht kräftig genug, als dass er unsere Spuren aus dem Sand hätte schwemmen können. Immerhin begann sich der Abstand zwischen Blitz und Donner zu verkürzen. Das Gewitter kam näher. Vielleicht würde es reichen.

Ewald, Dave und Nikolai hatten sich in Bewegung gesetzt. Sie hatten sich aufgeteilt. Ewald umrundete die Plantage, wobei er eine schiefe Melodie pfiff. Dave schritt den Waldrand ab und spähte hinter dem Pavillon in den Forst.

Blitz.

Eins. Zwei. Drei. Vier.

Donner.

Bindfadengleich prasselte es vom Himmel. Wie ein Vorhang legte sich der Regen über alles, fing an, den Sand aufzuweichen und Rinnsale zu bilden, wo der Boden das Wasser zu speichern nicht in der Lage war. Der Regen rauschte im Wald, durchtränkte das Blattwerk, durchnässte das Gehölz bis zu den Wurzeln und troff von den schweren Marihuanapflanzen der Plantage. Wo der Strand mit unseren Spuren eben noch hell gewesen war, war er nun dunkel geworden. Der Himmel hatte die Schleusen geöffnet, und die Hitze des Tages, ja, des ganzen Sommers, ergoss sich in einem sturzflutartigen Wolkenbruch.

Jackys Spuren waren beinahe verschwunden. Meine jedoch blieben. Sie waren zu tief.

Nikolai hielt jetzt direkt auf die verräterische Stelle zu. Sein Hemd war durchgeweicht. Das Gewitter war direkt über uns. Ädrige grelle Schnitte fuhren durch die Wolkenfronten, begleitet von ohrenbetäubenden Kanonenschlägen.

Blitz und Donner trafen dieselbe Sekunde.

Neben mir verkrampfte Jacky. Ihre bebende Hand umklammerte den Griff des Messers. Der Hunne war nun bei unseren Fußstapfen. Er würde uns finden. Wir wussten, dass es nicht reichen würde, nur zu hoffen und abzuwarten.

Ich spürte, wie Jacky sich bereit machte, mit erhobener Klinge aus dem Gebüsch zu springen. Sacht fasste ich sie am Handgelenk und hielt sie fest. Sie ließ es zu. Ihre Haut war eisig und glänzte vom Regen. Die Narben an ihrem Arm fühlten sich an wie meine, die Striemen erhaben und hart. Langsam schüttelte ich den Kopf. Es brachte nichts, wenn sie jetzt angriff. Selbst wenn sie den Hunnen niederstreckte, hätte sie keine Chance gegen Ewald und Dave mit der Pistole. Aber weiter abzuwarten, bis wir entdeckt würden, brachte ebenso wenig.

Ich musste jetzt etwas tun. Ich! Jetzt!

Wenn ich jetzt nichts machte, waren wir verloren. Und wenn wir am Ende dennoch verloren waren, hatte ich es wenigstens versucht.

Jacky war das Fantastischste, was mir je passiert war. Dieses unfassbar mutige Mädchen. So lebenshungrig, selbstbewusst und stark. Immer in Bewegung. Dieses glatte, zarte Gesicht. Die feuerroten, unbändigen Haare.

Bis ich Jacky kennengelernt hatte, war jeder meiner Tage gleich gewesen. Und jeden Tag hatte ich mir nichts mehr gewünscht, als selbst endlich ein anderer zu sein.

Jacky hatte ich es zu verdanken, dass *dieser Tag* anders war. Dass das Heute anders war. Weil sie mich mochte, weil ich ich war.

Ich hatte meine Mutter gegen meinen prügelnden Vater verteidigt. Jacky hatte gesagt, das wäre das Mutigste gewesen, was sie je gehört hätte. Nie wieder würde ich mich für einen Feigling halten.

Ich war in Jacky verliebt, das wusste ich jetzt. Wenn ich ehrlich zu mir war, war ich in sie verliebt seit dem Moment, als sie in mein Leben gekracht war. Wie ein Komet. Mit einem Knall durch die Atmosphäre und mit rotem Feuerschweif.

Und ein Komet war das, was ich jetzt brauchte.

Risiko hin oder her, es gab nur diese eine Möglichkeit, uns zu retten.

Mit schnellen Gesten vermittelte ich Jacky meinen Plan. Sie hatte die Augen aufgerissen. Sie nickte. Mit dem nächsten Blitz küsste sie mich. Dann drehte sie ihr Messer und fasste es an der Klingenspitze.

Nikolai stand, uns abgewandt, an der Stelle mit unseren Fußspuren vornübergebeugt.

Mit links tastete ich nach meinem Sturmfeuerzeug. Aber nicht, um aus Angst und Nervosität mit den Fingern über die Oberfläche zu streichen, sondern um es aus der Hosentasche zu ziehen und den Feuerstein zu wetzen.

Direkt der erste Funke entzündete die Flamme, die züngelnd im Regen flackerte.

Nochmals blickten Jacky und ich uns an. Die Flamme des Feuerzeugs spiegelte sich in ihren Augen. Ihre Lippen umspielte jetzt ein entschlossenes Lächeln. Dann passierte alles parallel und in Bruchteilen von Sekunden.

Ich griff mit der rechten Hand den Gaskocher mit der angeschraubten Kartusche, der neben uns an der Feuerstelle lag, stand auf und schleuderte ihn mit aller Kraft über den Strandstreifen in die Mitte der Lichtung.

In hohem Bogen flog das Kochgerät.

Neben mir hatte sich Jacky ebenfalls aufgerichtet.

Sie wippte einmal vor und zurück und warf ihr Messer. Unterdessen hatte ich in einer fließenden Bewegung mein Feuerzeug in die rechte Hand genommen.

Ohne zu zögern, schwang ich das Feuerzeug über meinen Kopf, ließ es mit ausgestrecktem Arm los, und es schnellte nach vorne.

Surrend glitt Jackys geworfenes Messer durch den Regenvorhang und durchtrennte die Schnüre aus Wasser. Dahinter flog mein brennendes Feuerzeug. Davor, hoch, der Gaskocher.

Das Messer drehte sich einmal, zweimal und schlug mit der Stahlklinge ein. Direkt in das dünne Blech der Gaskartusche. Das Messer steckte in der von mir geschleuderten Büchse, in dem Moment, in dem der Kocher genau über der Plantage war.

Fauchend trat Gas aus dem Behälter. Durch den Rückstoß des Gases und den Einschlag des Messers rotierte er in der Luft. Die ausströmende Chemikalie umgab die Kartusche wie eine Wolke. Eine Wolke aus Butan, in die das von mir geworfene Feuerzeug flog.

Es war ein Kunststück.

Und die Explosion war gewaltig.

Für einen Augenblick stand ein Feuerball über der Marihuanaplantage der Hunnen. Ein Komet, heller als die Blitze des Unwetters.

Im Schein der Flammen sah ich, wie Nikolai durch die

Detonation herumgefahren war. Fassungslos glotzte er zu seiner Plantage, über die nun eine lodernde Lawine niederging wie ein Regen aus Feuer.

Ewald und Dave kamen angerannt. Tatenlos mussten die drei zusehen, wie die triefenden Pflanzen zischend und dampfend verkohlten und begannen, sich, in der Hitze sterbend, einzurollen.

Jacky zog mich an der Hand. Im Rücken der drei wild durcheinanderschreienden Männer hetzten wir zu dem am Ufer liegenden Boot. Ich löste das Seil vom Pflock, und gemeinsam schoben wir den Holzkahn ins Wasser.

Ich wusste, wie man ruderte. Jacky presste sich flach auf die Planken.

Ich fasste die Paddel. Behutsam ließ ich die flachen Hölzer ins Wasser gleiten. Ich tat den ersten Zug. Wir bewegten uns geschmeidig. Ich blickte nochmals zurück. Das Inferno war so schnell erloschen, wie es entflammt worden war. Und doch war es verheerend gewesen. Wo eben noch die Plantage gestanden hatte, stieg nun eine gigantische Rauchsäule in den Himmel, die sich über die gesamte Lichtung ausdehnte.

Wir waren fast draußen aus der Flussmündung und zurück auf dem Strom. Ich hörte die Sirenen der Feuerwehr von Bodenstein herüber. Auch die Polizei schien bereits auf dem Weg zu sein.

Ich tat noch einen Ruderschlag. Inzwischen war die komplette Lichtung eingeräuchert, so dicht, dass man nichts mehr erkennen konnte. Wir hörten Husten und Fluchen. Jacky sah vorsichtig auf. Hinter uns eine Wand aus Qualm, vor uns das Tor der beiden Trauerweiden, hinaus aus dem Flussarm, zurück auf die Naab. In Sicherheit.

Gleich hatten wir es geschafft.

Doch gerade als wir die Stämme der mächtigen Bäume passierten, trat, mit nach vorn gestrecktem Revolver, Dave aus dem Rauch.

DAVE ZIELTE und schoss.

Ich glaubte nicht, dass er uns erkannt hatte. Das war auch nicht wichtig. Er schoss einfach. Im Blut der Wein. Im Kopf die giftige, anstachelnde Stimme Nikolais. Im Herzen nichts als ein dunkler Fleck. Erwartungen, von denen er dachte, sie erfüllen zu müssen.

Der Revolverlauf schmauchte.

Die Kugel war knapp über uns hinweggezischt, über den Fluss, und verschwommen mit dem Donner des Gewitters.

Jacky hatte etwas geschrien und hatte dann abrupt abgebrochen.

Wir waren raus aus der Bucht.

Ich versuchte zu erfassen, was gerade geschehen war. Es war völlig surreal.

Jacky lag zusammengekrümmt neben mir. Ich neben ihr. Ich musste mich, Deckung suchend, neben sie geworfen haben.

Mit ein paar wenigen kräftigen Paddelschlägen konnten wir das gegenüberliegende rettende Ufer erreichen, das wusste ich, doch jetzt trieb das Boot führerlos mit der Strömung.

Ich registrierte pulsierendes Blaulicht zu beiden Seiten der Naab. Martinshörner tönten im Gewitter.

Etwas war seltsam. Die in den Scharnieren hängenden Ruder, die asynchron an den Bug schlugen? Nein.

Das Prasseln des Regens auf meiner nackten Haut? Auch nicht. Es war die Art, wie Jacky mich anblickte. Wie versteinert. Die Augen glasig und stumpf, als fixierten sie mich nicht.

Dave musste direkt ein zweites Mal abgedrückt haben. Mit dem Donner, sodass der Schuss nicht zu hören gewesen war.

Ich wollte etwas rufen und konnte nicht.

Ich wollte rudern und konnte nicht.

Jacky rührte sich nicht.

Oder.

Doch.

Jetzt rührte sie sich.

Ich konnte keine Verletzung ausmachen.

Sie schien nicht getroffen.

Gut.

Und doch war hier überall Blut. Woher?

Und wieso brannte mein Brustkorb?

Ein einziger, alles umfassender Stich aus Hitze.

Wie?

Wie damals.

Dann sank ich hinab in das Schwarz.

Aufblitzende Bilder;

Blaulicht. Eine Trage. Eine Maske auf meinem Gesicht.

Lichtexplosionen;

Sirenen. Druck auf den Rippen. Ein Krankenhausgang.

Stücke aus einer Filmrolle geschnitten;

Kommandos von Männern und Frauen in Kitteln.

Eine Nadel in meinem Arm.

Rufe.

Mein Name. Mein Alter.

Pascal Friedrich, 15.

Tunnelblick;

ein böser Traum.

Ja. Wie dunkles, saugendes Wasser. Ein Strudel.

Unfähig zu atmen. Alles klamm.

Schweben.

Schließlich alles weich und warm.

Einfach wegsinken.

Sinken lassen.

Regungslos.

Um mich der Hall von nichts.

Keine drückende Hitze, kein Staub.

Wenn man im Traum stirbt, wacht man auf.

Und wenn man weiß, dass man träumt, kann man aufwachen.

Doch das war kein Traum.

Das hier war dunkler als ein Traum.

Das war keine Geschichte.

Das war das Leben.

Das war der Tod.

Leb, Pasca

DIE ZWEITE KUGEL, die Dave abgefeuert hatte, hatte meinen Oberkörper durchschlagen. Ein glatter Durchschuss zwischen Schlüsselbein und Schulter hatte mich umgeworfen.

Geistesgegenwärtig hatte Jacky die Ruder gegriffen und mich ans andere Ufer geschafft, wo Streifen- und ein Krankenwagen standen. Viktor hatte sie, ebenso wie die Beamten, die auf der gegenüberliegenden Flussseite Dave, Nikolai und Ewald dingfest machten, von der Klippe aus mit dem Telefon gerufen, das noch in meinem Rucksack gesteckt hatte.

Mein Zustand war kritisch gewesen.

Ich hatte viel Blut verloren.

Und für zehn Sekunden hatte mein Herzschlag ausgesetzt. Der Zeitpunkt des Herzstillstandes war im Polizeibericht mit 03:47 Uhr angegeben.

Eine Kopie dieses Berichts besitze ich noch immer.

In einer mehrstündigen Notoperation hatten die Chirurgen mich retten können. Drei Monate hatte ich im Krankenhaus bleiben müssen, mit endlosen Infusionen, Reha und Physio. Doch jeden Tag hatte mein Zustand sich verbessert. Jeden Tag war es aufwärtsgegangen.

Und jeden Tag der restlichen Sommerferien, immer wenn er sich irgendwie hatte wegschleichen können, hatte Viktor an meinem Bett gesessen. Auch in dem Moment, als ich aufgewacht war.

An das Aufwachen selbst konnte ich mich kaum erinnern. Nur dass ich irgendwann das Gefühl gehabt hatte, mit zwei kräftigen Schwimmzügen durch eine Wasseroberfläche brechen zu können. Und das hatte ich getan.

Viktor und Jacky hatten die erste Nacht auf dem Krankenhausgang durchwacht, bis die Ärzte ihnen mitgeteilt hatten, dass ich die Operation überstanden hätte. Ich hätte einen starken Lebenswillen, hatten sie gesagt.

Als die Polizei die beiden dann zur Vernehmung gerufen hatte, war Jacky verschwunden gewesen. Sie hatte verschwinden müssen.

Und als die Sommerferien vorbei waren, war schließlich auch Viktor nicht mehr zu mir auf die Station gekommen. Sein Vater, der Sergeant, hatte ihn in ein festungsgleiches Internat am Genfer See gesteckt und ihn, wenn Viktor mal über ein Wochenende nach Bodenstein kommen durfte, mit Hausarrest weggesperrt.

Viktor und ich hatten fast täglich telefoniert.

Er hatte mir vom strengen Leben in der Schweizer Lehranstalt erzählt, dass er nicht in den traditionellen Schützenverein der Schule eingetreten war, sondern stattdessen einen Zeichenkurs belegte, was seinen Vater schier zur Weißglut brachte.

Ich hatte ihm von der Physiotherapie berichtet und dass ich wieder in eine Schwimmmannschaft wollte, wenn ich wieder ganz gesund wäre. Ich erwähnte sogar einmal, dass ich überlegte, später mal irgendwas mit Schreiben zu machen.

Fand Viktor null verpicht.

Auch als ich aus dem Krankenhaus entlassen wurde und meine Mutter und ich aus Bodenstein wegzogen – in die Nähe von Bonn, wo ihr ein besserer Job angeboten worden und sie nicht die Schlagzeile in der Lokalzeitung war –, hatten wir uns immer noch häufig gegenseitig angerufen.

Dann wurden unsere Telefonate weniger, bis sie schließlich ganz ausblieben und wir uns höchstens noch ab und zu eine SMS schickten.

Viktor und ich hatten versucht, beste Freunde zu bleiben, bis wir es nicht mehr waren und uns aus den Augen verloren.

Natürlich hatte ich versucht, Jacky zu finden. Es war mir sogar gelungen, den Zirkus Mondo Intero ausfindig zu machen, der zu dem Zeitpunkt sein Lager in der Nähe von Tirol aufgeschlagen hatte. Doch niemand dort wusste etwas von Jacky.

Was mir von diesem Tag und dieser Nacht, dem 31. August 1999, geblieben ist, passt in eine Metallbox. Darin sind auch mein Sturmfeuerzeug und Jackys Klappmesser, die Gegenstände, die Viktor am nächsten Tag für mich aus der Asche der Plantage gegraben hatte. Das Messer würde Jacky mir schenken, hatte Vik gesagt. Sie brauche es nicht mehr. Ebenso wie das Nokia 3210. Und das Foto von uns dreien. Das Polaroid-Bild von Jacky, Viktor und mir aus dem Colorado, auf dessen Rückseite Jacky eine mit Kugelschreiber geschriebene Nachricht für mich hinterlassen hatte.

Ein Tag wie ein Leben, Pascal.
Und so viele Tage liegen noch vor uns. So viel Leben.
Ich muss weiter. Zirkusleute sind immer in Bewegung, wie du weißt.
Aber, Pascal:
In 15 Jahren, am 31. August, klingelt das Nokia.

Am letzten Tag des Sommers.
Ich rufe dich an, und du wirst mir erzählen, dass du nie wieder einen Sommer – nie wieder auch nur einen Tag – verschwendet hast.
Das musst du mir versprechen. Bis dann.

In Liebe
Jacky

HEUTE

ES IST FRÜHLING.

Es ist noch frisch, doch über allem liegt bereits eine Ahnung, dass es diese Tage sind, in denen das Jahr dabei ist, sich zu drehen. Das Licht hat seine Kälte verloren, und am Wegrand sprießt der erste Krokus.

Karla ist aufgeregt.

Nervös nibbelt sie an ihrem Gurt und kaut auf ihrer Unterlippe herum. Störtebecker ist ihr hinuntergefallen.

Mit einer Hand, ohne den Blick von der Fahrbahn zu nehmen, taste ich nach hinten in den Fußbereich der Rücksitze und hebe ihren Lieblingsstoffhund mit dem zotteligen Fell, dem ein Knopfauge fehlt, seit dem Tag, an dem Karla ihn von meiner Mutter zur Geburt geschenkt bekommen hat, auf und lege ihr das Kuscheltier auf den Schoß.

»Wie lange darf ich bei Oma bleiben?«, fragt sie und presst Störtebecker an sich. Für eine Sechsjährige ist ein Wochenende bei der Oma vergleichbar mit einem All-inclusive-Wellnessurlaub in einem Luxusresort.

»Übermorgen hole ich dich wieder ab«, sage ich.

»Also zweimal schlafen«, rechnet Karla und grinst, dass ihre Zahnlücke vorne links meinen kompletten Rückspiegel ausfüllt.

Ich strecke ihrem Spiegelbild einen Daumen entgegen und bekomme dafür einen winzigen Mädchendaumen zurück.

Wir fahren von der Fichtenstraße, passieren den Bürgerpark und die Station der Feuerwehr Troisdorf, und biegen rechts ab in den Weg, an dessen Ende das Häuschen liegt, in das meine Mutter und ich nach unserem Umzug von Bodenstein gezogen waren und in dem sie noch heute lebt.

Das Autoradio läuft. Die junge Moderatorin erzählt etwas über die astronomischen Besonderheiten des morgigen 20. März, an dem Tag und Nacht exakt gleich lang seien. Das Äquinoktium, die sogenannte Tagundnachtgleiche, sei das. Ich muss lächeln, wie immer, wenn ich zufällig über diesen Ausdruck und somit über all die damit verbundenen Erinnerungen, von denen einige noch glasklar und deutlich, andere nur noch Schemen wie ein verflüchtigter Traum sind, stolpere, und lenke den Kombi in die Einfahrt.

»Wo fährst du eigentlich hin, Papa?«, fragt Karla, bevor ich aussteigen und die mit der Kindersicherung verschlossene Autotür auf ihrer Seite öffnen kann.

Ich löse meinen Gurt und drehe mich zu meiner Tochter, die Störtebecker jetzt im Schwitzkasten hält.

Natürlich weiß sie, wohin ich fahre. Ich habe es ihr erzählt, und wir haben lange darüber geredet. Aber die Thematik ist abstrakt für einen Kinderkopf, weshalb Karla das Bedürfnis zu verspüren scheint, erneut darüber zu sprechen.

Der Klettverschluss ihres linken Schuhs ist aufgegangen. Ich zurre ihn zurecht und drücke die Oberfläche mit den Haken auf die Fläche mit dem Flausch. »Ich fahre zu einer Beerdigung.«

Störtebecker dürfte inzwischen ohnmächtig sein.

»Wer ist gestorben?«, fragt Karla.

»Jemand, den ich lange, lange nicht mehr gesehen habe.« Wer genau werde ich ihr erzählen, wenn sie älter ist.

»Bist du traurig?«

Ich zucke die Schultern. »Ein bisschen«, antworte ich wahrheitsgemäß, und Karla nickt, dass ihre rotbraunen Löckchen hüpfen.

»Nicht traurig sein«, sagt sie dann und streckt mir eine Handfläche entgegen, die ich mit meiner Stirn berühre.

Damit ist das Thema für sie vorerst abgehakt. Später wird sie die Oma mit Fragen löchern.

Kommt man in den Himmel, wenn man stirbt?

Stirbt Papa auch irgendwann?

Kinder können nicht sterben, oder? Außer sie sind krank …

Ich steige aus.

Meine Mutter steht in der Tür des Hauses, in dem ich mit ihr gewohnt habe, bis ich zum Studieren nach Hamburg gezogen war, und winkt.

Gut sechs Wochen sind wir nicht mehr hier gewesen. Während man an sich selbst, wenn man täglich in den Spiegel schaut, kaum oder nur schleichend Veränderungen feststellt und im Großen und Ganzen die- oder derselbe bleibt, sieht man Menschen, denen man immer wieder in Abständen gegenübersteht, wie im Zeitraffer.

Sie ist älter geworden über die letzten Male. Leicht gebückt lehnt sie im Türrahmen, die kurzen silbernen Haare zurechtgemacht, dezent geschminkt, eine Strickweste über einer bernsteinfarbenen Bluse, die sie zu einer leichten Hose trägt.

Bis zur Pensionierung hat sie noch ein Jahr, doch auch nach Beendigung der Arbeit als Disponentin in der Reinigungsfirma will sie in Troisdorf bleiben. Ihr Leben ist hier.

Mir fällt eine matte schwarze Brosche auf, die an ihrem Blusenkragen steckt.

Karla schießt auf die Oma zu wie ein Verteidiger im Football auf den Quarterback, und die beiden fallen sich in die Arme, während ich Karlas kleine Reisetasche aus dem Kofferraum hole. Nachdem sie die Enkelin mit Küssen überhäuft hat, drücke ich meine Mutter an mich.

»Gut siehst du aus«, sage ich.

»Du wirst langsam grau an den Schläfen«, sagt sie, streckt sich und streicht mir über den Kopf, wonach ich mir sofort selbst über den Kopf streiche.

»Gibt es Schokokuchen?«, ruft Karla, die bereits in die Küche vorgesprintet ist, und ich höre, wie ein Stuhl zurückgeschoben wird und Teller auf einer Tischplatte klappern.

»Ja, Spatz. Schokokuchen. Mit Sahne. Du bleibst doch noch auf ein Stück, oder, Pascal?«

Ich nicke. Nach der fast fünfstündigen Fahrt von Hamburg hierher kann ich eine Stärkung gut vertragen, zumal eine noch längere Strecke vor mir liegt.

Meine Mutter hat den Kopf schief gelegt. »Du kannst auch über Nacht bleiben. Das weißt du ja.«

»Das ist lieb. Aber ich fahre lieber heute durch und übernachte im Hotel. Die Be... also ... Das ist morgen um 11:00 Uhr vormittags.« Ich stammle.

»Sag ruhig Beerdigung.« Meine Mutter hat den Satz in einem leichten Ton gesprochen, aber ich sehe, dass sie schluckt. Kurz scheint sie mit den Gedanken abzuschweifen, während sie mit den Fingern über die schwarze Brosche an ihrem Kragen fährt. »Du warst seit damals auch nicht mehr dort, oder?«

»Nein«, entgegne ich und bemerke, wie belegt meine

Stimme klingt. »Nein, ich war seit damals auch nicht mehr in Bodenstein.«

»Hunger!«, ruft eine schrille Mädchenstimme aus der Küche, und wir müssen beide schmunzeln.

»Gleiheich!«, ruft meine Mutter.

»Darf ich, bis ihr kommt, Störtebecker was zu trinken geben? Der verdurstet.«

»Der Arme! Klar. Füll ihm schnell was in deinen Becher.«

Wir vernehmen das Gluckern und Plätschern einer Karaffe.

»Kann sein, dass ich sie einfach behalte, wenn du sie Montag wieder abholen willst«, kichert meine Mutter.

»Leasing können wir machen, Mama«, sage ich, und sie lacht aus vollem Hals.

»Wie geht es denn *ihrer* Mama?«

Sie sieht mich an, und kurz sticht es dabei in meinem Brustkorb. »Gut«, sage ich.

»Sag ihr schöne Grüße, wenn ihr euch wieder seht.«

»Richte ich aus. Da wird sie sich sicher freuen. Ich soll dich auch schön grüßen, fällt mir ein.«

»Danke. Was macht sie denn das Wochenende?«

»Die Nicole ist mit ihrem Freund in den Bergen beim Wandern.« Erneut sticht es. Aber schon weniger. »Sonst«, spreche ich weiter, »hätte sie Karla natürlich nehmen können.«

»Gut für mich, dass sie wandern ist«, sagt meine Mutter.

»Schlecht für deine Kücheneinrichtung«, sage ich und verziehe das Gesicht, als es von nebenan scheppert und Karlas zerknirschte Stimme »Nichts passiert!« ruft.

»Aha, aha!«, ruft meine Mutter.

Bevor wir in die Küche gehen, fasst sie mich am Arm, wobei nicht zu übersehen ist, wie feucht ihre Augen schimmern. »Pascal, du musst da nicht hin, morgen.«

»Ich weiß«, sage ich, und wir setzen uns zu der Unschuld in Person, die meine Tochter ist, an den Tisch, was schlagartig jeglichen Trübsinn verfliegen lässt.

Zu dritt verputzen wir einen halben Schokoladenkuchen.

Meine Mutter erzählt von einem neuen Gemüsebeet, das sie in ihrem Gärtchen anlegen will, ich erzähle von unserer neuen Wohnung. Und von dem Buch, das ich gerade schreibe und für das mir einfach kein Ende einfallen will. Weil die Möglichkeiten einfach so unendlich viele sind und ich Angst habe, mich falsch zu entscheiden.

Dazwischen plappert Karla aufgeputscht durch Zucker von ihren Freundinnen aus der Kita und dass sie nächstes Jahr in die Schule kommt, was sie nicht erwarten kann, weil Kita ist ja eigentlich nur für Babys. Sehen wir auch so.

Als wir fertig sind und Karla und ihre Oma das Geschirr und das Besteck in den Geschirrspüler räumen, bringe ich das Gepäck meiner Tochter in das Zimmer, in dem sie schlafen wird.

Es ist jedes Mal seltsam, in diesen Raum zu treten. Es ist mein altes Zimmer und auch irgendwie nicht. Wie eine Parallelversion meines Zimmers aus Bodenstein.

Die Vorhänge sind noch die von früher. Doch statt Poster hängen hier Bilder an der Wand. Eine schwungvoll gezeichnete Sonnenblume und ein mit Wasserfarben skizziertes Schwalbenschwänzchen. Mein winziger alter Röhrenfernseher steht auf einer neuen Kommode, und statt meines Kleiderschrankes wurde ein Bücherregal an die Mauer geschraubt. Meine Kunstledercouch wurde entsorgt, allerdings steht mein Bett an derselben Stelle, an der es auch stand, als ich noch hier wohnte, also an derselben Stelle wie in meinem Zimmer, das ich mit fünfzehn in Bodenstein hatte.

Neben dem Bett ist mein altes Nachtkästchen aufgebaut.

Ich lege Karlas Reisetasche auf die Matratze.

Der Lattenrost knarrt, als ich mich auf die Bettkante setze und das oberste Fach des Kästchens aufziehe.

Nichts befindet sich in dieser Schublade außer einer zerkratzten Metallbox.

Sommer 1999 steht in krakeligem Graffiti auf den Deckel geschrieben. Jahre habe ich diese Box nicht mehr in der Hand gehalten. Sie ist leichter, als ich sie in Erinnerung habe, und wiegt vielleicht ein Kilo.

Mit dem Daumen drücke ich den Deckel auf.

Obenauf in der Box liegt mein zerfleddertes Notizbuch, das umspannt ist mit dem mittlerweile brüchigen Gummiband. Ich blättere durch die Seiten. *Die Hunnen und die Weed-Plantage. Die Steinmetzin und der Janus. Das Mädchen und die Löwen. Der Junge und der Moloch.*

Ganz hinten in dem Buch stecken die Kopie des Polizeiberichts und einige Zeitungsartikel. Ich weiß, was darin steht, und muss die Seiten nicht nochmals lesen. Vorsichtig, um es nicht zu zerreißen, lege ich das Gummiband wieder um den Einband.

Ein Fünf-Mark-Stück ziehe ich aus der Box, einen Zinnsoldaten und eine Packung Blättchen. Außerdem eine CD von Eins Zwo, eine von Oasis und *Tony Hawk's Pro Skater*. Meine Casio-Uhr mit leerer Batterie und blindem Display ist ebenso in der Blechschachtel wie mein von den Flammen bräunlich verfärbtes Sturmfeuerzeug und das schwarze Klappmesser, dessen Griff von der Hitze des Feuers auf der Plantage vollständig verschmort wurde.

Fast zuunterst liegt das Polaroid-Foto.

Da sind wir.

Jacky, Viktor, ich.

Mit der Zeit ist das Bild verblasst, aber wir drei sind immer noch klar zu erkennen. Genau wie ich den Moment im Colorado in Erinnerung habe. Jacky blickt mit funkelnden Augen direkt in die Kamera, ihre roten Haare fallen ihr über die Schultern, die Ärmelbünde ihres Longsleeves hat sie bis über die Handballen geschoben. Viktor hat sein Hawaiihemd nach hinten gekrempelt und macht mit angespanntem Bizeps eine Bodybuilder-Geste, während sich der Fotoblitz in seiner Brille spiegelt. Und da bin ich. Die fünfzehnjährige Version von mir von heute. Ich stehe etwas nach hinten versetzt, schaue an der Linse vorbei. Meine Augenringe sehen in dem Licht aus wie hingeschminkt, mein dünnes Gesicht wirkt zart, beinahe durchsichtig, ich zupfte unsicher an meinem Shirt. Aber ich lächle.

Auf der Rückseite ist Jackys kurzer Brief an mich. *Ein Tag wie ein Leben.* Die Worte sind nach wie vor deutlich zu lesen, die blaue Farbe des Kugelschreibers hat die Buchstaben in das weiche Papier gedrückt.

Ich taste über die Rillen, fahre die Spur des Geschriebenen nach, fühle sie, wie Lebenslinien und wie die Erhebungen, die meine Narben sind. Dann lege ich das Foto beiseite.

Zuletzt ziehe ich das Nokia aus der Box und wende es in der Hand.

Jacky hat niemals angerufen.

Oder vielleicht hat sie angerufen und mich aber nicht erreichen können.

Natürlich nicht. So funktioniert das Leben nicht.

Der Mobilfunkbetreiber hatte die Nummer längst abgeschaltet und diese auch nicht neu vergeben.

Ich hatte das Handy damals zwar eine Zeit lang benutzt, auch um mit Viktor in Kontakt bleiben zu können, aber irgendwann hatte ich mit einem Vertrag eine neue Nummer bekommen, und das Nokia war in meiner Schublade gelandet.

Ich hätte gerne noch einmal mit Jacky gesprochen. Nicht, weil ich hoffe, mich wie als Jugendlicher wieder Hals über Kopf in ein Liebesabenteuer stürzen zu können. Das wäre der pure Kitsch. Mich würde einfach interessieren, was aus ihr, aus diesem besonderen Menschen, geworden ist.

Jeder von uns hat diese Menschen, an die man ab und an denkt und bei denen wir uns fragen, wie ihre Geschichte weiterging. Der witzigste Junge der Welt, der mit uns vielleicht nur ein halbes Jahr in der Klasse war und dann wegzog. Eine ältere Dame, neben der man eine Zugfahrt lang saß. Ein Punk, mit dem man ein Gespräch auf einer Parkbank führte. Die Sängerin der coolsten Band im Ort. Ein Urlaubsflirt.

Was macht sie, was macht er heute?

Bei mir ist dieser Mensch das Zirkusmädchen mit den feuerroten Haaren, den wasserblauen Augen und keiner Angst vor nichts. Ich hätte einfach gerne gewusst, wo sie abgeblieben war und ob sie, doch so ruhelos, irgendwo hatte ankommen können.

Und auch von mir hätte ich ihr gerne erzählt.

Ich hätte ihr erzählt, wie es mir die letzten Jahre ergangen ist. Dass ich ein paar Mal verliebt war und einmal sogar richtig liebte. Dass ich eine Tochter habe, die mein Leben ist, und dass ich nach Hamburg gezogen bin. Dass ich mich dagegen entschied, meine Narben operieren zu lassen. Dass ich in meiner Freizeit Trainer einer Jugendschwimmmannschaft bin. Dass ich mit Schreiben einigermaßen über die Runden komme und dass ich meinen neuen Roman nicht fertig kriege, weil ich nicht weiß, wie die Geschichte zu Ende geht.

Außerdem würde ich ihr erzählen, dass ich glaube, eingehalten zu haben, was sie damals wollte, dass ich verspreche: Ich bin sicher, dass ich seit damals nicht einen einzigen Sommer mehr verschwendet habe.

Alles hätte ich von ihr wissen wollen, und alles hätte ich ihr erzählt.

Auch dass ich auf dem Weg nach Bodenstein bin, wo morgen die Beerdigung meines Vaters stattfindet.

FÜNFHUNDERT KILOMETER AUTOBAHN und Landstraße. Breite Ströme, verästelte Flüsse, darüber Brücken wie Seile gespannt. Weitläufige Wälder, tiefe Seen, Grün und Blau in sämtlichen Schattierungen, das ganze Bild eine Malerpalette, alles durchzogen von mal schmaleren, mal breiteren Schwüngen Asphalt. Dazwischen Siedlungen und Städte, geometrisch angeordnet oder wild drauflosgebaut. Bei jeder einsamen Hütte auf einer Lichtung, bei jedem abgeschiedenen Haus am Hang einer Berghöhe fragt man sich: Und welches Leben wäre das?

Das Ortsschild im Dunkeln, angestrahlt von den Scheinwerfern des Autos.

Eine unruhige Nacht im Hotel.

Zwei Kaffee zum Frühstück, sonst nichts.

Die marode Kirche.

Der Friedhof.

Die Zeremonie, die Ansprachen, die Bekundungen, die Gebete, das Blättern in den abgegriffenen Gebetbüchern, der Weihrauch, die Spritzer von Weihwasser und der Gesang zu den schweren Tönen der Orgel.

Der geschlossene Sarg.

Schweigen.

Und dann ist es vorbei.

Ich weiß gar nicht, was ich mir erhofft hatte. Abschließen zu können, wahrscheinlich.

Kurz ertappe ich mich bei dem Gedanken, dass ich doch eine Art Befriedigung verspüren müsste, aber da ist nichts. Außer Vergebung, vielleicht, und ein schwirrender Kopf.

Die Kirche war beinahe leer gewesen. Ein paar wenige Frauen und Männer, die wirkten, als wären sie für eine Filmszene gecastete Komparsen, hatten über das Hauptschiff verstreut in den Bänken gesessen, während der Pfarrer seine Predigt gehalten hat. Er hatte über ein Leben gesprochen, das ein Teil des meinigen gewesen war und an das ich nur noch wenige Erinnerungsfetzen habe. Es war, das ist mir jetzt klar, als spräche er über einen Fremden.

Dabei hatte es noch nicht einmal wirklich etwas zu erzählen gegeben.

Der Pfarrer ist erst seit Kurzem in der Gemeinde, hat meinen Vater nie persönlich kennengelernt und hatte sich aus Gesprächen mit Bekannten meines Vaters etwas für die Trauerrede zusammenreimen müssen. Viel war es nicht gewesen, was so über den Verstorbenen zusammengekommen war.

Mein Vater schien in den letzten zweieinhalb Jahrzehnten kaum etwas gemacht zu haben. Trocken schien er geblieben zu sein, und einen Job als Hausmeister hatte er bis zur Rente gehabt. Von Irrwegen hatte der Pfarrer geredet, von Reue und von Läuterung.

Bei der Beisetzung selbst hatte ich mit einem Mal bemerkt, wie mir Tränen die Wangen heruntergelaufen waren. Ein alter, hagerer Herr, einen Hut in der Hand, hatte mir eine Packung mit Taschentüchern gereicht und mir auf die Schulter geklopft. Dankbar hatte ich ihm zugenickt.

Das war es gewesen.

Jetzt sitze ich auf dem Parkplatz neben der Kirche in meinem Auto und schaue auf meine Hände, die das Steuer gegriffen haben, und dann nach oben durch die Windschutzscheibe.

Der Himmel ist zugepappt von einer dicken Schicht Grau. Die Stelle, an der ich die Sonne vermute, ist etwas heller, und es sieht aus, als hätte jemand eine Lampe mit verwaschenen Laken verhangen.

Der Grabstein war schön gewesen. Unbehandelter Marmor, der auf eine elegante Weise schroff wirkte. Name, Geburts- und Sterbedatum waren mit schlanken Ziffern und Buchstaben in die Oberfläche graviert worden.

Ich frage mich, ob es jemanden gibt, der das Grab pflegen wird.

Ich selbst bin Atheist und vor Jahren aus der Kirche ausgetreten, nehme mir aber vor, mich zu erkundigen, ob es dennoch möglich ist, die Kosten für die Instandhaltung der Ruhestätte zu übernehmen.

Ich ziehe den Sicherheitsgurt nach vorne und schnalle mich an.

Das erste Mal, seit ich denken kann, habe ich wieder den Wunsch nach einer Zigarette. Nach dem Beißen in der Lunge nach dem ersten Zug. Nach den bläulichen Rauchschwaden. Eine Zigarette würde mir helfen gegen den schwirrenden Kopf.

Bodenstein hat sich verändert. Auf den ersten Blick jedenfalls. Das Kopfsteinpflaster des Marktplatzes ist neu verlegt worden, und der Bereich um den Brunnen ist nicht mehr verkehrsberuhigt.

Im Vorbeifahren, auf dem Weg vom Hotel zum Gottesdienst, habe ich gesehen, dass das Parkhaus renoviert wird, ebenso das Freibad, wie ein großes Schild am Zaun verkündet. Ich hoffe, der Imbiss der Kostas bleibt, wie er war, aber ich glaube es nicht.

Auf der gegenüberliegenden Seite der Naab ist jetzt neues Baugebiet ausgewiesen, und am hiesigen Ufer wird mit Baggern und Raupen nach Kies gegraben, wobei sich die Maschinen in den Forst fressen wie Termiten.

Den Skatepark gibt es nicht mehr. Wo früher die Halfpipe und die Rails waren, ist jetzt ein großes Möbelhaus. Die Stadt muss das Areal verkauft haben.

Eine Sekunde lang habe ich den Drang, Viktor zu schreiben, und ziehe mein iPhone aus meiner Tasche.

Vik, die haben den Skatepark abgerissen. Übelst beschissen!

Alter, was? Verpicht!, käme zurück.

Oder? Je mehr ich darüber nachdenke, desto seltsamer kommt es mir vor, wenn ich in diesem Moment diesem Impuls folgte. Wahrscheinlich wüsste Viktor Dornmann im ersten Moment nicht einmal, von wem die Nachricht kommt. Würden wir uns heute noch so gut verstehen wie damals? Das gibt es ja, dass man sich ein halbes Leben nicht sieht, und beim Wiedersehen ist es dann exakt wie früher, und man klickt.

Oder man hat sich nichts zu sagen, bemüht verkrampft längst verstaubte Insider, hält Small Talk, geht dann auseinander und weiß zur Verabschiedung nicht, ob man sich die Hand gibt, sich umarmt oder einfach nur verschämt zu Boden schauen soll.

Ich bin mir außerdem ziemlich sicher, nicht einmal Viktors Kontakt zu haben. Das Letzte, was ich über Ecken von ihm mitbekommen habe, war, dass er irgendetwas mit Design in der Medienbranche arbeitet, und das ist schon so lange her, dass ich nicht einmal mehr weiß, wer mir das erzählt hat.

Schließlich ist der Moment mit dem Impuls vorüber, und ich lege mein Telefon weg.

Irgendwie fühle ich mich angegriffen durch die Veränderungen im Ort und dass nicht einfach alles bleiben kann, wie es war, doch natürlich weiß ich, dass das Quatsch ist. Ich kann nicht verlangen, dass alles bleibt, wie ich es in Erinnerung habe, nur weil ich in Nostalgie schwelgen will. Ich bin auch nicht geblieben, wie ich war.

Ich lege den Rückwärtsgang ein und rolle auf die Hauptstraße.

Das kleine Kino ist weg und das Schnäppchenparadies auch. Was es noch gibt, sind die Litfaßsäulen. Ein Kneipenfestival und eine Talent Night sind geplant, und die neuesten Hollywood-Blockbuster werden angepriesen, für die man jetzt allerdings in die nächstgrößere Stadt fahren muss. Ein Zirkus gastiert gerade nicht in Bodenstein.

Zurück im Hotel mache ich mich fertig für die Weiterreise. In dem schlichten Zimmer liegt mein Koffer, in den ich bereits heute Morgen meine Sachen gepackt habe, auf einer Ablage der Garderobe.

Ich will, wenn ich schon mal in Bayern bin, meinen Verlag in München besuchen und mich mit meiner Lektorin besprechen, bevor ich Karla am Montag wieder von meiner Mutter hole.

Ich lege meinen schwarzen Anzug ab, knöpfe mein Hemd auf und schiebe beides in die dafür vorgesehene Transporthülle, bevor ich Jeans, T-Shirt und einen einfachen Pullover anziehe und zum Auschecken nach unten zur Rezeption gehe.

Ob alles zu meiner Zufriedenheit war, fragt mich der freundliche Angestellte. Ich nicke und schiebe ihm die Schlüsselkarte über den Tresen.

»Aus der Minibar hatten Sie nichts?«

»Nein.«

»Benötigen Sie eine Rechnung, Herr Friedrich?«

»Das wäre sehr nett.«

»Die Rechnungsadresse ist dieselbe wie die Wohnadresse?«

»Genau, ja.«

»Zahlung mit Kreditkarte?«

»Exakt.«

»Kann ich Ihnen sonst noch irgendwie weiterhelfen?«

»Nein, vielen Dank, das wäre alles.«

Er tippt etwas in seinen Computer, und die Rechnung gleitet aus dem Drucker. Während er das Papier faltet und in einen Umschlag steckt, sehe ich mich in der einfachen, aber modernen Lobby um.

Auszeichnungen hängen gerahmt an den Wänden, dazu ein Foto der gesamten Belegschaft. Eine Schale mit grünen polierten Äpfeln ist auf einem Podest platziert und eine daran gelehnte Karte ermutigt die Gäste, sich zu bedienen.

In einer Vitrine steht, gemeißelt, ein vielleicht zwanzig Zentimeter hohes Miniaturreplikat der Janus-Figur. *Jedes Ende ist ein neuer Anfang*, ist in schlanken Buchstaben auf einer Plakette darunter eingeprägt.

»Sieht gut aus, nicht wahr?« Der Hotelmitarbeiter scheint meinem Blick gefolgt zu sein. »Die Skulptur«, schiebt er zur Erklärung hinterher. »Das ist der Janus. Sozusagen das Wahrzeichen unserer Stadt. Die Figur gibt es noch mal als riesige Statue auf einer Klippe über dem Fluss.«

»Gibt einem irgendwie ein gutes Gefühl«, sage ich, und er nickt.

»Die Steinmetzin macht in ihrer Werkstatt tolle Sachen. Als meine Tochter vor ein paar Wochen mit der Schule das Ausstellungsgelände besucht hat, bekam die ganze Klasse von ihr sogar etwas geschenkt. Jeder bekam die faustgroße Figur einer Löwin. So, hier bitte.« Er streckt mir den Umschlag mit dem Zahlungsbeleg für meinen Aufenthalt entgegen.

Ich bedanke mich abermals, schiebe das Kuvert in eine Seitentasche meines Trolleys und gehe, nachdem ich mich verabschiedet habe, zu meinem Wagen.

Immer noch schwirrt mir der Kopf. Nach einer Ibu oder einem Aspirin und einem Glas Wasser hätte ich im Hotel noch fragen können. Doch der Fahrtwind tut gut. Ich habe das Fenster auf der Fahrerseite heruntergelassen und genieße den kalten Luftzug, der mir die Haut bis zu den Haarwurzeln kribbeln lässt, als wäre sie elektrisch geladen.

Irgendetwas von dem, was der Rezeptionist gesagt hat, hat mein Herz schneller schlagen lassen. Irgendein Satz oder Wort hat ein diffuses Gefühl in meinem Magen ausgelöst. Aber es fällt mir schwer, mich zu konzentrieren, und ich bekomme nicht zu greifen, was es gewesen ist.

Ich blinke links.

Ich muss einmal quer durch die Innenstadt, um auf die Autobahn in Richtung der bayrischen Landeshauptstadt zu gelangen.

Welches Geschäft hier tatsächlich noch existiert, ist das des Schusters. Das Bänkchen, auf das ich, immer wenn wir das Wochenblatt austrugen, die Exemplare der kostenlosen Zeitung zum Mitnehmen legte, ist mit einer Kette gesichert. Ein junger Mann sitzt vor dem kleinen Laden, eine lederne Schürze umgelegt.

Auch hier findet ein Generationenwechsel statt. Aber

irgendwie ist es schön, dass mit dem Neuen auch ein Stück des Alten bleibt.

Was war es nur, das der Hotelangestellte gesagt hatte?

Die Müller-Filiale, die einen Anstrich vertragen könnte, ist gut besucht, und ich sehe, während ich die Konversation aus der Lobby nochmals Revue passieren lasse, durch die gläsernen Türen Kundinnen und Kunden durch die Regalreihen streifen. Sicher spielen im oberen Stockwerk ein paar Kids an der PlayStation, bis sie aus dem Laden geworfen werden.

Löwinnen!, schießt es mir plötzlich durch den Kopf. Warum bekamen die Schulkinder die Figuren von Löwinnen? Das war es gewesen!

Jetzt muss ich eigentlich geradeaus und dann rechts auf den Zubringer zur Autobahn, doch ich fahre langsamer und kann mir selbst nicht recht erklären, wieso.

Am Haus, in dem die Party der Münch-Zwillinge stattfand, sind die Rollläden heruntergelassen, kein Auto parkt davor am Straßenrand oder in der Einfahrt.

Aber das Haus interessiert mich auch nicht.

Was mich interessiert, ist die Steinmetzerei auf der anderen Straßenseite.

Der Kies des Weges, der auf das schmiedeeiserne Tor zuführt, scheint neu aufgeschüttet worden zu sein. Die Flügel des Tors stehen offen.

Die Sonne hat sich inzwischen durch den Wolkenhimmel gekämpft und wirft ihre Strahlen, in denen der Staub tanzt, hinein in das dustere Bauwerk.

Jemand huscht im Inneren, im Halbschatten durch die Werkstatt. Eine Frau.

Die alte Frau Berger muss inzwischen weit über hundert sein, überlege ich.

Doch es ist nicht Frau Berger.
Diese Frau ist jünger.
Ich sehe sie einen Augenblick von hinten, bevor sie in dem Gebäude in Richtung des Ausstellungsgartens verschwindet.
Sie trägt ein ärmelloses Kleid.
Ich bin mir nicht sicher.
Aber für den Bruchteil einer Sekunde meinte ich, erkannt zu haben, wie feuerrote Haare im Sonnenlicht flammten.
Kann das sein?
Ich zögere.
Vielleicht.
Vielleicht war der Farbschimmer aber auch nur ein Trugschluss, erzeugt durch das Gegenlicht der staubigen Fenster.
Wahrscheinlich.
Eine Illusion und nicht mehr als ein Wunsch.
Ich parke meinen Wagen und steige aus.
Mein Herz überspringt den nächsten Schlag.
Es macht eh, was es will.
Dann betrete ich die Steinmetzerei.
Jedes Ende ist ein neuer Anfang, denke ich.
Und die Möglichkeiten sind unendlich.

DANKE an die Menschen, die mich bei der Entstehung dieses Buches unterstützt haben.
Isabella, Mama, Papa, Sabine, Gabi und Günther, Tarkan, Elisabeth, Hendrik, Havy, Barbara Laugwitz, Tina und das ganze Team von dtv, Tommi, Ina, Igor, Mona, Louisa, Joy, Benedikt, Peter, Kathi und Gruschi, Gregor, Martin und Lisa, Etienne, Daniel, Ricarda, Gladsome.

SONGTEXTE

1 BOHM

Seine Sachen waren weg.

Bohm blickte sich um. Das Silber des Mondes brach durch die Wolkendecke und spiegelte sich in einer Pfütze, auf der Eiskristalle ihre Muster zogen. Bohm hasste die Kälte. Und vor allem hasste er die Nässe.

Gegen Minusgrade konnte er sich wappnen. Er konnte Schichten von Pullovern und Unterwäsche anziehen, den Bundeswehrparka überwerfen oder sich in seinem Schlafsack vor das Abluftrohr einer Restaurantküche verkriechen. Kälte war ein Gefühl, das man abstellen konnte. Nässe hingegen zog in die Haare, in die Haut, bis hinab in die Knochen.

Bohm schob seine Kapuze nach hinten. Um ihn herum rumorte die Großstadt. Brandgeruch hing in den Straßen, die Rufe von Betrunkenen hallten durch das Einfahrtstor bis in den Hinterhof, das Klirren von Flaschen. Es war Fastnachtsdienstag, der letzte Tag des Karnevals. Ganz Köln war auf den Beinen, um den Nubbel zu verbrennen.

Wohin man sah, vor den Kneipen und auf den Plätzen loderten Feuer. Scheiterhaufen, in deren Mitte mannsgroße Puppen verbrannt wurden, die die Menschen für ihre eigenen Fehler und Sünden verantwortlich machten. Für ihre Beleidigungen, ihre großen und kleinen Lügen. Für ihre Untreue oder dafür, dass sie jemanden im Stich gelassen hatten. Das Feuer fraß die Puppen – den Nubbel – und brachte die Absolution.

Eine Tradition seit zweihundert Jahren.

Bohm mied diese Feuer. Er glaubte nicht daran, dass man die eigene Schuld auf eine Puppe abwälzen konnte, dass es reichte, eine seelenlose Gestalt aus Pappmaschee und Stroh abzufackeln, um alles Geschehene in Rauch und Wohlgefallen aufgehen zu lassen. Auch dann nicht, wenn diese Puppen in Anzügen und Kleidern steckten, wenn sie lachten und weinten und beinahe lebendig wirkten.

Hatte er einmal daran geglaubt? Er wusste es nicht.

In einem Unterstand, den wohl ein Hausmeister für Fahrräder gezimmert hatte, verbrachte er seit einer Woche die Nächte. Es war ein guter Platz. Hinter der letzten Reihe alter Räder, die niemandem mehr gehörten und deren Rahmengerippe vor sich hin rosteten, lag er mit der Mauer im Rücken windgeschützt. Der eigentliche Grund aber, warum er sich für diese Stelle als Unterschlupf entschieden hatte, war die kleine, mit Staub und Schmutz bedeckte Lampe, die, an eine Wand geschraubt, die ganze Nacht leuchtete. Bohm mochte das Licht. Morgens raffte er seine Habseligkeiten zusammen und stahl sich davon, bevor ihn jemand bemerkte. Erst weit nach Sonnenuntergang kehrte er zurück.

Nur heute war es anders gewesen: Am Fastnachtsdienstag luden die Karnevalsvereine im Stadtteil Ehrenfeld die Obdachlosen zum Gänseessen ein, und da hatte Bohm nicht mit seinem sperrigen Rucksack, der Isomatte und dem Schlafsack aufkreuzen wollen. Er hatte seine Besitztümer an der Mauer zurückgelassen.

Jetzt waren seine Sachen verschwunden. Und die Lampe war aus.

Sein altes Smartphone hatte noch neun Prozent Akku. Er wischte über das Display, vorsichtig, um den Sprung im Bildschirm nicht weiter splittern zu lassen, und wählte die Taschenlampenfunktion. Die Pappe, auf der er die Isomatte ausgebreitet hatte, lag unverändert. Dort aber, wo am Morgen seine Wasser- und seine Wodkaflasche gestanden hatten, war nur noch ein nasser Fleck. Der verschüttete Alkohol war in der Luft zu riechen.

Bohm trank wieder weniger. Nicht mehr bis zur Besinnungslosigkeit. Dennoch brauchte er drei, vier Schlucke, um in den Schlaf zu finden. Sechs, sieben oder acht Schlucke, wenn es sein musste.

Zwischen den Fahrrädern lagen seine Sachen nicht. Auch nicht bei den Blumenstöcken, die den Hintereingang des Hauses flankierten, ebenso wenig auf der Sitzbank daneben. In einer Ecke des Hofes standen die Mülltonnen. Keine Spur davor, dahinter, darunter.

Bohm fuhr sich über das müde Gesicht. Fäulnis stieg ihm entgegen, als er den Deckel der ersten Tonne anhob und nach hinten fallen ließ.

Seine Matte lag obenauf, darunter sein Rucksack, die Oberseite mit geöffneter Schnalle nach unten. Einen Fluch auf den Lippen, klopfte Bohm die Isomatte ab und stellte sie zusammengerollt neben sich. Dann reckte er sich in den Container hinab, eine Hand, so gut er konnte, unter dem Rucksackfach, um zu verhindern, dass noch mehr herausfiel. Seine Decke war, auf zwei Müllsäcken liegend, klamm, aber einigermaßen sauber, ebenso wie das zweite Paar Socken. Daneben, zwischen Konserven und Essensresten, lagen sein Tabakpäckchen, seine speckige Waschtasche und ein paar Dinge, die er in Tücher gewickelt hatte. Ein Teil nach dem anderen klaubte er aus dem Abfall, um es zu inspizieren, es abzuwischen und zurück in den Armeerucksack zu packen. Eine Inventur der Mittellosigkeit.

Zu fehlen schien nichts.

Das Problem war der Schlafsack.

Da Bohm keinen Überzug besaß, schnürte er den Stoff mit einer Kordel zu einem Bündel zusammen. Und dieses Bündel lag nun zuunterst in der Tonne, in einem von schimmligen Brocken durchzogenen Matsch. Ein Müllbeutel war aufgeplatzt, Windeln, braune Feuchttücher und ein zerbrochenes Weinglas drängten durch die zerschnittene Folie. Der Regen, der während der letzten Stunden in den Container gelaufen war, hatte den Müll durchweicht und in der Tonne eine zentimeterhoch stehende Brühe gebildet.

Bohm zog an dem Schlafsack, der kaum mehr war als ein triefender Schwamm, Schleimfäden rissen zurück in die undefinierbare Lache. Die Daunenfüllung war zu einem einzigen Batzen zusammengeklebt. Einen Augenblick lang stand er einfach nur da, dann warf Bohm den Klumpen zurück in den Container.

Unvermittelt spürte er, dass er beobachtet wurde. Hinter dem Fenster im Erdgeschoss hatten sich die Vorhänge bewegt. Bohm verknotete die Isomatte und schwang sich seinen Rucksack über die Schulter. Beim letzten Blick in die Restmülltonne fiel ihm auf, dass der Brief aus dem Rucksack gefallen war. Das Grau des Altpapierumschlags reflektierte im Strahl seiner Handylampe.

Er hatte den Brief nicht geöffnet, seit ihm der vor einem Monat von einer Sozialarbeiterin in die Hand gedrückt worden war. Wollte er erfahren, was drinstand? Nein. Das wollte er auf keinen Fall. Trotzdem griff er sich das Schreiben, grüßte, zwei Finger an die Stirn gelegt, in Richtung der Gardine und verließ den Innenhof.

2 ALINA

Alina Alev war dankbar, dass niemand im Inneren des Fahrstuhls einen Spiegel angebracht hatte. Sie wusste, wie sie aussah. Ihre Locken waren braunes Stroh, ihre Augenhöhlen dunkle Schatten, die nicht verschwinden würden, egal, wie fest sie die Handballen daraufpresste. Wieder hatte sie die Nacht nicht geschlafen. Sie fühlte sich wie ein Geist.

Die Deckenbeleuchtung des Liftes surrte.

Zweiter Stock. Dritter.

Alina zupfte ihre Klamotten zurecht. Sie trug ihre teuerste Seidenbluse und eine Hose von Alexander McQueen, dazu halbhohe Schuhe und einen Mantel aus Merinowolle. Sie hatte mehr Make-up aufgelegt als gewöhnlich, die Nägel hatte sie in einem tiefen Rot lackiert. Kriegsbemalung für die letzte Schlacht.

Am Abend hatte sie etwas Leichtes gegessen, dann hatte sie dem Typen abgesagt, den sie im Zug von Hamburg nach Köln kennengelernt hatte. Zweimal getroffen, einmal abgesagt. Und noch mal abgesagt. Sie hatte das Handy auf Flugmodus geschaltet, bewusst ein langweiliges Buch gelesen und war zeitig zu Bett gegangen. Geschlafen hatte sie trotzdem nicht, von ein paar mit wirren Träumen durchzogenen Minuten abgesehen. Kurz vor dem Weckerklingeln hatte sie sich ins Bad und unter die Dusche geschleppt, an die Kaffeemaschine und aus dem Haus, um pünktlich im Sender zu sein.

Auf ihrem Smartphone drohten rot hinterlegte Ziffern über bunten Icons. Das Meeting, zu dem sie erscheinen sollte, war kurzfristig einberufen worden. Worum es bei dem Termin gehen würde, ahnte die komplette Belegschaft.

Vierter Stock. Fünfter.

Alina massierte sich die Schläfen. Kaum zu glauben, dass sie einmal das gewesen war, was man als aufstrebende Journalistin bezeichnete. Ein Studium der Kommunikationswissenschaften, ein Volontariat beim Radio, erste Moderationen. Parallel dazu ein TikTok-Account mit erfrischenden Infoclips, ein eigener Interview-Podcast. Die Follower hatten an ihren Lippen gehangen und ihren sechsten Sinn für popkulturelle Entwicklungen verehrt. Als der Rapper Eminem zu einem Boykott von Spotify aufrief, war sie die Erste gewesen, die dahinter eine schmierige PR-Kampagne vermutete. Ihr Video dazu war viral gegangen und hatte es mit einer Erwähnung bis in die *Tagesschau* geschafft.

Sechster Stock. Siebter.

Alina war gut gewesen. Die Leute hatten sie gut gefunden.

Achter Stock.

In ihrem Podcast hatte sie nicht mit Prominenten oder Politikern gesprochen, sondern mit Krankenpflegern, der Leiterin eines Tierheims, der Oma von nebenan. Alltagsmenschen, die ihre Geschichten erzählten. Das hatte Alina geliebt. Sie gewann das Kulturstipendium des Landes Nordrhein-Westfalen und landete auf der *Media* 30-under-30-Liste, zusammen mit anderen vielversprechenden Talenten der Republik.

Es war das erste Mal gewesen, dass ihre Eltern »die Medien« als Berufsweg anerkannten. Das Fernsehen war auf Alina zugekommen. RTI hatte ihr eine Stelle als Reporterin angeboten mit der Aussicht auf ein eigenes Format. Talkshow, Magazin, eine Mischung aus beiden. Etwas Großes auf jeden Fall. So hatte es ihr Holger Lorenz versprochen, der langjährige Programmchef, wobei ihm vor Eifer die Spucke aus den Mundwinkeln geflogen war.

Neunter Stock.

Eine Woche hatte Alina abgewogen, ob dieser Schritt der richtige sei. Fernsehen war ein Sprungbrett, und wer einmal eine eigene Sendung gehabt hatte, konnte sich seine Zukunft aussuchen. Letzten Endes hatte sie zugesagt.

Sie wollte doch eine Karriere.

Und noch bevor die Tinte unter dem Vertrag getrocknet war, hatten ihre Eltern Freunde zum Essen eingeladen, nur um wie beiläufig zu erwähnen, dass ihre Tochter jetzt bei RTI arbeite.

Zwei Jahre war das her. In dieser Zeit hatte sie drei kleine Reportagen machen dürfen, die nirgendwo beworben worden waren. Alle Energie hatte Alina in diese Projekte investiert, und trotzdem hatten sie keine Aufmerksamkeit erregt.

Alina kämpfte dagegen an, aber sie spürte, wie Frust und Wut sich in ihr breitmachten. Was war falsch gelaufen?

Eine Etage noch. Das Meeting war in der Zehn anberaumt.

Ein Gespräch zu der eigenen Sendung hatte es nie wieder gegeben, obwohl sie mehrere Konzepte vorgelegt hatte. Talkshow, Magazin, eine Mischung aus beiden. So wie es angekündigt gewesen war. Oft hatte sie nicht einmal eine Antwortmail erhalten. Ihre Followerzahlen waren rückläufig. Sie hatte die eigenen Kanäle bei dem immensen Arbeitspensum vernachlässigt. Sie war angelogen worden. Und für eine Karriere lief ihr die Zeit davon. Und dann war etwas geschehen, das ihr bisher fremd gewesen war: Seit ein paar Wochen schlief sie nicht mehr.

Zehnter Stock. Zischend öffneten sich die Türen des Aufzugs. Alina trat auf den Gang.

Sie wusste, sie würde entlassen werden.

3 BOHM

Bohm war in Neuseeland. Wellen schlugen an die Felsen und übertönten das rasselnde Schnarchen seiner Zimmerkollegen. Kniehoch stand das Gras, durch dessen Halme seine Fingerspitzen streiften, anstatt die verfilzte Wolldecke und das zerschlissene Bettzeug zu berühren. Irgendwo schrie ein Kormoran und schwang sich hoch über die Bucht, hinein in die aufgehende Sonne, die als greller Fleck am Himmel stand. Bohm bedeckte seine Augen. Irgendetwas stupste ihn am Oberschenkel.

Sofort fuhr er auf und tastete unter der Pritsche nach seinem Rucksack, dessen Gurt er sich um den Unterarm gebunden hatte. Die andere Hand lag auf dem Griff seines Messers.

»Aufstehen, ist schon sechs durch«, sagte der junge Mitarbeiter der Notschlafstelle, der ihm ausnahmsweise noch eine Liege in den überfüllten Schlafsaal geschoben hatte.

Kalt brannte eine Glühbirne an der mit Rissen durchzogenen Zimmerdecke. Eine Iris, umgeben von Adern.

»Alles klar«, sagte er, und sein Puls beruhigte sich.

Bohm mochte die Notschlafstelle nicht, aber im eisigen Regen und ohne Schlafsack war sie die beste Option gewesen. Noch eine Nacht würde er hier nicht verbringen. Er brauchte unbedingt einen neuen Schlafsack. Zur Bahnhofsmission mit der Kleiderkammer waren es nur ein paar hundert Meter, und er hatte vor, dort heute einer der Ersten zu sein.

Links und rechts von ihm erwachte ächzend das Leben – oder was davon in kaltem Schweiß und Ammoniak noch übrig war. Etwa dreißig Männer lagen in dem Saal. Zischende, heisere Stimmen, hochgezogener und ausgeschniebter Rotz.

Ein Aluminiumdeckel wurde von einer Flasche geschraubt. Bohms Pritschennachbar, ein alter Herr mit dünnen Haaren, das Gesicht narbig wie geplatzter Asphalt, trank Hochprozentiges aus einer Glasflasche, obwohl Alkohol in der Unterkunft verboten war. Ein dicker Tropfen rann ihm über das Kinn, den er sich mit einem Ärmel abwischte. Seine Augen schimmerten wässrig gelb, die rote Nase stand im Kontrast zu seinen fahlen Wangen. Suff hatte viele Farben.

»Willst du auch?« Der Alte hielt Bohm die Flasche hin. »Geht nichts über ein gesundes Frühstück.«

»Gerade nicht.«

Der Alte nickte, bevor ein Hustenkrampf seinen Körper beben ließ. »Musst du gleich los? Wohin geht die Reise?«, fragte er, als der Anfall nachgelassen hatte.

Neuseeland, dachte Bohm und schüttelte den Kopf. »Einfach weiter.«

Der alte Mann räusperte sich. »Zu Hause gibt es nicht? Bei mir auch nicht.«

Bohm sagte nichts. Es war nie gut, sich Leuten auf der Straße zu öffnen. Niemand vertraute niemandem. Man durfte keine Gefühle zeigen, nie die Deckung runternehmen, sonst wurde man zerrissen.

»Ich sag immer«, fuhr der Alte fort, »man muss sein eigenes Zuhause sein. Sonst verliert man sich.«

Bohm atmete aus. Für eine Clochard-Predigt war es deutlich zu früh am Morgen.

»Merke ich mir«, sagte er, vergaß es in derselben Sekunde und erhob sich von der knarrenden Liege.

Der Alte prostete ihm zu.

Vor Bohm waren noch zwei Leute in der Schlange. Er ging in die Toilettenkabine und wusch sich anschließend die Hände. Dabei sah er in den Spiegel, der über dem Waschbecken hing. Ein Fremder blickte ihm entgegen, ein Meter fünfundachtzig groß, mager und sehnig. Kurze Haare. Ausgeprägte Wangen- und Kieferknochen bedeckt von einem stachligen Bart. Grüne Augen, am Jochbein eine Schramme. Sechsunddreißig Jahre alt war dieser Fremde, und Bohm wollte nichts weiter von ihm wissen.

Für fünfzig Cent konnte er seinen Rucksack in ein Schließfach sperren und duschen. Bohm klaubte den Betrag aus Zehnermünzen und Kupfergeld zusammen, steckte den mickrigen Rest zurück in die Tasche seines Parkas, den er mit seinem restlichen Besitz in einem Spind verstaute. Sauber war die Dusche nicht. Zwei helle Flecken, grobe Umrisse von Fußsohlen, zeigten auf dem sonst vor Schmutz dunklen Wannenboden, wo unzählige andere vor ihm unter der Brause gestanden hatten und noch viele stehen würden.

Er seifte sich ein. Der Schaum färbte sich grau und lief mit dem Wasser an Bohms Körper hinab. Er drehte den Regler an der Armatur weiter in den roten Bereich. Der heiße Strahl lockerte seinen versteinerten Nacken, und Bohm blieb die letzten Augenblicke tief atmend stehen, bis ein Weckerklingeln signalisierte, dass seine fünf Minuten vorüber waren.

Er putzte sich die Zähne, verabschiedete sich in die Runde und trat hinaus in den Morgen.

Über der Stadt lag der Kater. Der Karneval war vorüber. Übrig gebliebene Clowns und Cowboys schwankten zwischen Lachern und Brechreiz, bemüht, dem Alltag noch ein paar Stunden zu entfliehen. Wer nicht freibekommen hatte, trug einen Blaumann, eine Uniform oder einen Anzug mit Krawatte, als wäre das die Kostümierung für das restliche Jahr. Erschlagen aussehende Eltern brachten ihre Kinder zur Kita. Ein junger Hund mit einem löchrigen blauen Halsband stromerte um die Laternenmasten.

Bohm fischte seinen Tabak aus der Jacke, drehte sich eine dünne Zigarette und riss mit dem Daumennagel ein Streichholz an. Geistesabwesend starrte er in die Flamme und ließ den ersten Zug dann in seine Lunge beißen. Er zog ein zweites und ein drittes Mal. Das Papier verglühte, die Tabakflocken kräuselten sich von braun zu rot und schwarz. Mehr Züge gab die Zigarette nicht her.

Der Hund hatte sich auf Bohm zubewegt, den Kopf zwischen den Schulterblättern. Bohm ging in die Knie, ließ den kleinen Streuner vorsichtig an seiner Hand schnüffeln und streichelte ihm über den Rücken. Plötzlich schreckte das Tier zusammen, bellte und rannte davon, als eine Kehrmaschine über das Kopfsteinpflaster polterte und abbog zum Dom und vorbei am RTI-Gebäude.

Die Bahnhofsmission mit der Kleiderkammer lag in der entgegengesetzten Richtung. Bohm war tatsächlich der Erste dort. Durch eine niedrige Tür betrat er den Gang des Fünfzigerjahrebaus, in dessen Erdgeschoss sich die Sozialeinrichtung befand. Mit den Fingerknöcheln klopfte er an.

»Ach, Herr Bohm, du bist es. Länger nicht gesehen. Du kommst gerade richtig für eine Tasse Kaffee.« Kerstin Sobotka saß vor einem klobigen Computer an ihrem Schreibtisch, eine Wand von Aktenschränken und Ablagefächern in ihrem Rücken. Auf einem wackeligen Sekretär stand eine Filtermaschine und spuckte fauchend Kaffee in eine Kanne.

»Morgen. Gern Kaffee«, sagte Bohm.

Kerstin wies ihn an, sich zu setzen.

»Hast du vielleicht eine Aspirin?«

»War lang gestern?«

»Unfreiwillig.«

»Aha. Tut der Kopf weh?«

»Weh nicht direkt.«

»Aha«, wiederholte die Sozialarbeiterin. »Als ob du das zugeben würdest, Herr Bohm.« Sie öffnete eine Schublade, goss Mineralwasser in ein Glas und drückte zwei Tabletten aus einer Packung hinein, die sich ungeduldig zischend auflösten, als könnten sie ihr eigenes Verschwinden nicht erwarten.

Bohm exte die trübe Flüssigkeit. »Cheers. Fühlt sich an wie ein neues Leben.«

»Nicht wahr?«, sagte Kerstin. »Künstliche Zitrone gereift in der prallen Sonne Leverkusens.«

Sie war um die sechzig, hatte halblange dunkelblonde Haare, trug eine zu kleine Brille und eine fusselige Strickweste.

»Was führt dich zu mir? Hast du geschlafen?«

»Schlafen kann ich, wenn ich tot bin«, sagte Bohm, was Kerstin mit einem Lachen quittierte, und er fügte an: »Die Augen konnte ich zumachen. In der Notunterkunft am Eigelstein. Mein Schlafsack ist kaputt.«

»Wie, kaputt?«

»Fand jemand nicht gut, dass ich in seinem Innenhof kampiert habe.«

Kerstin Sobotka nickte, fragte aber nicht weiter nach. Ihre Miene hatte einen sorgenvollen Ausdruck angenommen.

»Wie willst du das denn jetzt machen, die kommenden Nächte?«

»Ich hatte gehofft«, sagte Bohm, »dass ihr noch einen Schlafsack habt, den ich nehmen kann.«

In Kerstins besorgten Blick mischte sich etwas Niedergeschlagenes. »Es ist zum Verzweifeln, aber wir haben hier gerade nicht einen einzigen Schlafsack.«

»Keinen?«

»Nein. Das war diesen Winter in ganz Köln eine Katastrophe. Viele brauchen bei dem Wetter mehr als nur einen Schlafsack. Was wir abgeben können, reicht einfach nicht. Die Leute spenden weniger, ganz zu schweigen von den Geschäften. Erst letzten Monat wurden die Sozialprogramme eingekürzt. Vermutlich hat die Innenministerin sich nach dem Beschluss in ihr Daunenbett gekuschelt.«

Der Kaffee war durch den Filter gelaufen, die letzten Reste tropften in die volle Kanne.

»Kann man nichts machen«, sagte Bohm schließlich.

»Es tut mir wahnsinnig leid.«

»Ist ja nicht deine Schuld.«

»Decke, Thermounterwäsche und alles hast du?«

»Ja.«

»In eine Notschlafstelle willst du nicht noch mal?«

»Wolltest du das damals, als du auf der Straße warst?«

»Nein«, gab Kerstin zu. »Da war auch schon alles überfüllt. Ich hab immer in meinen Stiefeln geschlafen, um sofort flüchten zu können, wenn mich jemand angreifen wollte.«

»Mach ich auch so.«

»Obwohl das zehn Jahre her ist, spüre ich die Schuhe noch jede Nacht an meinen Füßen. Wie lange lebst du inzwischen draußen?«

Bohm sagte nichts.

»Um die fünf Jahre, oder?«

Bohm schwieg weiter.

»Musst du nicht erzählen. Aber schlau werde ich nicht aus dir. Du darfst eines nicht vergessen: Das, was dir und mir passiert ist, das kann jeden treffen.«

Bohm spürte einen Kloß im Hals. Ja, kann es, dachte er. Nur, dass es die einen verdienen und die anderen nicht. Jetzt bereute er, dass er den Schnaps des alten Mannes in der Notunterkunft ausgeschlagen hatte.

Kerstin schien einen Einfall zu haben.

»Es ist nicht viel«, sagte sie, »aber vielleicht habe ich doch was für dich: Willst du deine Mäuse verkaufen am Wochenende? Ich hätte noch eine Lizenz für den Markt am Ebertplatz.«

Bohm überlegte kurz, dann erklärte er sich einverstanden.

Auf dem Gang vor dem Zimmer herrschte mittlerweile reger Andrang. Die Anspannung der Hilfesuchenden war durch die Tür zu spüren. Bohm hatte die Hand auf der Klinke, da sagte die Sozialarbeiterin: »Hast du den Brief aufgemacht, Bohm?«

»Nein«, sagte er, ohne den Kopf zu drehen.

»Mach ihn auf!«, hörte er in seinem Rücken. »Egal, was es ist, Probleme verschwinden nicht von allein.«

Kommt darauf an, wie weit man läuft, dachte Bohm und ging.

Vor der Bahnhofsmission saß der Hund mit dem blauen Halsband, als hätte er auf ihn gewartet.